八閩文庫

專題彙編

第三種

涂秀虹 主編

福建通俗文學彙編

7

花月痕

[清] 魏秀仁 著

鄧雷 楊園媛 點校

海峽出版發行集團
THE STRAITS PUBLISHING & DISTRIBUTING GROUP
海峽文藝出版社

本書整理説明

《花月痕》是講述韋癡珠和劉秋痕、韓荷生和杜采秋四人愛情故事的狹邪小説。作者魏秀仁（一八一八—一八七三），福建福州人。屢赴京試不第，曾遊山西、四川等地。著述頗豐，現存除《花月痕》小説外，還有《碧花凝唾集》《陔南山館詩話》《陔南山館詩鈔》《咄咄録》等。

《花月痕》小説是光緒十四年（一八八八）在福州刊刻，現存木刻本有雙笏廬本和吳玉田本，兩種刻本版面情況相似，文字偶有差異。雙笏廬本封面葉有「閩雙笏廬藏板 翻刻雖遠必究」「王崧辰署檢」「光緒戊子夏月開雕」「白紙每部定價壹千貳百 文竹紙每部定價捌百文」四個牌記。首起咸豐戊午（一八五八）眠鶴主人前序，次咸豐戊午（一八五八）眠鶴道人後序，次咸豐戊午（一八五八）棲霞居士題詞，次同治五年（一八六六）弱水漁郎題詞，次謝章鋌、梁鳴謙、符兆綸三人題詞，次戊午（一八五八）定香主人的《棲梧花史小傳》，次符兆綸評語。次總目，未分卷，署「眠鶴主人編次」「棲霞居士評閲」。正文十六卷共五十二回。

本書點校所用底本爲東京大學東洋文化研究所雙紅堂文庫所藏閩雙笏廬本（以下簡稱「雙笏廬本」），參校天一出版社明清善本小説叢刊吳玉田本（以下簡稱「吳玉田本」）、民國十一年上海掃葉山房石印本（以下簡稱「掃葉山房本」）等，雙笏廬本卷六葉二十四殘缺，據吳玉田本補齊正文。

雙笏廬本正文避「玄」用「元」，點校本予以保留。

古今字、通假字、符合古籍整理規範的異體字，保留原貌。小説文本常見的同音字、形近字俗寫，若文義大體可通，一般保留原貌。明顯因形近而訛的誤字，根據實際情況直接改正，如「瘟」之爲「氳」，「魘」之爲「魔」，「跟」之爲「踉」，不出校。影響文義的誤字，據參校本改，並出校。疑似誤字而無可參校者一般按原書照錄。

承擔本書點校整理工作者：鄧雷，文學博士，福建師範大學文學院副教授；楊園媛，華東師範大學中國古代文學專業在讀博士生。

目錄

花月痕前序

夫天下之事，是與非二者而已；天下之勢，離與合二者而已。其事而是焉者，委曲以求其是，可也。其勢而合焉者，輾轉以求其合，可也。若夫事介在是非之間，勢介在離合之際，孰有如韓、杜、韋、劉之四人者乎！何言之？當時之荷生，故儼然諸侯之上客也，參機密而握權要，氣象胸次涵蓋一切。以爲古有梁夫人，庶幾或一遇之，則似乎其是也。然謂荷生當此有爲之世，遇知己之人，不思攀龍附鳳以成功名，而徒低首下心戀戀若此，則似乎其非也，癡珠亦然。觀其著述等身，名場坎坷，而文采風流傾倒一時，意亦謂天下必有朝雲、桃葉其人者，李香、方芷烏得以微賤而少之，則似乎其是也。然謂癡珠際此時事艱虞不自慎重，而亦低首下心戀戀若此，則似乎其非也。

若夫韓、杜之合，韋、劉之離，則又事之曉然共見者也。寖假化癡珠爲荷生，而有經略之贈金、中朝之保薦，氣勢赫奕，則秋痕未嘗不可合；寖假化荷生爲癡珠，而無柳巷之金屋、雁門關之馳騁，則采秋未嘗不可離。是故，爲采秋、秋痕易，而爲荷生、癡珠難。作者有見及此，於是放大光明，普照世界，而後提如椽之筆，一一而寫之。其合也，則誠浹洽無間也；其離也，則誠萬萬乎其不得已也。

夫固謂天下古今之大，必有如韓、杜之合者，而現韓、杜身，而爲説法也；天下古今之大，又必有如韋、劉之離者，而現韋、劉身，而爲説法也。他日者，春鏡樓空，秋心院古，蒹葭碧水難招石上精魂，楊柳青山徒想畫中眉嫵。抑或鍾情寄恨略同此日之遭逢，定知白骨黄塵更動後人之憑弔。是是非非，離離合合，言之者無罪，聞之者足戒已。

時咸豐戊午暮春之望，眠鶴主人序。

後序

嗟乎！《花月痕》胡爲而命名也？作者曰：余固爲「痕」而言之也，非爲「花」「月」而言之也。夫春發其華，秋結其實，非花也乎？三五而盈，三五而缺，非月也乎？大千世界人人得而見之、得而言之者也，余何必寫之也！至若是花非花，是月非月，色香俱足，光豔照人者，則是余意中之花月也。然而謂之「花」「月」可也，謂之「痕」不可也。即或謂如花照鏡，鏡空花失，如月映水，水動月散，是亦「痕」之説也，其説尚淺也。夫所謂「痕」者，花有之，花不得而有之；月有之，月不得而有之者也。何謂不得而有之也？開而必落者，花之質固然也，自人有不欲落之之心，而花之痕遂長在矣；圓而必缺者，月之體亦固然也，自人有不欲缺之之心，而月之痕遂長在矣。故無情者，雖花妍月滿，不殊寂寞之場；有情者，即月缺花殘，仍是團圓之界，此就理而言之也。若就是書之事而言，則韓杜何必非離，而其痕則固儼然合也；韋劉何必非合，而其痕則固儼然離也。雖然，人海之因緣未了，浮生之蹤跡無憑。異日者，劍合延津，珠還合浦，返魂香爇，重泉有再見之期；卻老丹成，天末回長征之駕。同營金屋，何必在香海之洋；再啟瓊筵，何必演夢中之劇！淚之痕耶？血之痕耶？酒之痕耶？花月之痕耶？余方將盡付之太空，而願與此意中之花月相終古也。

時咸豐戊午重九前一日，眠鶴道人撰。

題詞

文字不從高處着想，出筆輒陋。文字不從空處落墨，到眼皆俗。此書寫韋、劉、韓、杜四人，淺者讀之，不過是憐才慕色文字。夫文字而僅止於憐才慕色，則世間所謂汗牛充棟者正復不少，作者亦何暇寫之乎！然則奈何？曰：是必歸其説於本。何謂本？君之仁也，臣之忠也，父子之慈與孝也，兄弟之友也，夫婦之和與順也，朋友之信也。故生人之美德曰禮，曰讓，曰廉，曰節，得其一者皆可以不朽。然而此又無庸作者言之也，聖經賢傳，炳若日星，嘉行懿言，垂諸史册，凡擁臯比爲人師者，皆能言之也。於是作者冥思於落想之前，舉一韋癡珠，於臣不得盡其忠，於子、父不得盡其孝與慈，於兄弟、夫婦、朋友舉不得盡其友若和若信。躑躅中年，蒼茫歧路，幾於天地之大，無所容身，山川之深，無所逃罪。獨其平居深念，性情之激發一往而深；觸景流連，歌哭之懷思，百端交集。於臣不得盡其忠，而必欲盡其忠；於子、父不得盡其孝與慈，而必欲盡其孝與慈；於兄弟、夫婦、朋友莫不皆然。勤勤懇懇，至歿身而尚留其意，以遺後人。嗚呼！是可感也。

彼劉梧仙者，固所謂志趣與境遇有難言者也。以裊裊婷婷之妙伎，而有難言之志趣，難言之境遇。其與癡珠，猶收香之倒掛、並命之頻伽矣。至於事以互勘而愈明，人以並觀而益審，則有韓杜步步爲二人之反對。如容光之日月，無影不隨；如近水之樓臺，有形皆幻。作者遂以妙筆善墨寫之，而又令其先帶後映，旁見側出，若在有意無意之間。説部雖小道，而必有關風化，輔翼世教，可以懲惡勸善焉，可以激濁揚清焉。若僅僅惜此羽毛，哀其窈窕，不亦可已也夫！

時咸豐戊午重陽日，貴築棲霞居士讀畢謹題。

歲聿雲暮，寒風滿園，扇雪而飛，若翩若翻。黑雲四垂，杳冥晝昏，舉燭不輝，爇火不溫。彷徨徘徊，欲酒無樽。則有西蜀公子，東吳王孫，含清飲穌，抱珣握璠，一袱手拎，率然而叩吾門。受而讀之，曰《花月痕》。其書也，或抑或揚，且吐且吞。作者閩邦，事則并垣。以有爲爲，以無言言。月旦持其評，花界幻其論。擢情以芽，斂情而根。假彼孟施，抒我爽髡。泠於瑟笙，襲於茞蓀。語綺雖壓，聲哀則猿，淒入肝脾，令人煩冤。感慨欷歔，伊誰之援！於是座有拘拘然者，聞而笑曰：「蒙叟卮寓，夐矣，莫可翻也。靈均章歌，幽矣，莫可喧也。今若人街議而巷談，何飲水之忘源也。且北里之志，不入於籬藩；青樓之歌，不聞於邱樊，惡其志淫而意蕩，何不滌濫而削繁？」主人乃肅爾而立，輟其方飧，瞠乎若思，不覺飯之已噴。顧謂：「吾子，何望天而戴盆？第相與詆其支，而未相與探厥元。無惑乎欲其令人敬，而鄙其不當使人銷魂。不知夫花之有痕，亭亭焉，其猶閬與昆也；月之有痕，皎皎焉，其猶羲與軒也。古之人別有懷抱，爰奧厥旨於溟鯤；今之人別有感傷，爰晦厥意於繡鴛。邈千古而同符，類蠲忿而樹萱。子休矣！曾斯義之弗知，而又何足以挹謝而推袁？」

久之，客退於盈尺之砌，歸於三家之村。蒙蒙然猶未視之狗兮，測太微而隔九閽。子不讀五車之書兮，孰能進而與子辨衆説之清渾。俄而，非煙下駐，異香上屯。徐而察之，花之痕耶？月之痕耶？皆恍惚而靡所見兮，而但見夫筆光墨氣，如錦如繡，與花月以長存。

同治五年三月二十三日，弱水漁郎題詞，時假館於古棘道之昭武館。

謝枚如（章鋌）

二十年來想見之，每聞淪落感鬚眉。傭書屢短才人氣，稗史空傳幼婦詞。天下傷心能幾輩，此生噩夢已如斯。閒階積葉蟲聲急，昂首秋風獨立時。

梁禮堂（鳴謙）

識字原爲憂患媒，况將蘭茝伍蒿萊。可憐一束金銀管，寫盡并門風雨哀。

牙旗大纛照神州，青史勳名李郭儔。誰識弄花愁月地，有人猿臂不封侯。

百歲流光石火間，菀枯苦樂鎮相關。輸他散髮黄牛背，笑看浮雲日往還。

酒籌歌板少年場，回首前塵劇渺茫。觸我傷心無限淚，黄花簾幕又重陽。

符雪樵（兆綸）

倚欄同看白芙蕖，想煞風流放誕初。一點犀心翻誤汝，三更蝶夢轉愁予。徒勞越客絲絲網，易感蕭娘幅幅書。秦樹嵩雲空夕照，索居誰問病相如。

紅板橋南白板門，沉沉風雨幾黄昏。直從隔世疑情事，安得長河注淚痕。滿地落花來少女，極天芳草阻王孫。當時枉費明珠贈，惆悵他生更莫論。

棲梧花史小傳

棲梧姓劉氏名栩鳳，年十九，豫之滑縣人。八歲而孤，家赤貧，母改適，以賤直鬻人爲婢。尋爲匪人所掠，流轉太原爲歌妓，非所願也。性和婉，善解人意。每酒酣燭灺時，雖歌聲繞梁，而哀怨之誠動於顏色。旋傾心於逋客，欲委身焉。以故多忤俗客，弗能得假父歡，益虐遇之。逋客坐是愛憐特甚，而以索價奢，事中止。姬亦遂抑鬱憔悴，以病自廢。其家復間阻之，禁弗相見。逋客爲圖其像，聞姬病日沉篤，恐終不起云。

贊曰：栩鳳以荏弱之質，轉徙於饑寒中，宜乎其病也！今日者，御綺羅，饜肥甘，旁觀方豔羨之，胡爲愁而病，病而甚耶？吁！亦可以知其心矣。獨憐逋客者，以相愛故至受讒謗、遭挫辱而不悔。世有因果，烏知不以此一念之癡，結未了緣哉！

戊午暮春望前一日，定香主人撰。

評語

符雪樵（兆綸）

詞賦名家，卻非説部當行。其淋漓盡致處，亦是從詞賦中發洩出來，哀感頑豔。然而具此仙筆，足證情禪。擬諸登徒好色，没交涉也。

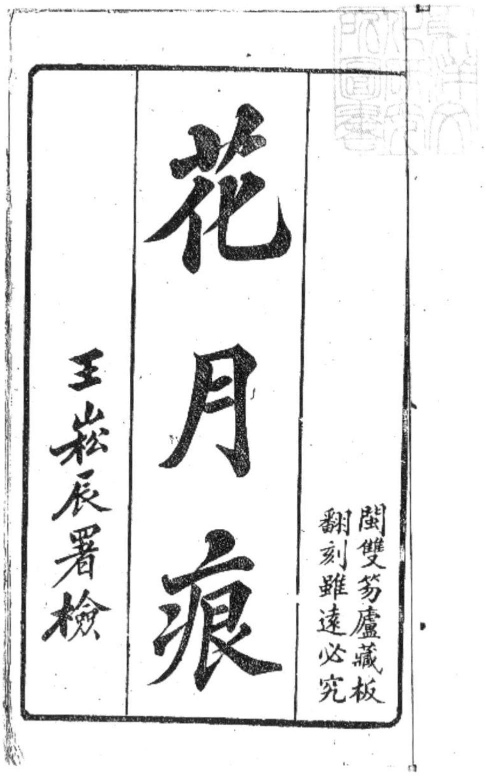

閩雙笏廬藏板
翻刻雖遠必究

花月痕

王崧辰署檢

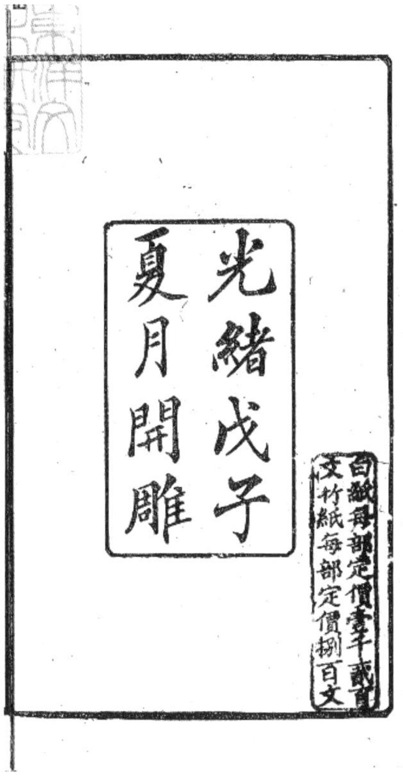

光緒戊子
夏月開雕

白紙每部定價壹千貳百文
竹紙每部定價捌百文

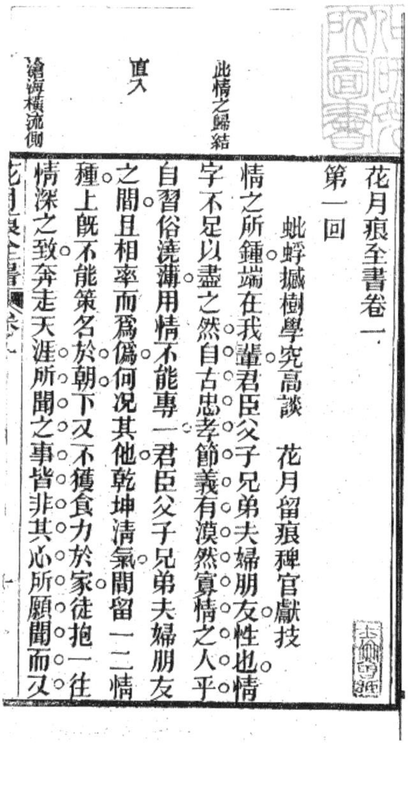

此情之歸結
直入
滄海橫流側

花月痕全書卷一

第一回

蚍蜉撼樹學究高談　花月留痕稗官獻技

情之所鍾端在我輩君臣父子兄弟夫婦朋友性也情字不足以盡之然自古忠孝節義有漠然寡情之人乎自習俗澆漓用情不能專一君臣父子兄弟夫婦朋友之間且相率而爲僞何况其他乾坤清氣間留一二情種上旣不能策名於朝下又不獲食力於家徒抱一往情深之致奔走天涯所聞之事皆非其心所願聞而又

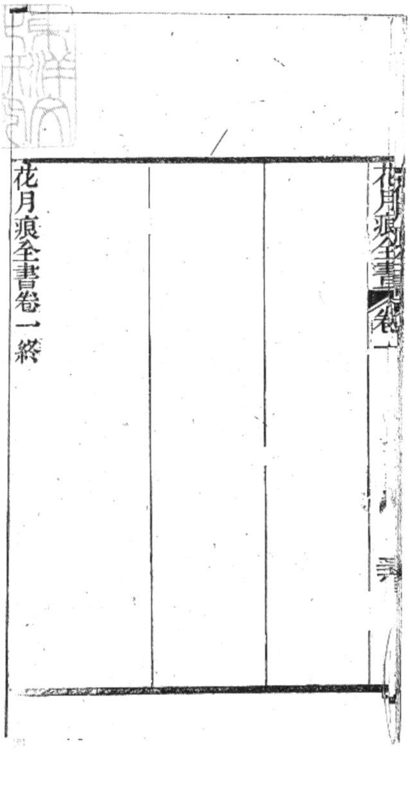

花月痕全書卷一終

去路紀程

花月痕全書卷二

第五回

華嚴菴老衲解神籤　草涼驛歸程驚客夢

上回書說的是荷生東平回匪那時正癡珠西入蜀川天寒歲暮游子鄉關之感風人屺岵之思廑至沓來頓覺茅店雞聲草橋月色觸目驚心無復曩時興致行次寶雞遇一故人詢及行蹤因言節度田公於十月杪奉命移廣已見邸杪且有不必來京請訓之語癡珠意緒愈覺無聊想道人生遇合自有定數到是蜀中風景甲

花月痕全書　卷二　一

花月痕全書卷二終

應第七回

花月痕全書卷三

第九回

㝹夆水閣太史解圍　邂逅寓齋校書感遇

話說秋痕那日從柳溪回家感激荷生一番賞識又忿恨荀才那般蹧蹋想道這總是我前生作孽沒爹沒媽落在火坑以致賞識的也是徒然蹧蹋的倍覺容易就酸酸楚楚的哭了一夜嗣後荷生重訂的芳譜喧傳遠近便車馬盈門歌采纏頭頓增數倍奈秋痕終是顧影自憐甚至一屋子人酒酣燭灺譁笑雜沓他忽然淌下

花月痕全書　卷三　一

其知有他媽同其知有他媽而以孝得善果亦同作者類不類以爲類齊不齊以爲齊蓋有深意焉

花月痕全書卷三終

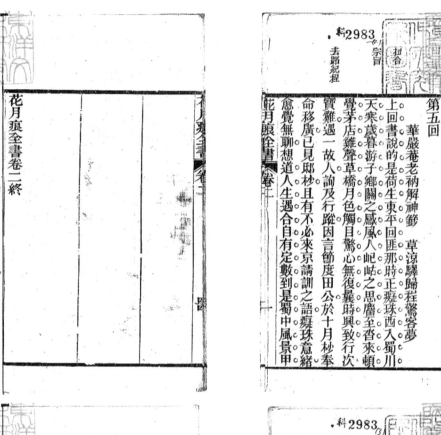

科2983

全篇以驚愕起呼呼睡着結此中令人省悟多少

中奸計

花月痕全書卷四

第十三回

中奸計淩晨輕寄柬　斷情根午夜獨吟詩

話說荷生日來軍務正忙忽聽小岑說原士規愉園請客十分驚愕說道那愉園平日不是他們走動的地方後來小岑說的千眞萬眞荷生總不相信待請了劍秋來劍秋一見面也怪采秋說道愉園聲價從此頓落了荷生一肚皮煩惱默默不語劍秋隨接道這其間總另有原故他們那一班人素與采秋是沒往來只是這

花月痕全書　卷四

爲歌靜女詩　此風亦已古

欲知後事如何且聽下回分解

此回章劉韓杜四人合傳俱是極得意文字而四人性情口角俱描寫分明七夕一詞并已渾括全書大旨閱者不可徒視爲喁喁兒女語也　春鏡未圓先訪歐家之綠玉秋心欲證偏逢韓宅之青萍全書不作贅語亦不用直筆此篇尤極紆徐之致

花月痕全書卷四終

科2983(5)

類叙三个同鄉爲後文張本即引起荷生

花月痕全書卷五

第十六回

定香榭雨美侍華筵　夢遊仙七言聯雅句

話說癡珠養病并州轉瞬判年免不得出來酬應這日來了三個同鄉一個余觀察名翊字黻如一個候補刺史留積蔭字子善一個候補郡丞晏傳薪字子秀四人正在會叙荷生隨來坐了一會三人先去荷生便道起失約的緣故就訂癡珠十四愉園小飲且囑攜秋痕同去就也走了此時一院秋陰非復驕陽亭午癡珠便吩

花月痕全書　卷五

花月痕全書卷五終

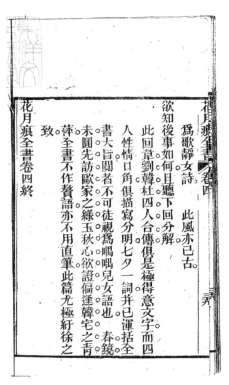

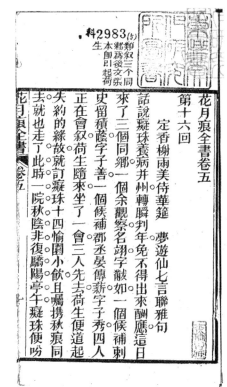

跟上回敘入[illegible]秋側重秋痕便立此篇全局興往情來如位如訴引入送遠行來

花月痕全書卷六

第十九回

送遠行賦誦哀江南　憶舊夢歌成秋子夜

話說癡珠次日也曉得荷生病了自秋心院回來一路想道謖如將走荷生復病人生盛會眞不能常又觸起秋痕告訴許多的話到了柳溪瞧着叢蓼殘荷黯黯斜陽荒荒流水眞覺對此茫茫百端俱集廿三日起來洗漱後作箇小横披是七絕四首詩云

朋舊天涯勝弟兄依依半載慰羈情不堪攜手河

……

而一種淒厲之氣形於言表所謂極盛難為繼也通篇數典妙在間以射箭舞劍便覺靈氣往來觀止矣

花月痕全書卷六終

緊接上回眉目清爽生辰仙眷秋華堂緻清上回銷良夜

花月痕全書卷七

第二十二回

秋華堂仙眷慶生辰　采石磯將軍施巧計

看官記着昨天是蒨雯死忌今日卻是秋痕生辰是日李夫人約了晏留兩太太來逛秋華堂以此秋痕昨夜不曾回家此時紅日三竿綠陰滿院秋痕妝掠已畢外面執說李太太來了秋痕赶着迎出月亮門只見李夫人已下了轎穆升和李家跟班老嬷了嬛都一字兒站着伺候秋痕迎至東廊下李夫人拉着秋痕的手端詳

……

花月痕全書卷七終

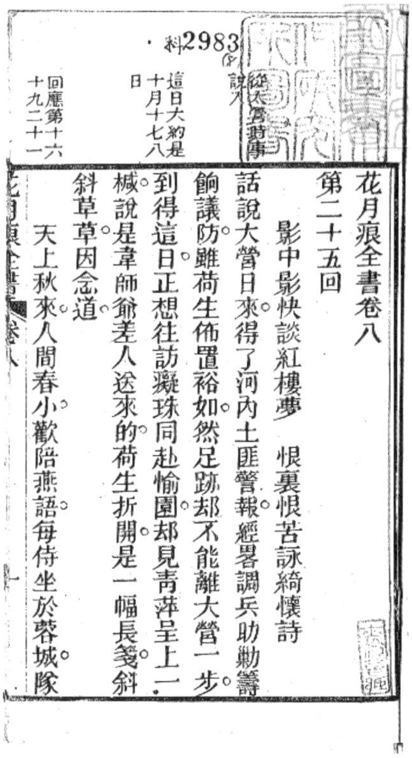
科2983(8)
從大營寫事說入
這日大約是十月十七八日
回應第十六十九二十一

花月痕全書卷八

第二十五回

影中影快談紅樓夢　恨裏恨苦詠綺懷詩

話說大營日來得了河內土匪警報經略調兵助勦籌餉議防雖荷生佈置裕如然足跡却不能離大營一步到得這日正想往訪癡珠同赴愉園却見青萍呈上一械說是韋師爺差人送來的荷生折開是一幅長箋斜斜草草因念道

天上秋來人間春小歡陪燕語每侍坐於蓉城隊

花月痕全書　卷八

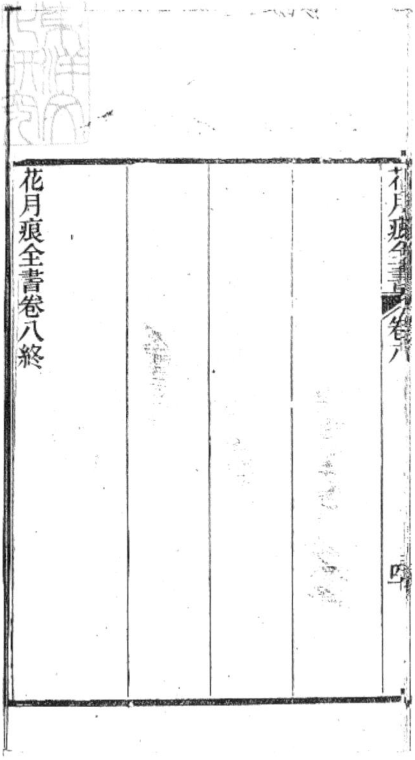
花月痕全書卷八終

花月痕全書　卷八

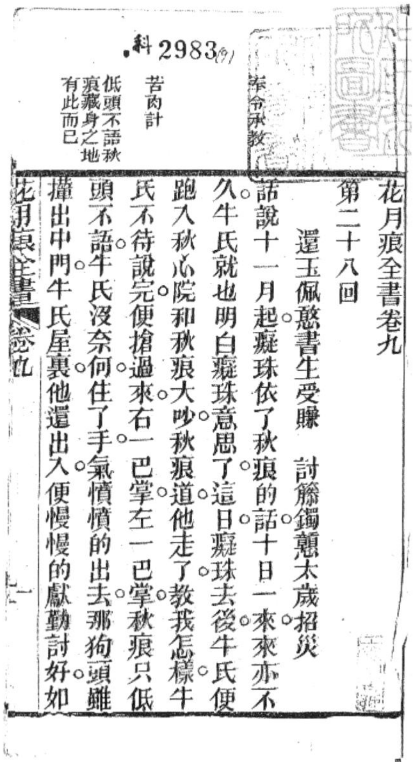
科2983(9)
牽合承教
苦肉計
低頭不語秋痕藏身之地有此而已

花月痕全書卷九

第二十八回

還玉佩憨書生受賺　討籐鐲戇太歲招災

話說十一月起癡珠依了秋痕的話十日一來來亦不久牛氏就也明白癡珠意思了這日癡珠去後牛氏便跑入秋心院和秋痕大吵秋痕道他走了教我怎樣牛氏不待說完便搶過來右一巴掌左一巴掌秋痕只低頭不語牛氏沒奈何住了手氣憤憤的出去那狗頭雖攆出中門牛氏屋裏他還出入便慢慢的獻勤討好如

花月痕全書　卷九

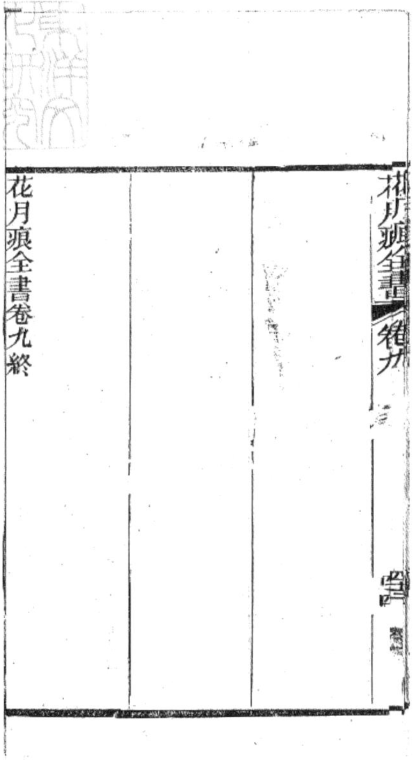
花月痕全書卷九終

花月痕全書　卷九

賦別
殘年
眼目
秋痕在御猶
自閟閟荷生
將何以為情
乎故離恨羈
愁不必正敘
只就癡珠一

花月痕全書卷十

第三十一回

離恨羈愁詩成本事　閑情逸趣帖作宜春

話說癡珠二十三靠晚偕秋痕到愉園送行見驪駒在門荷生采秋依依惜別兩人愴然不能久坐便自告歸是夕人家祀竈遠近爆竹之聲斷續不已癡珠倚枕思家憑秋痕怎樣呼觴勸醻終是悶悶不樂秋痕因說道你前說要作鴉片嘆樂府我昨日替你作篇序你瞧用得用不得說着便向案上檢出一紙遞給癡珠癡珠接

花月痕全書卷十終

直趣
輕敘荷生預
祝帶敘小岑
劍秋餞行
敘三人重在
愛山為下文
求書張本

花月痕全書卷十一

第三十五回

髯眉巾幗文進壽屏　肝膽裙釵酒闌舞劍

話說癡珠係正月念四日生念三日荷生就并門仙館排一天席一為癡珠預祝一為小岑劍秋餞行是日在座卻有大營三位幕友一姓黎名瀛別號愛山北邊人能詩工畫尤善傳神舊年替荷生采秋劍秋曼雲俱畫有小照一姓陳名鵬字羽侯一姓徐名元字燕卿俱南邊詩人這些人或見面或未見面彼此都也聞名這日

花月痕全書卷十一終

跟上回說入

花痕應三十三十四回梧桐一葉落而天下知秋此尚是梧桐未落時已覺秋氣滿紙

先字可思

花月痕全書卷十二

第三十八回

茉莒無靈星沈婺女　棣華遽折月冷祇園

話說癡珠初三夜自大營回寓。一夜無聊。天亮一會。聽得炮聲連續。知是荷生走了。就也起來。見碧桃花都已零落。憔悴得可憐。便叫林喜挪在槐陰下。教他們天天灌溉。盥漱用點已畢。伏枕假寐。恍恍惚惚。瞧見李夫人顏色慘淡。穿着鳳冠霞帔。掀着簾子說道。先生自愛。我先走了。覺得一身毛髮豎起。擦開兩眼。寂無人聲。心上

花月痕全書　卷十二　一

花月痕全書卷十二終

花月痕全書　卷十二

此回以酒鬼雜太歲發端敍清名姓價之也爲下牛折張本亦爲上文敍清者

月

上折別緒二字卻借留晏二人寫出愈覺淒婉動人否則一二語可了就使數衍半幅有何

花月痕全書卷十三

第四十一回

焦桐室枯吟縈別恨　正定府瀝血遠貽書

話說酒鬼姓聶名雲龍太歲姓管名士寬這二人自三月初二日起竟沒消息就秃頭也自渺然一日留晏二人同來子秀向靴頁中取出兩張舊詩箋遞給癡珠道你瞧。癡珠接過展開見是秋心院本事詩向日粘在秋痕屋裏。便慘然說道這兩紙怎的落你手裏子善道今天聽說。園裏有新戲開臺我拉子秀去看不想走到桊

花月痕全書　卷十三　一

花月痕全書卷十三終

花月痕全書　卷十三

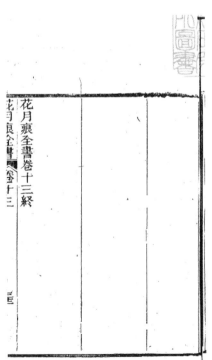

緊接四十三回敘入○尋債○可傷

狗頭作賊之根

小賊便是大盜膺民社者

花月痕全書卷十四

第四十四回

剎火光殲除蟬蛻　廿年孽債魂斷雉經

話說秋痕自臥病後敝衣蓬首垢面癯顏竟不是个畫中人了那小夥狗頭閒暇無事結識幾个士棍燒香結盟便宿娼賭錢起來先前只乘空偷些現錢後將現銀三百餘兩都偷完了一夜竟把金銀手飾上好玉器皮衣席捲而去次日李裁縫起來見箱籠都已打開急得口定目呆說是被盜要和店主打官司鬧了一天四處

花月痕全書卷十四終

緊接四十六回說入

冊畧

步步不脫凝珠

花月痕全書卷十五

第四十七回

李謖如四馬捉狗頭　顏卓然單刀盟倭目

話說李謖如定計屯田與至俊務農講武把海壖都墾就腴田蛋戶都變成勁旅又開了幾處學堂教二十歲下兵丁都要讀些史書熟些核算工些楷法因慨然道凝珠嘗嘆今之武官都有輕裘緩帶雅歌投壺之意恐非所宜此自正論然太鹵莽直是磨牛吾亦爲汗顏哩大抵做人總要懂點道理有个器量難道武夫不吃飯

以明全書大旨

花月痕全書卷十五終

花月痕全書卷十六

第五十回

一枝畫戟破越沼吳　八面威風靖江鎮海

話說謖如鶴仙得假三个月。謖如將眷口攜到并州與阿寶們相聚一時悲喜交集。不用說了。次日便同鶴仙阿寶到了玉華宮李夫人靈前一哭。就也到癡珠墳前灑淚一拜。轉盼假滿。已是六月。荷生是十七進了金陵城。十八謖如鶴仙也到。荷生大喜。把僞東府掃除。與二人駐紮。這二人與荷生八載分襟。一朝捧袂。傷秋華之

花月痕全書　卷十六　一

以菊宴一劇結五十二回文字所謂神龍見首不見尾也

花月痕全書全卷終

福州吳玉田鐫

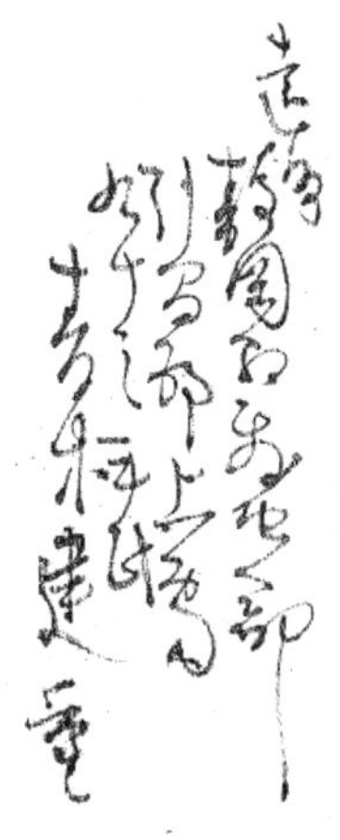

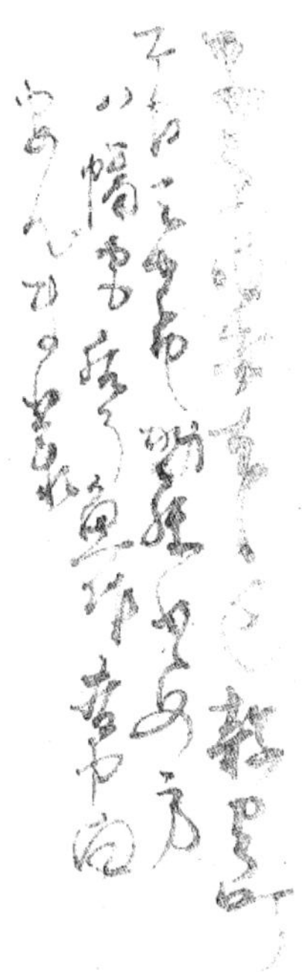

花月痕全書卷一

第一回　蚍蜉撼樹學究高談　花月留痕稗官獻技

情之所鍾，端在我輩。君臣、父子、兄弟、夫婦、朋友，性也，情字不足以盡之。然自古忠孝節義，有漠然寡情之人乎？自習俗澆薄，用情不能專一，君臣、父子、兄弟、夫婦、朋友之間，且相率而爲僞，何况其他！乾坤清氣間留一二情種，上既不能策名於朝，下又不獲食力於家。徒抱一往情深之致，奔走天涯。所聞之事，皆非其心所願聞而又不能不聞；所見之人，皆非其心所願見而又不能不見，惡乎用其情！請問看官：渠是情種，砉然墜地時便帶有此一點情根，如今要向何處發洩呢？吟風嘯月，好景難常；玩水遊山，勞人易倦。萬不得已而寄其情於名花，萬不得已而寄其情於時鳥；窗明几淨，得一適情之物而情注之，酒闌燈灺，見一多情之人而情更注之。

這段話從那裏説起？因爲敝鄉有一學究先生，姓虞號耕心，聽小子這般説，便咈然道：「人生有情，當用於正。陶靖節《閒情》一賦，尚貽物議；若舞衫歌扇，轉瞬皆非，紅粉青樓，當場即幻，還講什麼情呢！我們原不必做理學，但生今之世，做今之人，讀書是爲着科名，謀生是爲着妻子。你看那一班潦倒名士，有些子聰明，偏做出怪怪奇奇的事，動人耳根；又做出落落拓拓的樣，搭他架子。更有那放蕩不羈，傲睨一切，偏低首下心，作兒女子態，留戀勾欄中人。你想，他們有幾個梁夫人能識蘄王？有幾個關盼盼能殉尚書？大約此等行樂去處，只好逢場作戲，如浮雲在空。今日到這裏，明日到那裏，説説笑笑，都無妨礙，只不要拖泥帶水、糾纏不清纔好呢。你説什麼情種，又是什麼情根。我便情田也要踏破，何從留點根，留點種呢！」小子笑道：「先生自知甚明，教人也還踏實，只是將「情」字徑行抹煞！試想：枯木逢春，萌芽便發；生公説法，頑石點頭。無論是何等樣人，比木石自然不同，如何把人當個登場傀儡？古人力辨『情』『淫』二字，如涇渭分明，先生將情田踏破，情種情根一齊除個乾淨，先生要行什麼樂呢？小子不敢説，求先生指教罷！」學究勃然怒道：「你講什麼話！先王『人情以爲田』，這『情』字你竟認作男女私情看麽？」小子「嗤」的一笑道：「先生，你怎的不記得上文有『飲食男女，人之大欲存焉』一句呢！大抵人之良心，其發見最真者，莫如男女分上。故《大學》言誠意，必例之於『好好色』；《孟子》言舜之孝，必驗之於『慕少艾』。小子南邊人。南邊有個樂部，生用真男，旦用真女，燃椽燭，鋪紅氍毹，演唱《醒妓》《偷詩》等劇，神情意態，比尋常空中摹擬，強有十倍。今人一生將真面目藏過，拿一付面具套上。外則當場酬酢，内則爾室周旋。即使分若君臣，恩若父子，親若兄弟，愛若夫婦，誼若朋友，亦只是此一付面具，再無第二付更换。人心如此，世道如此，可懼可憂！讀書人做秀才時，三分中卻有一分真面目，自登甲科、入仕版，蛇神牛鬼，麕至沓來。」

看官聽着，小子説過「今人只是一付面具」，如何又説出許多面目來？須知喜怒威福，十萬付面具只是一付銅面具也。然則生今之世，做今之人，真面目如何行得去呢！你看真面目者，其身歷坎坷，不一而足。即如先生所説，那一班放蕩不羈之士，渠起先何曾不自檢束，讀書想爲傳人，做官想爲名宦？奈心方不圓，腸直不曲，眼高不低，坐此文章不中有司繩尺，言語直觸當事逆鱗。又耕無百畝之田，隱無一椽之宅，俯仰求人，浮沉終老，横遭白眼，坐困青氈。不想尋常歌伎中，轉有窺其風格、傾慕之者，憐其淪落、繫戀之者，一夕之盟，終身不改。幸而爲比翼之鶼，詔於朝，榮於室，盤根錯節，膾炙人口；不幸而爲分飛之燕，受讒謗、遭挫折、生離死别，咫尺天涯，賫恨千秋，黄泉相見。三生冤債，雖授首於槀街；一段癡情，早銷魂於蓬顆。金焦山下，空傳瘞鶴之銘；鸚鵡洲邊，誰訪玉簫之墓！見者酸鼻，聞者拊心，愚俗無知，轉成笑柄。先生，你道小子此一派鬼話，是憑空杜撰的麽！

小子尋親不遇，流落臨汾縣姑射山中，以樵蘇種菜爲業。五年前，春凍初融，小子鋤地，忽地陷一穴，穴中有一鐵匣，内藏書數本。其書名《花月痕》，不著作者姓氏，亦不詳年代。小子披覽一過，將俟此中人傳之。其年夏五，旱魃爲虐，赤地千里。小子奉母避災太原，苦無生計。忽悟天授此書，接濟小子衣食。因手抄一遍，日攜往茶坊，敲起鼓板，賺錢百文。負米以歸，供老母一飽。書中之是非真假，小子亦不知道。但每日間聽小子説書的人，也有笑的，也有哭的，也有嘆息的，都説道：「書中韋癡珠、劉秋痕，有真性情；韓荷生、杜采秋、李謖如、李夫人，有真意氣。即劣如禿僮，傻如跛婢，贛如屠户，懶如酒徒，淫如碧桃，狠如肇受，亦各有真面目，躍躍紙上。」可見人心不死，臧獲亦剝果之可珍；直道在民，屠酤本英雄之小隱。至如老魅焚身，雞棲同燼；妖魔蕩影，兔脱遭擒；鼯鼠善緣，終有技窮之日；猢猻作劇，徒增形穢之羞，又可見天道循環，無往不復。冤有頭，債有主，願大衆莫結惡緣；生之日，死之年，即顧影亦慚清夜。小子嘗題其卷首云：

有是必有非，是真還是假。
誰知一片心，質之開卷者！

今日天氣晴明，諸君閒暇無事，何不往柳巷口一味涼茶肆，聽小子講《花月痕》去也。其緣起如何，且聽下回分解。

第二回　花神廟孤墳同灑淚　蘆溝橋分道各揚鑣

京師繁華靡麗，甲於天下。獨城之東南有一錦秋墩，上有亭，名陶然亭，百年前水部郎江藻所建。四圍遠眺，數十里城池村落，盡在目前，别有瀟灑出塵之致。亭左近花神廟，編竹爲牆，亦有小亭。亭外孤墳三尺，春時葬花於此，或傳某校書埋玉之所。那年春闈榜後，朝議舉行鴻詞科。因此各道公車，遲留觀望，不盡出都。

此書上回所表韋癡珠，係東越人。自十九歲領鄉薦後，遊歷大江南北，西登太華，東上泰山。祖士雅氣概激昂，桓子野性情凄惻，癡珠兼而有之。文章憎命，對策既擯於主司，上書復傷乎執政。此番召試詞科，因偕窗友萬庶常同寓圓通觀中，託詞病暑，禮俗士概屏不見。左圖右史，朝夕自娱。

光陰易度，忽忽秋深，鄉思羈愁，百無聊賴。忽想起陶然亭地高境曠，可以排拓胸襟，也不招庶常同往，只帶隨身小童，名唤秃頭，雇車出城，一徑往錦秋墩來。遥望殘柳垂絲，寒蘆飄絮，一路到也爽然。不一會，到了墩前，見有五六輛高鞍車，歇在廟門左右。秃頭已經下車，取過腳踏，癡珠便慢慢下車來，步行上墩。

剛到花神廟門口，迎面走出一群人，當頭一個美少年，服飾甚都，面若冠玉，唇若塗朱，目光眉彩，奕奕動人。看他年紀，不過二十餘歲。隨後兩人，都有三十許，也自舉止嫻雅。前後四個相公跟着，説説笑笑。又有一個小僮，捧着拜匣。癡珠偕秃頭閃過一邊，舉目瞧那少年。那位少年也將癡珠望了一望，向前去了。

癡珠直等那一群人都出了門，然後緩步進得門來。白雲鎖徑，黃葉堆階，便由曲欄走上。見殿壁左廂，墨瀋淋漓，一筆蘇字草書，寫了一首七律。便念道：

「雲陰瑟瑟傍高城，閒叩禪扉信步行。
水近萬蘆吹絮亂，天空一雁比人輕。
疏鐘響似驚霜早，晚市塵多匝地生。
寂寞獨憐荒冢在，埋香埋玉總多情！」

癡珠看了一遍，訝道：「這首詩高華清爽，必是起先出門那位少年題的。」再看落款，是「富川荷生」，也不知其姓名。正自呆想，只見一個沙彌從殿后走出來。癡珠因向前相見，隨問他：「可認得題詩這人？」沙彌道：「這位老爺姓韓，時常來咱們這裏逛。陶然亭上也有他題的詩，卻不知道官名住宅。」癡珠道：「這首詩好得狠，是個才子之筆。你對汝師父講，千萬護惜着，別塗抹了。」沙彌答應了，便隨癡珠邐迤上陶然亭來。滿壁琳琅，癡珠因欲讀荷生的詩，且先看款。忽見左壁七律一首，款書「春日招芝香、綺雲、竹仙、稚霞諸郎，修禊於此」，後面書「荷生醉筆」四字，不禁大笑，便朗吟道：

「舊時煙草舊時樓，又向江亭快禊遊。
塵海琴樽銷塊壘，春城鶯燕許勾留。
桃花如雪牽歸馬，湘水連天泛白鷗。
獨上錦秋墩上望，蕭蕭暮雨不勝愁！」

癡珠想道：「此人清狂拔俗，瀟灑不羈，亦可概見。惜相逢不相識，負此一段文字緣了！」沉吟良久，向沙彌要了筆硯，填《臺城路》詞一闋，云：

「蕭蕭落葉西風起，幾片斷雲殘柳。草沒橫塘，苔封古剎，纔記舊遊攜手。不堪回首，想倚馬催詩，聽鶯載酒。轉眼淒涼，虛堂獨步遲徊久！

何人高吟祠畔，吊新碑如玉，孤墳如斗？三尺桐棺，一杯麥飯，料得芳心不朽。離懷各有。儘淚墮春前，魂銷秋後。感慨悲歌，問花神知否？」

自吟一遍，復書款云：「東越癡珠秋日遊錦秋墩，讀富川荷生陶然亭花神廟詩，棖觸閒情，倚聲和之。」寫完，便擲筆笑向沙彌道：「韓老爺再來，汝當以我此詞質之，休要忘了。」沙彌亦含笑答應，遞上茶來。癡珠兀自踱來踱去，瞧東瞧西。禿頭道：「老爺，你看天要下雨，我們回去，路遠着哩。」癡珠仰首一看，東北上黑雲布滿，遂無心久留，急忙下墩，上車而去。這且按下。

卻說荷生這日自錦秋墩進城，已有三下多鐘。一路蕭蕭疏疏，落起細雨來。同行一爲謝小林侍御，一爲鄭仲池太史。侍御因招荷生攜四旦小飲顧曲山房。正上燈賭酒，只見青萍回道：「老蒼頭來接老爺回去，說『明經略軍營摺弁送來經略書信，並聘金三百兩，現在寓處，候老爺呈繳，且有話面回』。」荷生遲疑道：「明節相去歲掛印時，原欲邀我入幕。我彼時因春闈在邇，婉辭謝去。今有書來，想必還爲這事，但教我怎樣處呢？」侍御道：「現在詞科既阻於時艱，歸路又梗於烽火，何不乘此機會出都，未爲不可。」一面催跟班上菜。荷生立起身道：「菜已有了。二君偕諸郎多飲數杯，小弟且告辭，回去一看。」侍御也不強留，吩咐提燈，送出大門，看過上車，方纔進去。

看官聽着：這明經略名祿，本是國家勳戚，累世簪纓，年方四十五歲，弓馬嫻熟，韜略精通，而且下士禮賢，毫無驕奢氣習。五年前與韓荷生的老師、三邊總制汪鴻猷先生一同出使西域。汪總制屢屢言及，生平得意門生惟有荷生一人，文章詞賦，雖不過人，而氣宇宏深，才識高遠，曾在秦王幕府佐治軍書，意欲招之幕中，又恐其不受羈束。彼時明經略已存在心中。後來倭寇勾結西域回民作亂，四方刀兵蠢動，民不聊生。汪公奉命防海，明公奉命經略西陲。臨别時，經略向汪公求薦人才，汪公又把荷生説起，經略立時欲聘同行。荷生因要應鴻詞科，不肯同往，經略心頗悵悵。不料回匪日更猖獗，經略駐兵太原，一面防邊，一面調度河南軍務，接濟兩湖、兩江、兩廣各道糧餉，控制西南，出入錢穀日以億萬計。羽書旁午、所有隨帶文武及留營差使各官，雖各有所長，卻無主持全局器量，因想起荷生是汪公賞鑒的，必定不差。近知詞科停止，因致書勸駕。

荷生自舊臘入都，迄今已九閱月。潤筆之絹，諛墓之金，到手隨盡。正苦囊空，得此機緣，亦自願意，遂定於九月十二日出都。荷生此行，是明經略敦請去的，自然有許多大老官及同年故舊送贐敬、張祖席，自彰義門至蘆溝橋，車馬絡繹。那荷生仍是疏疏落落的，帶了老蒼頭賈忠、小童薛青萍，並新收長隨索安、翁慎，一路酬應，到得蘆溝橋，已是未末申初時候。剛至旅店，適值門口擁擠不開，將車停住。只見對面店中一小僮伏侍一人上車，衣服雖不十分華美，而英爽之氣見於眉宇，且面熟得狠，一時卻想不起那裏見過。正在凝思，謝侍御及一班同鄉京官，還有春慶部、聯喜部相公們，一齊迎出，便急忙跳下車來。是晚即在行館暢飲通宵。

次日起身，午後長新店打尖。到得房中，見新塗粉壁上有詩一首，款書「九月十二日，韋癡珠出都，計自丙申，宿此十度矣。感懷得句，不計工拙也」。想道：「這韋癡珠不就是十年前上那《平倭十策》這人麼？」因朗誦道：

「殘秋倏欲盡，客子苦行役。
行行豈得已，萬感在心曲！

浮雲終日閒，倦鳥不得宿。
薊門煙樹多，蘆溝水流濁。
回首望西山，蒼蒼耐寒綠。」

看畢，嘆一口氣，想道：「此詩飄飄欲仙，然抑鬱之意，見於言表。才人不遇，千古如斯！」因觸起昨日所見的人，「不知是否此君？看他意緒雖甚無聊，氣概卻還孱兀。我這回出都，好像比他強多，其實淪落天涯，依人作計，正復同病相憐也！」兀坐半晌，只見索安回道：「護送營弁請老爺今日尖後換轎。」荷生想了一回，説道：「坐轎甚好，昨天誤了半站，今日着他們多備兩班夫，趕上正站，汝們遲到都不妨呢。」看官，你道荷生要趕正站，是何意思？他記起蘆溝橋上車那人是在花神廟門口注意瞧他的。此刻因人想詩，因詩想人，恨不一下問明。豈知癡珠在都日久，資斧告罄，生平又介介不肯丐人；此番出都，因陝西是舊遊之地，且與兩川田節度公子有同遊草堂之約。決計由晉入秦，由秦入蜀。把箱簏書籍，概託萬庶常收管，自與禿頭帶一付鋪蓋、一領皮袍。自京到陝二十六站，與車夫約定，兼程前進。你道荷生大隊人馬，那裏趕得上他？正是：

大海飄萍，離合無定。
萬里比鄰，兩心相印。

到底荷生、癡珠蹤跡若何，且聽下回分解。

第三回　憶舊人倦訪長安花　開餞筵招遊荔香院

話説癡珠單車趲行，不日已抵潼關。習鑿齒再到襄陽，蓟子訓重來灞水。一路流連風景，追溯年華，忽然而喜，忽然而悲。雖終日兀坐車中，不發一語，其實連編累牘，也寫不了他胸中情緒，便口占一絶道：

「蒼茫仙掌秋，搖落灞橋柳。
錦瑟惜華年，欲語碑在口。」

吟畢喟然長嘆。秃頭正在車頭打盹，忽然回頭道：「此去長安，只有十里多路。老爺進城，何處卸車呢？」癡珠想道：「西安儘有故舊，但無故擾人，又何苦呢？」便説道：「咱們進城找店罷。」轉瞬車到東門，剛進甕城，忽見從城内來了一車，車内坐着一人。定睛一看，原來是一故人，姓王，字漱玉，係長安王太傅長孫，與癡珠同年。這日要往城外探親，適與癡珠相值。兩邊急忙跳下車來，歡然道故。漱玉因問道：「前月接萬世兄信，知吾兄有蜀道之遊，不想今日便到，如何走得這般快？但如今那裏卸車呢？」癡珠未答，秃頭在傍道：「老爺要找店哩。」漱玉道：「豈有此理，難道西安許多相好，都不足邀吾兄下榻麼？」癡珠笑道：「不是這般説，小弟急欲入川，擬於此時竟不奉訪，俟回陜時再與故人作十日之歡。」漱玉笑着吩咐跟人道：「你們趕緊飛馬回家伺候。」一面説，一面攜着癡珠的手道：「我們同坐一車，好説話些。你的車叫管家坐着，慢慢的跟來罷。」

原來漱玉家中有一座園亭，是太傅予告後頤養之地，極其曲折，名曰邃園。太傅開府南邊時，癡珠尚幼，最爲太傅所器重，後來與漱玉作了同年。值逆倭發難，因上書言事，觸犯忌諱，禍幾不測，賴太傅力爲維持，得以無罪。未幾太傅予告，攜入關中，所以園中文酒之會，癡珠無不在座。所有聯額題詠，癡珠手筆極多。因此一家內外男女，無一人不認得癡珠。先是家丁回家，說「韋老爺來了」。這漱玉太太便分派婢僕，將邃園中碧梧山房七手八脚鋪設起來。

是夜，兩人相敘契闊，對飲談心。傷風澤之寖微，痛劫灰之難問。癡珠忽慘然吟道：「人生有通塞，公等繫安危。我近來絕口不談時事矣！」停了一會，漱玉因問癡珠道：「你記得七年前進京，娟娘送咱們到灞橋行館麼？那一夜，你兩人依依情緒，至今如在目前。你的詩是七絕兩首。」便吟道：

「灞陵驛畔客停車，惜別人來徐月華。
濁酒且謀今夕醉，明朝門外即天涯。

玳梁指日誓雙棲，此去營巢且覓泥。
絮絮幾多心上語，一聲無賴汝南雞。

是不是呢？」癡珠道：「你好記性。這兩首詩，我竟一字都忘了！」漱玉道：「自然忘了？」癡珠慘然高吟道：「十年一覺揚州夢，贏得青樓薄倖名！」便問漱玉道：「你如今可知娟娘是何情狀呢？」漱玉道：「我前年見過一面，纔曉得他嫝死了。以後聞人說，他哭母致疾，閉門謝客。近來我不大出門，便兩年多沒見人題起他蹤跡。如今長安名花多着哩，遲日招一個人領你去逛逛罷。」癡珠道：「我也聽得人說，這幾年秦王開藩此地，幕中賓客都是些名士，北里風光自然比向時強多了。」

二人於是淺斟細酌，塵悰渴滌，燭跋三現尚未散筵。只見小丫鬟攜着明角燈回道：「太太説夜深了，韋老爺初到，車馬勞頓。請老爺少飲，給韋老爺早一點安歇罷。」漱玉笑道：「我到忘了！只顧與故人暢談。」遂盡一壺而散。晚夕無話。

次日飯後，漱玉果招一個人來，姓蘇字華農，係府學茂才。漱玉自去城外探親。西安本係癡珠舊遊之地，是日同華農走訪各處歌樓舞榭，往往撫今追昔，物是人非，不免悵然而返。第三日，漱玉回家，也跟着同遊。一連數日，總訪不出娟娘信息，癡珠就也懶得走了。彼時便有親故陸續俱來，癡珠也不免出去應酬一番，更把訪娟娘一事擱起。再且癡珠急於入川，只得將此事託漱玉、華農，慢慢探問。

一日，三人正在山房小飲。門上送進單帖，係癡珠世兄弟呂龍文，專爲癡珠餞行，請漱玉、華農作陪。末注一行云：「席設寶髻坊荔香仙院，務望便衣早臨，是荷！」癡珠將單遞給華農，道：「這荔香院你認得麽，怎的咱們没有到過？」漱玉笑道：「這地方華農是進不去呢。如今龍文請你，你題上『知』字，我們都陪你走一遭罷。」

閒文休敘。到了那日三下多鐘，龍文親自來邀，恰好華農在座，便四人四輛車，向寶髻坊趕來。此時已是十月將終，朔風漸烈。癡珠初進巷口，便遥聞一陣笙歌之聲。又走了半箭多路，到了一家前面，車便站住了。四人一齊下車。只見門前一樹殘柳，跟班先去打門。癡珠細看，兩扇油漆黑溜溜的大門，門上朱紅帖子，是「終南雪霽，渭北春來」八個大字。早有人開了門，在門邊伺候。

癡珠四人相讓了一回，跨進來，便是一條磚砌甬道。院中卸着一輛雕輪繡幰的轎車。甬道盡處，便是一個小小的二門。進去，門左右三間廂房，廂房内人已出來，開着穿堂，中間碧油屏門。癡珠留心看那屏門上匾額，隸書「荔香仙院」四個大字。門中灑藍草書板聯一對，是

「呼龍耕煙種瑤草，踏天磨刀割紫雲」

集句。癡珠贊聲「好」！跨進屏門，便是三面遊廊，中間擺着大理石屏風，面面碧油亞字欄干，地下俱是花磚砌成，鳥籠花架，布滿廊廡上下。四人緩步上廳，便有丫鬟掀起大紅夾氈軟簾，早有一股花香撲鼻。方纔要坐下，早聞屏後一陣環佩之聲，走出一麗人。髻雲高擁，鬟鳳低垂，裊裊婷婷，含笑迎將出來，把眼瞧着癡珠道：「這位想是韋老爺麼？」龍文笑道：「你怎麼認得？」便攜着麗人的手，向癡珠道：「此長安花史中第一人物，小字紅卿，吾兄細細賞鑒一番，可稱絶豔否？」癡珠深深一揖道：「天仙化人，我癡珠瞻仰一面，已是三生有幸，『賞鑒』兩字，你可不唐突麼？」紅卿笑道：「韋老爺如此謬賞，令我折受不起。」便讓四人依次而坐。

屋係三間大廳，兩邊俱有套間在內。一會，丫鬟捧上茶來，紅卿親手遞送。已畢，又坐了片刻，漱玉便向紅卿道：「我輩雖非雅客，竟欲到你小院一坐，不知可否？」紅卿笑道：「豈敢。小室卑陋，恐韋老爺笑話。」説着便往裏請，丫鬟前面領着，轉過屏後，又一小小院落。由東邊一道粉牆進了一個垂花門，南面牆下有幾十竿修竹，枝葉扶疏。面南便是三間小屋，窗上滿嵌可窗玻璃。進了屋門，只覺暖香拂面。原來三間小屋，將東首一間隔作臥室，外面兩間遍裱着文綾，西南牆上掛着一個横額，上寫道「玉笑珠香之館」，款書「富川居士」。癡珠細審筆意，極似韓荷生，便向紅卿問道：「這富川居士，可是韓荷生麼？」紅卿點頭道：「是。」漱玉道：「紅卿室中，有一字不是荷生寫的麼！」紅卿因問癡珠道：「你在京會過他没有？」癡珠道：「人是會過，詩也讀過，只是不曾説過話。」紅卿道：「你如今可曉得他的蹤跡麼？」癡珠道：「他狠闊，我出京時，聞他爲明經略聘往軍營去了。」

紅卿、癡珠説話時，漱玉立起身來，步到東屋門邊，掀開房簾，招呼癡珠下炕，道：「你看那壁上許多詩箋，不是荷生小楷麼？」癡珠踱入臥室，見茵藉几榻，亦繁華，亦雅淨，想道：「風塵中人，有此韻致，不減娟娘也。」便從那柳條詩絹上七絶四首瞧起，看到第三首，吟道：

「神山一別便迢遥，近隔蓬瀛水一條。
雙槳風横人不渡，玉樓殘夢可憐宵！」

便道：「哦！這就是定情詩麼？」再瞧那烏絲冷金箋上《金縷曲》一闋，云：

「轉眼風流歇。乍回頭、銀河迢遞，玉簫嗚咽。畢竟東風無氣力，一任落花飄泊。纔記得相逢時節，霧鬢煙鬟人似玉，步虚聲，喜賦《瑶臺月》。誰曾料，輕輕別！

旗亭莫唱《陽關疊》。最驚心、渭城衰柳，灞橋風雪。翠袖餘香猶似昨，咫尺河山遠隔。恐兩地夢魂難接。自問飄蓬成底事？舊青衫，淚點都成血。無限事，向誰説！」

漱玉便向癡珠道：「這便是荷生去年留別之作，沉痛至此！」又望着紅卿道：「你們相別，轉眼便是一年，光陰實在飛快！」紅卿一面答應，一面眼圈早已紅了。漱玉便不往下説。癡珠又瞧那泥金集句楹聯云：

「秋月春風等閒度，淡妝濃抹總相宜。」

點頭道：「必如紅卿，方不負此等好筆墨！」紅卿即讓四人在房中坐下，道：「你的詩名，早有人向我説過。自古文人相輕，實亦相愛。你這般傾倒荷生，怎的見面不扳談呢？」癡珠便將花神廟匆匆相遇及先後題詩一節詳敘出來。紅卿道：「你看過他的詩，你心中自然有了他，他以後讀你的詩，又不知怎樣想你呢。你愛他的詩，他今年都中還有詩寄來贈我，我如今統給你瞧罷。」説畢，便喚丫頭取鑰匙，向枕函檢出浣花箋數紙，遞給癡珠。大家都走攏來，癡珠展誦道：

「冰綃霧縠五銖輕，記訪雲英到玉京。
苔徑曉煙窗外濕，桂堂初月夜來明。
菱花綽約窺新黛，仙果清芬配小名。

最是凝眸無限意，似曾相識在前生。

銀壺漏盡不成眠，乍敘歡情已黯然。
萍梗生涯悲碧玉，桃花年命寫紅箋。
團香和淚常無語，理鬢薰衣總可憐。
莫話飄零搖落恨，故鄉千里皖江邊。」

便道：「原來紅卿是安徽人，流轉至此，可憐，可憐！」説畢，又往下念道：

「玲瓏寶髻重盤雲，百合衣香隔坐聞。
秋剪瞳人波欲活，春添眉嫵月初分。
紫釵話舊渾如夢，紅粉憐才幸有君。
杜牧年來狂勝昔，只應低首縷金裙。

黄昏蜃氣忽成樓，怪雨盲風引客舟。
水際含沙工伺影，花前立馬幾回頭。

哎呀，怎麼起了風浪，不能見面了？」紅卿道：「一言難盡。請往下看罷，這還好呢！」癡珠又念道：

「同心小束傳青鳥，偕隱名山誓白鷗。
獨看雙棲梁上月，爲儂私撥鈿箜篌。

名花落溷已含冤，欲駕天風叫九閽。
一死竟拚銷粉黛，重泉何幸返精魂。」

癡珠讀至此，正要與紅卿説話，誰知紅卿早已背着臉，在那窗前拭淚。龍文便道：「不用念了！」癡珠如何肯依，仍接着念道：

「風煙變滅愁侵骨，雲雨荒唐夢感恩。
只恐乘槎消息斷，海山十笏阻昆侖。

鴨爐香暖報新寒，再見人如隔世難。
握手相期惟有淚，驚心欲別不成歡。
黃衫舊事殷勤囑，紅豆新詞反覆看。
淒絶灞陵分手處，長途珍重祝平安。

金錢夜夜卜殘更，秦樹燕山紀客程。
薄命憐卿甘作妾，傷心恨我未成名。
看花憶夢驚春過，借酒澆愁帶淚傾。
恨海易填天竟補，肯教容易負初盟？

珍珠密字寄烏絲，不怨蹉跎怨別離。

芳草天涯人去後，蘆花秋水雁來時。
雙行細寫鴛鴦券，十幅新填豆蔻詞。
駐景神方親檢取，銀河咫尺數歸期。」

吟畢，大家贊道：「好詩！纏綿宛轉，一往情深！」癡珠到也不發一言，慢慢將詩放在桌上，目視紅卿，默默不語。紅卿停了一會，道：「韋老爺，汝與娟娘情分也自不薄。」癡珠聽説娟娘，便急問道：「紅卿，你知他下落麼？」大家見紅卿突説娟娘，也覺詫異，便一齊靜聽起來。紅卿沉吟一會道：「你既念他，你爲何分手以後，不特無詩，且無隻字？娟娘每向我誦『爲郎憔悴卻羞郎』之句，輒泫然淚下。」癡珠紅着眼眶道：「這『薄倖』兩字，我也百口難分了！只是事既無成，萬里片言，徒勞人意。到底娟娘如今是怎樣呢？」紅卿道：「説起娟娘，我也摸不出他的意思。我家向日避賊入陝，投奔於他，深感他恩義。後來我撐起門户，他嬷便死了。娟娘素來孝順，將衣飾盡行變換，以供喪葬。自此不塗脂粉，長齋奉佛。前年三月初三夜，忽來與我作別，説要去南海朝觀音。我方勸他『心即是佛，不必跋涉數千里路，況目下南邊多事，如何去得』。次日即有人傳説娟娘留一紙字給他姊妹，領一婢不知去向。你道奇不奇呢？」大家聽説，呆了半晌。癡珠尤難爲情。

一會，巨燭高燒，酒殽雜陳，絲竹迭奏。無奈癡珠、紅卿各有心事，雖強顔歡笑，總無聊賴。正是：

兒女千秋恨，人前不敢言。
夜來空有淚，春去渺無痕。

不到二更，癡珠便託詞頭痛散席，偕漱玉先回去。龍文二人也就散了。

不知後事如何，且聽下回分解。

第四回　短衣匹馬歲暮從軍　火樹銀花元宵奏凱

話説太原本古冀州之地，東連燕、豫，西界大河，北有寧武、偏頭、雁門諸關，坐制稱雄，屹然爲神京右衛。逆倭連年由海道蹂躪各省，北天津、登、萊，南則由寧波滋擾浙江，由瓜州滋擾三江。復援金人册立僞齊故事，封了粵西巨寇員壽泉，竊踞金陵。於是淮海之間、大河南北以及兩湖土匪蜂起，逆倭遂得以橫行無忌。朝廷賦額日虧，軍儲日絀，全靠西陲完善之區轉輸支應。山右尤畿疆遮蔽，西北膏腴。是年春間，豫州節度武公部下官軍，迭獲勝仗，逆倭勢蹙，勾引河東土匪，竄入平陽，計欲結連關外回番各部，由草地潛入燕、雲。幸明經略北來，士卒用命，漸次撲滅。是以駐節并州城中，相機剿滅。韓荷生就聘到軍，磨盾草檄，持籌高唱，此其餘事。始而冀州肅清，繼而協同豫州武節度官軍，克期剿賊，得以專籌各道軍餉。此皆韓荷生一力贊成，經略所以十分器重。

忽忽之間，早是十二月了。一日，探馬報稱：「口外回民聚衆數十萬，釃酒歃血，將由關外直撲宣化、錦州等處。」經略急請荷生計議，荷生笑道：「此謡言也。自古出塞必在春夏，目下窮冬，漫山積雪，毋論回民不是銅筋鐵肋，試想草枯水涸，人馬如何走得去呢？但邊境近稍寧靜，有此謡言，亦不可不早爲防備。以愚見料之，大約回民將誆我張皇北顧，乘虛度河擄掠，故造此謡言，教我顧彼失此。爲今之計，當先委幹員前往潼關，探偵動靜，更傳檄雍州節度，早爲捕治。蒲關一帶，亦不可不暗暗戒嚴。老經略高見以爲何如？」經略喜道：「先生此論，洞徹匪徒肺腑。」話猶未畢，只見門上傳鼓，遞進蒲關總兵燒角文書一角。經略忙偕荷生一同披覽，道：

鎮守蒲關總兵游長齡謹稟節帥大人閣下，敬稟者十二月十七日午刻，據黃河渡口巡檢原士規稟稱，探得十六日夜三更，潼關城中失火，關門大開，回民萬餘人，鼓躁而入。一城文武，俱被殺害。聲言聚衆三十萬人，將行北渡。卑鎮即刻出往河干察看，見賊兵帳房布滿西岸。現蒲關守兵自裁撤後，只有八百餘名。深恐兵力單薄，不足防禦。幸各鄉俱有團勇，力扼河岸。惟慮蜂擁而至，衆寡不敵。專此飛稟。

看畢，便向荷生道：「果不出先生所料。但事已至此，如何是好？」荷生慨然道：「此等烏合之衆，大人當以先聲奪之，便令解散，萬不可片刻遲延。今日已四下多鐘了，大人起馬，萬不及事。乞發令箭，調顏參將、林遊擊各帶左右翼兵一千名，連夜出城駐紮，五更兼程趲行，限五日到蒲。大人於明日未刻統領大兵，出城十里駐紮，二十二日長行。某願隨鞭蹬，供大人指揮。」經略遲疑道：「救兵如救火，固當以速爲妙。但今日即行調兵，恐勢有不及，奈何？」荷生道：「左右翼兵即在本營，軍裝原無不備。着今夜駐紮城外，正爲兵丁一切餱糧器械計耳。賊一路必有耳目，若知大兵即到，自然心生畏沮。據報『聚衆三十萬人』，此自狡賊虛張聲勢，然數萬人是必有的。此數萬人未必皆無父母、兄弟、妻子、田產，大半爲賊逼脅出來。某請爲密行曉示，令其自相離異。且平日官軍就道，籌餉辦裝，日延一日，救兵幾有遲至半個月尚未出城者。大人朝聞警，暮出兵，鼠輩聞風，定當膽落。看某仗劍爲大人殺賊哩。」經略道：「先生計畫周到，即請先生同行。所有機宜，悉憑先生調度。」説畢，便傳中軍捧過令箭，教隨荷生到帳前施令。

果然事權在手，威信及人。二十日一早，顏、林二將早已帶兵向蒲州趲行去了。第二日，經略亦偕荷生出城，將一切籌餉事宜統交節度曹公。荷生又將平日先催那一處，先解那一處，某處用某人，某人熟某事，開明節略，送給曹公。曹公接辦，自不費手，也着實欽服荷生材幹。這且按下。

且説顔、林二將，曉夜趲行，到得中途，忽奉令箭一枝、錦囊一個，内固封密札。二人忙拆開同看，道：

頃探得河南土匪阿大郎等，因潼關失守，勢復蜂起，攻陷陝州。兩將軍所帶左右翼兵，由小路星馳，抄至陝州，一鼓殲除，無留一人。再於硤石關左右樹林中，留兵二百名，不時巡哨，多設旌旗，以爲疑兵。定於正月十五日二更後至潼關，看城中火起接應，不得有違！

看畢，急照密札催兵前進去了。

看官，你道顔、林二將，是何等樣人？顔參將名超，係武進士出身；林遊擊名勇，係營伍出身。顔善使單刀，林善使畫戟，俱有萬夫不當之勇。且兩人各有一樣絶技：顔參將能於百步之外樹林中數過第幾枝、第幾葉，射之無有不中；林遊擊能發連珠箭，一開弓射倒三人，再無閃得過的。只是心氣粗暴，言詞大戇，動輒得罪長官，以致十年還是一個守備、一個千總。自經略到晉，克復平陽，會剿陳、汝，他二人便超群絶倫，爲經略賞識了。不半年間，以軍功擢至參、遊，眼見得去總兵不遠哩。看官！汝道人生可不要逢個知己麼？

閒話休講。説他兩人到了河南，果然土匪縱横，焚村劫舍。顔、林兩將所帶皆百戰之兵，分路剿除，不日即將陝州收復。並按着柬帖，在硤石關一帶設下疑兵，專等十五日到潼關接應。暫且不表。

且説那賊匪據了潼關，十餘日不能渡河。城中不過數里地方，能夠搜得出幾多糧草？將向華陰進發，又被西安重兵攔住去路。將往河南擄掠，忽聞經略遣將，將陝州土匪斬殺無遺。並探得一路均有伏兵，幾次出城，俱被官軍擊退。且烏合之衆，本無紀律，回子與番子，只知姦淫擄掠，有勇無謀，弄得個個魂驚膽戰，已有散心。

忽一日，潼關城中貼了幾十處大營告示，衆人瞧道：

欽差大臣經略西南世襲一等威勇侯明示：爲愷切曉諭事。爾陝甘回民，自李唐以來，轉徙内地，食毛踐土，千有餘歲。我朝天覆地載，漢民回民，從無歧視。乃者逆倭犯順，天地不容，神人共憤。蹈是已窮之技，豕無可突之圍。釜底遊魂，苟延旦夕。爾等乃受其指揮，並勾番部，兼脅良民。豈知天上軍來，若風掃葉；漢家兵到，如日沃霜。本爵欽承威命，統領元戎，招募悉拳勇之材，團練集爪牙之利。燕犀排出，爭淬芙蓉；代馬驅來，久肥苜蓿。四圍炮火，中天掣列缺之鞭；一片刀光，半夜射望諸之魄。蝟鋒立折，螳斧徒勞。惟思二百年列聖垂謨，但有如傷之念；十餘萬生靈就溺，誰無欲拯之心。爲此，特宣明諭：爾等俱有官骸，亦念駢誅之慘；誰無妻子，盍思孥戮之冤。兵弄潢池，原屬無知赤子；戈投犅野，即爲歸順黔黎。本爵既往不咎，咸與維新，予以免死之牌，示之投生之路。倘執迷不悟，甘心從逆，則城破之日，必盡殺乃止。其毋悔！某年正月某日給。

於是回民每夜輒有百餘人縋城私詣大營，求給免死牌。旬日之間，來者愈衆，將十萬免死牌給發殆盡。

經略一切事務，俱與荷生計議。且屢奉嚴旨，急命克復潼關，便覺十分愁慮。那荷生每日仍是輕裘緩帶，飲酒賦詩，並傳知蒲關城内居民，照舊安業，開放花燈。到了十五日早辰，荷生在經略帳中，傳出令箭二枝、密札二個，一個與蒲關游總兵，一個與本營李副將。二人看了密札，各自分頭行事，衆人皆不知是何緣故。到了黄昏時候，城中銀花火樹，一色通明。荷生乘馬，帶了五十名兵，在燈市遊了一回，自行出城去了。經略營門，毫不見些動靜。

再説顔、林二將，到了十五日午後，行至潼關二十里外，飽餐戰飯，預備接應。先差探馬探聽，回報：「大營、賊營，隔河相對，未曾打仗。」二人心中疑惑。不一會，日色西沉，月光東上，二人騎馬當先，逶迤望潼關進發。到了關前，已將近二更時候。只見月明如晝，隔河大營内鼓角無聲，又無船隻渡河，只好將兵在汉岸紮住。又過了一個更次，仍無消息，四隻眼只往城中看着。兵士些也有坐的，也有立的，都磨拳擦掌，等候打仗。猛然一回頭，見隔河大營中「赤」的一枝號火騰起，直上雲霄。二將便知有了消息，便命衆兵一齊上馬。隨後又見起了兩枝號火。話言未了，關内信炮連聲，月明之下，到看不出火光，只見滾滾黑煙，衝天四起，人聲鼎沸。二將便令軍士順風向賊營放起火來。麾兵上前，正要衝殺，隔河大營也就大開營門，萬炬齊出，都在東岸上列成隊伍，卻不渡河。那時城外賊營，正在睡夢之中驚醒，倉卒接戰，怎當二將的兵驍將勇。霎時已經死了一半，一半拋戈棄甲，沿河逃生。正在追殺之際，城内關門大開，先擁出三五百人，皆是黄布包頭，大聲招呼官兵：「進城殺賊！」四望城上垛口，人俱站滿，敵樓上懸出一盞大紅燈，上寫着斗大的一個「順」字。二人看了大喜，且不去追趕餘賊，帶領衆兵殺進城來。

是夜，賊衆因探得蒲關内大放花燈，所以毫無防備。半夜忽然聽得四處火起，人聲大呼道：「我等皆明大人官軍，投降者免死！」所有賊首沙龍巴戟，帶着一千心腹，一時措手不及，四散跑出，自相踐踏，死者不計其數。正要出城，迎頭遇着顏、林二將，一陣好殺。只見屍横遍巷，血流成渠。便折轉頭來，想出東門逃命。二將隨後正趕，忽見賊匪紛紛倒地，四路炮響槍鳴，迎面在刀光中閃出一將，手舞大刀，正在那裏殺賊，猶如砍瓜切菜。原來是蒲關游總兵。見了二人，十分大喜，便道：「明爺有令傳與二位，見頭包黄布者免死！」於是合兵一處，搜殺城中番、回各匪，救滅煙火，安撫良民。

此時已是四更，城内城外這一陣殺死的賊，約有萬人，投降者亦有萬衆。只有賊首數人，尚帶着一夥悍賊，拚命殺出城外。又合城外的餘賊番子、回子，一共尚有數千，便想渡河往西搶掠。忽見隔河岸上一片火光，綿亙不絶，遂教番兵引路，打草地内順着河往西行走。卻喜回頭一看，並無追兵，遂放心大膽而進。意欲待天明之後，尋着村莊，擄些飲食。又走了一個更次，已是五更過了。約莫也走了二三十里，月色漸漸西沉，拂拂曉風吹得那河岸上敗葦叢蘆沙沙亂響。遠遠望見河旁，似有幾輛大車停住。往前再走，荒草愈多。正在尋覓路徑，忽聽一聲炮響，三面火光驟發，前後俱被大車滿載柴草，灌上了油，把路都塞斷。一陣風過，遍地的枯草烘烘燒着，草内先埋下無數的鐵炮，引着藥線，直裂横飛。只燒得這一夥數千賊匪，上天無路，入地無門，只往河中亂跳，溺死的也不計其數。其餘均焦頭爛額，血染黄沙了！看官，你道這場火是那裏來的？就是荷生早辰派的李副將在此埋伏，算定賊軍必由此路，故此燒他一個盡絶。

荷生帶了數十名心腹健卒，正在高阜瞭望，見大功已成，十分歡喜。時東方已白，隨即與李副將會在一處，向潼關來。方到關下，早望見經略大纛正在渡河，顔、林、游、李四將，皆列隊相迎。經略一到西岸，見了荷生並四將，便笑吟吟的向荷生拱手道：「深勞先生妙算並諸將勤勞，一戰功成，可喜可賀！」遂與荷生並馬入城，出榜安民。將生擒賊首一齊梟斬示眾。委員訊問未出城回民：有眷屬者，悉令回籍；其單身者，交地方官安插。時雍州節度駐紮同州，約期相見，高宴三日。硤石關伏兵二百名，亦已調回，大兵便凱歌渡河，回太原去了。凡秦晉官民，無不仰慕荷生丰采。每出至道，途擁擠不開。看官，汝道熱鬧不熱鬧呢！正是：

荷有用我，帷幄運籌。
輕裘緩帶，名士風流。

自是逆倭聞風，再不敢窺伺山右了。欲知後事如何，且聽下回分解。

花月痕全書卷一終

花月痕全書卷二

第五回　華嚴庵老衲解神籤　草涼驛歸程驚客夢

上回書説的是荷生東平回匪，那時正癡珠西入蜀川。天寒歲暮，遊子鄉關之感，風人屺岵之思，麕至沓來。頓覺茅店雞聲，草橋月色，觸目驚心，無復曩時興致。行次寶雞，遇一故人，詢及行蹤，因言節度田公於十月杪奉命移廣，已見邸杪，且有「不必來京請訓」之語。癡珠意緒愈覺無聊，想道：「人生遇合，自有定數。到是蜀中風景甲於寰區，自古詩人流寓其地，閱歷一番，也不負負。」癡珠自此入益門，度大散關，寓意山水，日紀一詩，轉也擺脱一切。

這日到了廣漢，廣漢守郭公係癡珠郎舅至戚，迎至署中。十年分手，萬里聚頭，這一夕情話，比西安王漱玉家又是一樣款洽。癡珠借此度過殘年，飲薛濤之酒，鬥花蕋之詩，客邊亦不寂寞。韶光荏苒，轉瞬是二月初旬了。始而傳聞逆賊竄入建昌，逼近東越，繼而傳聞上游失守，會城危在旦夕。癡珠與郭公俱有老親，聞此信息，何等張皇。到三月杪，郭家安信到了，癡珠不得家中一字，如何放心？便差人查探由湖入廣之路。差人回報：「黄州道梗，田公現在留滯長沙。」癡珠急得没法，因想往華嚴庵求籤，指示去路。

原來廣漢有一華嚴庵，係太史金公兆劍之妻馮燕娘所立。燕娘聰穎絶倫，年十九，歸太史，蜀人比之趙松雪夫婦。逾年，太史卒，燕娘不茹葷，奉姑以居。逾年，姑又卒，燕娘遂祝髮奉佛，高坐禪床，足不出户者三十年。由靜生定，由定生慧，一切過去未來之事，洞照無遺。因此把所居捨爲華嚴庵，就菩薩前神籤，指示善男信女迷途，法號蘊空。癡珠前此曾往瞻仰，值蘊空朝峨眉去了，只撰一聯鐫板，送入方丈懸掛。其聯云：

也曾續史，也曾續經，瞻落落名山，博議書成，竹素雙棲留隻影；

未敢言仙，未敢言佛，嘆茫茫孽海，大家身在，柏舟一葉引迷津。

蘊空由峨眉回來，見了此聯，也還點頭稱好。

這回癡珠因要求籤，先期齋戒，於四月初一日清早，洗心滌慮，向華嚴庵來。到了山門，便有齋婆迎接上殿拈香。癡珠磕了頭，跪持籤筒，默禱一番，將籤筒搖了幾搖，落下第十三籤來。重復磕頭起來，問過信筄，便有齋婆送過籤譜。癡珠看頭一句是：

如此江湖不可行，

想道：「這樣湖南走不得了！」又看下句是：

且將來路作歸程。

想道：「還要由山、陝走哩。」再看底下兩句是

孤芳自賞陶家菊，一院秋心夢不成。

想道：「這是怎說？」沉吟一會，重整衣冠，又跪下磕了三個頭，默祝一番，重求一籤。檢出籤譜，看頭一句是：

故園歸去已無家，

便不知不覺流下淚來。又看下句是：

傾蓋程生且駐車。

自語道：「這是遇着什麼人留我哩？」再往下看去，是：

秋月何如春月好，青衫自古恨天涯！

癡珠想道：「這也不是好消息。」正在疑慮，只見殿后一個老尼，年紀七十以外，扶着侍者，慢慢踱過來。齋婆侍立一邊，老尼便向癡珠合掌道：「居士何來？」癡珠急忙回禮道：「比邱即蘊空法師麼？」便一一通了姓名。老尼笑道：「前蒙居士過訪，老衲朝山去了，有失迎候。轉承惠賜長聯，檃括老衲一生行實，令人心感。」癡珠說道：「久欽清節，且仰禪宗，正想向方丈頂禮慈雲，將籤意指示，不意比邱轉出來了。」說畢，便將籤譜帖子遞過，蘊空接着，瞧了一瞧道：「頭一籤，上二句居士自然明白了，下二句後來自有明驗，大約居士與『陶家菊』另有一番因果。第二籤，首一句且不必疑慮，大抵秋菊春蘭，各極其勝。究竟秋菊牢騷，不及春蘭華貴。老衲有三十二字偈，居士聽着。」便說道：

「鶯飛草長，鳳去臺空。黃花欲落，一夕西風。

亭亭淨植，毓秀秋江。人生豔福，春鏡無雙。」

癡珠遲疑不解，呆呆的立着。老尼道：「居士請了！數雖前定，人定卻也勝天，這看居士本領罷。」說着，便扶着侍者，由殿東入方丈去了。

癡珠也不敢糾纏，到客廳吃了茶，疑疑惑惑的回署。過了一夜，想道：「幸是山陝此刻回匪寧靜，儻像去冬那樣光景，就這條路也走不得哩。」因此決計由原路且先入都，再作回省打算。郭公也留不住，只得厚贐數百金，派兩名得力家丁護送至陝。是時初夏時候，途中不寒不熱，山青水綠，比殘冬光景迥然不同。到了梓潼，重經雲棧、翠雲廊、滴水巖、青橋驛、紫柏山、紅心峽諸勝，尤令人心曠神怡。奈癡珠繫念老母在危急中，恨不能插翅南飛，那有心情流連風景。每日重賞轎夫，兼程前進。四月初三起身，至十六夜二更，已到了草涼驛地方。此地上去鳳縣七十里，下去寶雞九十里，本非住宿之所，癡珠因夜深了，只得隨便住下。

是夕月明如晝，跟隨人等趕路疲乏，都睡了。癡珠獨步小院中，對月淒惻。禿頭因癡珠未睡，不敢上床，坐在堂屋打盹，見癡珠在院子裏踱來踱去，遂站起説道：「天不早了，老爺睡罷。」癡珠看錶，已有兩下多鐘，便進房去，叫禿頭服侍睡下。翻來覆去，捱了一會，總睡不着。

忽然，似聞窗外有人頻頻呼喚，又似有人隱隱哭泣之聲。將帳子揭開一看，見斜月上窗，殘燈半穗，黯然四壁，寂無人聲，便又睡下。想起昨日鳳嶺小憩，見那連理重生亭的碑記，文字高古，非時下手筆，便又恍恍惚惚，如身在亭中，援筆題道：

嶺下客孤征，嶺上木連理。連理之木死復生，孤征之客生如死！

題畢，瞥見一麗人，畫黛含愁，彎蛾鎖恨，嬌怯怯的立在山坳，將癡珠凝眸一盼，便不見了。癡珠移步下亭，想道：「怎的這空山中有此麗人，難道青天白日，山魈木魅敢公然出現麼？」正在想着，那腳步卻向山坳走來，不見人跡。剛轉過山坳，又見那麗人手拈一枝杏花，身穿淺月色對襟衫兒，腰繫粉紅宮裙，神情慘淡，立在那裏。癡珠轉過腳步，麗人卻又不見了。並那地方，亦係一片平原，並非鳳嶺。癡珠想道：「我如何又走到這個地方呢？」再一望去，見有一廟，隔一箭多地，便緩步向前。只見廟門洞開，油漆顏色黯淡得狠，是個古廟。廟門直匾大書「雙鴛祠」三字。門堂三間，歪歪斜斜，門上也畫有門神，一扇倒在地下。中間碧油屏門，不成顏色。屏門後甬道砌磚尚自完好，兩傍一柏一松，蒼翠欲滴。癡珠一步步走上臺堦，見廊上東西木柵，中間殿門懸掛板聯一付，是：

秋月春風，可憐如此；

青天碧海，徒喚奈何！

十六個字。用手推那殿門，卻是閉得緊緊的，無縫可窺，不知中間是何神像。由東廊轉至殿後，只見西邊有一小門，踱進門來，卻是朝東的三間屋子，空洞洞的，無一樣傢伙。對面有一亭，亭中豎碑一座，癡珠忙把碑文讀過，是一篇四六。正要背誦一遍，陡見碑石搖動，向身上倒將下來，嚇得癡珠大叫一聲，早把對房跟人驚醒了。

秃頭從睡夢中一骨碌爬起，問是怎麼。大家道：「老爺夢魘了！」癡珠一身冷汗，將眼一掙，瞧着月光燈影，慘然道：「你們不要大驚小怪，没有什麼事，睡罷。」便自坐起，揭開帳子，將燈剔亮，去記那碑文。覺得首尾二段，是全記得；中間兩段，什忘四五。就踱下床來，披上衣服，檢過紙筆，將首段先行謄出。其詞曰：

麴塵走馬，絲柳情長；藥店飛龍，香桃骨損。驥方展足，傷心賦鵩之詞；鳳不高翔，掣淚離鸞之曲。春風眉黛，花管新描；夜雨啼痕，竹斑忽染。瑟彈湘女，落遺響於三秋；環認韋郎，結相思於再世。大抵青天碧海，不少蛾眉見嫉之傷；誰知白袷藍衫，亦多鼠思難言之痛。此雙鴛祠所爲立也。

謄畢，想道：「這段情文，已極哀豔了！近來四六家，那有此付筆墨？」因將次段慢慢的記憶，援筆先謄那首二句云：

「則有家傳漢相，派衍蘇州。」

想道：「怪呀！竟是我家的故事了。」其下還有八字，再記不出。便提筆圜了八圜，謄那底下的，是：

「青箱付託，鯉庭負劍之年；黄嬭編摩，烏几吹藜之夜。」

想道：「這聯以下，還有『名題蕋榜，秋風高掇桂香』一聯呢，如何對語再記不出？」就將十字謄過，又圜了十圜，往下謄去，是：

「輕裘快馬，霜嚴榆棗關前；寒角清笳，月冷胭脂山下。吊故宮於劉石，禾黍高低；聆冷調於伊涼，箏琶激楚。」

謄到此處，要往下寫去，只記不出。想道：「以上數聯，後來篡去作我的墓誌，也還可用。以後數聯，係敘此人抑鬱無聊，得一巾幗知己，筆墨極其淋漓，如何一字也没了？」沉吟半晌，自語道：「咳！恍惚得狠。這數聯中，不是有那『叔寶多愁』對那『長卿善病』麼？怎的記不起，比做更難？」擲下筆，凝思一會，聽得雞聲已唱過兩遍了，便提起筆，另行將那段末數聯謄出，是：

「彩雲三素，忽散魚鱗；寶月一奩，旋虧蟾魄。蓋積勞所以致疾，而久鬱所以傷生。歷險阻之馳驅，風如牛馬；慨身宫之偃蹇，歲在龍蛇。病到膏肓，竟符噩夢；醫雖盧扁，難覓靈方。天實爲之，謂之何哉！」

想道：「如今是第三段了。」段首四句是：

「爾乃亭亭淨植，蓮出污泥；烈烈奇香，蘭生幽谷。」

謄畢，想道：「以下數聯又忘了。」便又另行寫道：

「杯蛇幻影，鬼蜮含沙。縈愁緒以迴腸，蔓牽瓜落；拭淚珠而洗面，藕斷絲長。生不逢辰，久罹荼苦；死而後已，又降鞠凶。填海水以將枯，冤無從雪；涸井波而不起，心早成灰。含笑同歸，樹合韓憑之冢；偷生何益，夢隨倩女之魂。七千里記鼓郵程，家山何處；一百六禁煙時節，野祭堪憐。魂兮歸來，躬自悼矣！」

便自語道：「寫得沉痛如此，真好文章也！末段我便一字不忘了。」遂接寫道：

「於是故人闍部，念攻玉之情，敦分金之誼。黃壚匝地，悲風吹蒿里之音；丹旐孔塗，落日下桂旗之影。襯幡幢之綷縩，翠柏蒼松；升俎豆之馨香，隻雞斗酒。嗟乎！滾滾勞塵，不外至性至情之地；茫茫人海，最難一生一死之交。白馬素車，猶是范張同氣；珠幡寶蓋，終殊娟潤雙棲。咽汾水之波聲，淒涼夜月；拜曇花之幻影，惆悵春風。逝者如斯，竟成千古；人如可作，重訂三生。川嶽有靈，永護同心之石；乾坤不改，終圓割臂之盟。」

謄畢，窗紙上早已曉日曈曈了。癡珠復朗吟一遍。禿頭暨眾人早已收拾行李伺候。癡珠纔拭臉漱口，便上車向寶雞進發去了。正是：

人生能有幾，貿貿馬蹄間；
天與閒身好，如何不肯閒？

欲知癡珠一籤一夢後來若何應驗，且看下回分解。

第六回　勝地名流禊修上巳　金樽檀板曲奏長生

話説明經略奏凱班師，一路偕荷生察看形勢，增減防兵，直到二月杪始抵太原。闔城官員，以次排設慶賀筵宴。三軍蕘藻，萬姓歡虞，也不用鋪張揚厲。還有那本地紳士，因荷生破賊有功，便邀了荷生同年梅小岑太史、歐劍秋侍講，定於上巳日，專席特請荷生洗塵；傳齊本年花選上十妓潘碧桃、顔丹翬、張曼雲、薛瑶華、冷掌珠、傅秋香、賈寶書、楚玉壽、王福奴、劉梧仙，都到柳溪彤雲閣伺候。柳溪在陽曲縣署西一里，汾堤之東。宋天禧中，陳堯佐知并州，因汾水屢漲，築堤，周五里，引汾水注之，旁植柳萬株。中有秋華堂，堂外有芙蓉洲。每歲上巳，太守泛舟修禊，郡人遊觀於此。數百年來，久圮於水。十年前，太原太守率官吏士民，立汾神臺駘祠，因復舊跡。彤雲閣是上下兩層，溪北最高之處，四面明窗，俯瞰柳陰中漁莊稻舍、酒肆茶寮，宛如天然圖畫。溪南一帶，桂樹遮列如屏，便是秋華堂。東邊一帶垂楊，汾流環繞。西邊池水一泓，縱橫數畝，源通外河，便是芙蓉洲。

到了這一日，彤雲閣下層早排設得錦天繡地一般。巳初一刻，教坊十妓齊集。不一會，縉紳和梅小岑、歐劍秋陸續也到了。一面催請荷生。小岑、劍秋和那十妓説説笑笑，都説道：「就現在教坊腳色論起來，今年花選，秋痕壓在煞尾，也算抱屈了。」秋痕係梧仙小字。秋痕冷笑道：「這也没有憑據，若説第一，那個不想取上呢？我們本是憑人排弄的，愛之加膝，不愛之便要墜淵，又有什麼憑據可説得出來？」丹翬也説道：「這個是平心的話。」

正說着，外面報說：「韓師爺來了！」縉紳大家也就走下臺堦拱候。十妓都迎接出去，在閣門外一字兒花摇柳顫，排着等候。停了一回，只見一匹頂馬從柳陰中轉出，便見四人抬、兩人扶一座藍呢大轎，中間坐着彩雲皓月一般的韓荷生。後頭一群人，約有十餘個跟着。將到大門，教坊早已奏動鼓樂，十妓都請過安，荷生轎裏也點一點頭。轎子停下，荷生出轎，將他們打諒一回，便移步跨進門來。見大家都在堦下，便躬身上前，與大家相見。問了好，即攜着小岑的手，同上臺堦。大家跟着進了彤雲閣，重新見禮。

大家讓小岑陪荷生上炕坐了。家人獻上茶來，荷生道：「諸公如此盛設，小弟何以克當！」那縉紳中有一個姓苟名才字子慎，搶着站起來，陪笑說道：「聊備杯酌，以伸景仰之意，還求荷翁勿以簡褻爲罪哩。」劍秋笑道：「我們都是軟紅塵裏弟兄，不說套話罷。」

此刻吹打停了，湘簾高捲，十枝花裊裊婷婷，都在兩廊，也有說笑的，也有理鬢的，也有更衣的。掌班們儘催着他們上去伺候，秋痕道：「我是不上去的。你看一屋子堆着許多人，這般早，上去做什麼。」說着，便攜着掌珠，從西廊小門向堤邊逛去了。這裏碧桃、丹翬、曼雲三人，只得移步上來，對荷生請了安。荷生知道這些都是花案上及第的，便也世故起來，攙住碧桃的手道：「都非凡豔！」隨將姓名年紀一一問過，便說道：「我下轎時瞧見一位穿藕紫衫、葱綠裙的，怎麼不見呢？」小岑道：「那是梧仙。」子慎趕着立起身來，走到簾邊，傳喚梧仙。狗頭急忙答應，卻四處找尋不見。玉壽道：「他剛纔和掌珠從這角門出去。」狗頭便從角門去追尋二人，掌珠班長也跟着。一會，纔把兩人領來。這裏卻將秋香、寶書、瑤華、玉壽、福奴都喚上去了。狗頭便將秋痕送到簾邊。

看官！你道這狗頭是什麼人呢？卻是秋心院一個掌班，因他生得怪頭怪腦，以此，都喚他做個「狗頭」。而且他又有個怪相，是兩眼下有二黑斑，也像兩眼，以此，人又喚做「四眼狗」。後來鬧得幾多事出來，這且按下。

當下秋痕和掌珠到了簾邊，看見一群兒都圍在炕前，便推着掌珠先走，自己落後。座上人臉都向上，聽着荷生說話，也不瞧見他兩個。倒是小岑從人縫中看見掌珠，便問道：「秋痕呢？」於是群花閃開，掌珠攙着秋痕，向荷生同請了一安。荷生見秋痕別是一種灑落的神情，因向小岑道：「我卻不想并州儘有許多佳麗，就這榜末秋痕，已自出人頭地了！」小岑道：「一經品題，聲價十倍，吾兄賞識，自是不凡。」

再看秋痕，早是秋波盈盈，默然不語。荷生便向群花說道：「站了好一會，今日太難爲着二十瓣金蓮了，請散開坐坐罷。」子慎便跟着說道：「兩旁空椅，你們隨意坐着。韓師爺是個憐香惜玉的人，再不拘你們的。」秋痕早輕移蓮步，從東走向窗下花架傍一把小方椅那裏去了。大家也有跟着走去的，也有向西窗下去的。

荷生便向眾縉紳談了一回潼關破賊的事，復又笑道：「人生蹤跡，不能預料。兩月以前，戎馬倥傯，豈知今日群花圍繞，玉軟香溫？但今年花選，小弟不揣冒昧，卻要重訂一過，諸公以爲何如？」劍秋笑道：「吾兄又要翻案了。」眾鄉紳同接着口道：「這又何妨呢，千金請不到這樣名公評定哩！」荷生笑道：「豈敢豈敢！只是這遊戲筆墨，各存一說，諒亦無礙。」子慎便說道：「今年花選，本來公論是不依呢。」正說着，家人回說：「酒筵已備。」荷生便立起身來，和小岑、劍秋招着秋痕、丹翬、曼雲，閣門外散步。

這裏七手八腳，將席抬上。正面擺着一席，兩邊排着四席。每席先是三個座。兩廊教坊吹打三次，家人捧上酒來，大家送酒安席。正面是荷生，小岑、劍秋陪坐。縉紳們分坐四席，每席兩枝花伺候。小岑、劍秋曉得荷生意思，便喚跟班排兩個座在下橫頭，令丹翬、秋痕坐了。於是四席也照樣起來。然後大家都換了便衣。

酒行三巡，曼雲等出位，走到正面席前，以次呈上歌扇。秋痕、丹翬也站起來。荷生就隨意將各人都點了，只把秋痕的扇子握在手中，且令歸坐。慢慢的讓酒吃菜，聽那曼雲等或二簧，或小調，抑揚亢墜，百轉嬌喉，合着琵琶、洋琴、三弦諸般樂器的繁音促節，已是眉飛色舞，豪情勃發了。

好一會，曼雲等以次唱完。小岑笑道：「如今該是秋痕昆腔一開生面了！」荷生便向秋痕笑道：「你這扇上大半是《燕子箋》《桃花扇》《西樓記》《長生殿》，可見是個名家了。只是你有會得全齣的没有？」秋痕站着答應道：「只有《長生殿・補恨》旦曲是全會的。」荷生喜道：「好極！我就請教這一齣。」劍秋笑道：「我雖不懂這些，只全齣旦曲，就是難爲人的事。」秋痕道：「不妨。」於是大家靜悄悄的。荷生要過鼓板，親自打着；教坊子弟吹着笛，彈着三弦，聽秋痕斂容靜氣的唱道：

「嘆生前，冤和孽，纔提起，聲先咽。單則爲一點情根，種出那歡苗愛葉。他憐我慕，兩下無分別。誓世世生生休抛撇。不提防慘淒淒月墜花折，悄冥冥雲收雨歇！恨茫茫，只落得死斷生絶！」【普天樂】

荷生見秋痕一開口已經眼眶紅了，到末了「只落得死斷生絶」這一句，竟有忍不住淚的光景，便將青萍纔泡上蓮心茶親手捧給秋痕，道：「你吃了這鍾茶，下一支我唱罷。」便一面打鼓板，一面唱道：

「聽説舊情那些，似荷絲劈開未絶，生前死後無休歇。萬重深，萬重結。你共他兩邊既恁疼熱，况盟言曾共設！怎生他陡地心如鐵，馬嵬坡便忽將伊負也？」【雁聲過】

小岑、劍秋俱拍案道：「好！」荷生笑道：「我們少唱，板眼生疏得狠，不及他們的嫻熟。」秋痕道：「韓師爺板眼自然是講究的，我們班裏總不免有含糊處。」便接着唱道：

「傷嗟，豈是他薄劣。想那日遭魔劫，兵刃縱横，社稷阽危，蒙難君王怎護臣妾？妾甘就死，死而無怨，與君何涉！怎忘得定情釵盒那根節。」【傾杯序】

荷生喝聲「好」，便説道：「未免有情，誰能遣此？」劍秋道：「詞本好的，秋痕又能體會出作者的意思，抑揚頓挫，更令人魂銷。」荷生道：「我要浮一大白了！」於是丹翬執壺，秋痕斟酒，劍秋、小岑、荷生俱乾了一大杯。秋痕歸坐。小岑道：「如今我獻醜罷。」便討一鍾茶，漱了口，唱道：

「你初心誓不賒，舊物懷難撇。是千秋慘痛，此恨獨絶。誰道你不將殞骨留微憾，只思斷頭香再爇。蓬萊宮闕，化愁城萬疊。怕無端又令從此墮塵劫。」【玉芙蓉】

大家都拍手道：「好呀！」子慎道：「我從來不曉得小岑會昆曲，今日纔請教呢。」小岑向秋痕笑道：「貽笑大方！」秋痕便也向着小岑一笑，接着唱道：

「位縱在神仙列，夢不離唐宮闕。千回萬轉情難滅。雙飛若注鴛鴦牒，三生舊好緣重結。又何惜人間再受罰折！」【小桃紅】

秋痕唱了這支，眼眶又紅了。小岑瞧着，便説道：「等我再效勞罷。」接着唱道：

「那壁廂人間痛絶，這壁廂仙家念熱。兩下裏癡情恁奢，癡情恁奢。我把彼此精誠，上請天闕。補恨填愁，萬古無缺。」

秋痕背過臉，接着唱道：

「還只怕孽障周遮，緣尚蹇，會猶賒！」【大催拍】

荷生笑向秋痕道：「以下便是尾聲了。」就唱道：「團圓等候仲秋節，管教你情償意愜。」當下秋痕向着荷生一笑，也背過臉接着唱道：「只我這萬種傷心，見他怎地説！」

秋痕唱完，荷生十分歡喜，教丹翬斟上大杯酒，和小岑、劍秋每人喝了三大杯，四席上縉紳也隨意飲了幾杯。丹翬陪了三大杯，秋痕量小，只得將小杯陪飲。荷生道：「先前散步，瞧着堤邊預備有船，我們攜此酒，到船上去坐一回，也算不負修禊良辰。」大家俱欣然願意。劍秋道：「船上那裏容得這多人呢？」子慎道：「早預備過，船有五六支，分開坐罷。」於是五支船，仍是五席。小岑、劍秋陪着荷生下船。一會，蕩入水心。遥望着曠遠芊綿，水煙凝碧，那秋華堂、汾神廟樓閣參差，倒影波中，澄澈空明，真令人胸襟潄滌，不着一塵。那教坊子弟打起《十番》，十妓便齊聲唱起《采蓮歌》來。前後嬌聲婉轉，響遏行雲。當下水陸並進，珍錯羅列。

到了黃昏，方纔將船仍蕩到彤雲閣。荷生早已醺然，叫索安將一百兩銀錁分賞十妓，另將自己身上帶的一塊翡翠九龍佩送給秋痕。轉身謝了衆人，先坐轎去了。各縉紳車隨到，也隨散了。只有小岑、劍秋、子慎三人車久不到，便和十妓説些閒話。丹翬等見荷生今日如此看重秋痕，也有妒忌的，也有替他歡喜的，那秋痕終是冷冷的。子慎便説道：「秋痕，你也該懂些巴結。譬如今日韓師爺這樣另眼看待你，你就没有一點格外招呼，你們到底是爲着什麼來呢？」

秋痕今日因是走開閒逛，誤了呼喚，已受狗頭一番絮聒，聽着子慎教訓他，便哭起來，説道：「自己會巴結，儘管巴結；人家不會巴結，必要教人巴結，這是何心呢！」子慎聽了，又羞又怒，登時變起臉來道：「你這東西，真是個不成材料！我好好的和你説話，你爲什麼哭起來？你到底有人教管没有？」秋痕正要發話，劍秋忙過來扯到裏間，説道：「你哭什麼呢？荀老爺説你，原是好意，你不要認錯了。」小岑也將子慎扯到炕上，和曼雲一塊坐着，説道：「這妮子脾氣總是這樣，難怪人嫌。」子慎道：「我一團好意，倒惹的他搶白起我來，叫我怎麼不惱！」小岑只得十分排解，劍秋裏邊也勸了秋痕許多話，纔把兩下的氣都平了。好是子慎車先到了，便招呼着大家，上車而去。劍秋力勸秋痕出來送子慎上車，秋痕抵死不肯。子慎去了，小岑、劍秋便叫秋痕班長先送秋痕坐車回去。小岑、劍秋隨後車來也就走了。丹翬大家自有各人的班長、各人的車馬伺候。客都散完，便鶯梭燕掠的一般，紛紛的分路回家。正是：

酒闌人散，月上星稀；

錦天繡地，轉眼皆非。

欲知後事如何，且聽下回分解。

第七回　翻花案劉梧仙及第　見芳譜杜采秋束裝

話説山右教坊，設自遼金。舊例每年二月花朝，巨室子弟作品花會。其始原極慎重，延詞客文人，遴選姿容，較量技藝，編定花選，放出榜來。後來漸漸廢弛，以致篾片走狗靠此生活，於是真才多半埋没，儘有不願赴選者。

今年是個涂溝富户馬鳴盛，字子肅，充作頭家。請一南邊人，姓施名利仁，字蘆巖，主持花案。這利仁年紀二十餘歲，生得頎長白晳，鼻峰高聳，昆腔、二簧、琵琶、三弦，都還會些，只是胸無點墨，卑鄙刻薄，無所不爲。似這種人主持花案，這花選尚可問麼！到了出榜這日，優姿夷寺地方彩亭上粘着榜文，是潘碧桃第一，劉梧仙第十，案下嘩然。奈教坊司早已詳縣存案，就也没人來管閒事了。

卻説荷生那日回營，勾當些公事，天已不早，便吃點茯苓粥。青萍等伺候睡下，都退出去。荷生對着那一穗殘燈，想道：「今日這一聚，也算熱鬧極了。丹翬、曼雲自是好腳色；掌珠、秋香秀骨姍姍，也過得去；只有秋痕，韻致天然，雖肌裏瑩潔不及我那紅卿，而一種柔情俠氣，真與紅卿一模一樣！且歌聲裂石，伎藝較紅卿似還強些。不知那花選何以將他屈在第十？我定當另編一過，飭教坊司更正纔好。」又想道：「芙蓉洲風景，到了夏月，荷花盛開，自然更好。我今日已約下小岑、劍秋，到那日作一東道，回敬他們。咳！只可惜紅卿不在這裏。」便朦朦朧朧的，好像身子還在芙蓉洲船上，又像是席散時候。

陡然，那邊飛過一支畫船來，船裏一個麗人，倚着船窗看水。荷生便將頭探出窗來，正與那麗人打個照面，卻是紅卿。便急問道：「你什麼時候到了？」紅卿只是笑，那船早離有一箭多地了。荷生忙喚人追趕，回頭一看，船上靜悄悄的，只有秋痕一人，背着臉，靠在那邊船窗。便問道：「他們往那裏去了？」秋痕轉過臉來，卻不是秋痕，又另是一個麗人，濯濯如春月柳，灩灩如出水芙蓉，比秋痕還好！那麗人又只是瞧着荷生笑。荷生待向前說話，只見那麗人說道：「你只認得劉秋痕，那裏認得我呢？」荷生正要回答，那麗人卻不見了，船中只是自己一人。再一回盼，又見那麗人卻攜着紅卿的手，在岸邊亭子上並肩而立，喜得心花怒開，急忙跑上岸來，迎前一看，卻是丹翬、曼雲。荷生此時恍恍惚惚的，便急問道：「你看見紅卿麼？」只見丹翬沉着臉道：「你是什麼人？怎的混跑到這裏來！」便攜着曼雲，從亭子上小門進去了。荷生想道：「分明這是丹翬、曼雲，如何他們變了臉，不認我呢？」再一看來，那裏是岸，卻是一家池亭，想道：「今天我怎的這樣迷惑起來，莫非是夢中幻境麼？」正想着，只見那池邊樹林裏跑出幾個回子，手執短刀，見了荷生，都道：「這就是前日在潼關山上教人放火的人，不可放走了！」荷生吃了一驚，往園中便跑。又見紅卿和那麗人靠着池邊欄杆，吟吟的笑。荷生此時也不管禍福，忙上亭來，跑向前去。後面那幾個回子隨後趕來，攔腰抱住。唬得滿身冷汗，撐開眼來，卻是一夢。回憶夢境，如在目前，心上猶突突的亂跳。想道：「此自是上床時胡思亂想所致。」便自收攝精神，掃除思慮，就也安然睡着了。

次日起來，午窗無事，便將十花品第起來。也不全翻舊案，只將秋痕、碧桃前後挪移，便另是一番眼界了。開首撰一小序，每人名下各繫一傳，傳後各綴一詩，即日發刻。數日之間，便轟傳起來。

看官，你道那教坊司敢不更正麼！只這幾頁花選，卻是胭脂山的飛檄，氤氳使的靈符，早招出一個絕代佳人來。你道這佳人是誰？就是第一回書中說的杜采秋。這采秋系雁門樂籍，他的母親賈氏，那年身上有娠，夜夢一仙女手拈芙蓉一枝，説道：「此係石曼卿芙蓉城裏手植，數應謫落人間，在你手裏受了二十年魔劫，然後根移綠墅，果證青娥。」説畢，擲花於懷，賈氏腹痛而醒。是夕生一女，因名夢仙，小字采秋。采秋生而聰穎，詞曲一過目，便自了了，不特琵琶、弦索能以己意譜作新聲，且精騎射，善畫，工書，以此名重雁門。到十六歲上，便有一豪客，破費千金梳櫳了。每年四五月，到了并門，扇影歌喉，一時無兩，以此家頗饒足。然性情豪邁，有江南李宛君、顧眉生之風。千萬金錢，到手輒盡。舊年十二月，關外訛言四起。采秋將萬貫釵釧衣服，盡行棄去，購書十餘架。客問其故，采秋説道：「釵釧衣服，賊來便是禍根。换此數百萬卷書，賊將不顧而去。不好麽？」其實采秋是乘此機會，要擇人而事，不理舊業。後來大兵東出，平了回匪，他家朝夕絮聒。説他：「年紀纔二十歲，不爲全家圖些基業，專要讀書、做詩、寫字，難道真要去考博學鴻詞，作女學士麽？」采秋拗不過他爺娘意思，只得出來，略略酬應。

一日，侍兒紅豆傳説：「洪相公來訪！」看官聽着，這洪相公也是此書中一個要緊的人。此人單名海，字紫滄，現年三十五歲，拳勇無敵，卻溫文爾雅，是個做秀才的本色。以此，雁門人個個敬愛他。采秋便延入内室客座，閒話一回。紫滄便從靴靿裏取出一本書來，説道：「今年花選，你見過麽？」采秋道：「那花選有什麽看頭呢！所選的人，横豎是并州那幾個粉頭，又難道又有個傾國傾城的出來麽？果然有個傾國傾城的上那花選，也就玷辱！」紫滄笑道：「你這議論，實在痛快！只是這一番，又有個人出來，將花案翻過，你瞧罷。」便將花選一本，遞給采秋。

采秋揭開一看，書目是《重訂并門花譜》。便問道：「這重訂的人，是個什麽樣的名公呢？」紫滄笑道：「你不要問人，且看這人的序如何再説。」采秋便將小序念道：

「露朵朝華，奇葩夜合；蓮標淨植，絮染芳塵。羌託跡之靡常，遂分形而各寄。豈謂桃開自媚，柳弱易攀。生碧玉於小家，賣紫釵於舊邸。羞眉解語，淚眼凝愁。彈秋之曲四弦，照春之屏九折。况兼筆妙，迴似針神。允符月旦之評，不愧霓裳之詠。昨者躬逢良會，遍賞名花；又讀新編，足稱妙選。惟武陵俗豔，寵以高魁；」

便説道：「潘碧桃取第一麼？」又念道：

「而彭澤孤芳，屈之末座。」

便説道：「這『彭澤孤芳』是誰呢？」又念：

「私心耿耿，竊不謂然。用是再啟花宮，重開蕊榜。登劉蕢於上第，許仙人爲狀頭。背踏金鰲，憶南都之石黛；歌傳紫鳳，誇北地之臙支。願將色藝遍質同人，所有是非，付之衆論云爾。富川居士撰。」

念畢，説道：「好一篇唐小品文字！這富川居士定不是北邊人了？你説罷。」紫滄道：「你且往下看，尚有筆墨呢。」采秋見第一個題名是：

霜下傑劉梧仙

便説道：「呵！劉蕢登上第，仙人得狀頭了！究竟這劉梧仙是誰呢？怎的我在并州没有見過，且不聞有這人呢？」紫滄道：「你怎的忘了？那小班喜兒，你就没有會過麼？」采秋道：「呵！就是他麼？人到不曾見過，卻聽見有人説，這喜兒長得模樣狠好，肚裏昆曲記得狠多，只是脾氣不好，不大招呼人。仿佛去年有人説他搬回直隸去了，怎麼這回又來了？今番取了第一，這富川居士也算嗜好與俗殊鹹酸，不肯人云亦云哩。」説畢，便看那小傳道：

梧仙，姓劉氏，字秋痕，年十八歲，河南人。秋波流慧，弱態生姿。工昆曲，尤喜爲宛轉淒楚之音。嘗於酒酣耳熱、笑語雜沓之際，聽梧仙一奏，令人悄然。蓋其志趣與境遇，有難言者矣！知之者鮮，無足責焉。詩曰：

説道：「好筆墨！秋痕得此知己，可以無恨矣。」便將詩朗吟道：

生來嬌小困風塵，未解歡娛但解顰。
記否采春江上住，懊儂能唱是前身。

吟畢，説道：「詩亦佳。」再看第二名是：

虞美人顏丹翬

便説道：「虞美人三字，狠切丹翬的樣子。」看那小傳道：

丹翬，姓顏氏，字幺鳳，年十九歲。姿容妙曼，妍若無骨，豐若有餘。善飲，糾酒錄事，非幺鳳在坐不歡也。至度曲，則不及梧仙云。詩曰：

衣香花氣兩氤氳，妙帶三分宿醉醺。
記得鬱金堂下飲，酒痕翻遍石榴紅。

再看第三名是：

淩波仙張曼雲

曼雲，姓張氏，字彩波，年十九歲，代北人。風格雖不及梧仙，而風鬟霧鬢，妙麗天然；裙下雙彎，猶令人心醉也。詩曰：

偶然撲蝶粉牆東，步步纖痕印落紅。
留與天遊尋舊夢，銷魂真個是雙弓。

再看第四名是：

玲瓏雪冷掌珠

掌珠，姓冷氏，字寶憐，年十九歲，代北人。寡言笑，而肌膚瑩潔，朗朗若玉山照人。善病，工愁，故人見之輒愛憐不置。詩曰：

牢鎖春心豆蔻梢，可人還似不勝嬌。
前身應是隋堤柳，數到臨風第幾條。

再看第五名是：

錦綳兒傅秋香

秋香，姓傅氏，字玉桂，年十四歲，湖北人。眉目如畫，初學度曲，裊裊可聽，亦後來之秀也。詩曰：

綠珠生小已傾城，玉笛新歌宛轉聲。
好似旗亭春二月，珠喉歷歷囀雛鶯。

再看第六名是：

銷恨花潘碧桃

碧桃，姓潘氏，字春花，年十七歲。美而豔，然蕩逸飛揚，未足以冠群芳也。詩曰：

昨夜東風似虎狂，只愁枝上卸濃妝。
天台畢竟無凡豔，莫把流紅誤阮郎。

再看第七名是：

占鳳池賈寶書

寶書，姓賈氏，字香卿，年十七歲，遼州人。貌僅中姿，而長眉曲黛，善於語言。詩曰：

春雲低掠兩鴉鬟，小字新鐫在玉山。
何不掌書天上住，卻隨小劫落人間？

再看第八名是：

燕支頰薛瑤華

瑤華，姓薛氏，字琴仙，年十六歲，揚州人。喜作男子妝，學拳勇，禿袖短襟，詼諧倜儻，樂部中之錚錚者也。詩曰：

寶髻玲瓏擁翠鈿，春花秋月自年年。
蒼茫情海風濤闊，莫去淩波學水仙。

再看第九名是：

紫鳳流楚玉壽

玉壽，姓楚氏，字秀容，年十八歲。善肆應，廣筵長席，玉壽酬酢終日，迄無倦容。詩曰：

花氣濃拖兩鬢雲，絳羅衫子縷金裙。
章臺別後無消息，芳草天涯又見君。

再看第十名是：

婪尾香王福奴

福奴，姓王氏，字惺娘，年二十三歲，代北人。楊柳多姿，桃花餘豔，以殿群芳，亦爲花請命之意云爾。詩曰：

柳花撲雪飛難定，桃葉臨江恨總多。

願借西湖千頃水，聽君閒唱《采菱歌》。

看畢，便將書放在茶几上，向紫滄道：「到底這『富川居士』是誰呢？」紫滄道：「此人非他，便是正月間大破數十萬衆回子的那個韓荷生！」采秋沉吟一會，纔説道：「他還有這閒功夫弄此筆墨？」紫滄道：「這荷生奇得狠！聽得人説，他在軍中是詩酒不斷的。就是破賊這一日，也還做詩喝酒哩。」采秋道：「這也沒有什麽奇處，那諸葛公彈琴退敵，謝太傅談棋賭墅，名士大半專會搴調！只如今就算得江左夷吾，讓他推群獨步了！」紫滄笑道：「可惜你是個女子，若是男子，你這口氣是要賽過他哩！」説得采秋也吟吟的笑了。又閒談了一回，天色已晚，紫滄去了。

采秋便將《芳譜》攜歸臥室，叫紅豆爇一爐香，烹一鍾茶，在銀燈下檢開《芳譜》，重看一遍。想道：「我只道現在讀書人給那八股時文、五言試帖捆縛得個個作個書呆；不想也還有這瀟灑不群的人，轉教我自恨見聞不廣，輕量天下士了。」因又想道：「他既有此心胸眼力，如何不知道我杜采秋呢？你要重訂《芳譜》，也不問問，就把什麽丹翬的酒量、曼雲的弓彎，都當作寶貝一般形諸歌詠，連那玉壽、福奴，都爲作傳，這不是浪費筆墨麽！」停了一回，又想道：「我不到太原，他如何知道我呢？這也怪不得他。」癡癡呆呆，想來想去，直到一下鐘，賈氏進來幾次，催他去睡，纔叫紅豆和老嫗服侍睡下。

次日，又沉吟了一日，便決計與他父母商量，前往并州。他爺娘是巴不得他肯走這一遭，立刻料理衣裝，不日就道了。正是：

人生最好，一無所知；
若有知識，便是大癡。

欲知秋痕、采秋後事如何，且聽下回分解。

第八回　呂仙閣韓荷生遇豔　并州城韋癡珠養痾

話説荷生自重翻《芳譜》之後，軍務日見清閒。一日，奉着報捷的回批，經略賞加太保銜，大營將吏俱有升擢，荷生也得五品銜。彼此慶賀，不免又是一番應酬。

光陰易過，早是四月中旬。長日倦人，又見芍藥盛開，庭外丁香海棠，紅香膩粉，素面冰心，獨自玩賞一回。鳥聲聒碎，花影横披，遂起了訪友的念頭、尋芳的興致。帶了青萍，騎了一匹青海驄，也不要馬兵跟隨，沿路去訪梅小岑、歐劍秋諸人。一無所遇，大爲掃興，便欲回營。

走到東南城根邊，遥見一帶波光，澄鮮如鏡，掩映那半天樓閣，儼如一幅畫圖。便問青萍道：「那是什麼地方？」青萍道：「小的未曾到過。」荷生便信馬行來，原來是一座大寺院。門前古槐兩樹，蔽日參天。牆外是大池，縱横十畝，繞着水是緑柳成行，黄鸝百囀，便覺心曠神怡。遂下了馬，看那寺門上横額是「呂仙閣」三字，便令青萍拂去了身上的塵土，將馬繫在柳陰中。荷生緩步走到堤邊，看那遊人垂釣。忽聽閣上數聲清磬，度水穿林，更覺滌盡塵心，飄飄意遠。又信步走進寺門，早見有一輛繡幰香車，停在門内。便向青萍道：「那不是内眷的車麼？不用進去衝撞他們了。」青萍道：「老爺騎了半天馬，又站了這一會，也該歇一會兒。廟裏地方大，那裏就單撞見他們哩？」荷生點點頭道：「你且在此等着。」遂一人踱進門來，静悄悄的，只有那車夫在石板上打盹。轉灣到了東廊，見兩三個小道士在地下擲錢玩耍，也不招呼荷生。荷生便一直向後走來。只見寶殿琳宮，迴廊複道，是個香火興旺的古剎。

原來這純陽宮正殿以後，四圍俱係磚砌成閣，閣分三層：上層左臨試院，萬片魚鱗；右接東城，一行雉堞；遠則四圍山色，萬井人煙；近則數畝青畦，一泓綠水。中層爲上下必由之道，兩邊石磴各數十級。下層做個月洞，係出入總路。荷生剛到下層洞門，只聽一陣環佩聲，迎面走出花枝招展的兩個人來，便覺得鼻中一股清香，非蘭非麝，沁人心脾，自然會停了腳步。定睛一看，一個十四五歲的身穿一件白紡綢大衫、二藍摹本緞的半臂，頭上挽了麻姑髻，當頭插一朵芍藥花，下截是青縐鑲花邊褲，微露出紅蓮三寸，笑盈盈的，已似海棠花，嬌豔無比。一個年紀大些，真是寶月祥雲，明珠仙露，這道神采射將過來，荷生眼光自覺滉漾不定。幸是到了眼前，不得不把心神按定，閃過一旁，讓這兩人過去。這兩人也四目澄澄的瞧了一瞧。荷生覺得那絕色眼波更傾注在自己身上，那一縷魂靈兒好像就給他帶去，跟着出了洞，走過院子，將次轉出正殿，這絕色的回頭一盼，纔把精魂送轉。這兩人都不見了，兩條腿尚如釘住。停一會，緩步向前，恍恍惚惚，記那絕色身上穿的是一件鑲花邊淺藍雲蝠線縐單衫，下面是百摺淡紅縐裙，微露出二寸許窄窄的小弓彎；頭上是挽個懶雲髻，簪一枝素馨花，似乎是縐着春山的光景。

一路上凝神渺慮，細細追摹，不知不覺已走到後面閣上第三層扶梯了。且喜並無一人窺見心事，也就步上扶梯，靠着危欄，想道：「那一個十四五歲的是個侍兒，決無可疑了。這一個絕色是那一家宅眷？怎的如許年輕，只帶一婢來廟呢？若説是小户人家，那服飾態度，萬分不像。咳！似此天上神仙，人間絕色，此地青樓決無此等尤物，這也不用説，譬如果有這樣一個人，無論丹翬、曼雲，就是秋痕怕也趕不上！只是人家宅眷，無心邂逅，消受他慧眼頻頻垂盼，已算是我荷生此生豔福，以後還要怎樣呢！」這樣一想，登時把先前思暮心腸，如濯向冰壺，不留渣滓，倒也爽然。流覽一回，覺得口渴，緩步出來。一個老道士遞上一鍾茶，卻喝不得。瞧着錶已有三下多鐘了，趕着出門，喚過青萍，跨上馬，把鞭一捎，那馬如飛的馳歸大營去了。

看官，你道荷生所遇的絕色究竟是誰？原來就是杜采秋。采秋自那日決計出門，次早便和他媽擇了日期，帶着老嬷、丫鬟、火伴上路。按站到了太原，就寓在菜市街愉園。這園雖不甚大，卻也有些樹木池亭，數十間邃房密室。本是巨家别業，後來中落，此園又不轉售於人，關閉數年，屋宇漸漸塌壞。采秋去秋以二千金買之，略加修葺，便也幽雅異常。只是他娘賈氏，因途次感冒，成了重症，日重一日。采秋晝夜伏侍，轉把來訪之客，概行謝絶。此時已半個多月了，見他媽病勢有增無减，因此特來呂仙閣求籤許願，不想遇見荷生。

其實采秋意中有荷生，卻不曾見過這個人；荷生目中有采秋，又不曾聞有這個人。然荷生看不出采秋是個妓女，采秋卻看得出荷生是個名流，一路想道：「這人丰神澄澈，顧盼不凡，定是個南邊出色人物。」因又想道：「此人或且就是紫滄説的韓荷生。那廟門外柳陰拴一匹馬，係青海驄，不是大營，那裏有此好馬？」正在出神，車已到家。想他媽病勢危篤，呂仙閣的籤又不甚好，也把路上所有想頭一齊撂開了。這且按下。

卻説癡珠由草涼驛趲程，十九日午後已到西安，隨便卸裝旅店，就雇定長車。因河南土匪出没無常，與車夫約定，取道山西，限十八日到京。一面吩咐跟人檢點行李，一面寫了幾封川信，交給廣漢家丁回去銷差。此時已是黄昏，癡珠也不换衣服，坐車向紅布街王漱玉家來，不想漱玉夫婦雙雙的外家去了。癡珠只得把他家裏作一柬帖，並詩二首留别，悵然而返。詩云：

卅年聚散總關情，銷盡離魂是此行。
去日苦多來日少，春風淒絶子規聲。

客囊猶似去年貧，湖海浮沉剩一身。

東閣何時重話舊？可憐腸斷再來人！

那王家管事家人劉福，爲着癡珠是潄玉極愛敬的朋友，三更天自己跑來請安，送過酒菜，再三挽留。癡珠姑且答應，其實天一亮，便裝車上路去了。

癡珠自幼本係嬌養，弱冠登第，文章丰采，傾動一時。兼之内顧無憂，儻來常有，以此輕裘肥馬，暮楚朝秦，名宿傾心，美人解佩。十年以後，目擊時艱，腸迴嫠緯，賓朋零落，耆舊銷沉。此番經年跋涉，内窘於贍家之無術，外窮於售世之不宜。南望倉皇，連天烽火；西行躑躅，匝地荊榛。披月趲程，業馳驅之已瘁；望雲陟屺，方啟處之不遑。憂能傷人，勞以致疾。廿一夜趕到潼關，便神思懶怠，不思飲食。次日五更起來，覺得頭暈眼花，口中乾燥，好不難受。勉強掙扎，出關渡河。曉風撲面，陡然四支發抖，牙關戰得磕磕的響，叫秃頭將兩床棉被壓在身上，全然没用。直到韓陽鎮打尖，服下建紬，吹下痧藥，略覺安静。

是晚到了蒲關，想欲求醫。因憶起一個故舊來，此人姓錢名同秀，字子守，本南邊人，善醫，隨宦此地，辦起鹽務，字號「裕豐」。癡珠令人持柬相邀，候至三更不到，癡珠只得付之一笑。睡至五更，頭目比日間清爽，而兩腳痠痛，不可屈伸。此本癡珠舊疾，近來好了，此時重又大發。一路倒難爲秃頭扶上扶下，又要收抬鋪蓋，又要料理飲食，又要管理銀錢，日夜辛勤，極其勞瘁。癡珠委實過意不去。行至霍州，值有同鄉左藕舫孝廉掌教此地，代覓一僕，名唤穆升，稍分秃頭辛苦。孝廉因力勸癡珠就醫太原，且將他的家信取出給癡珠瞧，説是二月後賊勢漸平，故鄉時事，可以無憂。癡珠覺得略略放心，數日之間就也到了太原。先是在旅店住了一日，嘈雜不堪，遂租了汾堤上汾神廟西院一所客房養病。當下收拾行李，坐車到了寓所，倒也乾乾淨淨一所房屋。上房四間屋子，中間是客廳，東屋兩間是臥室，西屋是下人的住屋。院中有兩株大槐樹遮住了，不見天日。後面也是個大院子，卻是草深一尺。東邊是朝西小樓一座，樓下左邊屋放口棺木，卻是空的，癡珠也不理論；右邊是廚房；西邊是牆，牆上有重門，通着秋華堂廊廡。禿頭、穆升趕着將鋪蓋取出，正在打展，只見一個和尚歡天喜地遠遠的叫將過來道：「我道是那一位韋老爺，卻原來就是癡珠老爺！」癡珠拐着腳向前一看，也歡喜道：「心印，你如何在這裏？」看官，這心印和尚汝道是誰？原來就是汾神廟住持，他本係西湖淨慈寺知客，工詩畫，向年癡珠就聘臨安，與心印爲方外交，往來親密。後來癡珠解館，心印以心疾發願朝山，航南海，陟峨眉，前年頂禮五臺後，將便道入都，官紳延主汾神祠。癡珠此來，得逢心印，也算意想不到之事。

當下彼此施禮，略敘别後蹤跡。心印見癡珠初搬進來，一切未曾安置，且行李亦極蕭條，便向穆升道：「這邊缺什麼傢伙，即管向當家取去。」一面説，一面起來攜癡珠的手道：「老僧攙你到方丈躺躺罷，讓他們收拾妥帖，你再過來。」癡珠也自情願。心印和禿頭一路照應癡珠，蹣跚的來到方丈，便躺在心印床上，與心印暢談十餘年分手的事，因説道：「自恨華盛時，不早自定。至於中年，家貧身賤，養癰畏疽，精神不齒，那能不病入膏肓呢！」心印慰道：「百年老樹中琴瑟，一斛舊水藏蛟龍。人生際遇何常，偶沾清恙，怕什麼哩。」癡珠道：「功名富貴，命也！只上有老母，下有弱弟，際此時艱，治生計拙，這心怎放得下。」心印道：「這也只得隨緣。」遂勸癡珠吃了兩碗稀飯。飯後睡了一覺，兩腳疼痛已略鬆動。到了二更，大家攙扶過來，晚夕無話。

次日五月初一，癡珠換過衣帽，穆升扶着，想到觀音閣燒香。剛轉過甬道，只見一陣僕婦丫鬟，捧着一青年少婦進來，癡珠只得站住。那少婦卻也停步，將癡珠打掠一回，向一僕婦説了幾句話，徑自上閣去了。這僕婦便走到癡珠跟前，問道：「老爺可姓韋？官章可是玉字旁麼？」癡珠沉吟未答。穆升説道：「姓名卻是，你怎的問哩？」僕婦道：「是我們太太叫問呢。」便如飛的上閣回話。癡珠想道：「這少婦面熟得狠，一時記不起了。他來問我，自然是認得我呢。」

看官，汝道這少婦又是誰呢？原來就是蒲關游總兵長齡字鶴仙之妹、大營李副將喬松字謖如的夫人。十五年前，游鶴仙之父官名炳勛，提督東越水師，癡珠彼時曾就其西席之聘。他兄妹兩個，一纔十六歲，一纔十三歲，師弟之間，極其相得。未及一年，游提督調任廣東。癡珠中後又南北奔馳，也曉得鶴仙中了武進士，卻不知道就在江南隨標。數年之間，以江南軍功擢至總兵，且不曉得即在蒲關。如今認起來，卻得兩位弟子。癡珠在并州養病，有這多舊人，也不寂寞了。正是：

相逢不相識，交臂失當前。
相識忽相逢，相逢豈偶然。

欲知後事如何，且聽下回分解。

花月痕全書卷二終

花月痕全書卷三

第九回　粤夆水閣太史解圍　邂逅寓齋校書感遇

話説秋痕那日從柳溪回家，感激荷生一番賞識，又忿恨苟才那般蹧蹋，想道：「這總是我前生作孽，没爹没媽，落在火坑，以致賞識的也是徒然，蹧蹋的倍覺容易！」就酸酸楚楚的哭了一夜。嗣後，荷生重訂的《芳譜》喧傳遠近，便車馬盈門，歌采纏頭頓增數倍。奈秋痕終是顧影自憐，甚至一屋子人酒酣燭灺，嘩笑雜沓，他忽然淌下淚來；或好好的唱曲，突然咽住嬌喉，向隅拭淚。問他有甚心事，他又不肯向人説出。倒弄得坐客没意思起來，都説他有些傻氣。

五月初五這一天，是馬嗚盛、苟才在芙蓉洲請客，看龍舟搶標。他所請的客是誰呢？一個錢同秀，一個施利仁，前文已表。餘外更有卜長俊，字天生，是個初出山的幕友；夏旒，字若水；胡耇，字希仁，是一個未入流；原士規，字望伯，是個黄河渡口小官，現被經略撤任。那苟才又請了梅小岑，小岑那裏肯和這一班人作隊？奈子慎是小岑隔鄰，自少同學，兩世交誼，面上放不下來，也就依了。今年花選是馬嗚盛頭家，因此傳了十妓，那十妓是不能一個不到的。只可憐秋痕，懶於酬應，挨時挨刻，直到午後，纔上車赴芙蓉洲來。遠遠聽得人語喧嘩，鼓聲填咽，正是龍舟奮勇競渡之時。岸上遊人，絡繹不絶。那時水亭上早擺上三席：中席是卜長俊、胡耇、夏旒，秋香、瑶華、掌珠伺候；西席是錢同秀、施利仁、馬嗚盛，碧桃、玉壽、福奴伺候；東一席是梅小岑、原士規、苟才，曼雲、寶書、丹翬伺候。狗頭見趕不及上席，下車時將秋痕着實數説，硬着頭皮領着上去。果然苟才、馬鳴盛一臉怒氣，睁開圓眼，便要向秋痕發話。秋痕低着頭，也不言語。

小岑早已走出位來，攜着秋痕的手，説道：「怎麼這幾日不見，更清瘦了？不是有病嗎？」秋痕答應道：「是。」馬鳴盛、苟才見小岑如此，也就不敢生氣，立刻轉過臉色來。這小岑即吩咐家人，在自己身邊排下一座，給秋痕坐了。狗頭便跟上來，教秋痕送酒，招呼大家。小岑笑道：「有我哩，你下去罷。」狗頭諾諾連聲，不敢言語。倒是鳴盛前後過來應酬小岑。小岑丟將眼色，着秋痕向前。秋痕纔勉勉強強的斟上酒，敬過鳴盛，又敬苟才，説道：「晚上感冒，發起寒熱。今日本不能來，緣老爺吩咐，不准告假，早上掙扎到這會，纔能上車，求老爺們擔待罷。」苟才趕着説道：「我説秋痕向來不是有脾氣的，幸虧没有錯怪了你，大家都知道，這就罷了。」於是三席豁拳轟飲一會。

秋痕默默坐在小岑身傍，見西席上碧桃把同秀短煙袋裝好了煙，點着了，送過來給同秀；卻把水汪汪的兩眼溜在利仁身上。利仁卻抱住福奴，要吃皮杯，鳴盛勸着福奴敬他。中一席卜長俊、夏旒、胡耇三個，每人身邊坐一個，毛手毛腳的，醜態百出，穢語難聞。這一邊席上，小岑是與丹翬一杯一杯的較量，苟才也只好斯斯文文的説笑；只有士規和寶書做了鬼臉，一會，向小岑道：「聽説杜采秋來有一個多月，只是總不見客哩。」小岑道：「這卻怪不得他，他媽現在病重得狠呢。」又停了一會，鳴盛有些醉了，和苟才換過坐，卻不坐在苟才坐上，自己將椅子一挪，便擠在秋痕下手，迷着兩隻小眼，手裏理着自己幾莖鼠鬚，大有親近秋痕之意，急得秋痕眼波溶溶，只往小岑這邊讓過來。小岑見那兩邊席上鬧得實在不像，又怕秋痕衝撞了人，恰好亭外一條青龍、一條白龍轟天震地的搶標，便扯着秋痕道：「我和你看是那一條搶去標。」便立起身來，向後邊過路亭上看去。丹翬乖覺，也就跟了出來。乘着大家向前爭看搶標，他三人便悄悄分開蘆竹，尋出路徑，望秋華堂緩步而來。

到得秋華堂，不想心印爲着這幾天閒雜人多，倒把秋華堂門窗拴得緊緊，中間的垂花門落了大鎖。三人只得繞到堂後假山上亭子，就石墩上小憩一會。此時龍舟都散去歇息，看龍舟的人也都散去，各處閒步。這秋華堂就有三五成隊來了。小岑只得領着丹翬、秋痕下來，從東廊出去。丹翬見壁間嵌着一塊六尺多高木刻，無心將手一按，卻活動起來，丹翬驚愕。小岑道：「這是個門，通過那邊汾神廟，平素是關住的，不知開得開不得。」把手用力一推，那門年代久了，裏頭關鍵久已朽壞，便「撲落」一聲吊了下來。第二重月亮門卻是開的。三人以次進去，見是個小院落，上面新搭着涼棚，對面一座小樓，靠南是正屋。後身就有人也跟進來，小岑說道：「這是我的書屋，大家不得進來。」那幾個人纔退出去了。小岑便把月亮門閉上拴好，笑道：「這都是你兩個累我。」說畢，領着兩人，由樓邊小徑繞到屋子前面。見兩邊都是紗窗，靠西垂着湘簾，便說道：「這地方像有人住了。」秋痕先走向捲窗一瞧，說道：「没個人影兒。」就掀開正屋簾子，讓丹翬進去，自己隨後跟來。見屋内十分雅潔，上面擺一木炕，炕上横几擺滿了書籍。直几上供一個磁瓶，插數枝水梔花，芬香撲鼻。中間掛一幅横披，寫着「國破山河在」的杜詩一首，筆意十分古拙，款書「癡珠試筆」。旁掛的一聯集句是：

豈有文章驚海内，莫拋心力作詞人。

款書「癡珠瑩」三字，俱是新裱的。秋痕沉吟一會，向小岑道：「這癡珠是誰？你認得麼？」小岑道：「我不認得。只此古拙書法，定是個潦倒名場的人了。」丹翬笑道：「我看起來，這『癡珠』兩字好像是個和尚。」秋痕見東屋掛着香色布簾，中鑲一塊月白亮紗，就也掀開進去。窗下擺一長案，是雨過天青的桌罩。一座彌勒榻，是舊宋錦的坐褥，便坐下去。瞧那桌上擺着一個白玉水注，兩三個古硯，也有圓的，也有方的，一把退筆和那十餘本書，都亂堆在靠窗這邊。隨手將書檢出一本，見隸書「《西征吟草》上册」六字，翻開第一頁，題是《觀劇》，下注「碎琴」二字。詩是：

　　鍾期死矣渺知音，流水高山枉寫心。

　　賞雅幾能還賞俗，絲桐悔作伯牙琴。

便點點頭，嘆一口氣，就也不往下看了。

　　這小岑坐在外間炕上，將几上《藝海珠塵》隨便看了兩頁。丹翬陪着無味，便走進來，説道：「你看什麼？」秋痕未答，小岑也進來了。見上面掛一聯，是：

　　白髮高堂遊子夢，青山老屋故園心。

一邊傍書「張檢討句」，一邊末書「癡珠病中試筆」。中間直條款書「小金臺舊作」五字，看詩是：

　　士爲黃金來，士可醜！

　　燕王招士以黃金，王之待士亦已苟。

　　樂毅鄒衍之賢，乃以黃金相奔走。

　　真士聞之將疾首！

　　胡爲乎，黃金臺，且不朽；小金臺，且繼有！

便説道：「逼真鐵崖樂府，又是一枝好手筆，足與韓荷生旗鼓相當，只是這人福澤不及荷生哩。」秋痕道：「他案上有詩稿，你看去罷。」丹翬瞧着東壁道：「你看這一幅小照，不就是癡珠麼？」小岑、秋痕近前看那小照，畫着道人，有三十多歲，神清骨秀。小岑笑向秋痕道：「你先前要認此人，如今認着，日後就好相見。」秋痕兩道眼波注在畫上，答道：「曉得是他不是他？」小岑、丹翬抿着嘴笑，秋痕也自不覺。

　　小岑正要向案上找詩稿看，聽得外面打門，便説道：「房主人來了。」秋痕道：「他空空洞洞的一個屋子，我們不來，他叫什麼人開哩？」正説着，只聽西屋一人從睡夢中應道：「來了。」小岑摇手，叫兩個不要説話，偷向捲窗看打門是誰。一會，轉過屏門來，卻是心印。只聽心印一路説進來道：「秋華堂那一座門，不知今天是誰推倒？幸你月亮門早是拴上，不然，怕没有人跑來麼？」小岑掀開簾子笑道：「卻早有人跑來了。」倒把心印和禿頭嚇了一跳。小岑接着説道：「你那板門就是我推倒的。我拐了王母兩個侍兒來你這裏窩藏哩。」心印也笑道：「梅老爺真會耍人，卻不知你那管家和兩三個人到處找你哩。」

小岑拉着心印進來裏間，見了丹翬、秋痕。這心印不認是誰，卻也曉得是教坊裏的人，便接口道：「真個王母兩個侍兒被老爺拐來了。」小岑指着上面的聯，道：「這癡珠單名瑩，可就姓韋？可就是從前獻那《平倭十策》韋瑩麼？」心印道：「是。」小岑道：「他什麼時候來你這裏住呢？」心印便將癡珠家世以及遇合蹉跎，自己平素如何相好，此番如何相遇，細説一遍。小岑、丹翬也都爲扼腕嘆惜，只秋痕脈脈不語。小岑又問心印道：「韋老爺怎的今日不在家養病呢？」心印道：「説來也奇，那一日搬進來遇着老僧，算是他鄉遇故知了。不想次日一早，他到觀音閣燒香，又遇着十五年前受業女弟子，就是大營李鎮軍的夫人，你説奇不奇的？這李夫人卻認真愛敬先生，那日就來這屋子請安，見他行李蕭條，回去便送了許多衣服以及書籍古玩。第二日，李鎮軍親自過來，要請他搬入衙署，他執意不肯。今日是端陽佳節，一早就打轎過來接去了，回來大約要到二更多天。」丹翬道：「這真叫做『人生何處不相逢』呢！」秋痕道：「這夫人就也難得。」四人談了一會，天也不早了，小岑家人及丹翬、秋痕跟人都已找着，知道水閣上大家都散了，就也各自分路回家了。

單説秋痕這一夕回來，想道：「癡珠淪落天涯，怪可憐的。他弱冠登科，文章經濟，卓絶一時，《平倭十策》雖不見用，也自轟轟烈烈，名聞海内。到如今棲棲此地，真是與我一樣，有話向誰説呢！我這會得個虚名，就有許多人瞧起我來。過了數年，自然要换一番局面，我便是今日的癡珠了。那時候從何處找出一個舊交？咳！這不是我後來比他還不如麼？瞧他那《觀劇》的詩，一腔子不合時宜，受盡俗人白眼，怎的與我梧仙遭遇竟如此相同？他不合時宜，便這般淪落；我不合時宜，更不知要怎樣受人蹧蹋哩。大器晚成，他後來或有出路，我後來還有什麼出路？而且他就沒有出路，那著作堆滿案頭，後來便自有千古，我死了就如飛的煙、化的灰，再没痕跡了！」因又轉一念道：「咳！我這種作孽的人，還要講什麼死後？這越發呆了！」又想道：「今日席間大家那般光景，真同禽獸，没有半點羞恥！他們倆和我鬧起來，這便是梧仙的死期到了！」這一夜淒楚，比那三月初三晚，更是難受，次日便真病了。正是：

有美一人，獨抱孤憤。
憐我憐卿，飄飄意遠。

欲知後事如何，且聽下回分解。

第十回　兩番訪美疑信相參　一見傾心笑言如舊

話説端陽這日，荷生營中應酬後，劍秋便邀來家裏綠玉山房小飲。兩人暢敘，直至日色西沉，纔散開閒步。荷生見院子裏遍種芭蕉，綠陰匝地，西北角疊石爲山，蒼藤碧蘚，斑駁纏護，沿山凸凹，池水漣漪，繞着一帶短短紅闌，闌畔幾叢鳳仙，百葉重臺，映着屋角夕陽，别有一種裊娜之致。劍秋因想起《芳譜》，便説道：「荷生，你的《芳譜》近來又有人出來重翻了！」荷生驚訝道：「這又是何人呢？」劍秋道：「如今城裏來了一個詩妓，你是没有見過的。又來了一個大名士，賞鑒了他，肯出三千金身價娶他，那秋痕如何趕得上？這《芳譜》卻不是又要重翻麽？」荷生笑道：「果然有這詩妓，有這闊老，我也只得讓他發標。只是太原地方，我也住了半年，還有什麽事不知，你哄誰呢！」劍秋道：「我給你一個憑據罷。」説着，進去半晌，取出一把摺扇遞給荷生，道：「你瞧。」荷生看那扇葉上係畫兩個美人攜手梧桐樹下，上面題的詩是：

兩美娉婷一聚頭，桐陰雙影小勾留。

欲平紈扇年年恨，不寫春光轉寫秋。

款書「劍秋學士大人命題，雁門采秋杜夢仙呈草」。笑道：「你這狡獪伎倆，我不知道麽？這個地方果有采秋這樣人，我韓荷生除非没有耳目罷了，還是我韓荷生的耳目，尚待足下薦賢麽？」劍秋也笑道：「我這會就同你去訪。如有這個人，怎樣呢？」説畢，便吩咐套車。

此時新月初上，一徑向愉園趕來。兩人酒後，何等高興，一路説説笑笑，不覺到了愉園。劍秋便先跳下車，親自打門。約有半個時辰，纔聽得裏頭答應道：「姑娘病了，没有妝梳，這幾月概不見客，請回步罷。」劍秋再要問時，雙扉閉月，寂無人聲。劍秋掃興，只得將車送荷生回營。荷生一路想道：「此地原只秋痕一個，那裏還有什麽詩妓？就如那一天呂仙閣所遇的麗人，可稱絶豔，風塵中斷無此人！劍秋遊戲三昧，弄出什麽詩扇來，想要賺我，呆不呆呢！」荷生從此把尋花問柳的念頭，直行斷絶了。

一日，劍秋便衣相訪，又説起采秋如何高雅、如何見識、如何喜歡名下士。荷生不等説完，冷笑道：「算了！人家説謊，也要像些。似你這樣撒謊，什麽人也賺不過。」這一席話把劍秋氣極，起來説道：「我好端端和你説，你儘説我撒謊，我今日偏要拉你去見了這個人再説罷。」荷生笑道：「你拉我到那裏，倘他又做了閉門的泄柳，你這冤從何處去訴呢？」劍秋拍掌道：「今日再不能進去，我連『歐』字也不姓了。」荷生看他上了氣，便也似信不信的問道：「你坐車來嗎？」劍秋道：「我今天是搭一個人車來的，回去想坐你的車。」荷生道：「我們騎馬罷。」劍秋道：「好極。」於是荷生也是便衣，偕劍秋由營中夾道出來，二人各騎上馬，緩緩行來。

剛到菜市街，轉入愉園那條小胡同，正要下馬，便遇着杜家保兒説道：「姑娘還願去了，歐老爺同這位老爺進去吃一鍾茶，歇歇罷。」荷生道：「我不去了。」劍秋氣極説道：「今天見不了這個人，我也要你見見他的屋子。」便先自下馬，和荷生步行，轉了一灣，便是愉園。保兒領着走進園來，轉過油漆粉紅屏門，便是五色石砌成灣灣曲曲羊腸小徑。纔到了一個水磨磚排的花月亮門，保兒站住，説道：「有客！」裏面走出一個垂髫丫鬟，保兒交代了，荷生、劍秋隨那丫鬟進得門來，卻是一片修竹茂林擋住，轉過那竹林，方是個花門。見一所朝南客廳，横排着一字兒花牆，從花牆空裏望去，牆内又有幾處亭榭。竹影蕭疏，鳥聲聒噪，映着這邊庭前罌粟、虞美人等花和那蒼松、碧梧，愈覺有致。

轉到花廳前面，是一帶雕欄，兩邊綠色玻璃，中間掛一絳色紗盤銀絲的簾子。丫鬟把簾掀開，兩人進得廳來，隨便坐下，見上面一個匾額，是梅小岑寫的「清夢瑶華」四字。上面掛着祝枝山四幅草書，兩邊是鄭板橋墨跡，云：

小飲偶然邀水月，謫居擾得住蓬萊。

中間一張大炕，古錦班爛的鋪墊，几案桌椅，盡用湘妃竹湊成，退光漆面。兩邊四座書架，古銅彝鼎和那秘書法帖縱横層疊，令人悠然意遠。荷生笑道：「到像個名人家數！」

只見兩個清秀丫鬟，年紀十二三歲，衣服雅潔，遞上兩鍾茶，笑嬉嬉的道：「我娘呂仙閣還願去了，失陪兩位老爺，休怪哩。」荷生見了丫鬟説出「呂仙閣」三字，心中一動，便問道：「這是什麽時候許的願心？」丫鬟説道：「就是我媽病重那幾天許的。」劍秋道：「你媽這會大好了麽？」丫鬟道：「前個月十七八這幾天幾乎不好，我娘急得要死。如今託老爺們福，大好了。」荷生想道：「我逛呂仙閣那天，不是四月十八麽？難道那麗人就是采秋？你看他住的地方如此幽雅，不是那麗人，還有誰的？」便笑向劍秋道：「非有卞和之明，不能識昆山之璧；非有范蠡之智，不能進苧蘿之姝。是你和小岑來往的所在，這人自然是個仙人了！」劍秋也笑道：「你如今還敢説我撒謊麽？」荷生笑道：「其室則邇，其人甚遠。」説着，便站起身來，走向博古廚，將那書籍字帖翻翻，卻都是上好的。

劍秋一面跟着荷生也站起來，一面説道：「人卻不遠，只要你誠心求見罷。」就也看看博古廚古董書帖，停了一會，把茶喝了。劍秋便向那兩個丫鬟道：「你娘的屋子，這回搬在水榭，還是在樓上哩？」丫鬟道：「我娘要等荷花開時，纔移在水榭，如今現在春鏡樓。」荷生道：「好個『春鏡樓』三字！不就是從這裏花牆望去那一所麽？」劍秋笑道：「那是他的内花廳。從内花廳進去，算這園裏正屋，便是所説的水榭。由水榭西轉，纔是他住的春鏡樓哩。」

又閒話了半晌，采秋還不見來。荷生向劍秋道：「我今日飯後，營中公事不曾勾當，就被你拉到這裏來。改天我邀你再來，作一日清談，如今去罷。」劍秋就也移步起來。只見那丫鬟道：「歐老爺，這位老爺高姓？我娘回來，好給他知道。」荷生笑吟吟的道：「你娘回來，說我姓韓字荷生，已經同歐老爺奉訪兩次了。」丫鬟道：「老爺，你這名字狠熟，我像那裏聽過來。」那一個丫鬟道：「年頭，人說滅那回子三十多萬人，不是個韓荷生麼？」這一個丫鬟便道：「我忘了！真是個韓荷生。」劍秋笑向荷生道：「你如今是個賣藥的韓康伯。」荷生也笑着，偕劍秋走了。這晚采秋回家，聽那丫鬟備述荷生回答，便認定呂仙閣所遇見的，定是韓荷生。

荷生回營，細想那丫鬟的話及園中光景，與那呂仙閣麗人比勘起來，覺得劍秋的話句句是真。也疑呂仙閣所見的，定是采秋。次日，挨不到三下鐘，便獨自一人來到愉園。采秋也料荷生今日是必來的。外面傳報進來，叫請入內花廳。便是昨日遞茶那個丫鬟，笑盈盈的領着荷生，由外花廳到了一個楠木冰梅八角月亮門，進內四面遊廊，中間朝東一座船室，四面通是明窗，四角蕉葉形四座門，係楠木退光漆綠的。室內係將十二個書架疊接橫陳，隔作前後三層：第三層中間掛着一個白地灑藍篆字的小橫額，是「小嫏環」三字。北窗外，一堆危石疊成假山，沿山高高下下，遍種數百竿鳳尾竹，映着紗窗都成濃綠，上接水榭。遥見池水粼粼，荷錢疊疊。荷生此時只覺得芸香撲鼻，竹影沁心，林風蕩漾，水石清寒，飄飄乎有淩雲之想。那丫鬟不知幾時去了，又有一個丫鬟跑來。荷生一瞧，正是呂仙閣所遇的十四五歲侍兒，便笑吟吟的問道：「你認得我麼？」那侍兒卻笑着不答而去。又停一回，遠遠聽得環佩之聲，卻不知在何處。

荷生站起來，從向北紗窗望去，只見那侍兒扶着采秋，帶着兩個小丫鬟，從水榭東廊裊裊婷婷向船室東北角門來，正是呂仙閣見的那個美人。人影尚遥，香風已到，不知不覺的步入第三層船室等着。那侍兒已推開蕉葉的門，采秋笑盈盈的說進來道：「原來就是韓老爺，我們在呂仙閣早見過的。倏忽之間，竟隔有一個多月了。」荷生這會覺得眉飛色舞，神采愈奕奕有光，只是口裏轉説不出話來。半晌，纔答道：「不錯，不錯！我是奉訪三次了。」采秋笑道：「請到裏面細談罷。」説着，便讓荷生先走。

小丫鬟領着路，沿着西邊池邊石徑，轉入一個小院落，面南三間小廳，卻是上下兩層。荷生站在院中，那小丫鬟先去打起湘簾，采秋便讓荷生進去上首椅上坐了。采秋自坐在靠窗椅上，説道：「昨辱高軒枉顧，適因爲家母還願，所以有慢……」尚未説完，荷生早接着，笑説道：「不敢，不敢！今日得睹芳姿，已爲萬幸。」采秋道：「昨日不是同劍秋來麽？」荷生道：「那是敝同年。今日急於過訪，故此未去約他。」采秋道：「劍秋月前到此，談及韓老爺文章風采，久已傾心。」荷生聽到此，便急問道：「劍秋怎麽説呢？」采秋正要答應，荷生重又説道：「還有一言，我們一見如故，以後不可以『老爺』稱呼，那便是以俗客相待了。」采秋笑道：「能有幾個俗客到得這春鏡樓來？」荷生道：「正是。我們何不登樓一望？」采秋便命丫鬟引着，從左首書架後上個扶梯，兩邊扶手、欄干均用素綢纏裹。荷生上得樓來，只見一帶遠山正對着南窗，蒼翠如滴。此時采秋尚未上樓，便往四下一看，這樓係三間中一間，南邊靠窗半桌上一個古磁器盛滿水，斜放數枝素心蘭、水梔等花；上首排着一張大理石長案，案上亂堆書本、畫絹、詩箋、扇葉和那文具、畫具；東首窗下擺着香梨木的琴桌，上有一張梅花段文的古琴。隨後聽着扶梯上弓鞋細碎的響，采秋也上來了。

此時荷生立在窗前。采秋正對着明窗，更顯得花光側聚，珠彩横生，頭上烏雲壓鬢，斜簪着兩個翠翹，身上穿件淡青春羅夾衫，繫着一條水緑百摺的羅裙。因上樓急了，微微的額角上香汗沁出，映着兩頰微紅，更覺比呂仙閣見時又添了幾分嬌豔。便讓荷生坐在長案邊方椅上，自己坐在對面。那侍兒送上兩鍾龍井茶，采秋接過，親手遞給荷生。荷生一面接茶，一面瞧這一雙手：豐若有餘，柔若無骨，宛然玉笋一般。怕采秋乖覺，只得轉向侍兒，説道：「你芳名叫做什麽？」采秋道：「他叫紅豆。」荷生道：「娟秀得狠。婢尚如此，何况夫人？

北地胭脂，自當讓君獨步！」采秋道：「過譽不當。我知《并門芳譜》，自有仙人獨步一時了！」荷生笑道：「這是女學士不肯就徵，盲主司無緣受謗！」采秋笑道：「這也罷了。」半晌，又説道：「兒家門巷，密邇無雙。幾番命駕，恐未必專爲我來。」荷生正色道：「這卻冤煞人了！江上采春，一見之後，正如月自在天，雲隨風散。不獨馬纓一樹，不識門前。就是人面桃花，也無所謂劉郎前度……」荷生正要往下説，采秋不覺齒粲起來，雙波一轉，道：「説他則甚。」遂將荷生家世蹤跡問起來。荷生便將怎樣進京，怎樣會試不第，怎樣不能回家，怎樣到了軍營説了。采秋道：「此刻的意思，還是就借這軍營出身，還是要再赴春闈呢？」荷生便蹙着眉道：「元宵一戰，本係僥倖成功。我本力辭保薦，怎奈經略不從，其實非我心所願。」采秋點頭道：「是。」隨又嘆道：「淮陰國士，異日功名自在蘄王之上。荏弱女子，無從可比梁夫人。所幸詩文嗜好，結習已深，倘得問字學書，當亦三生有幸。不識公門桃李，許我杜采秋追隊春風、參入末座否？」荷生笑道：「這太謙了。」

先是荷生一面説話，一面將案上書本、畫絹亂翻；這會卻檢出一張扇頁在手，是個畫的美人。便取筆向墨壺中微微一蘸，采秋倚案頭看他向上面端端楷楷的寫了一首七絶，道：

澹澹春衫楚楚腰，無言相對已魂銷。
若教真貯黄金屋，好買新絲繡阿嬌。

款書「荷生題贈采秋女史」八字。寫畢，説道：「貽笑大方！」又撫着琴道：「會彈麼？」采秋道：「略知一二。」荷生道：「遲日領教罷。」便走了。以後劍秋知道，好不訕笑一番。正是：

人之相知，貴相知心。
無曲中意，有弦外音。

欲知後事如何，且聽下回分解。

第十一回　接家書旅人重臥病　改詩句幕府初定情

話説癡珠移寓汾神廟之後，腳疾漸漸痊癒。謖如因元夕戰功，就擢了總兵。游鶴仙加了提督銜，顔、林二將也晉了官階。遂與合營參遊議定，公請癡珠辦理筆墨，每月奉束二百金、薪水二十兩，就借秋華堂作個辦事公所。便有許多武弁都來謁見，倒把癡珠忙了四五日。

自此秋華堂前院搭了涼棚，地方官驅逐閒人，不比從前是個遊宴之所。癡珠卻只寓汾神廟西院，撤去碑板，把月亮門作個出入之路；又邀了兩個書手：一姓蕭名祖鄭字翊甫，一姓池名霖字雨農。小楷都寫得狠好，便請他住在堂後兩間小屋。這西院中槐陰匝地，天然一張碧油的穹幕，把前後窗紗都映成綠玻璃一般。屋裏爐篆微薰，瓶花欲笑，藥香隱隱，簾影沉沉。癡珠日手一編，雖蒿目時艱，不斷新亭之淚，而潛心著作，自成茂苑之書，倒也日過一日。偶有煩悶，便邀心印煮茗清談，禪語詩心，一空塵障。時而李夫人饋遺時果名花、佳餚舊醖；或以肩輿相招至署，與謖如論古談兵，指陳破賊方略；間至後堂，團圞情話，兒童繞膝，婢僕承顔，轉把癡珠一腔的塊磊，漸漸融化十之二三。

到了六月初，起居都已照常。收了兩個家人：一喚林喜，一喚李福。謖如又贈了一輛高鞍車，一匹青騾。這日正在研朱點墨，忽節度衙門送到自京遞來家報，好不歡喜。及至拆開，頓慘然，淚涔涔下。看官，你道爲何呢？原來去年八月間，東越上下游失守，冶南被圍，癡珠全家避入深山。不料該處土匪突爾竪旗從賊，以致親丁四十餘口踉蹌道路。癡珠妾茜雯正在盛年，竟爲賊擄，抗節不從，投崖身死。老母及餘人幸遇焦總戎帶兵救護，得無散失。至戚友婢僕，淪陷賊中，指不勝屈。比及敉平，田舍爲墟，藏書掃蕩個乾淨，而且上下游仍爲賊窟。慈母手諭癡珠，令其在外暫覓枝棲。癡珠多情人，既深毀室之傷，復抱墜樓之痛，牽蘿莫補，剪紙難招，明知烏鳥傷心，鴒原急難，而道茀難行，力窮莫致。從此咄咄書空，忘餐廢寢。不數日，又倒床大病起來。這晚，翊甫、雨農、心印俱來，癡珠竟糊糊塗塗，認不清人了。慌得心印、禿頭趕着請個麻大夫，診了脈息，就鄭鄭重重的定了一個方，服下，依然如故。一連數日，清楚時候喝不了數口稀飯，餘外便昏昏沉沉，不像是睡，也不像是醒。謖如夫婦逐日早晚叫人來問。

一日，謖如親自前來，禿頭迎出，知癡珠吃下藥，剛纔睡下，謖如就坐外間。此時正是日高卓午，滿院中森森槐影，鴉雀無聲，慘綠上窗，藥爐半爐，已覺得四顧凄然。忽聽癡珠囈語道：「梧桐葉落，是我歸期。」一會又説道：「還有十五個月哩。」一會又吟道：「人生無家别，何以爲蒸黎！」以後語便微細，恍佛有七字一句，是「身欲奮飛病在床」。又叫了幾聲「茜雯」，忽然大聲道：「比聞同罹禍，殺戮到雞狗。」以後聲又小了。約略有「蔓草縈骨，拱木斂魂」八個字，餘外不辨什麼。謖如聽着發怔，只得喚禿頭道：「你叫醒老爺。」禿頭進去，好容易將癡珠喚醒，含糊一語，又昏昏的睡去了。謖如跟着進來，見癡珠穿着貼身衣服，遮着紫紗夾被，瘦骨不盈一把，心中十分難受。便向禿頭道：「我且回家，訪個名大夫來瞧罷。」謖如説着，招呼伺候，上馬去了。

次日，謖如延了一個大令，姓高的，也不中用。還是顔參將薦一兵丁，姓王的，和那麻大夫細細的商議，決之心印，服下藥，卻能多進了幾口稀飯，人也明白些。自此，病勢比以前便慢慢的減下來。只可憐禿頭徹夜無眠，足足鬧了一個多月。

再説荷生自見過采秋之後，琴棋詩酒，匝月盤桓。美人有豪傑之風，名士無狂且之氣，雖柔情似水，卻也穩重如山。此時芙蓉洲荷花盛開，荷生踐約，還敬了眾縉紳。十妓中只秋痕、掌珠病不能來。這日，管弦沸耳，酒胾饜心，卻不邀小岑、劍秋，也不喚采秋侍酒，就中單賞識了洪紫滄。

二十三日係荷花生日，荷生先一日訂了小岑、劍秋，也訂紫滄，只傳着丹翬、曼雲伺候。日斜後，就套車到了愉園。此時采秋臥室早移在水榭。荷生正從西廊向水榭步上來，遠遠望見采秋斜倚正面欄干，瞧着荷花。荷生見了，忽然心中一動，好像幾年前見過這樣光景，便站在欄干前默想，卻再也想不起來是何人、何地。那采秋早笑盈盈的迎上來，説道：「你心裏想什麼？你看夕陽映着紅蓮，分外好看哩。」荷生笑着走過來，一面説道：「我忽然記起一件事，不要緊，不用説了。」丫鬟們搬了兩張湘竹方椅子和茶几，二人就向着欄干坐下。丫鬟遞上兩鍾雪水燉的蓮心茶。荷生還默想了一會，誰知越想越記不起。回眸一盼，又見采秋晚妝如畫，頭上烏雲一絲不亂，一身輕羅薄縠，映着玉骨冰肌，遂把前事忘了。采秋道：「人言紅蓮没有白蓮的香，你不聞見香麼？」荷生笑道：「大抵花到極紅，香氣便覺減些，所以海棠説是無香。這也是『予齒去角』的意思。其實，是個名花，再無不香的；只是這種香，只許細心人默默領會，比不得那素馨、茉莉的香，一接目便到鼻孔中來。」采秋也笑道：「這纔是心清聞妙香。要曉得他有這一股香，纔算是不專在色上講究哩。」二人在花前談了一會纔進屋子坐下。荷生瞧着楹聯，説道：「你這裏都没有集句對子，我集有一對，寫給你罷。」隨將明日的局告訴采秋，就説：「八下鐘，我坐車來和你同去。」便走了。

次日，二人同到了柳溪，上得船來。那船刻着兩個交頸鴛鴦，兩邊短短的紅闌，玻璃長窗，篷蓋上罩着綠油大捲篷，兩邊垂下白綾飛沿，中艙靠後一炕，炕下月桌可坐七八人。另一個船略小些，是載行廚及跟人的。荷生瞧着表道：「早得狠呢。」一會，丹翬、曼雲先後到了。又一會，小岑、劍秋、紫滄也都來齊。那船就咿咿啞啞的，從蓮萍菱芡中蕩出，穿過石橋，不上一箭路，便是芙蓉洲水閣。這水閣造在水中，後面橋亭接上秋華堂，前三面俱是楠木雕成竹節漆綠的闌干。大家上了水閣，憑欄四望，見兩岸漁簾蟹籪，叢竹垂楊，或遠或近，或斷或續，尤覺得煙波無際。家人上來請示排席，劍秋道：「船裏去罷，一面喝，一面看。」大家俱以爲然。一會，跟班回說：「席擺停當了。」七個人都下船來，入席坐定。水手們分開雙槳，向荷花深處蕩來。只見白鷺橫飛，垂楊倒掛，香風習習，花氣濛濛。真是香國樓臺，佛天世界。

采秋笑道：「今日不可不爲花祝壽。」遂站起來，扶着船窗，將一杯酒向荷花灑酹了一回。荷生說道：「正是。」就也澆了一杯酒，二人相視，微微而笑。於是大家飲了數巡。那邊船上又送過了新剝的蓮子，並一盤鮮藕，各人隨意吃了。紫滄望着采秋道：「今日這般雅集，何不行一令？」采秋想了一想道：「今日令籌俱不在此，只好行一個簡便的。這令叫做『合歡令』。我先喝一杯令酒，以下如有説錯的，照此爲罰。」一面説，一面端起杯酒喝了。使説道：「這個字，要兩邊都一樣，可以挪移的。聽着：

琵字喜相逢，東西兩意同。拆開不成字，成字喝一杯。」

又接着説道：『荷』字飛觴：

笑隔荷花共人語。」

采秋並坐是荷生，荷生上首是曼雲，恰好數到「荷」字。曼雲只得喝了一杯酒，道：「這字狠少，只怕我要受罰了。」小岑、劍秋也各人凝思了一會，都道：「這令看着不奇，竟難的。」荷生一面催曼雲快說。曼雲將纖手在桌子上畫了一回，笑道：「有了！

蒜字喜相逢，東西兩意同。拆開不成字，成字罰一杯。」

大家都道：「好！」曼雲便接着説道：

「映日荷花別樣紅。」

一數，數到了紫滄。紫滄滿飲一杯，說了一個「競」字。小岑拍手道：「我正想了此字，不料被你說了。」紫滄笑着說一句是：

「清露點荷珠。」

一數，又數到了采秋。采秋道：「我再說嗎？卻怕要罰了。」荷生便道：「我替你說罷。」劍秋忙說道：「代倩的罰十杯。」采秋便將劍秋看了一看，道：「我再說一個『及笄』的『笄』字，你們說好不好？」大家齊聲贊賞。采秋隨念一句，一手指着數道：

「青苔碧水紫荷錢。」

「荷」字恰數到劍秋。劍秋道：「我知道必要數到我的，幸而有一個『弱』字，何如？」眾人也都說：「可以，快飛觴罷。」劍秋便喝了酒，說道：

「留得枯荷聽雨聲。」

采秋先說道：「今日荷花生日，不許說這衰颯句子，須罰一杯再說。」眾人都說：「該罰！你不見方纔替花祝壽麼？」劍秋道：「是了，不錯，該罰！」遂又喝了一杯道：「我說張聿這一句，最吉利的：

池沼發荷英。」

便向采秋道：「好不好？」采秋也不答應，笑了一笑。小岑替他一數，數到了荷生。采秋忙用手試一試荷生酒杯，說道：「天氣雖熱，也不可喝冷酒。」便替荷生加上半杯熱酒。荷生喝了，說道：「我就是本地風光，說個『并州』『并』字。」大家道：「好！」劍秋道：「這是從『笄』字推出來的。」荷生道：「詩也是我的本色：

不妨遊子芰荷衣。」

卻數到丹翬。荷生道：「你的量大，當喝一滿杯。」丹翬喝了，想一會，說了一個「絲」字。衆人尚未言語，曼雲笑道：「丹姊姊要罰了。」丹翬道：「『絲』字不是兩邊同麼？」曼雲道：「那是減寫，正寫兩邊是不同的。」小岑道：「不錯。正寫是從『系』，况拆開是個『糸』字，罰了罷。你的量好，不怕的。」丹翬紅着臉，只得又喝了一杯。停了，想出一句詩來，說道：

「風弄一池荷葉香。」

一順數到小岑。小岑喝了酒，想了又想，說個「芘」字，隨說了一句《離騷》道：

「製芰荷以爲衣。」

荷生道：「好！這又該到紫滄了。」紫滄道：「我說一個『羽』字收令罷。」大家都說：「是眼前字，一時竟想不起。」

那時船正蕩到柳陰中，遠望那堤北彤雲閣，雕楹碧檻，映着翠蓋紅衣，大有舟行鏡裏之概。大家上岸憑眺一回，又值夕陽西下，暮靄微生，花氣空濛，煙痕淡沱。小岑等三人遊秋華堂去了。荷生遂攜了三個佳人，重來水閣。采秋因向荷生道：「你帶有文具，要寫對子，這裏寫罷。」於是跟班們就中間方桌擺上文具，青萍送上雲龍蠟箋，丹翬、曼雲按着紙，采秋看荷生蘸飽了筆，寫道：

香葉終經宿鸞鳳，

寫完一聯，丹翬、曼雲兩人輕輕的捧過一邊，紅豆將文具内兩塊玉鎮尺押住。采秋又把那一幅箋鋪上，自己按着，荷生復蘸飽筆，寫道：

瑶臺何日傍神仙。

采秋瞧着大家向外說話，便眼波一轉，澄澄的向荷生道：「這『何』字何不改作『今』字呢？」荷生瞧着采秋，笑道：「匪今斯今。」采秋笑道：「請自今始。」二人説話，脈脈含情。

小岑等早已回來，恰好荷生款已落完，采秋便迎將上去。劍秋看着桌上聯句，便説道：「好呀！你們雙雙的暢敘，還説『瑶臺何日傍神仙』呢！」小岑瞧着出句，説道：「這是老杜《古柏行》，對句呢？」采秋道：「好個表表的詞林！香山詩句都記不得麼？」小岑也笑道：「是呢。」丹翬道：「你們翰林衙門，笑話多哩。」

此時采秋等三人均微有酒意，斷紅雙頰，笑語纏綿。談了片時，看天漸漸晚了，遂仍都上了船，撤去酒席，烹上了荷葉茶。荷生便命將船往柳溪蕩去。采秋問起秋痕來，小岑便將端節那一天故事説與大家聽。剛説到推吊下門來，那船已到了柳溪南岸，一簇車馬都在那裏伺候。時已黄昏，便道：「這會講不完，改日再説罷。」便跨丹翬車轅走了。紫滄、劍秋兩人一車。采秋攜了荷生的手，進入後艙，悄説道：「你今日還要回營麼？」荷生笑一笑，便唤紅豆與采秋更衣，看上了車，又送曼雲也上車，方纔走了。看官記着：荷生宴客這兩日，正是癡珠病篤的時候。正是：

百年須臾，有欣有戚。

劍斫王郎，鞭先祖逖。

欲知後事，且聽下回分解。

第十二回　宴水榭原士規構釁　砸煙燈錢同秀爭風

這書所講的，俱是詞人墨客，文酒風流。如今卻要序出兩個極不堪的故事。你道是誰？一個是杜采秋此刻的冤家，一個是劉秋痕將來的孽障。這話怎説呢？慢慢聽小子道來。

去年大兵駐紮蒲關時候，預備船隻，原士規借此科派。經略聞風，立刻根究。本上司怕有人訐發出來，替擔處分，就將士規平日惡跡全揭出來，坐此撤回。他這缺是個好地方，士規做了一任，身邊狠積有許多錢。平素與荀才酒肉兄弟，曉得荀才和荷生的同年梅小岑是個世交，便想由此門路，夤緣回任。你想小岑是個正人，又知道荷生是一塵不染的，如何肯去説這樣話，討這種情？只小岑面皮極軟，掙不脱荀才的糾纏，便推在荷生身上，説是「荷生堅説不能爲力」。士規因此忿恨荷生，比參他的人更加十倍。並疑先前撤任，俱係荷生所爲。其實，士規不自構釁，荷生那裏認得士規這個大名！

你道他怎樣構釁呢？原來他家用一老媽吳氏，係代州人，與采秋的媽賈氏素有往來，便花些小錢，結識起來。這士規太太就和賈氏語言浹洽，臭味無差，彼此饋遺，十分親熱。一日，賈氏要請原太太一逛愉園，原太太説道：「這卻不必。只我們老爺説要借貴園請一天朋友，不知你答應不答應？」賈氏是個粗率的人，便説道：「這等小事，我怎的不答應！我們這園，原是借人請酒的，老爺如肯賞臉，天天到我們園裏請酒，就是我們造化了！」原太太説道：「不是這般説。現在你那愉園，是大營韓師爺走的，如何肯給我們請酒呢？這是我的情分，打擾你姑娘一天，便教我臉上好看多了。你能做得主不能呢？」賈氏笑道：「園是我置買的，韓師爺難道能占去我的園麽？生客不見，這也是我那呆女兒的主意。其實，我們吃這一碗飯，那裏認得如此清楚。而且你我何等情分，我這園子就像你家的一樣，千萬不可存了彼此的心。老爺到我家，還敢比做客麽？就借我們的園請一百天酒，我的女兒也應該出來伺候，何況一天呢？」原太太道：「你且回去與你姑娘商量。」賈氏道：「不要商量，你對你們老爺説，是我已經答應了。憑老爺吩咐那一天，上下酒席，我一起包辦罷。」原太太不勝歡喜，到屋裏取出三十兩銀子，説道：「老爺説過，就是明日，上下三席，銀數不敷，另日再補罷。」賈氏道：「三十兩銀儘夠開銷。老爺要明日，我就回去趕緊張羅，不然，怕誤事哩。」説畢，便坐車回去了。

看官，你道采秋依不依呢？咳！人間最難處的事，無過家庭。采秋是個生龍活虎般女子，無奈他媽在原家一力擔承，明知此事來得詫異，但素來是個孝順的，没奈何只得屈從。

次日，他媽便一早把水榭鋪設起來，催着采秋梳妝。日未停午，這原士規便高車華服，昂然而來。他媽徑行迎入水榭。兩廊間酒香茶沸，水榭上錦簇花團。士規得意之至，便請采秋相見。他媽叫丫鬟疊促連催，采秋不得不坦然出見。正寒暄間，丫鬟招呼「客到」：一個是錢同秀，一個是施利仁。采秋俱未會過，一一問過姓字。一會又報「客到」，只見月亮門轉出三個人來：一個年紀四十多歲，兩個年紀都不上三十歲。采秋也未會過，到了水榭，彼此相見。采秋正待一一致問，原士規指那穿湖色羅衫的，説道：「這位老爺姓卜，字天生。」指那穿米色縐衫的，説道：「這位老爺姓夏，字若水。」指那穿半截洋布半截紡綢的，説道：「這位老爺姓胡，字希仁。」采秋只得應酬一遍。停了一回，又報「客到」，采秋認得是苟才。那苟才一路歡天喜地的喊進來道：「望伯，望伯！好闊呀！今日跑到這個地方請起客來！」口裏説話，臉又望着大家，踉踉蹌蹌的走來。不想從西廊轉過水榭，這過路亭是一道板橋，他趾高氣揚，全不照管，便栽了一交。大家不禁鬨堂起來。

他人既高，體又胖，這一栽，上身靠在欄干上，將欲爬起，用力太猛，只聽「咕咚」一聲響，連人連欄干一起吊下水去了！幸是堤邊水淺，采秋忙叫丫鬟傳進兩三個打雜，下去扶起。雖無傷損，卻拖泥帶水，比落湯的雞更覺難看。打雜的乖覺，將他送至園丁的一間小室中。原士規和大家都跟來，教他站着不要動，招呼他的跟人，替他收拾。又吩咐自己跟人，飛馬到他家裏，取了衣衫鞋襪，給他換上。鬧了半天，纔把這個落水的人洗刷得乾淨了。

不想胡耇又弄出笑話來。你道爲何？他出來解手，想四面遊廊都係斗大的磚砌成，萬無給人撒溺之理；陡見廊盡處有一個白磁青花的缸，半缸水和溺一樣，聞之也有些臭味。想道：「采秋實在是闊，連溺缸都如此華麗！」剛把衣衫摳起，溺了一半，一個丫鬟瞧見，喊道：「那溺不得！那是娘灌蘭花的豆水！」大家聽見，又是一場閧堂大笑。倒弄得胡耇溺不是，不溺又不是。勉強溺完，自覺赧顏，上來只得假做玩賞荷花，倚在欄干邊。夏旒看見，笑道：「希仁，站開些，不要又吊下一個去！」說的大家又哈哈的大笑了。

一會擺席，錢、施、苟三人一席，原士規自陪；胡、夏、卜三人一席，采秋相陪。原來這愉園中所用酒器及杯盤之類，均係官窯雅製及采秋自出新樣打造。餚酒精良，更不必說。這幾人除了苟才、原士規在官場中伺候過幾年，其餘均係鄉愚，乍到場面，便覺是從來未見之奇，早已十分詫異。

酒過數巡，士規忽望着卜長俊道：「貴東幾時可以署事？聽說不久可以到班，吾兄是要發大財的。」卜長俊道：「敝東秋間就可以代理，且是一個駿缺，別人奪不去的。」夏旒接口道：「前日奉託轉賣與貴東的幾樣東西，不知已看過否？兄弟近日手頭甚窘，頗望救急。」卜長俊道：「不要說起。前日東家下來，一臉怒氣，坐了片刻，我也不敢問他，忽然又進去了。這件事只好看機會罷。」隨又說了些何人補缺，何人借賑，何人打官司；又說道街上銀價如何，家中費用如何，總無一句可聽的話。那采秋如何聽得，便推入内更衣去了，吩咐紅豆帶着小丫鬟輪流斟酒，直到上了大菜，纔出來周旋一遍。大家都曉得這地方是不能胡鬧的，也不敢説什麽。

采秋卻自在遊行，説説笑笑，也不調侃衆人，也不貶損自己，倒把兩席的人束縛起來，比入席之時還安靜得許多。采秋轉恐他媽看得冷落不像，叫小丫鬟送上歌扇，説道：「我是去年病後嗓子不好，再不能唱了。他們初學，求各位老爺賞他臉，點一兩支罷。」於是一席公點一支。紅豆彈着琵琶，領着小丫鬟唱了二支小調，天就也不早了。士規大家説聲「打擾」，一鬨而散。原士規從此逢人便將采秋怎樣待他好，怎樣巴結，還有留他住的意思説開了。這是後話。且表那日賈氏喜歡得笑逐顔開，采秋卻正色道：「媽！這是可一不可再呢。我這回體媽的意，媽以後也該曉得我的心纔好呢。」賈氏笑道：「我明白就是了。」看官，你道采秋今天的情事，倘令秋痕處之，能夠如此春容大雅否？不要説今天這一天，就昨天晚上，不知要賠了多少淚，受了多少氣哩。可見人不可無志，亦不可無才。

閒話休題，聽小子説那錢同秀一段故事。同秀自五月初四至省，那一夜就被施利仁拉往碧桃家來。開着煙燈，三個人坐在一炕。同秀見碧桃一身香豔，滿面春情，便如螞蟻見羶一般，傾慕起來，説道：「似你這種人材，須幾多身價哩？」碧桃一面替他燒煙，一面笑道：「給你估量看。」同秀道：「多則一千，少則八百。」碧桃點點頭。利仁道：「你就兑出八百可耗羨錠，取去罷。」同秀躺下，笑道：「怕他嫌我老哩。」碧桃笑吟吟的將煙管遞給同秀，説道：「只怕老爺不中意。五十多歲人就算是老，那六七十歲的連飯也不要吃了。」説着，將自己躺的地方讓利仁躺下，倒起來吃了兩袋水煙，出去與他媽講幾句話，進來便躺在同秀懷裏，看他手上的羊脂鐲子。同秀把一條腿壓在碧桃身上，將上的一口煙一人吹了半口，重燒上一口遞給利仁。三人一面吹，一面談，直至三更天。同秀原想就住在那裏，倒是礙着利仁，不好意思。利仁也看出，故意倒催同秀走了。

次日，芙蓉洲看龍舟，二人見面，復在一席。那晚散後，同秀是再挨不過，便悄悄跑到他家。碧桃接入臥房，開了煙燈，笑嘻嘻道：「席散許久，你怎不來呢？」同秀道：「我去拜客，不想天就快黑了。施師爺今夜不來麼？」碧桃道：「他和我說，席散後就要出城，幹個要緊的事，明後日纔能回家。」當下同秀卸了大衫，就躺在碧桃身上，吹了一管煙，笑吟吟的道：「你真不嫌我老，我今夜就住在這裏了。」碧桃笑道：「你再老二十歲，我也不給你走。」一會，兩人說說笑笑，就在煙燈旁邊胡亂成局。

自此作衣服、打首飾，碧桃要這樣，同秀便做這樣；碧桃要那樣，同秀便做那樣。每一天也花幾十吊錢，連老鴇、幫閒、撈毛的，没一個不沾些光。好在同秀到這個地方，便揮金如土，毫不慳吝。其實，碧桃與利仁是個舊交，以前也曾花過錢。到後來没得錢了，轉是碧桃戀他生得白皙，又雄赳赳的人才，雖非如意君，也還算得個在行人。鴇兒愛鈔，姊兒愛俏，所以藕斷絲連，每瞞他媽給他許多好處。只可憐同秀如蒙在鼓裏。

一日，同秀醉了。乘着酒興，便向碧桃家走來。見大門未關，便悄悄的步入院子，一家俱無動靜。上房、廂房燈光都不明亮，徑進堂屋，房門卻關得緊緊的。微聞裏面一陣尤雲殢雨之聲，生辣辣的突入耳來。當下同秀掀開簾子，將腳把門一踢。不想門雖踢倒，同秀的酒氣怒氣一齊衝上心來，人也倒了。碧桃和那人正在好處，忽聽「嘩喇」一聲，驚得打戰，忙把煙燈吹滅，倒轉喊他媽「拿火」。

他媽從睡夢中聽見響，又聽見他女兒厲聲叫喚，陡然爬起應道：「什麼事？」剔起燈亮，點着燭臺，剛掀簾子，瞥見有個人影出去，疑是猴兒，便叫一聲，不見答應。再瞧大門，是洞開的，說道：「這時候門也不關，猴兒跑到那裏去？」碧桃不敢下炕，急得喊道：「先拿個火上來罷！」他媽忙着閉上門，趕到碧桃屋裏。只見門扇倒在地下，一個人覆在門上，煙燈已滅，碧桃坐在炕沿上繫褲帶。急將燭臺將那人細瞧，卻是錢同秀，酒氣醺醺，流涎滿口。便問碧桃道：「怎的？」碧桃道：「我好端端的在煙盤邊睡着了，曉得他是什麼時候來！也不叫人，就這樣的拍門擂户，驚醒了人，他卻挺倒了。」那婆子一面聽碧桃説話，一面將手摸着同秀的額，卻是熱熱的，便説道：「他醉了。」碧桃就也下炕瞧着，反笑起來。婆子將煙燈點着，説道：「你叫他醒罷。」碧桃道：「我憑他挺着，叫他做什麼！」婆子不過意，將手絹把他唾涎抹淨了，連聲叫着，忽聽見打門，婆子一面答應走去，一面説道：「施師爺是什麼時候走的？我怎麼一躺就全不知道了？」開起門來，看是猴兒，便罵道：「小崽子！你跑了，也不叫人關門。」絮聒一會，便叫他幫着扶同秀上炕，把門上好。

這同秀到了三更，纔醒過來，見碧桃坐在身邊，笑容可掬，眉目含情，便將手攏將過來，説道：「我是什麼時候來的？」碧桃笑道：「你還問嗎？你酒醉也罷了，怎的把門踢倒，卻挺着屍不言語？害得人家怕得什麼似的！」同秀醒後，把以前情事通忘了，這會碧桃説起，倒模模糊糊記起來。碧桃見他半晌不語，便問道：「你想什麼呢？」同秀道：「想你二更天時做得好夢！」碧桃笑道：「你胡説，我又做有什麼夢！我做我的夢，你怎麼又知道呢？」同秀便把踏門的緣故，轉説出來。碧桃便哭起來，叨叨絮絮，鬧個不休。同秀只得左一揖陪不是，右一揖陪不是，説道：「總是我醉糊塗了，下次再不吃酒罷。」自此，又好了十餘日。

一日雨後，同秀帶了一帕子的南邊新到的菱角和鮮蓮子，坐下車，向碧桃家來。纔到胡同，早見門首有一輛車停住。下車便認得那輛車是利仁坐的。同秀車夫向車中取過那帕子，恰好猴兒出來。同秀就跨進門來，猴兒跟着，同秀不許他聲張，悄悄向上房走來。只聽得利仁説道：「吃一個乖乖算罷。」同秀便搶上一步，將簾子一掀。只見床上開着煙燈，碧桃坐在利仁懷裏；利仁一隻手兜在碧桃肩上，瞧見同秀，急行推開。同秀這一氣，真是髮上衝冠，一手將帕子内包的東西向碧桃臉上摔來，一手將煙燈砸在地下，説道：「好！好！你們做了一路！」就怒氣衝衝的出來上車，馬上叫跟班收拾，搬到店裏。後來花了五百金，買定一妾。進門那一日，辦了數席酒，叫了一班清唱相公，請他那相好的財東和荀才、原士規諸人。正在熱鬧，不想碧桃母女披頭散髮，坐車而來。一下車，就像奔喪一般，號啕大哭，從門前大鬧進來，家人打雜人等都擋不住。同秀跑開了，他媽將頭向牆上就撞，碧桃又拿出小刀來，向脖子要抹，十餘人分將按住。碧桃就躺在地下，大哭大嚷，聲聲又叫錢同秀出來。街坊鄰右和那過路人，擠滿院子。那怕事的財東看見鬧得不像，早都跑了。只剩下苟才等酒肉兄弟和那萬分走不了的幾個夥計，做好做歹的勸。無奈兩個潑辣貨再不肯歇手，直鬧到定更。大家曉得此事是背後有人替他母女主張，只得找着同秀，勸他看破些錢，和他媽從兩千銀子講到一千兩，纔得歸結，天已發亮了。這苟才等今天真是日辰不好，喜酒一杯不曾吃上口，倒賠嘴賠舌跑了一夜。正是：

執鼠之尾，猶反噬人。
只有羅漢，獅象亦馴。

欲知後事如何，且聽下回分解。

花月痕全書卷三終

花月痕全書卷四

第十三回　中奸計淩晨輕寄柬　斷情根午夜獨吟詩

話説荷生日來軍務正忙。忽晤小岑，説原士規愉園請客，十分驚愕，説道：「那愉園平日不是他們走動的地方！」後來小岑説的千真萬真，荷生總不相信，特特請了劍秋來。劍秋一見面，也怪采秋，説道：「愉園聲價，從此頓落了！」荷生一肚皮煩惱，默默不語。劍秋隨接道：「這其間總另有原故。他們那一班人素與采秋是没往來，只是這一天的事如今都傳遍了，還能夠説是謠言？」小岑道：「望伯狠得意，説是人家花了幾多錢，也不過如此鬧一天。」荷生聽着，心上實在不舒服，便説道：「算了！從今再不要題起『愉園』兩字罷。」説着，就將別的話岔開，無情無緒的談了一會，二人也就去了。

此時日已西沉，荷生送出二人，也不進屋，一人在院子裏踱來踱去。一會望着數竿修竹癡立，一會又向着那幾盆晚香玉徘徊。直到跟班們拿上燈來，青萍請示開飯，荷生纔進屋裏，説道：「我不用飯了，你將荷葉粥熬些。」便到裏間躺下。好一會，門上送上公事，荷生起來問道：「有緊要的軍情麼？」門上回道：「没甚緊要的。」荷生道：「我明天看罷。」門上答應退出，荷生就擱在一邊。青萍回道：「荷葉粥熬好了。」荷生道：「我肚裏不餓，停一會吃罷。」遂出來堂屋，又是踱來踱去。忽然自語道：「撒開手罷了。」青萍大家都在簾外伺候，也不曉荷生是什麼心事。只聽得轅門外已轉二更了，便掀簾進來，請荷生用點粥。荷生叫端上來，就在堂屋裏吃了，也不叫添。青萍回道：「老爺不曾用晚飯，添些嗎？」荷生惱道：「不用了！」青萍不敢再口。

跟班送過漱口壺、手巾，荷生只抹了臉，口也不漱，便起來向裏間去了。一會叫青萍，青萍答應，進來只見荷生盤坐一張小榻上，問道：「有什麽時候了？」青萍回道：「差不多要一下鐘了。」荷生道：「遲了。」便叫跟班們伺候睡下。

次日，青萍起來，走進裏間，見荷生已經起來，披件二藍夾紗短襖，坐在案上了。青萍愕然，招呼跟班照常打疊鋪蓋，打掃房屋。青萍伺候荷生洗過臉，正要端點心上去，只見荷生檢出一張薛濤箋，放在案上，翻開硯匣，磨了濃墨，蘸筆寫完；取過一個紫箋的小封套，將詩箋打個圖章，折疊封好，寫了「愉園主人玉展」六字，便叫青萍。青萍卻早在案傍伺候。荷生將柬帖兒遞給青萍，說道：「送到愉園，就回來罷。」荷生也不用早點，轉向床上躺下，徑自睡着了。

且說采秋連日盼望荷生，兩天卻不見到。當下晨妝初罷，紅豆剪一枝素心蘭，笑吟吟的掀開簾子，説道：「這花也解人意，前兩天纔抽四五箭，今天竟全開了。我剪一枝給娘戴上，也不負開了這一番。」采秋也自喜歡，向着花領略一回，就接過手，對着鏡臺正要插在鬢邊，忽見小丫鬟傳進柬帖，説「是韓師爺差人送來的」。采秋便將蘭花放下，親手拆開一看，卻是兩紙詩箋，上寫的是：

風際萍根鏡裏煙，傷心莫話此中緣！
冤禽銜石難填海，芳草牽情欲到天。
雲過荒臺原是夢，舟尋古洞轉疑仙。
懊儂樂府重新唱，負卻冰絲舊七弦！

紅豆在旁，見采秋看了一行，臉色便覺慘然；再看下去，那眼波盈盈，竟吊下數點淚來。紅豆驚疑，遞過手絹。采秋也不拭，直往下看去，是：

搔首蒼茫欲問天，分明紫玉竟如煙！
九州鑄鐵輕成錯，一笑拈花轉悟禪。
虛説神光離後合，可堪心事缺中圓。
陽春乍奏聽猶澀，便送商聲上四弦。

看畢，將詩放在妝臺傍邊，將手絹拭了淚痕，沉吟一會，那淚珠重復顆顆滚下汗衫襟前。

紅豆急着問道：「娘！怎的？那信是説什麽話？」采秋也不答應。紅豆呆呆的站了一會，將手向鏡臺邊白磁面盆擰乾手巾，擱過一邊，把臉盆捧給小丫鬟，叫他换了水，仍放妝臺邊，擰上手巾，展開，遞給采秋。采秋接過，有半盞茶時候，纔向臉上略抹一抹，也不遞給紅豆，自行擱下盆中，就問道：「是誰送來的？」小丫鬟道：「是常來的薛二爺。」采秋又不言語，半晌纔説道：「叫他等着，我有個帖兒給他帶去。」那小丫鬟便跑出去吩咐。一會，小丫鬟回來，説道：「外頭説，薛二爺交過柬帖，没有坐，早就走了。」采秋默默不語，兩眼眶汪汪的淚，又一滴一滴的落下來。瞧着紅豆，説道：「這枝蘭花，插在瓶裏去罷。」一面説，一面拈着詩箋站起身來，推開椅，移步至裏間簾邊，自行掀開簾，將詩箋擱在枕畔簪盒，斜躺着，嗚嗚咽咽的哭。

紅豆跟了進來，要把話來勸，卻不曉得爲着何事，想道：「娘平日再没有這個様兒。到得懶説話，我們就曉得他煩惱了。再不想今天會如此傷心，到底這韓老爺的柬帖兒，是講些什麽在上頭呢？」紅豆又不敢叨絮，只急得也要哭。小丫鬟等更躡手躡脚的在外間收拾那粉盒妝奩，不敢大聲説一句話，倒弄得内外静悄悄的。

早有一個黠丫鬟，暗暗的報與賈氏知道。賈氏剛纔下床，聽丫鬟這般説，也不知何事，便包上頭帕過來。采秋見他媽來了，轉把眼淚擦乾，迎了出來，説道：「我起來一早辰了，還没有看媽去，你卻遠遠的跑來。」賈氏見他眼眶紅紅的，便説道：「我的姑娘，是那一個給你氣受？你竟哭了這個様兒！」便上前攜着采秋的手，説道：「清早起來，也不穿件夾的衣服！」采秋便勉強笑着道：「起來是穿件春羅夾小襖，因是梳頭，纔脱了。我那裏哭？媽平日見我哭過幾回哩。」

紅豆掀開簾子，在門邊伺候。他母女二人就進房來，賈氏坐下，説道：「韓師爺好幾天不來，今天卻送甚柬帖兒，叫你這樣苦惱？」采秋道：「他做了兩首詩，要我和韻，我卻没來由去苦惱。難道是怕做不出詩來麽？」轉説得賈氏和紅豆都笑起來了。采秋就也笑道：「媽，你没有梳頭，我今日卻和你梳個頭罷。」於是笑嬉嬉的拉着賈氏到妝臺前坐下，替他篦了頭，盤了一個髻。説説笑笑，排上飯來，吃了又邀賈氏同去看看蘭花，便過賈氏這邊來坐，到午正纔自回去。賈氏見采秋這大半天喜歡得狠，便不説長道短。

轉盼之間，早是七月初四五了。這日，小岑、劍秋乘着晚涼，都來看視荷生。荷生談吐，全没平時興會。兩人談及愉園，荷生便無精打彩的説道：「我們講我們的話罷。」小岑、劍秋遂不提起。後來劍秋題起那天所言秋痕逃席一事，小岑不曾講完，要他接將下去。小岑只得將自己領着秋痕、丹翬的情狀説了。説得劍秋、荷生都笑起來。又説闖入汾神廟西院，秋痕見了癡珠聯句。荷生等不得説完，便問道：「這癡珠可姓韋麽？」小岑道：「可不姓韋！你也該曉得這人。」荷生便高興起來，説道：「他什麽時候來的？他雖比我們早些出山，究是我們一輩。」就將花神廟、蘆溝橋兩回相遇，及長新店打尖，見壁間題的詩款是「韋癡珠」，因疑兩番所遇就是此人，一路想趕着他，竟趕不上，講了一遍。就説道：「我至今心上還是耿耿，如今相見有日了！」便哈哈的笑。劍秋道：「我聽見武營裏公請一位師爺，住在秋華堂，也疑就是此人。」小岑道：「不錯！」遂將那日心印所説癡珠此來情事，及遇着李夫人的話，復述一遍。荷生大喜道：「早上李謖如正下帖請我秋華堂，我爲着官場私宴向例不去，且近來心緒不佳，想要辭他。這樣説來，卻要破例一走。」就向跟班要過李家請帖，遞給二人看，道：「不是『席設柳溪秋華堂』麽？」又向跟班問道：「初七這一天，李大人請幾個客？營裏公請的韋師爺就住在秋華堂，想必在坐。你們再探聽着。」跟班答應。荷生當下狠喜歡了。二人復閒話一回，就也散去。

荷生送二人去後，見新月東升，碧天如洗，滿庭花影，裊裊娟娟。寓齋光景，正自不惡。惟心爲事感，便覺景物如故，風味頓殊。便步入裏間，四顧寂寥，無人可語。因想起芙蓉洲與采秋目成眉語，何等綢繆。曾幾何時，而人是情非，令人不堪回想。因喚青萍焚起香篆，磨墨展箋。荷生提筆，寫出《采蓮歌》四首道：

隔水望芙蕖，芙蕖紅灼灼。欲采湖心花，只愁風雨惡！

今日芙蕖開，明日芙蕖老。采之欲貽誰，比儂顔色好！

扁舟如小葉，自弄木蘭槳。驚起鴛鴦飛，有人拍纖掌。

誰唱采蓮歌，歌與儂相接。珍重同心花，勸儂莫輕折。

寫畢，朗吟一遍。意猶不盡，又取一箋。青萍剪了燈花，見荷生提筆就箋上寫《相望曲》三字，復另行寫道：

相望隔秋江，秋江渺煙水。欲往從之游，又恐風浪起。

相望隔層城，層城不可越。中宵兩相憶，共看半輪月。

寫畢，又朗吟一遍，向青萍笑道：「你懂得麽？」青萍不敢答應。荷生便將《采蓮歌》再看一看，説道：「出水芙蓉，晚風楊柳，我自謂似之；只鎮日是你們焚香捧硯，好不辱没詩情也！」青萍碰了這個釘子，卻不敢走開。消停一會，伏侍睡下。荷生因想道：「香山垂老，身邊還有樊素、小蠻；蘇東坡遠謫惠州，朝雲也曾隨侍。我如今決計買一姬人，以銷客况罷。」又想道：「倘有機會能夠無負紅卿夙約，這也遂我初心。只是采秋如此，紅卿可知。况人別三年，地隔千里，我不負人，正恐人將負我！」輾轉一會，又憶起日間小岑說的韋癡珠來，因想道：「人生遇合，真難預料。咳！去了一個杜秋娘，來了一個韋蘇州，我客邊也算不十分寂寞了。」

看官聽着，荷生這一夜不特將采秋置之度外，即紅卿也置之度外。又曉得癡珠指日可以相見，便像得道的禪師一般，四大皆空，一絲不掛，呼呼的睡着了。正是：

腸熱翻成冷，情深轉入魔。
迢迢蓮幕夜，曲唱惱公多。

欲知後事如何，且聽下回分解。

第十四回　意綿綿兩闋花魂詞　情脈脈一齣紅梨記

話説六月以後，天氣漸涼，癡珠的病也漸漸大好了。雨檻弄花，風窗展卷，遵養時晦，與古爲徒，這也省卻多少事。無奈謖如多情，卻要接他入署消遣。李夫人笑道：「先生，南邊這時候重碧買春，輕紅擘荔，招些詞人墨客，湖上納涼，何等清爽；太原城裏一片炎塵，有什麼消遣的去處？」謖如也笑道：「我們這武官衙門，那裏有詞人墨客呢！」癡珠笑道：「此間名士，第一總算是經略幕裏韓荷生了。」謖如道：「此人真不愧名士！我作了十年武官，仗也打過了幾十回，起先見經略那樣信服，我還不以爲然。今年元宵晚上，蒲東那一仗，與我一個柬帖，算定回子五更時分敗到黃河岸上，教我埋伏，後面注了一行，是『如放走一人，軍法不貸』。不想果然都應了他的話，令我十分敬畏。不知先生怎麼認得他？」癡珠就將都中相遇，及長安見了紅卿，敘將出來。謖如道：「他如今這裏又有個得意的人了。」就將荷生近事講了一回，又喚跟班將荷生重訂的《芳譜》檢給癡珠看。

癡珠瞧了一遍，説道：「怎的這杜采秋卻不入選呢？」謖如又將采秋來歷講給癡珠聽。癡珠笑道：「那不是名妓，竟是名士了！秋痕這人，得荷生一番賞鑒，自是不錯。」因將《芳譜》的詩朗吟一遍。謖如因説道：「秋痕這人，也自不凡。采秋事事要占人先，他卻事事甘居人後。其實他的色藝，比采秋也差不多。」癡珠道：「那譜上就説得他的身分好。」謖如道：「譜上不過説個大概，他最妙是焚香煮茗，娓娓清談。他會畫菊，便愛藝菊，憑你枯莖殘蕊，他一插就活。只是有點傻氣，一語不合，便哭起來。」癡珠嘆口氣道：「美人墜落，名士坎軻，此恨綿綿，怎的不哭！」便將《芳譜》撂開，低頭不語。謖如忽向夫人道：「我這回卻想出一個替先生消遣的法兒。」癡珠和夫人再三詰問，謖如總不肯說。

初七日一早，癡珠剛起來，穆升跑進來回道：「李大人便衣來了。」癡珠急忙迎出。謖如早笑嬉嬉的進來，說道：「纔起來麼？」癡珠也笑道：「你今天怎的這般早就來了？」謖如笑道：「今天是要向先生借秋華堂，熱鬧一熱鬧。」癡珠正要致問，謖如卻已掀着簾子走了。癡珠跟着出來，謖如回頭笑道：「先生停一會過秋華堂來罷。」說着，便灣向樓邊小徑而去。

癡珠退回外間更衣，然後出來。到了月亮門，只見一群人挑着十幾對紗燈及桌圍鋪墊，在甬道上站着。轉過西廊，聽得謖如和多人講話。走進垂花門，見堂中正亂騰騰的擺設，謖如卻坐在炕上調度。見癡珠進來，站起身，笑道：「客早來了，主人方纔收拾屋子哩。」癡珠道：「你今天到底請什麼客？」謖如道：「沒有別人，就是先生和韓荷生。」癡珠道：「他准來麼？」謖如道：「他昨天還叫跟班探聽請有幾個客，我說道『只有你們老爺和我們這裏韋師爺』。他跟班狠喜歡，說是『韋師爺在坐，我們老爺是必來的』。這樣看來，他也狠愛見先生。」癡珠遲疑道：「他怎的認得我呢？」正坐下說着，驀見屏門外轉出一個麗人，就如出峽的雲被風冉冉吹將上來。後面一人抱着衣包跟着。癡珠笑向謖如道：「你今天鬧起這個把戲來了。」謖如微笑。此時堂中都已鋪設停當，那正面及兩廊的燈也都掛得整整齊齊。簾波一漾，花氣微聞，早是那麗人低着粉頸，款步進來，向癡珠請了安，卻怔怔的看了一眼，纔向謖如也請一安，就站在謖如身邊。謖如便攜麗人的手，說道：「來得狠早，我有幾個月沒見你了。」麗人答應，把眼波只管向癡珠這邊溜來。

癡珠細細打量一番，好像見過的人，遂向謖如道：「這姑娘就是《并門花譜》第一人麼？」謖如笑道：「就是秋痕。先生見過？」癡珠道：「我到這裏，除你署中，我不曾再走一步，那裏見過他們？」謖如便向秋痕道：「你認得這位老爺麼？」秋痕答道：「這位老爺姓韋。」謖如笑道：「先生方纔説『那裏見過他們』，他們怎麼又認識得先生呢？」癡珠真不明白，卻難分辨，倒是麗人道：「見是没有見過，我卻曉得韋老爺的官名有個『玉』字，號叫『癡珠』。」癡珠大笑道：「這怪不怪！」謖如便問秋痕道：「你怎的曉得韋老爺名姓？」秋痕便將五月初五跟着梅小岑來到西院，見了聯句、小照，敘述一遍。癡珠道：「不錯，不錯！那一天回來，禿頭原告訴過我，爲着梅小岑素没見面，就也擱開。」謖如笑道：「這也罷了。」

先是癡珠起來，逕來秋華堂，卻不曾用過早點，禿頭也不敢逕端上來。此時約有巳正，便上來回道：「老爺用些點罷。」謖如道：「我倒忘了，一早把先生累到這個時候，還没用點，快端上來。我是家裏用過的，秋痕陪着罷。」便站起身，叫秋痕上炕，秋痕不敢。謖如道：「坐罷，這又何妨。」便轉向門外更衣，叫人催請荷生。於是兩人對坐用點。癡珠見秋痕上穿一件蓮花色紗衫，下繫一條百摺湖色羅裙，淡掃蛾眉，薄施脂粉，星眸低纈，香輔微開，便想道：「似此丰韻，也不在娟娘之下！」秋痕一抬頭，見癡珠身穿一件茶色夾紗長襖，只管偷眼看他，不覺一笑，便有一種脈脈幽情蕩漾出來。癡珠把眼一低，秋痕倒低聲問道：「韋老爺，你怎的比那小照清減許多？」癡珠此時覺得有萬種柔情，一腔心事，卻一字也説不出來。發怔半晌，眼眶一紅道：「改日説罷。」

猛聽得外面傳報：「韓師爺來了！」癡珠就也更衣出來。幾人扶着荷生轎子，已入屏門。瞧見謖如站在臺堦，便急忙打着護板。秋痕就在轎前打了一千。荷生下轎，謖如搶上數步見了，癡珠也到檐下。荷生早躬身向前，執着癡珠的手，笑吟吟的，一面移步，一面説道：「咱們都中兩次見面，都未寒暄一語，抱歉至今！」

彼時已到堂中，三人重新見禮，兩邊分坐。癡珠向荷生道：「我們神交已久，見面不作套語罷。」荷生笑道：「説套語便不是我們面目。」接着秋痕上前請安，荷生就接着説道：「你們所有客套，我也一起豁免罷。以後見面，倘再迎至轎邊一千，接到廳上一千，我就不依。再『老爺』二字也不准叫，你只喚我荷生。你字秋痕，我便叫你秋痕。」就向癡珠、謖如道：「我們也通行稱字，某翁、某某先生，濫俗可厭，兩位以爲何如？」癡珠道：「吾兄爽快之至！」就向謖如道：「你再叫先生，我也不依。」荷生道：「自後大家犯令，我要罰以金谷酒數。」秋痕坐在西邊，瞥見丹翬、曼雲從東廊款款而來，笑道：「犯令的人來了。」謖如道：「你下去通知他不好麼？」正説着，丹翬、曼雲已到簾邊。秋痕忍笑，大聲説道：「站着！聽我宣諭：奉大營軍令，不准你們請安，不准你們叫老爺。你們懂得麼？」説得荷生、癡珠、謖如三人大笑起來，連那前後左右伺候的人通笑了。秋痕自己笑得不能仰視。那丹翬、曼雲只見過秋痕痛哭，没有見過秋痕的癡笑，也没有見過他會大聲説話。今日見他如此得意，轉停住腳步，只是發怔。大家看見，更是好笑。後來秋痕的笑歇了，將以前的話告訴，兩人倒靦靦覥覥上來，好像没得開口一般。還是癡珠初見，和兩個應酬，兩個纔説得幾句話。秋痕曉得他們爲難，又自吃吃的笑。荷生也笑道：「我倒不意秋痕也會這般調侃人。」癡珠笑道：「這是老師化導之力。」又説得大家通笑了。

只見家人請示排席，荷生瞧着表道：「就要排席？似乎過早。」癡珠道：「謖如今天是兩頓飯的。」荷生道：「怎的過費！」一會，席已擺好，係用月桌。謖如要送酒安席，荷生道：「方纔什麼套都已蠲除，你又來犯令了！」於是大家換了便衣，團團入坐。

酒行數巡，癡珠坐接曼雲，就將曼雲摺扇取來。正要展視，荷生忽向癡珠説道：「斯人不出，如蒼生何！以吾兄才望，這廿年中倘肯與世推移，不就是攜妓的謝東山麼？」癡珠將扇握住，嘆口氣道：「小弟年少時也還有這些妄想。如今白髮星星，涉世愈深，前途愈窄，濫竽滿座，挾瑟赧顏，只好做個乞食歌姬的韓熙載罷！」荷生道：「你是要做入夢的傅巖，不願做絶裾的溫嶠，其實何必呢！」癡珠道：「人材有積薪之嘆，捷徑多窘步之憂。我就不做韓熙載，也要做個醇酒婦人的信陵君。那敢高比騎箕星宿、下鏡風流哩。」説得大家又笑了一陣。於是展開曼雲的扇，見是荷生楷書，便説道：「教我再寫這字，就寫不來了。」再看寫的是《齊天樂》兩闋，詞題係《花魂》。此時秋痕倚在癡珠坐邊，癡珠看着，秋痕念道：

「小闌干外簾櫳畔，紛紛落紅成陣。瘦不禁銷，弱還易斷，」

癡珠拍案道：「好個『瘦不禁銷，弱還易斷』八字，這便是剪紙招我魂哩！」就喝了一杯酒，向荷生道：「是舊作，是近作？」荷生道：「我春間偶有所觸，填此兩闋，你不要謬贊。」就也喝了一杯酒。謖如、丹翬、曼雲都陪着喝，覺得秋痕黯然又念道：

「數到廿番風信。韶華一瞬，便好夢如煙，無情有恨。別去匆匆，蓬山因果可重證。」

癡珠也黯然道：「半闋就如此沉痛，底下怎樣做呢？」就和大家又喝了三杯酒。那秋痕念到「韶華一瞬」，已經眼眶紅了，以下竟要墜起淚來。就也停了一停，又念道：

「空階似聞長嘆，」

癡珠道：「接得好！魂兮歸來，我聞其聲。」秋痕噙着淚又念道：

「正香銷燭灺，月斜人定。三徑依然，綠陰一片，料汝歸來難認。心香半寸，憶夜雨蕭蕭，小樓愁聽。咫尺迢遥，算天涯還近。」

秋痕念到此，忍不住撲簌簌的墜下淚來。癡珠自己喝了酒，便説道：「我念罷。」便將第二闋念道：

「綺窗朱户濃陰滿，繞砌苔痕青遍。碾玉成塵，埋香作冢，一霎光陰都變。」

癡珠念到此，聲音也低了。秋痕一滴一滴的眼淚，將那扇頁點濕有幾處了。荷生道：「這是我不好。秋痕今天狠喜歡，偏教他如此傷心起來。」曼雲道：「可不是呢。人家好端端喝酒，怎的荷生這首詞卻要叫他灑起淚來？」癡珠勉強又念道：

「助人淒戀，有樹底嬌鶯，梁間乳燕。賸粉遺芳，亭亭倩女可能見？」

癡珠哽咽道：「此中塊壘，我要借酒澆了。」便叫曼雲取過大杯，喝了五鍾。荷生、謖如也喝了。謖如、丹翬都道：「過後看罷。」荷生也說道：「撂開一邊，往後慢慢的看。」癡珠那裏肯依，又念道：

「幾番燒殘繭紙，嘆招來又遠，將真仍幻。絮酒頻澆，銀幡細剪，懺爾癡情一片。浮生慢轉，好修到瓊樓，移根月殿。人海茫茫，把春光輕賤。」

癡珠末了也忍不住吊下幾點淚來。瞧着秋痕玉容寂寞，涕淚縱橫，心上更是難受。想道：「我卻不道青樓中有此解人，有此情種。」便轉向荷生說道：「真是絶唱，一字一淚，一淚一血！這也不枉秋痕的數點淚漬在上頭。只是我也有一詞，題在花神廟，想你還没見哩。」荷生道：「我自那一晚便定了此間的局面，花神廟一別經年了。你那長新店題壁的詩，我還記得。」癡珠道：「你的詩我記得多了。」便喝一大杯酒，高吟道：

「雙槳風橫人不度，玉樓殘夢可憐宵。」

荷生十分驚訝，只見癡珠又念道：

「畢竟東風無氣力，一任落花飄泊。」

荷生道：「荔香院你到過嗎？」癡珠也不答應，便又喝了酒，又高吟道：

「一死竟拚銷粉黛，重泉何幸返精魂。」

又拍着桌說道：「最沉痛的是：

薄命憐卿甘作妾，傷心恨我未成名。」

荷生道：「奇得狠！這幾首詩你也見過麽？」

癡珠含笑總不答應，喚過禿頭，説道：「你將我屋裏一個碧綠青螺杯取來，我要行令了。」荷生道：「你説怎樣見過紅卿，纔准行令。」癡珠笑道：「行了令再説。」荷生道：「你不説，我是不遵令的。」謖如笑道：「癡珠，你這悶葫蘆害人難受，不如説了罷。」癡珠道：「那裏有這般容易！」恰好禿頭取得杯來，便一面拿杯，一面向荷生道：「你喝了這十杯再説。」丹翬道：「這一杯抵得十多杯酒，怎的教人吃得下？」荷生道：「可不是呢。癡珠就是這樣作難我哩。」謖如道：「我講個人情，五杯罷。」荷生笑道：「你講個人情，一杯罷。」癡珠也笑道：「三杯何如？」荷生心上急着要曉得紅卿蹤跡，也就答應了。隨又説道：「你也要喝一杯。」癡珠道：「説到高興，自然要喝。」於是曼雲執壺，丹翬斟酒，荷生便喝了三螺杯酒。秋痕只叫：「慢慢的喝。」荷生喝一杯，便送一箸菜或是水果。謖如也喝了三大杯。癡珠纔把荔香院那一天情事，細細向荷生講將出來。講得荷生癡癡的聽，兩眼中也噙了幾許英雄淚。謖如、丹翬、曼雲都斂容靜氣，傾耳而聽。秋痕更怔怔的望了癡珠，又望荷生。癡珠説到娟娘不知蹤跡，就也落下數點淚，叫秋痕斟過一螺杯酒。秋痕只斟有七分杯，癡珠接過，卻要秋痕斟滿，高吟杜詩道：「寇盜狂歌外，形骸痛飲中。」接着吟道：「氣酣日落西風來，願吹野水添金杯。如澠之酒常快意，亦知窮愁安在哉。忽憶雨時秋井塌，古人白骨生青苔。如何不飲令心哀！」大家含笑看他吟完，將酒喝了。秋痕笑道：「角力不解，必同倒地；角飲不解，必同沉醉。這是何苦呢！」説得大家又笑了。

這一席酒自十一下鐘起，直喝至三下多鐘。幸是夏天日長，大家都有些酩酊，便止了酒。荷生、癡珠只用些粳米稀飯，就散了坐，同到癡珠屋裏。只見芸香拂拂，花氣融融，别有一種灑灑之致。癡珠又喚禿頭焚起一爐好香，泡上好茶。荷生、謖如或坐或躺。丹翬等三人就在裏間理鬢更衣，癡珠便將盆中開的玉簪，每人分贈一枝，更顯得面粉口脂，芬芳可挹。秋痕出來，見癡珠酒氣醺醺躺在窗下彌勒榻上，便悄悄説道：「你病纔好，何苦那樣拚命喝酒！」又將癡珠小照瞧一瞧，説道：「你怎不請人題首詩？」癡珠道：「没人道得我着，以後你題罷。」秋痕一笑，就將簾子掀開，見謖如走了出去，荷生卻躺在炕上微微睡着，便叫道：「起來罷，這裏睡不得，怕着了涼。」荷生就也坐起，喝了茶。癡珠隨跟出來，向荷生問起采秋。荷生嘆一口氣道：「不必提起。我有兩首詩，念與你聽就知道了。」遂將所寄的詩誦了一遍。癡珠笑道：「什麽事呢？」隨吟道：「丈夫垂名動萬年，記憶細故非高賢。」荷生也自微笑。

不一會，家人掌上燈來，秋華堂又排了席。大家作隊出來，見堂上及兩廊明角燈都已點着，越覺得玉宇澄清，月華散采，大家便都向甬道上閒步。癡珠從那月光燈影瞧着秋痕，真似一枝初放的蘭花，萎蕤窈窕，極清中露出極豔來。聽見謖如讓荷生上去，便攜着秋痕的手，跟大家步上臺堦，到得席前，照舊坐下。

這秋華堂係長七間一個大座落，堂上爽朗空闊，炕後垂三領蝦鬚簾，簾外排着十多架晚香玉。堂上點有二十餘對紗燈，炕上四小盆盛開夜來香。堂左右二十多架蘭花，雖纔打箭，燈光之下瞧那緑葉紛披，度着炕上内外的花香，就不傾觴也令人欲醉了。况卯酒未醒，重開綺席，倒覺得大家俱有倦容。入席以後，行了幾回酒，上了幾碗菜，秋痕便向癡珠發話道：「白天你是鬧過酒，如今只准清談。我隨便唱一折昆曲給大家聽，可好麽？」荷生道：「好麽。」秋痕又道：「叫他們吹笛子、打鼓板、彈三弦的都在月臺上，不要進來。」謖如道：「這更好。」秋痕又道：「只這癡珠酒杯是要撤去的。」一面説，一面將癡珠面前酒杯遞給跟班。謖如、丹翬都説道：「不叫他喝就是了，何必拿開杯子。」荷生、曼雲只吟吟的笑。謖如向荷生道：「『一見如舊』，這句話卻是真有呢。」這一説，癡珠先不好意思起來，秋痕便覺兩頰飛紅。荷生忙接口説道：「『同是天涯淪落人，相逢何必曾相識。』我和癡珠不一見如舊麽？」荷生此句話原想替秋痕解嘲，秋痕也深感荷生爲他分謗，只太親切些，觸動心緒，倒吊下淚來。癡珠這一會淒惶，更不知從何處說起，只向秋痕高吟道：「君爲北道生張八，我是西川熟魏三。」就不說了。荷生見秋痕與癡珠形影依依的光景，便念及采秋，又因癡珠今天說起紅卿，便覺新愁舊怨一刹時紛至沓來，無從排解。謖如也悔先前不合取笑秋痕，以致一座不樂。又見秋痕顧影自憐那一種情態，也覺慘然難忍。丹翬、曼雲見席間大家都不說話，只得勸秋痕道：「好端端的，又哭得淚人兒一般。人家說你有傻氣，你自己想，傻不傻哩！」荷生就移步過來，替秋痕抹着眼淚。癡珠便叫跟班們擰過手巾，自己遞給秋痕。謖如也吩咐跟人泡上幾碗好茶來，又吩咐廚房慢慢的上菜。

秋痕只得破涕爲笑道：「我還唱曲罷。」大家都道：「好了！秋痕肯笑了。」謖如道：「秋痕這一笑，大家該喝一鍾酒。」秋痕道：「我總不准癡珠喝，大家依麼？」大家笑道：「依你罷。」秋痕道：「我卻要陪一杯。」於是大家都喝了酒，隨意吃了幾箸菜。癡珠只吃了兩片藕。只見秋痕喝一回茶，將椅挪開，招呼癡珠跟人說幾句話。停了一停，簾外鼓板一響，笛韻悠揚。秋痕背臉兒，亢起嬌聲來，癡珠依着聲，聽他唱的是：「此夜恨無窮，似別鶴孤鴻，檻鸞囚鳳。我無限衷腸，欲訴無從。悲慟！」癡珠聽到此，便嘆了一聲，招呼跟班裝水煙吃去。荷生將手輕輕的拍着桌板，道：「這底下是『惹禍的花容月貌，賺人的雲魂雨夢』。」謖如道：「這不是《紅梨記》上《拘禁》這一齣麼？」荷生點點頭。又聽秋痕唱完了一枝，曼雲便將癡珠跟前一碗茶遞給秋痕喝了。秋痕轉過臉來，向大家說道：「今夜喉嚨不好，有些哽咽。」就唾了一口痰，又唱起來。到了「看他詩中字，芳心懂。怎割捨風流業種，必竟相同」。又唱到「只愁緣分淺，到底成空」，那兩道眼波，就直注在癡珠身上。大家俱暗暗的笑，卻不敢道出。以後便是尾聲了。唱完，大家都喝聲「好」！荷生因說道：「這回我卻要癡珠喝一鍾酒。」秋痕也依，便將自己的杯斟上，叫癡珠喝了。荷生笑道：「我也要你喝一杯。」秋痕道：「這是怎說？」荷生道：「喝了再說。」秋痕強不過，就也喝了。荷生笑道：「你們『風流業種，必竟相同』，怎麼不吃個鴛鴦杯哩?」説得秋痕的臉通紅了。癡珠笑道:「你們這樣鬧,又何苦呢。」荷生微笑,停一停,説道:「你日間那樣狂吟豪飲,這會怎的連酒杯都没哩?」癡珠也就微笑。於是大家又暢飲了一回,便道:「天也不早了,差不多十二下鐘了!」謖如也不敢再敬。

大家吃飯,洗漱。荷生向癡珠道:「改日再來奉拜罷。」癡珠笑道:「你又不能免俗了。我明日便是便衣過訪,何如?」荷生道:「好極!我便在寓相候罷。」就謝了謖如,幾對燈籠引着轎先走了。謖如卻要送癡珠先回西院,癡珠看見丹翬等三人都站在月臺伺候,便道:「還是給他們先走,我們再説罷。」於是丹翬、曼雲、秋痕説道:「我們都不打千了。」丹翬、曼雲先走,秋痕落後。

癡珠、謖如站在一邊,秋痕拉着癡珠的手,問後會之期。癡珠十分難受,勉強道:「兩日後就當奉訪。」秋痕忽向袖中取出一件東西,悄悄的遞給癡珠。癡珠也不便細看,只好袖着,便催着謖如回去。謖如只得告辭。癡珠送出,看秋痕上車,謖如也上了車,然後自回西院。正是:

茫茫後果,渺渺前因。

悲歡離合,總不由人。

欲知後事如何,且聽下回分解。

第十五回　詩繡錦囊重圓春鏡　人來菜市獨訪秋痕

話説荷生別了癡珠，轎子沿堤走來。仰觀初月彎環，星河皎潔；俯視流煙澹沱，水木清華。因想起愉園水榭，今夕畫屏無睡，風景當亦不減於此。又想道：「我們一縷情絲，原是虛飄飄的，被風颺到那裏，便纏住那裏。就如癡珠，今天不將那脈脈柔情都纏在秋痕身上麼？可怪秋痕素日和人落落難合，這回一見癡珠，便兩心相照，步步關情，也還可喜。只是他兩人這情絲一纏，正不曉得將來又是如何收煞哩！」一路亂想，猛聽得打梆之聲，是到了營門。

只見燈火輝煌，重門洞闢，守門的兵弁層層的分列兩旁。那轎夫便如飛的到了帳前停住，門上七八個人都一字兒的站在一邊，伺候下轎。荷生略略招呼，就進寓齋去了。跟班們伺候換了衣履，見蒼頭賈忠踉踉蹌蹌，拿一個紙包上來，像封信似的，回道：「靠晚，洪老爺進來，坐等老爺。到了更餘，等不得了，特喚小的上去，交付這一件東西，吩咐小的收好。又説明日在歐老爺家專候老爺過去，有話面説。」荷生也不曉得是什麼，接過手，輕飄飄，將手一捏，覺鬆鬆的。便撕去封皮，見是一塊素羅，像是帕子。抖開一看，上面污了許多淚痕；桌上掉下一個古錦囊，兩面繡着蠅頭小楷，卻是七律二首。便念道：

「長空渺渺夜漫漫，舊恨新愁感百端。
巫峽斷雲難作雨，衡陽孤雁自驚寒。

徘徊紈扇悲秋早，珍重明珠賣歲闌。
可惜今宵新月好，無人共倚繡簾看。」

念畢，嘆一口氣，自語道：「如許清才，墜入塵劫。造物何心，令人懊惱！」又將那一邊詩朗吟道：

「多情自古空餘恨，好夢由來最易醒。」

就慘然自語道：「沉痛得狠！」又念道：

「豈是拈花難解脱？可憐飛絮太飄零。
香巢乍結鴛鴦社，新句猶書翡翠屏。
不爲別離已腸斷，淚痕也滿舊衫青。」

賈忠和大家怔怔的站着，荷生反覆沉吟一會，猛見賈忠們兀自站着，便説道：「你們散去罷。」荷生因欲乘涼，就也踱出遊廊。清風微來，天雲四皎，雙星耿耿，相對寂然。徘徊一會，倒憶起家來，便將都中七夕舊作《望遠行》吟道：

「露涼人靜，雙星會，今夕銀河深淺？微雨驚秋，殘雲送暑，十二珠簾都捲。試問蒼蒼，當日長生殿裏，私誓果能真踐？只地久天長，離恨無限！　何况羈人鄉書一紙，抵多少、回文新剪。細計歸期，常勞遠夢，輸與玳梁棲燕。畢竟織女黄姑，隔河相望，可似天涯近遠？恨無聊徙倚，闌干捫遍！」

吟畢，便喚青萍等伺候睡下。

次日，看完公事，想道：「今天還找劍秋鬧一天酒罷。」便喚索安吩咐套車，到了綠玉山房，劍秋不曾起來。紫滄自將采秋不忍拂逆他媽一段苦情，細細表白一番。荷生聽了便也釋然。一會，劍秋出來，説道：「荷生，這宗公案你如今可明白麼？我原説過，這其間總另有原故，是不是呢？如今吃了飯，我們三人同去愉園走一遭罷。」荷生不語。一會，擺上飯，三人喝了幾鍾酒，差不多兩下鐘了。劍秋正催荷生到愉園去，不想紅日忽收，黑雲四合，下起傾盆大雨來。劍秋又備了晚飯，說了半日閒話。

急雨快晴，早已月上。劍秋、紫滄乘着酒興，便不管荷生答應不答應，拉上車，向愉園趕來。傳報進去，三人剛走入八角亭遊廊，早是紅豆領着一對手照，親接出來，笑向荷生道：「怎的不來了十一天？」劍秋笑道：「我三個月没來，你怎的不問哩？」紫滄也笑道：「我們就十一年不來，他也不管呢。」紅豆笑道：「洪老爺，你昨天不纔來麼？」三人一面說，一面走，已到橋亭。只聞得雨後荷香芬芳撲鼻，就都在回欄上坐了。丫鬟們便放下手照，抬了幾張茶几來，送了茶。

只見遠遠一對明燈，照出一個玉人轉過畫廊來。紫滄向劍秋道：「你看此景不像畫圖麼？」劍秋笑道：「我們不配作畫中人，只莫學人吊下去，作個池中物罷！」剛說這句，采秋已到跟前，故作不聞，說道：「這裏暑氣未退，還是水榭屋裏坐罷。」於是荷生先走，領着大家轉幾折遊廊，纔到屋裏。

原來愉園船室後是池，池南五間水榭，坐南向北，此即愉園正屋。劍秋、紫滄俱係初次到此，留心看時，只見面面明窗，重重紗罩，五間直是一間。其中琴床畫桌，金鼎銅壺，斑然可愛。正中懸一額，是「定香吟榭」四字。兩旁板聯，是集的宋人句：

細看春色低紅燭，煩向蒼煙問白鷗。

款書「渤霞題贈」。下面一張大案，案上羅列許多書籍。旁邊排着十二盆蘭花，香氣襲人。中間地上點着一盞四尺多高玻璃罩的九瓣蓮花燈，滿室通明。四人一一坐下。紫滄見荷生、采秋總未說話，便道：「你兩個都是廣長妙舌，怎的這會都作了反舌無聲？」采秋說道：「人之相知，貴相知心。落了言詮，已非上乘。」劍秋笑道：「相視而笑，莫逆於心。此自是枕中秘本，便有時也落言詮。我卻不信你們兩個通是馬牛其風，不言而喻呢。」荷生笑道：「胡説！」采秋道：「酒是先生饌，女爲君子儒，湯玉茗至今還在拔舌地獄哩，管他則甚！」便又談笑一會，荷生、采秋總覺得似離似合，眉目含情。又命紅豆，教人將南窗外紗幔捲起。只見碧天如洗，半輪明月，分外清華。

大家移了几凳，坐在欄干内，領略那雨後荷香。采秋叫人將早辰荷花心内薰的茶葉烹了來，更覺香沁心脾，俗塵都滌。遥聽大營中起了二鼓，紫滄、劍秋就站起身來，荷生也要同行。劍秋道：「你且不用忙。要走，須向采秋借車。我還同紫滄去訪一個朋友，不能奉陪了。」荷生笑道：「不是訪彩波嗎？」劍秋道：「不定。」遂一徑走了。丫鬟傳呼伺候，采秋送至船室前，也就回來，仍在欄干邊坐下。

荷生道：「好詩，好詩！但『多情』二句，頗難解説，我正來請教呢。」采秋道：「我這兩句本係舊時記的，你要怎麼解，便怎麼解。」荷生道：「你是聰明絶頂的人，我一切也不用説了！」采秋一聞此言，便覺心中一酸，兩眼淚珠熒熒欲墜的道：「前日之事，我也百口難分，惟有自恨墮入風塵，事事不能自主。你若從此拋棄了我，我也不敢怨；你若尚垂青盼，久後看我的心跡便是了！」荷生見説得楚楚可憐，便嘆了一口氣道：「我到不是怪你。我一來也是恨我自己長幡無力，未能盡障狂飆；二來是替你可惜這個地方。難道他們那一般人的行徑，你還看不出麼？」紅豆在旁，遂將那日原士規等跌池吐酒、鄙俗不堪的形狀，敘了一回。到説得荷生、采秋也都笑了。

荷生便向采秋道：「今夜我頗思小飲。」采秋道：「我有好蓮蕊釀，咱們到春鏡樓喝去罷。」於是攜手緩步上樓來。只見霽月照窗，花陰瑟瑟，荷生笑道：「我今日到此樓，也算劉、阮重到天臺了。」采秋笑道：「我不想尚有今日。」遂將荷生紗衫脱了。采秋也卸了晚妝，烏雲低軃。然後兩人對酌，敘這十日的相思。但見郎船一槳，儂舸雙橈；柳暗抱橋，花欹近岸。金缸影裏，玉斝光中；西子展顰，送春山之黛色；南人妍眼，翦秋水之波光。脈脈含情，綿綿軟語；鳳女之顛狂久別，檀奴之華采非常。既而漏鼓鼉催，回廊鶴警；嫣熏蘭破，絮亂絲繁；人面田田，脂香滿滿。從此緣圓碧落，雙星無一日之參商；劫脱紅塵，並蒂作群芳之領袖矣！

卻説七夕那晚，癡珠送了謖如，自回西院，急將秋痕遞給的東西燈下一看，卻是一塊翡翠的九龍佩。撫玩一回，就繫在身上。看官聽着，癡珠自從負了娟娘，這七八年夢覺揚州，錦瑟犀毗，概同班扇；胭脂螺黛，一例曇花。況復鬱鬱中年，艱難險阻；鬖鬖遲暮，顛沛流離。碧血招魂，近有鮑參軍之痛；青衫落魄，原無杜記室之狂。真個絮已沾泥，不逐東風上下；花空散雨，任隨流水東西。不想秋痕三生夙業，一見傾心。秋月娟娟，送出銷魂橋畔；春雲冉冉，吹來離恨天邊。人倚闌干，似曾相識；筵開玳瑁，末如之何。輪萬轉之柔情，誰能遣此；灑一腔之熱淚，我見猶憐。可識前生，試一歌乎《金縷》；勿忘此日，羌相贈以錯刀。緩緩歸來，子細憶三春之夢；匆匆別去，丁寧約再見之期。此一段因緣，好似天外飛來一般。倒難爲癡珠，一夜躊躇，不能成寐，就枕上填了《百字令》一闋云：

今夕何夕，正露涼煙淡，雙星佳會。一帶銀河清見底，天意恰如人意。半夜雲停，前宵雨過，新月如眉細。千家望眼，畫屏幾處無睡。

最念思婦閨中，懷人遠道，難把離愁寄。一朵嬌花能解語，卻又風前憔悴。紅粉飄零，青衫落拓，都是傷秋淚。寒香病葉，誰知蕭瑟相對。

填畢，兀自清醒白醒的，故合着眼，猛聽得晨鐘一響，見紙窗全白了。便起身出外間來，向案上將《百字令》的詞寫出。

禿頭在對屋聽見響動，也起來，到了這邊，見癡珠正在沉吟，愕然説道：「老爺你病纔好，怎的一夜不睡？」癡珠道：「睡不着，叫我怎樣呢？」禿頭也不答應，向裏間一瞧，低着頭，嘴裏咕咕嚕嚕的抱怨，就出去了。癡珠倒覺好笑道：「我就躺下罷。」不意這回躺下，卻睡着了，直至午正纔醒。起來吃過飯，想道：「我與荷生約今日見面的，須走一遭。」便吩咐套車，帶了禿頭向大營來。荷生早訪歐劍秋去了。便留題一律云：

月帳星河又渺茫，年年別緒惱人腸。
三更涼夢回徐榻，一夜西風瘦沈郎。
好景君偏愁裏過，佳期我轉客中忘。
洗車灑淚紛紛雨，兒女情牽乃爾長。

遞給青萍就走了。禿頭說道：「老爺如今是回去，是到李大人署裏？」癡珠遲疑道：「還是找李大人去罷。」方轉入胡同，癡珠忽問車夫李三道：「此去菜市街，順路不順路？」李三道：「到李大人衙門，菜市街是個必走之路。」癡珠道：「這樣就走菜市街罷。」禿頭道：「老爺到菜市街找誰哩？」癡珠便問李三道：「你可認得教坊李家麼？」李三道：「小的沒有走過，進巷裏問去罷。」禿頭道：「不消問，那狗頭昨天說過住址，南頭靠東有一株槐樹，左邊是個酒店，右邊是個生肉鋪，中間一個油漆的兩扇門，就是李家。小的先下車看去。」到了巷中間，先有一株古槐，一枝上竦，一枝橫臥。傍側一家，禿頭只道是了，一問，卻是姓張，再看左右，並非屠沽。只得向前走十餘家，果見槐蔭重重，映着那酒簾斜捲，頓覺風光流麗，日影篩空。

禿頭伺候癡珠下車，見門是開的，便往裏走來。轉過甬道，見靠西小小一間客廳，垂着湘簾。禿頭便問道：「有人麼？」也沒人答應。癡珠便進二門，只見三面遊廊，上屋兩間，一明一暗，正面也垂着湘簾，綠窗深閉。小院無人，庭前一樹梧桐，高有十餘尺，翠蓋亭亭，地下落滿梧桐子。

忽聽有一聲：「客來了！」抬頭一看，檐下卻掛了一架綠鸚鵡，見了癡珠主僕，便說起話來。靠北小門內，走出一人來擋住道：「姑娘有病，不能見客，請老爺客房裏坐。」癡珠方將移步退出，只聽上屋簾鈎一響，說道：「請！」癡珠急回眸一看，卻是秋痕自掀簾子迎將出來。身穿一件二藍夾紗短襖，下是青縐鑲花邊褲，撒着月色秋羅褲帶；雲鬟不整，杏臉褪紅，秋水凝波，春山蹙黛，嬌怯怯的步下臺堦，向癡珠道：「你今天卻來了！」癡珠忙向前攜着秋痕的手道：「怎麼好端端的又病哩？」秋痕道：「想是夜深了，汾堤上着了涼。」便引入靠南月亮門，門邊一個十五六歲丫鬟，濃眉闊臉，跛着一腳，笑嘻嘻的站着伺候。

癡珠留心看那上面蕉葉式一額，是「秋心院」三字。旁邊掛着一付對聯，是：

一簾秋影淡於月，三徑花香清欲寒。

進內，見花棚菊圃，綠蔓青蕪，無情一碧。上首一屋，面面紗窗，雕欄繚繞。階上西邊門側又有一個十二三歲丫鬟，眉目比大的清秀些，掀起茶色紗簾。秋痕便讓癡珠進去，炕上坐下。癡珠說道：「這屋雖小，卻曲折得有趣。你臥室是那一間？」秋痕道：「這是一間隔作橫直三間，這一間是直的。」便將手指東邊道：「那兩間是橫的，前一間是我梳妝地方，後一間便是我臥室。你就到我臥室坐。」說着下炕，將炕邊畫的美人一推，便是個門。癡珠走進，由床橫頭走出床前，覺得一種濃香，也不是花，也不是粉，直撲入鼻孔中。

那床是一架楠木穿藤的，掛個月色秋羅帳子，配着錦帶銀鈎。床上鋪一領龍鬚席，裏間疊一床白綾三藍灑花的薄被，橫頭擺一個三藍灑花錦鑲廣藤涼枕。秋痕就攜癡珠的手，一齊坐下。小丫鬟捧上茶來，秋痕遞過，向癡珠道：「你道兩日後纔來，怎的今天就來呢？」癡珠道：「我原不打算來的，因訪荷生不遇，回去無聊，故此特來訪你。不想你又有病，不是你出來招呼，我此刻要到家了。」秋痕道：「我病了，一早辰没有看我媽去。這回鬆些，看了我媽，要回東屋，聽見鸚鵡說話，我就從窗縫望出去，看不清楚；後來打雜出來辭你，我心上就怕是你來了，趕出外間向竹簾一瞧，你正要轉身，急得我話都說不出來。」癡珠道：「你病着，我偏來累你。如今坐了一會，就走罷。你看天色也要變了，下起雨來好難走哩。」秋痕道：「你坐車來嗎？」

癡珠道：「有車。」秋痕道：「有車怕什麼？就没有車，我這裏也雇得有。你多坐一會，和我談談，我的病便快好了。天氣熱，你將大衫卸下罷。」癡珠道：「你這裏狠涼快。」

正説着，忽然雨點大來，癡珠着急道：「下雨怎好哩！」秋痕笑道：「我卻喜歡，好雨天留客。我叫他們熬些桂圓粥給你作點心，好麼？」癡珠道：「我肚裏不餓，倘餓，便和你要。」秋痕向小丫鬟道：「你儘管吩咐去。」小丫鬟去了。秋痕悄悄説道：「我給你那一塊玉，你曉得這塊玉的來歷麼？這就是我今生第一快心之事。你卻不要拿去賞了人。」因將上巳這日得荷生賞識，臨走給了這塊玉，通告訴了癡珠。癡珠道：「我倒没有什麼好東西給你，怎好呢？」秋痕道：「好東西我也不要，只要你身邊常用的給我一件罷。」癡珠手上適帶一個翡翠般指，便脱下來套在秋痕拇指，大喜道：「竟是恰好！你就帶着。」秋痕道：「你這會没得帶，我有一個羊脂玉的，給了你好麼？」癡珠道：「我不帶，我以後再購罷。」秋痕不依，向枕邊一個銀盒内取出，也替癡珠套上，笑道：「我和你指頭大小竟是一樣。」秋痕因問起癡珠得病情由，癡珠略將前事説説，便吟道：「三年笛裏關山月，萬國兵前草木風。」就嘆了一口氣。秋痕款款深深的安慰一番。兩個丫鬟送上點心，秋痕勸癡珠用些。聽見檐溜琤瑽，雨也稍住了。癡珠就站起身來走了。正是：

寶枕贈陳思，漢皋要交甫。
爲歌靜女詩，此風亦已古。

欲知後事如何，且聽下回分解。

花月痕全書卷四終

花月痕全書卷五

第十六回　定香榭兩美侍華筵　夢遊仙七言聯雅句

話説癡珠養病并州，轉瞬判年，免不得出來酬應。這日來了三個同鄉：一個余觀察名翊，字歗如；一個候補刺史留積蔭，字子善；一個候補郡丞晏傳薪，字子秀。四人正在會敘，荷生隨來，坐了一會，三人先去。荷生便道起失約的緣故，就訂癡珠十四愉園小飲，且囑攜秋痕同去，就也走了。此時一院秋陰，非復驕陽亭午，癡珠便吩咐套車，來訪秋痕，將荷生相邀竝請的人，備細説給秋痕知道，就找謖如去了。

到了次早，癡珠坐車來邀秋痕，秋痕正在梳頭。癡珠就在妝臺邊坐下，瞧了一會。見有一張宣紙、一付蠟箋，擱在架上，便説道：「你這屋裏卻没有横額，我和你寫罷。」説畢，就將宣紙、蠟箋一齊取下。秋痕要將墨來磨，癡珠説道：「你只管妝掠，我自己磨罷。」於是仍坐在妝臺邊，一邊磨墨，一邊看秋痕掠鬢擦粉，笑道：「水晶簾下看梳頭，想元微之當日也不過如此。」秋痕笑道：「我卻不准你學他。」癡珠微微一笑，將宣紙裁下一幅，蘸筆横寫。秋痕瞧着是「仙韶別館」四字。癡珠又將蠟箋展開一看，是四尺的，要寫八字，便匀了字數，教丫鬟按着紙，提筆寫道：

灼若芙蕖，贈之芍藥；
化爲蝴蝶，竊比鴛鴦。

一邊款書「博秋痕女史一粲」，一邊書「東越癡珠」。恰好秋痕換完衣服出來，癡珠笑道：「我這惡劣書法，不像你裊裊婷婷，留着做個記念罷。」秋痕笑道：「我也不曉得好不好，只人各有體，這是你的字，總是讀書人的筆意。」癡珠一笑，便叫人前往愉園探聽荷生到未。回說：「韓師爺來了。」癡珠將車讓秋痕坐，自己跨轅，赴愉園來。

保兒傳報進去。到了第二層月亮門，見荷生含笑迎出來，就攜着秋痕手，讓癡珠進去。癡珠笑道：「我如今總要人雙請。」秋痕也笑着說道：「我見面不請安了。」於是小丫鬟領着路，癡珠緩緩的跟着走，說道：「這園子布置，倒也講究。」進了第二層月亮門，轉過東廊，見船室正面掛着一張新横額，是「不繫舟」三字；板聯集句一付，是：

由來碧落銀河畔，只在蘆花淺水邊。

便說道：「這船室，我聽説是采秋藏書之所。」因走進來，荷生、秋痕也陪着瞧過，前後三層，縹緗萬軸。荷生便把西北蕉葉門推開，引二人出來。小丫鬟聽見響，就從橋亭轉到西廊伺候。

癡珠、秋痕望那水榭東西南三面環池，水磨楠木雕闌，檐下俱張碧油大綢的捲篷，垂着白綾，飛沿兩邊各掛一個小金鈴。池内荷花正是盛開之際，卻也有紅衣半卸、露出蓮房來的。空闊處綠葉清波，湛然無滓。靠着欄干，擺着都是斑竹桌椅。正面接着上屋前檐，左右掛着七尺寬兩領銅絲穿成的簾子。荷生即讓癡珠坐下，自己和秋痕對面相陪。癡珠早聞環佩之聲來從簾外，曉得采秋出來了，便從簾内望將出去：山花寶髻，都非倚市之妝；石竹羅衣，大有驚鴻之態，不覺惘然。看見秋痕站起身來，就也站起來。

采秋到了簾邊，向秋痕一笑，就請癡珠歸坐，轉身坐在秋痕肩下，說道：「我們初次相見，荷生説過『不請安，不稱老爺』。」癡珠道：「我也直呼『采秋』，不説套話了。本來名士即是美人前身，美人即名士小影，謝希孟《鴛鴦樓記》……」正往下説，外頭報説：「梅、歐兩位老爺來了！」彼此方通款愫，洪紫滄也來了。

癡珠都係初見，又不免周旋一番。以後談笑起來，大家性情俱是亢爽一派的，就也十分浹洽。

停一會，荷生道：「清興如此，何不小飲？」遂叫人擺席。癡珠首坐，次紫滄，次小岑，次劍秋，荷生一人打橫上坐，秋痕、采秋兩人打橫下坐。今日酒肴器皿，件件是并州不經見的。七人慢慢的淺斟緩酌，雄辯高談，觥籌交錯，履舄往來，極盡雅集之樂。已而玉山半頹，海棠欲睡；也有閒步的，也有散坐的，也有向船室中倚炕高臥的。此時丫鬟們撤去殘肴，備上香茗鮮果，大家重聚水榭。采秋與劍秋對弈，小岑觀局。癡珠、荷生、秋痕三人同倚在西廊欄干閒話，看紫滄釣魚。秋痕卻俯首池中，領略荷香，並瞧那魚兒或遠或近，或浮或沉，出了一回神。

荷生便攜着癡珠的手，徑入采秋臥室看詩。只見那上首是一座紫檀木的涼榻，掛着一個水紋的紗帳子，兩邊的錦帶繡着八個字，是「吹笙引鳳，有酒學仙」，東邊板壁上掛着一幅泥金小橫披，草書七言絶句兩首，是：

玉漏催宵酒半醒，月鈎初上照春屏。
碧紗簾幙輕如水，窺見雲鬟一枕青。

小窗風過試新涼，鬢上微聞夜合香。
細語喁喁眠不得，只愁孤負好年光。

癡珠笑道：「這就是定情詩麼？有此豔福，也該有此麗句。」又見紗罩上粘有兩紙色箋，其一云：

獨夜孤燈有所思，夢回誰解意遲遲？
愧無雙槳迎桃葉，盡把多情付柳枝。

秋扇未捐猶有淚，春蠶半老易成絲。
樽前握手渾如昨，不許長幡好護持。
癡珠道：「悱惻纏綿，怨而不怒，這定是月初作的。」荷生道：「你曉得就是了。」又看下一箋，云：
決絕詞成不忍看，連宵好月自團圞。
黃衫劍挾雙龍起，青鳥書傳一字難。
春入愁城天浩蕩，風停情海浪平安。
蠶絲再繭非無謂，飄泊憐他翠袖寒！

癡珠道：「我們眼孔，不知空了幾許人物；我們胸襟，不知勘破了幾許功名富貴，只這分兒上，眼孔裏不敢輕視，一個胸襟裏萬不能打掃得乾淨。我比你馬齒加長，更閱歷多了酒陣歌場，而今兩鬢星星，把曩時意興，瓦解冰銷。不想這會，卻又給秋痕結出一團熱腦。可見人生未死，憑你有什麼慧劍，這情絲是斬不斷的。」荷生道：「你這議論，斯爲本色，大抵是個真英雄、真豪傑，此關是打不破呢。你不記趙清獻詩言『春窗惱春思，一枝杜鵑啼』；司馬溫公詞言『相見爭如不見，有情還似無情』；歐陽文忠詞言『笑問鴛鴦怎生書』；范文正詞言『眉間心上，無計相回避』，又『殘燈明滅，諳盡孤眠滋味』。韓魏公詞言『愁無際，武陵凝睇，人遠波空翠』；文潞公詩言『哀箏兩行雁，約指一勾銀』麼？」癡珠笑道：「難爲你尋得出前人真贓實證來，做我們歪詩的護法。」荷生道：「以林和靖妻梅子鶴，那等清高，卻有『羅襪同心結未成』之句；以呂文靖正色立朝，守鄱戀一樂妓，後召還京，寄以棉胭脂，題詩云『江南有美人，別後長相憶。何以慰相思？寄汝好顏色』。你道這種纏綿情致，那孔光小謹，胡廣中庸，解此麼？」正說得高興，采秋領大家都跑進來，說道：「你兩個高談闊論，到底是說個什麼？怎的不分給我們聽聽？長些見識。」癡珠笑道：「我們道其所道，不過是道點歪詩。」因向秋痕道：「你釣得魚嗎？」秋痕道：「魚没釣得，卻贏了采姐姐一盤棋，這纔肯棋譜琴譜都借給我。」劍秋道：「秋痕的棋是好呢！琴卻輸采秋的手法嫻熟。」小岑道：「這都容易，只學詩像難點兒。」采秋道：「他如今有個詩王詩聖詩祖宗，做他秋心院總提，以後怕不學會麼？」說得大家都笑了。荷生因說道：「今日樂極！大家何不吟一首即事詩，以紀雅集。」癡珠道：「我們聯句罷。」紫滄道：「古體呢近體？」采秋道：「近體没趣，還是古體罷。」劍秋道：「即事也覺無味，不如聯一首《夢遊仙曲》。」荷生道：「好！也不要敘次，有的便寫出來，我就起句，借重秋痕作個書手。」便喚小丫鬟，預備筆硯箋紙。大家到了水榭，秋痕研墨，提起筆來等着，只聽得荷生吟道：

「九華春殿平明開，排雲忽現金銀臺。鸞翔鶴舞翠羽集，」

秋痕便寫出來，注一「荷」字。荷生瞧着秋痕寫，便說道：「秋痕楷書，原來如此秀潤。我卻不曾瞧見。」癡珠笑道：「你這三句，壯麗得狠！也該寫出好楷字，底下該各人兩句纔是呢。」也即吟道：

「蒼虯呵殿群仙來。」

說道：「下句要轉韻了。」大家說道：「自然是要轉韻。」癡珠便又吟道：

「芙蓉城是衆香國，」

秋痕一一寫了，注上「癡」字。大家齊說：「接得好極！」劍秋躊躇了一會，吟道：

「初日澄鮮霞五色。紆回曲徑接丹邱，」

衆人皆道：「好！」小岑沉吟一會，說道：「那位有的，先接上罷，我思路塞得狠呢！」紫滄倚在正面欄干，因吟道：

「縹緲飛樓臨紫極。霧鬟籠煙羽葆輕，」

荷生道：「又轉韻了，小岑你怎的還没有一句呢？」劍秋道：「讓他思索一會，或者有好句出來。」小岑不語，只向簾前微步。荷生又催了一遍。小岑道：「有了！

環珮隱隱天風鳴，」

癡珠喝聲：「好！」荷生道：「也虧他！」小岑就歇了。秋痕笑道：「大家都是兩句，你怎麼一句就算了？」小岑道：「你們催得緊，我忘了。」又想一想，吟道：

「翩然騎鳳下相語，」

大家齊聲道：「這一句亦轉得好。」癡珠便説道：「讓我接下去罷。」又吟道：

「左右侍女皆傾城。司書天上頭銜重，」

荷生道：「上句好，下句提得起。」采秋倚在左邊闌干，怕大家又接了，便説道：「我也接下罷。」吟道：

「謫居亦在瑶華洞。巫峽羞爲神女雲，」

大家都贊道：「好！」此時早上了燈，自船室橋亭起以至正屋前廊回廊，通點有數十對漳紗燈，水榭月桌上也燃一枝燭，秋痕寫字的几上燃一枝洋蠟，那池裏荷香一陣陣沁入心脾。荷生更高興起來，便説道：「我接罷。」吟道：

「廣寒曾入霓裳夢。西山日落海生波，」

采秋道：「下句開得好。」便轉身向座吟道：

「四照華燈聽笑歌。天樂一奏萬籟寂，」

荷生道：「我替秋痕聯兩句罷。」便吟道：

「寶髻不動雲巍峨。」

因笑向秋痕道：「此句好不好？下句你自想去。」秋痕笑着儘寫。癡珠當下倚在正面欄干，説道：「我替了罷。」吟道：

「此時我醉群花釀，交梨火棗勞頻餉。漢皋遊女洛川妃，」

采秋道：「我接罷。」吟道：

「欲托微波轉惆悵。朱顔不借丹砂紅，」

劍秋時在橋亭邊散步，高聲道：「你三個不要搶，我有了！」進來吟道：

「銀屏卻倩青鳥通。羅浮有時感離別，」

采秋道：「上句關鍵有力，下句跌宕有致。我接罷。」吟道：

「圜洲從古無秋風。」

荷生道：「好句！我接罷。」便指着劍秋吟道：

「座有東方善諧謔，」

采秋亦笑吟道：

「雙眼流光眸灼灼。一見思偷阿母桃，」

小岑笑道：「我對一句好不好？」吟道：

「三年且搗裴航藥。」

劍秋微笑不語。紫滄道：「我轉一韻罷：

此時滿城花正芳，」

采秋當下復倚在左邊欄干，領略荷花香氣，説道：「我接下去。」吟道：

「一枝一葉皆奇香。」

荷生當下也倚在右邊欄干，說道：「我接罷。」吟道：

「涉江終覺采凡豔，」

癡珠此時正轉身向座，瞧着秋痕，吟道：

「遠山難與爭新妝。」

荷生也正轉身復座，搶着吟道：

「彩雲常照琉璃牖，」

采秋當下復座，手拿茶鍾，也搶着吟道：

「願祝人天莫分手。好把名花下玉京，」

眾人齊贊道：「好！應結局了。此結倒不容易，要結得通篇纔好。」荷生道：「這一結我要秋痕慢慢想去。」采秋道：「做出老師樣來了！」秋痕低了頭，想有半晌，說道：「我有一句，可用不可用，大家商量罷。」就寫道：

「共倚紅牆看北斗。」

大家都大聲說：「好！」荷生隨說道：「結得有力！秋痕慢慢跟着癡珠學，儘會作詩了。」荷生和大家再讀一過，笑道：「竟是一氣呵成，不見聯綴痕跡。今日一敘，真令人心暢！」癡珠道：「明天十五，歇一天十六，我邀諸君秋心院一敘，不可不來！」大家皆道：「斷無不來之理。」

此時明月將中，差不多三更了，大家各散。采秋送至第二層月洞門，各家燈籠俱已傳進。癡珠便看着秋痕上了車，方與荷生大家分手而去。正是：

水榭風廊，茶香荷氣；
不有佳詠，何爲此醉？
欲知後事如何，且聽下回分解。

第十七回　儀鳳翱翔豪情露爽　睡鴛顛倒綺語風生

話説十六日，癡珠只多約了謖如。大家到齊，都是熟人。雖謖如不大見面，然秋心院卻也來過數次。惟荷生、采秋是個初次，便留心細看：那月亮門内一架瓜棚，半熟的瓜垂垂欲墜；中間一條磚砌甬道，兩邊扎着兩重細巧籬笆，籬内一畦菊種，俱培有二尺多高；上首一屋，高檻曲欄，周圍四面臺堦三層，堦上檐廊東西各有一門，係作鐘式；裏面屋子作品字形。西屋一間，北窗下一炕，炕上掛一幅墨竹。兩傍的聯句是：

可能盛會無今昔，暫取春懷寄管弦。

款書「瀟湘居士題贈」。東屋係用落地罩隔開南北。南屋寬大，可擺四席。北屋小些，就是臥室，繡衾羅帳，花氣襲人。靠北窗下放着一張琴桌，安一張斷紋古琴，對着窗外修竹數竿，古梅一樹，十分清雅。

這日，大家都先用過飯。采秋便將秋痕的琴調和，彈了一套《昭君怨》。紫滄、荷生下了兩局棋。小岑、劍秋、癡珠調弄了一回鸚鵡，就在菊籬邊閒談。接着，紫滄棋局完了，要秋痕唱一枝曲。秋痕又弄了一回笛，天也不早了，纔行上席。荷生首座，紫滄、小岑、劍秋、謖如以次而坐。癡珠要讓采秋上首，采秋自然不肯，仍偕秋痕打横下坐。也是一張大月桌，團團坐下。

荷生見上面新掛的橫額，笑道：「癡珠的書法，也算是一時無兩的。」癡珠也笑道：「還是我癡珠的樣子，總不是摹人呢。」荷生道：「以後有這些筆墨，我替你效勞何如？」癡珠不答。采秋笑道：「魚有魚的目，蚌有蚌的珠，你要把蚌的珠換魚的目，魚怎麼願呢？」癡珠含笑要答，劍秋拍掌大笑道：「癡珠！他道你是魚目混珠，你該罰他一鍾酒！」癡珠笑道：「我這珠本是癡珠，不是慧珠，就憑他說是魚目，卻還本色。」采秋急起來，說道：「人家好好說話，劍秋搬弄是非，我不罰你一鍾，倒教癡珠心裏不舒服。」

癡珠道：「算了，我們行一令罷。」荷生道：「好極！」小岑道：「你們要弄這個，卻是大家心裏不舒服了。那一天芙蓉洲酒令，教我肚裏字畫都搜盡了。」癡珠問：「是什麼令？」紫滄就將「合歡令」大家說的八個字告訴癡珠。荷生因說道：「你想還有沒有呢？」癡珠低頭半晌，說道：「『籰』字、『蕊』字、『簕』字何如？」荷生道：「只是冷些。」采秋道：「我還想一個，是『翌』字。」大家齊贊道：「好！」秋痕道：「『艸』字、『竹』字不好麼？」癡珠笑道：「『艸』邊是『屮』，『竹』邊是『𠂉』，你不懂。」秋痕紅了臉，又說道：「『菲』字、『翡』字好麼？」荷生道：「他是要挪移的，『菲』字、『翡』字能夠挪移得動麼？」秋痕道：「這就難了。」便敬了大家一巡酒，吃幾樣菜，幾樣點心，便向荷生道：「你想是行什麼令好呢？」采秋道：「我有個令，就費心些。」秋痕道：「你不要又叫人去講什麼字，我没有讀半句書，肚裏那有許多字畫呢！」采秋笑道：「我曉得你肚裏没有他們的字，也還有我們的字。如今行個令，我們占些便宜罷。」便喚跟的老媽上來，吩咐道：「你回去向紅豆說，到春鏡樓下書架上把酒籌取來。」

少頃，老媽取來。眾人見是滿滿的一筒小籌，一根大籌。采秋先抽出大籌，給眾人看，見籌上刻着「勸提壺」三個篆字，下注有兩行楷書是：「此籌用百鳥名，共百支，每支各有名目，掣得者應行何令，籌上各自注明，不贅於此。」大家傳看一遍。采秋把小籌和了一和，遞給荷生，教他掣了一枝。荷生看那籌，一面刻的隸書，是「鳳來儀」三字，傍注兩行刻的楷書是：「用《西廂》曲文，『鳳』字起句，第二句用曲牌名，第三句用《詩經》，依首句押韻。韻不合者，罰三杯。佳妙者，各賀一杯。」一面刻的隸書是「鴛鴦飛觴」，傍注一行是：

「用曲文『鴛鴦』二字，照座順數，到『鴛鴦』二字，各飲一杯。『鴛』字接令。」荷生看畢，也傳給大家看過。

秋痕道：「此令我怕是不能的，只好你們行去。」癡珠道：「你曲子總熟的，只是《詩經》這一句難些。」紫滄道：「這一句《詩經》，還要依着上句押韻哩。」小岑道：「就是《西廂》曲文能有幾個『鳳』字？」秋痕道：「這個我也不管，只要講什麼《詩經》，我便『麻經』也沒有，又有什麼『絲經』！」說得大家大笑了。采秋道：「我們搜索枯腸，恐怕『麻經』是沒有，《詩經》倒還有一兩句呢。」荷生道：「我先說一個罷。」大家都說道：「總是他捷。」癡珠道：「你說罷。」荷生欣然念道：

「鳳飛翱翔，《朝天子》，於彼高岡。」

大家都嘩然道：「好！」癡珠笑道：「我們賀一杯，你再說『鴛鴦飛觴』罷。」於是大家都喝了一杯酒。荷生也陪一杯，說道：「我的飛觴，也是《西廂》曲文：

正中是鴛鴦夜月銷金帳。」

荷生並坐是癡珠，癡珠上首是謖如，謖如上首是紫滄，紫滄上首是劍秋。紫滄、劍秋恰好數到「鴛鴦」二字，二人便喝了酒。紫滄就出座走了幾步，道：「這不是行令，倒是考試了！」荷生笑道：「快交卷罷。」一會，紫滄道：「有了！

他由得俺乞求效鸞鳳，《剔銀燈》，甘與子同夢。」

大家說道：「豔得狠！」荷生道：「這是他昨宵的供狀了。可惜今天琴仙沒有來，問不出他怎樣乞求來。」紫滄笑道：「不要瞎說，喝了賀酒，我要飛觴哩。」癡珠笑道：「賀是該賀，只是你有這樣喜事不給人知道，也該罰一杯！」采秋道：「你們儘鬧，不行令麼？」於是大家也賀一杯。

癡珠必要紫滄喝一杯，紫滄只得喝了，便說道：「我用那《桃花扇·棲真》這一句：

繡出鴛鴦别樣工。」

一數，「鴛」字數到秋痕，「鴦」字數到小岑。二人喝了酒。秋痕向小岑道：「你先説罷。」小岑道：「你是『鴛』字，該你先説。」癡珠道：「我替秋痕代説一個。」采秋道：「那天代倩有例，罰十鍾！」癡珠只得罷了。秋痕就自己低着頭，想了半晌，喚跛腳裝了兩袋水煙吃了，纔向荷生道：「《詩經》上可有『視天夢夢』這一句麼？」荷生道：「有的。」秋痕便念道：

「這不是泣麟悲鳳，《雁過南樓》，視天夢夢。」

癡珠道：「錯韻了。『視天夢夢』，『夢』字平聲，係一東韻。」秋痕紅着臉，默默不語。荷生便笑道：「這也是他的心思，他是從『這不是』三字想下，只是太衰颯些，又錯了韻，我替他罰一鍾酒罷。」於是喝了一杯酒。小岑便説道：「他是從來没有弄過這些事，能夠湊得來，就算他聰明了。如今説個飛觴罷！」秋痕想來一想，説道：

「羡梁山和你鴛鴦冢並。」

癡珠瞧着秋痕發怔。荷生道：「秋痕怎的今天儘管説這些話！」秋痕不語，大家自也默然。

轉是采秋替他數一數，是謖如、紫滄二人喝酒。謖如便笑道：「如今卻該是我説，怎好呢？有了這一句，又没有那一句。我倒情願罰十杯酒，不説罷。」荷生道：「這卻不能。」大家也説道：「願罰須罰一百鍾。」謖如見大家都不依，只得抓頭挖耳的思索。大家卻吃了一回酒，又上了五六樣菜，點了燈，謖如纔説道：「我湊了一個，只是不通。」荷生笑道：「不用謙了，説罷。」謖如便念道：

「是爲嬌鸞雛鳳失雌雄，《五更轉》，淒其以風。」

癡珠道：「怎的你也説這頹唐的話？」謖如道：「我也覺得不好。」荷生道：「好卻是好的，也渾成，也流美，只像酸丁的口氣，不像你的説法。」采秋道：「你儘管講閒話做什麼呢？請謖如飛觴罷。」謖如數一數，説道：

「翅楞楞，鴛鴦夢醒好開交。」

「鴦」字是秋痕，「鴛」字是采秋。秋痕數不清楚，怕又輪到自己，便説道：「怎的又説起《桃花扇》的曲文呢？」謖如道：「《桃花扇》曲文不准説麽？」秋痕道：「紫滄纔説的《棲真》，你如今又説《入道》，真是要撮弄我麽？」采秋便笑道：「秋痕妹妹，『鴛』字是輪着我。」便瞧着荷生、癡珠，念道：

「你生成是一雙跨鳳乘鸞客，《沉醉東風》，令儀令色。」

大家同聲喝一聲：「好！」采秋笑道：「既然是好，就該大家賀一杯了。」大家都説道：「該喝。」劍秋道：「怎的偏是他兩個人便説得有如此好句？」紫滄便接着説道：「可不是呢！又冠冕，又風流，實在是錦心繡口，愧煞我輩。」大家都滿賀了一杯。采秋説道：「聽着！鴛鴦飛觴：

又顛倒寫鴛鴦二字。」

「鴛」字數到癡珠，「鴦」字數是謖如，二人都喝了酒。癡珠也不思索，説道：

「便如鳳去秦樓，《四邊靜》，謂我何求。」

小岑道：「好別致！」荷生道：「也蕭瑟得狠，令人黯然。以後再不准説恁般冷清清的話。」癡珠便説道：「這也是題目使然，我們記的《西廂》曲文，總不過是這幾句，萬分揀不出吉語來，我説個極好的鴛鴦罷：

他手執紅梨，曾結鴛鴦夢。

好不好呢？」謖如道：「也該有此一轉了。」荷生笑道：「我另賀你一杯罷，只是又該我重説了。」采秋説道：「他有此一番好夢，大家公賀他一杯，也是該的。」秋痕便替大家換上熱酒，先喝一杯，請大家乾了。

荷生喝了兩杯，癡珠自己係「鴦」字，也喝一杯。只見荷生瞧着劍秋，念道：

「好一對兒鸞交鳳友，《要孩兒》，自今以始歲其有。」

大家都説道：「好極！旖旎風光。方纔説的總當以此爲第一。」劍秋道：「尖薄舌頭，有什麼好呢？」小岑笑道：「善頌善禱，彩波今天若在這裏，便該喝了十杯喜酒，你還説不好麼？」大家也有曉得劍秋的故事，也有不曉得的，卻通笑了。癡珠道：「就這個令論起來，自然是絶好，用那句《詩經》真是有鼎説解頤之妙，大家滿飲一杯罷。」衆人飲過酒，又隨意吃了一回菜。荷生説道：「聽我飛觴：

雙飛若註鴛鴦牒。」

數了一數，「鴛」字是劍秋，「鴦」字是采秋。采秋瞅着荷生一眼。荷生道：「我替你喝一杯。」秋痕道：「令不准替，酒也不准替，采姐姐喝罷。」采秋喝了。

劍秋拈着酒杯，説道：「我只道輪不到我了，如今《西廂》曲文的『鳳』字都被你們説完了，教我説什麼呢？」沉吟一會，向秋痕道：「你不要多心，實在是《西廂》『鳳』字我只記得這一個。」便念道：

「我只道怎生般炮鳳烹龍，《五供養》，來燕來宗。」

荷生贊道：「妙，妙！三句直如一句。」采秋道：「這令越説越有好的來了，只可惜《西廂》『鳳』字太少些。」於是大家也賀一杯。劍秋便向秋痕笑道：「我教你再講個好的罷：

我有鴛鴦枕、翡翠衾。」

「鴛」字是秋痕，「鴦」字是小岑。秋痕道：「我是不會這個的，你何苦教我重説？」采秋道：「你多想一想，總有好的。」小岑喝了酒，秋痕將杯擎在手上，卻默默的沉思了好一會工夫，又將酒擱在唇邊。癡珠道：「怕冷了，換一杯吃罷。」秋痕道：「我如今不説冷的。」大家聽説，都笑起來。秋痕怔怔的看。癡珠説道：「我是怕你酒冷，不管你的令冷不冷。」秋痕自己也覺好笑起來，便説道：「得了：

非關弓鞋風頭仄，《聲聲慢》，願言思伯。」

大家都説道：「這卻好得狠！」采秋道：「秋痕妹妹真是聰明，可惜没人教他，倘有人略一指點，他便没有不會的事了。」劍秋道：「這句《西廂》是極眼前的，怎麼我先前總記不起？」荷生道：「秋痕有此佳構，大家都要浮一大白。」便教丫鬟取過大杯，衆人痛飲一回。秋痕也陪了三小杯，説道：「小岑没有輪着，如今輪着小岑收令罷。

恨不得繞池塘，捽碎了鴛鴦彈。」

「鴦」字是荷生，荷生喝過酒。小岑一手拈酒杯，一手指着秋痕道：「我好端端的輪不着，你偏要説出許多字來，叫我獻醜。如今《西廂》上的『鳳』字更是没有了，怎好呢？」秋痕道：「我就不説許多字，也要飛着你，不然怎樣收令呢？你聽：

拆鴛鴦，離魂慘。

不是你麼？」小岑喝了酒，走出席來。大家道：「休跑了。」小岑道：「我跑是跑不了，容我向裏間床上躺一會想罷。」大家只得由他。

此時天已不早，約有八下多鐘了，大家俱出席散步，説些閒話。荷生將箸敲着桌，説道：「小岑，要撤場了，你還不交卷麼？」小岑緩緩的出來，説道：「曳白罷。《西廂》這一句，我找來找去，先没有了，還説什麼！」采秋道：「你喝了一大鍾酒，我給你一句罷。」小岑道：「你要騙人，《西廂》那裏還有『鳳』字？」采秋道：「你儘管喝酒，譬如没有，秋痕妹妹做個保人，我喝兩大杯還你。」小岑道：「我喝，我喝！你説罷。」秋痕將大杯斟滿，小岑喝了。采秋道：「我替幺鳳妹妹畫個小照，好麼？」小岑道：「你騙我喝了酒，竟説起這樣話來，好好的喝兩大鍾，我饒你去。」采秋道：「你説我没有這一句曲文麼？你們通忘了，那《拷豔》第五支不是有『倒鳳顛鸞』這一句麼？」大家都説道：「眼前的曲文，怎麼這一會没一個記得呢？」小岑道：「得了，我替你兩個預先畫出今夜情景罷：

倒鳳顛鸞百事有，《一窩兒麻》，好言自口。」

采秋道：「呸！狗口無象牙，你不怕穢了口。」荷生笑而不言。大家都笑説道：「小岑這個令浪得狠，好好的説一個飛觴解穢罷。」小岑笑着説道：「劍秋、紫滄喝酒。

誰擾起睡鴛鴦，被翻紅浪。」

大家都説道：「四句卻是一串的。」采秋笑道：「好意給你一句，你就這樣胡説了。」小岑笑道：「你今夜不這樣，我説我的令，也犯不着你，你恁的心虚？怕是昨天晚上就這樣了。」采秋急起來，要扯小岑罰一碗酒，小岑跑開了，通席一場大笑。

丫鬟們遞上飯，大家吃些。漱洗已畢，鐘上已是亥末子初。梅、歐、洪三個便先散了。荷生、采秋同車回愉園去，癡珠和秋痕直送至大門，重復進來。秋痕牽着癡珠的手道：「天不早了，你的車和跟班打發他回去，好麼？」癡珠道：「我喝碗茶走罷。」秋痕默然。正是：

好語如珠，柔情似水。

未免有情，誰能遣此？

欲知後事如何，且聽下回分解。

第十八回　冷雨秋深病憐並枕　涼風天末緣證斷釵

話説七月十六後，秋雨連綿，淅瀝之聲，竟日竟夜。荷生心中抑鬱，又冒了涼，便覺意懶神疲，飲食頓減。正在聽雨無聊，忽見青萍拿了一封信來，説是「歐老爺差人冒雨送來，要回信呢」，荷生接過手來，覺得封面行書字跡姿致天然，不似劍秋拘謹筆跡，因想道：「士別三日，當刮目相待。劍秋行書，日來竟長進了！」即拆開一看，第一行是《病中吟》三字，急瞧末行，是「杜夢仙呈草」五字。心中倒覺跳了一跳，便將那詩細看過：

徒勞慈母勸加餐，一枕淒清夢不安。
病骨難銷連夜雨，愁魂獨擁五更寒。
沉沉官閣音塵渺，歷歷更籌藥火殘。
漸覺朱顏非昔比，曉來鏡影懶重看。

看畢，便問青萍道：「來人呢？」青萍道：「這是門上傳進來。」荷生道：「你去叫來人候一候，我即寫回信。」青萍出去，荷生又看了一遍，方纔研墨劈箋，想要和詩，奈意緒無聊，便提筆作了數字，疊成小方勝，用上圖章，命青萍親交來人，説「四下鐘准到」。

此時已有兩下鐘了。青萍出去，荷生忙將本日現行公事勾當。恰好雨也稍停了，便吩咐套車，一徑向愉園來。途間只覺西風吹面，涼透衣襟，身上雖穿着重棉，尚嫌單薄。進了園門，只見黃葉初添，荷衣已卸。

走過水榭，門窗盡掩，悄無人聲，便徑由西廊轉入春鏡樓。聽樓上宛宛轉轉的嬌吟，便悄悄步入屋子，只聽采秋吟道：「早是雁兒天氣，見露珠兒奪暑……」以後便聽不清楚，遂站在樓門下細聽，又聽見微吟道：「門兒重掩，帳兒半垂，人兒不見……」荷生就説道：「果然，小丫鬟也不見一個！」紅豆向扶梯邊望下，微笑説道：「來了，上來罷！」

這裏荷生剛踏上扶梯，早見采秋站在上面。荷生便望着説道：「怎的不見數日，竟病了。」一面説，一面步上扶梯。見采秋穿一件湖色紡綢夾短襖，米色實地紗薄棉半臂，雲鬟半嚲，煙黛微顰，正如雪裏梅花，比尋常消瘦了幾分，説道：「我也没有什麼大病，不過身上稍有不快。」此時荷生已經上樓，便攜着采秋的手道：「你一病竟清減了許多！」采秋接着説道：「我覺你也清減些。」荷生道：「我今天也有些感冒。你的詩好得狠，只是過於傷感。我本來昨天要來看你，奈密摺方纔拜發。總是這幾天的雨誤人。」采秋道：「這幾天的雨實在令人發煩。」荷生道：「可不是呢。我正要睡，他又響起來。」

正説着，只聽得窗紙簌簌，起了一陣大風，就是傾盆大雨。電光閃處，一聲霹靂，那小丫鬟捧一碗茶，剛上扶梯，心一驚，手一顫，便吊下去砸得粉碎，不顧命的徑跑上樓來哭了。采秋、紅豆都愕然問道：「怎的？」那丫鬟嚇得不能説話，半晌，纔説道：「茶碗給雷打了！」説得三人通笑起來。紅豆道：「不要胡説，下去再泡一碗，好好端上來罷。」采秋説道：「難道屋裏只有你一個人麼？他們通跑那裏去了？替我叫兩個來。」小丫鬟答應去了。采秋便向紅豆説道：「這樣大雷，你替我到媽屋裏看看。再水榭派的婆子、丫鬟通走開了，這回老爺來竟没人知道，你也替我查點一查點。」紅豆正要移步，采秋道：「等着。」就向荷生説道：「天快黑了，你的車叫他回去罷。」荷生沉吟半晌，説道：「也好。」於是紅豆也下樓去。

采秋坐了這一會，覺得乏了，就向床上躺下，教荷生坐在床沿。荷生便問起采秋吃的藥，采秋向枕畔取出帖子給荷生瞧，説道：「這地方大大夫是靠不住的，他脈理全不講究。」荷生道：「這方也自不錯。」正要往下説，卻來了兩三個小丫鬟。采秋申飭數句，那一個小丫鬟也沖上茶來。這一陣大雨過了，猶是蕭蕭瑟瑟的一陣細雨，雷聲轟轟，只是不住。丫鬟們已掌上燈來。

荷生走出簾外，見一天黑雲如墨，便説道：「今晚怕還有大雨哩。」遠遠聽得屐聲轉過西廊，望下一瞧，卻是紅豆披着天青油綢斗篷，裊裊而來，因吟道：「雷聲忽送千峰雨，花氣渾如百和香。」紅豆望着荷生，含笑問道：「開飯好麼？」荷生道：「我懶吃飯，有粥燉一碗喝罷。」紅豆道：「娘今日喝防風粥，早燉有了。」於是擺上飯，采秋勸荷生用些佛手春。荷生也只喝一小杯，啜了幾口防風粥。

采秋看着荷生兩頰通紅，説道：「你不爽快麼？」就將手向荷生額上一按，覺得燙手的熱，便説道：「我不曉得你有感冒，寄什麼詩，累你雨地裏趕來，又傷了寒，怎好呢？」荷生道：「我也不覺得怎樣不好，躺躺罷。」采秋忙替他脱去大衫，伺候躺下，把床實地紗薄棉被蓋上，自己向床裏盤坐，一雙兜羅棉的手自上及下慢慢的搥。荷生委實過意不去，説道：「你也是個病人，我反來累你，怎麼好！」采秋道：「不妨。」於是采秋、紅豆合小丫鬟殷勤服侍。一下多鐘，荷生汗出，人略鬆些，方纔睡下。雖陽臺春小，巫峽雲封，而玉軟香溫，正不知病相如魂銷幾許。到了四更，又是一場狂雨直打入紗窗來。一會，尚有那斷斷續續的檐溜。不想醒來卻是紅日上窗，天早開霽。

荷生起來洗了臉，漱了口，吃了幾口防風粥，便説道：「我要回去了。」采秋不肯，荷生道：「我在此固好，但有兩樣不便：一來怕營中有事，二來我在此，你不能不扶侍我，我見你帶病辛苦，我又心中不安，豈不是更加病了？」采秋躊躇一會，只不言語。荷生道：「你不用爲難，還是走的好。」叫紅豆喚人赴大營打轎。采秋也不好十分攔阻，只是拭淚。不一會，報説轎子到了，便向采秋道：「你不用急，好好保養。我回去一半天，好了，就來看你。」采秋忍着淚點頭道：「好好服藥。」便又哽咽住。荷生早起身來，采秋同紅豆扶了荷生下樓，青萍接着上了轎，放下風簾去了。

采秋坐在樓下，只是發呆。紅豆勸道：「這裏風大……」正待説下，賈氏已自進來，問道：「韓老爺是什麽病？昨夜我打聽你忙了一夜，辛苦了，該不要留他在此。」采秋一聞此言，淚珠便滚個不住，和賈氏委婉訴説一遍，上樓去了。從此更加沉重。荷生回營後，也就躺下，一連五日不能起床。

看官聽着：情種不可多得！此書既有韋、劉做了拚命之鴛鴦，復有韓、杜做個同心之鶼鰈，天下無獨必有偶，這話不真麽？

再説癡珠這幾天爲雨所阻，不能出門，他也悶悶不樂，只得尋心印閒話。到了第四日下午，南風大作，雨更大了，前後院通是冥冥的；電光開處，閃爍金蛇，忽然一個霹靂，震得屋角都動。轉喜道：「久雨之後有此迅雷，明天定必晴了。」便欣然用過晚飯，向燈下瞧兩卷《全明詩話》，呼喚跟人伺候睡下。癡珠連夜通没好睡，這回料定明日必要開晴，倒帖然安臥，並四更天那般大風雨也不知道。

到得次日起來，見槐蔭日影，杲杲摇窗，更自歡喜。忽見穆升進來回道：「李大人升任江南寶山鎮總兵，顔大老爺接署大營中軍，也下札了。」癡珠遲疑道：「這一調動，李大人就要遠别了。」言下神氣頓覺黯然。穆升不敢再説别話，癡珠就吩咐套車。用過早點，衣冠出門。先到卓然公館賀喜，然後向謖如衙門來。

恰好李夫人晨妝已竟，便延入後堂，不免敘起分手的煩惱來。夫人道：「我們家眷是不走的。」説着，謖如也回來了，一見癡珠，便説道：「我此去吉凶未卜，累累家口，全仗照拂。」癡珠就慰勉一番。擺上早飯，換了衣服，三人同吃。謖如道：「游鶴仙前天寄銀一百兩，我因得此調動信息，便忘了。」癡珠道：「他如此費心，教我怎好生受呢。」謖如道：「這又何妨。」癡珠道：「也罷，此款就存你這裏，再爲我支出兩個月束，統託你帶到南邊，轉寄家中。」謖如答應了。

癡珠怕謖如有事，也不久坐，順路便向秋心院來。此時積雨新霽，綠陰如幄，南窗下擺四架盛開的木蘭花，芬芳撲鼻。秋痕方立欄畔，望見癡珠，笑道：「我算你也該來了。」癡珠含笑不語，攜着手同入客廳。見秋痕穿件沒有領子素紡綢短衫，卻也大鑲大滾，只齊到腰間；穿條桃紅縐褲，三寸金蓮，甚是伶俏。兩鬢茉莉花如雪，愈顯出青溜溜的一簇烏雲。癡珠便默默的領略色香，憑秋痕問長問短，總不答應。秋痕急起來，説道：「你怎的做個啞巴，儘着瞧人，不會説話呢？」癡珠正色道：「華鬘忉利，不落言詮。」秋痕笑道：「原來你參禪了，只怕你這禪也是野狐禪，不然便是打誑語。」説得癡珠吃吃笑起來。

恰好丫鬟送進茶來，癡珠放開手，吟道：「如今撒手鴛鴦，還我自在。」秋痕瞅着癡珠一眼，道：「你説什麼？我卻是鴛鴦結牢鎖心頭哩。」癡珠笑道：「算了，不説這些。我且問你，這幾天好雨，你不岑寂麼？」秋痕給癡珠這一問，覺得一股悲酸，不知從何處起來，忍耐不住，便索索落落流下淚來，倒教癡珠十分駭愕，説道：「怎的？」秋痕也不言語，半晌，起來拉着癡珠，咽着道：「我們裏間坐罷。」

到了臥室，秋痕嗚嗚咽咽的説道：「若非這幾天下雨……」只説這一句，便向床躺下，大哭起來。癡珠不知所謂，見秋痕前是一枝初開海棠，何等清豔；這會卻像一個帶雨的梨花，嬌柔欲墜，正不曉得他肚裏怎樣委曲，自然而然也是淒淒楚楚。二人一躺一坐，整整半個時辰。

秋痕見癡珠爲他淒楚，心中十分感激，便拉了癡珠的手，重新又哭。癡珠見秋痕拉着他哭，知道是感激他意思，便想起秋華堂席間秋痕兩番的灑淚，又想道：「秋痕，你有你的委曲，你可曉得我也有同你一樣委曲麼？」癡珠一想到此，便似君山之涕、阮籍之哀、唐衢之慟一時迸集，覺得痛心刺骨，遂將滿腔熱淚，一一對着秋痕灑了出來，竟是一場大哭。哭得李家的男女個個驚疑，都走來窗外探偵。那兩個小丫鬟只站着怔怔的看。倒是秋痕曉得外面知道了，轉抹了眼淚，坐了起來，勸癡珠收住淚，故意大聲道：「你嘔人哭了，你又來陪哭做什麼呢？」一面説，一面教跛腳舀了一盆臉水，親自擰塊手巾，給癡珠拭了臉。癡珠便躺下，秋痕喚小丫鬟泡上茶來。

又停了一回，秋痕見癡珠側身躺在床上，半晌没有動撣，怕是睡着，便悄悄上來叫了一聲。只見癡珠撐開眼，嘆一口氣道：「要除煩惱，除死方休！」秋痕不覺淚似泉湧，咽着聲道：「不説罷！」就同坐起來。只聽得檐前鐵馬叮叮噹噹亂響起來，一陣清清泠泠，又一陣蕭蕭颯颯。飛塵撼木，刮地揚沙，吹得碧紗窗外落葉如潮，斜陽似夢。秋痕向外間攬鏡，更細勻脂粉，梳掠鬢鬟。癡珠正襟危坐，朗吟東坡的《水調歌頭》，道：「我欲乘風歸去，只恐瓊樓玉宇，高處不勝寒。」此際轉覺兒女俗情，卻被那幾陣大風吹得乾乾淨淨，無復絲毫掛礙。便站起來道：「天不早了，我走罷。」秋痕牽着衣，笑道：「我今天不給你走。」就拉着手，仍向床沿坐下，噙着淚説道：「鬧了半天，我的話通没告訴你一句。」癡珠沉吟一會道：「你留我，我這會卻有我的心事！」這一説，把秋痕氣極了，將鬢邊一條玉釵拔下，就雙手向桌上打作兩下。癡珠要攔也攔不及。只見柳眉鎖恨，杏臉含嗔，一言不發，就伏在床裏薄被上哽哽咽咽的哭。此時快上燈了，又颳了一陣大風，癡珠只得扶起秋痕，含笑説道：「我不走罷。」接着説道：「我不是不肯在你這裏住，卻是怕住時容易别時爲難哩。」秋痕噙着淚説道：「住了再説。」於是癡珠笑道：「花開造次，鶯苦丁寧，我也只得隨緣。」就喚跛腳進來，告訴他們叫車回去。

看官！你道秋痕目前苦惱是什麼事呢？原來秋痕自見過癡珠之後，便思託以終身，他的爹媽也想秋痕看重癡珠，能夠來往，也免天天和秋痕淘氣。後來見癡珠灑灑落落的，便没甚大望頭了。十七這一天，錢同秀、馬鳴盛、卜長俊、胡耇、夏旒五人作隊從張家出來，便由李家門口經過。恰值狗頭出來，一見錢、馬，趕忙請安，邀請進來。這鳴盛是花案頭家，自然到過秋心院，其餘卜長俊二人，都不過公宴中見面，同秀是五月初五見過秋痕一面，就也無怨無德。只有狗頭肚裏那曉得鳴盛是不喜歡秋痕的，卜長俊三人不過是闒茸片，只有同秀是個有名的大寃桶，十分仰慕；如今有緣，扳得進門，那一種巴結，無庸筆墨形容。卜長俊三人也曉得其意，便十分慫恿起來。同秀這個人，本是傻子，那裏曉得察言觀色，卻自答應了。幸而四下多鐘，五人通去了。可喜天從人願，靠晚竟下起滂沱大雨來，一連三日，這些人自不能來了。秋痕算定，天一開晴，癡珠必來，又立定主意，教癡珠住了一夜，此圍就解，以後慢慢的好商量出身。不想癡珠一見面，就問他「這幾天好雨，你不岑寂麼」，在癡珠不過是句口頭話；在秋痕想來，一則像他平日喜歡兜攬，這冤無處訴；二則怪癡珠全不曉得他的心事，竟然有此大相刺謬之語，所以百感俱集。以後癡珠又不許他住下，覺得天壤茫茫，秋痕一人，終久無個結局，所以痛入骨髓。如今癡珠住下，那一夜枕邊吐盡衷腸，傾盡肺腑。

此時更深，月也上了，皎皎窺窗。癡珠嘆口氣道：「你的心緒，我無所不知，只是我留滯此間，是爲着路梗，路若稍通，我便回家看母去了。我業經負了娟娘，豈容再誤！而且你媽口氣十分居奇，我的性情又是介介，異日怎樣歸結呢？」説得秋痕又嗚嗚咽咽的哭了。癡珠難忍，只得説道：「你的話，算我都答應了。」因吟道：「莫自使眼枯，收汝淚縱橫。眼枯即見骨，天地終無情。」又吟道：「夜闌聞軟語，月落如金盆。」口中高吟，心中十分悲憤，恰好那五更風聲怒號，也像爲他嗚盡不平一般。正是：

芳樹多陰，雨簾未捲；行郎有伴，接葉當秋。繁香知不自持，冷豔誰能獨賞？瑶琴楚弄，驚簾鈎鸐之霜；嚼蕊吹花，作天海風濤之曲。歌唇銜雨，珍伊手底馨香；濁水清波，墮我懷中明月。嫣熏蘭破，輕輕語碎羅幃；波旋翠寒，獵獵風呼綾扇。江上之青衫未浣，尊前之紅淚又斑。蠟燭銷魂，窗紗鎪影，豈傷心人别饒懷抱？知天下事各有難言！捧皎日之瓊姿，澀雌弦之蠹粉。天何此醉，我見猶憐。護持薄霧之裙，遊戲淩雲之筆。掃除一切，剛逢絶塞秋風；憔悴三生，莫問殘燈影事。

到了次日，癡珠的定情詩是四首七絶，云：

揚州一夢已廿年，猶有新聲上管弦。
最是荻花蕭瑟處，琵琶簾外雨如煙。

少小飄零恨已多，隨風飛絮奈愁何！
浮萍還羨沾泥好，淒絶筵前白練歌。

畫屏銀燭影摇紅，一片春痕似夢中。
安得護花鈴十萬，禁他枝上五更風？

敢將顔色説傾城，但解憐儂便有情。
夜合花開蓮子苦，殷勤還與記分明。

從此秋痕一心一意，屬在癡珠。不特生客不接一語，就是前度漁郎，也不許問津了。因癡珠説起采秋帳條繡有八字，就寫了「結歡喜緣，成鸞鳳友」一對，也親自挑繡掛上。其實前生夙孽，此世清償，煩惱無窮，得幾多歡天喜地？頻伽並命，也難比鳳友鸞交！正是：

愛極都成恨，情深轉是癡。
旁觀明似鏡，當局幾人知？

欲知後事，且聽下回分解。

花月痕全書卷五終

花月痕全書卷六

第十九回　送遠行賦誦哀江南　憶舊夢歌成秋子夜

話説癡珠次日也曉得荷生病了，自秋心院回來，一路想道：「謖如將走，荷生復病，人生盛會，真不能常！」又觸起秋痕告訴許多的話，到了柳溪，瞧着叢蓼殘荷，黯黯斜陽，荒荒流水，真覺對此茫茫，百端俱集！廿三日起來洗漱後，作個小橫披，是七絶四首，詩云：

朋舊天涯勝弟兄，依依半載慰羈情。
不堪攜手河梁上，聽唱陽關煞尾聲。

金樽檀板擁妖姬，寶馬雕弓賭健兒。
此後相思渺何處？莫愁湖畔月明時。

江北江南幾劫灰，蕪城碧血土成堆。
好將一副英雄淚，灑遍新亭濁酒杯！

滾滾妖氛黯陣雲，天風鼓角下將軍。

故人準備如椽筆，揮斥豐碑與紀勛。

又作一對云：

春風風人，夏雨雨人；

解衣衣我，推食食我。

便坐車來訪謖如，把詩和聯親手遞上。謖如展開一看，大喜，謝了又謝。癡珠就約廿五日過秋華堂一敘。謖如道：「這又何必呢?」癡珠道：「垂老惡聞戰鼓悲，急觴爲緩憂心搗；而且經略委余黻如河東緝捕，我也要餞行；花案上瑶華、掌珠說是好的，我不曾見面，請他來與秋痕作伴罷。」謖如答應。癡珠順路便約過黻如，又約子善、子秀，就來秋心院。兩人纏綿情話，早是黄昏。

癡珠要去瞧采秋的病，就到愉園。紅豆領上春鏡樓來，小丫鬟早將東屋簾子掀起。癡珠進去，見簾幕風微，藥爐香燼，床上垂下月色秋羅的帳，采秋坐在帳裏，就如芍藥煙籠，海棠香護，令人想漢武帝隔障望李夫人光景，說道：「我聽荷生說你病……」正待說下，采秋早接着道：「荷生怎樣呢?」癡珠道：「我是前日見過他，嗽得利害。昨日隔一天，想今日該減些。」采秋嘆一口氣道：「你教他好好保養罷。你和他說，我没有什麼病。」癡珠答應，坐了一會，吃過茶，說些近事，就走了。回寓已有五下多鐘。

過了一日，秋華堂也照前一樣鋪設，秋痕七下鐘就來。早飯後，謖如先到，隨後大家也陸續到齊。謖如領着衆人往芙蓉洲汾神廟散步，從西院回來秋華堂，見席已擺好。癡珠送酒，大家通辭了。黻如首座，謖如第二位，子善、子秀第三、第四。以後位次，不用說是癡珠一人上首，下首秋痕、掌珠、瑶華三人團坐。酒行數巡，掌珠唱了一支小調，瑶華唱了一支二簧。秋痕向癡珠說道：「我今天嗓子不好，你給我告個假罷。」黻如笑道：「你不唱，我說個令，你卻要依。」秋痕道：「我便遵令罷。」黻如笑道：「還有一說，別人不管，你是不准替代。」秋痕遲疑一會，也自答應。謖如便喝一杯令酒，道：「我這令是一個字，如『因緣』『因』字，『困卦』『困』字，將裏頭一個字挖出來，卻得有本字領起，疊句四書兩句。說得好，大家公賀一杯，說得牽強及說不出者，罰三杯。大家依麽？」大家通依了。謖如道：「我如今說一個『國』字罷，四書疊句是

『或勞心，或勞力。』」

大家都贊道：「好！」公賀一杯。下首是子善，想了一會，說道：「我這字不好，是個『囚』字，四書疊句

『人焉廋哉？人焉廋哉？』」

謖如道：「字面不好，說得四書卻極渾成，大家通喝杯酒罷。」下首是掌珠，情願罰酒。再下首便是秋痕，秋痕卻不思索，說道：「我說一個『囿』字，四書疊句

『有民人焉，有社稷焉』。」

大家都拍手說道：「自然之至，我們該賀一杯。」

秋痕瞧着癡珠笑，癡珠急把臉側開了，向瑤華說道：「琴仙，輪到你了，你想一個字，我替你說四書。」瑤華想一想，說個『圖』字。癡珠道：「這個字教我那裏去找兩句四書呢？你再說一字罷。」瑤華又想一想，說個「圄」字。癡珠道：「得了，

『始吾於人也，今吾於人也』。」

謖如道：「錯了。這兩句是疊文，不是疊句。而且『吾』字在第二字，該罰三杯。」癡珠道：「我說得太急，忘了。但我是替人的，罰一杯罷。」謖如也依了。癡珠喝了酒，復向瑤華道：「你再說一字。」秋痕道：「已經罰了，還要重說作什麽呢？」瑤華笑道：「給我再說一個罷。」掌珠道：「你有人替說四書，又有人替喝罰酒，就說一百個也何妨呢？」瑤華道：「我只說這一個，看他有四書出來没有。」大家問道：「什麽字？」瑤華道：

『困』字。」癡珠鼓掌道：

「水哉，水哉！」

大家也嘩然笑道：「妙得狠！大家又該賀了。」於是子秀說個「田」字，四書是

「十目所視，十手所指。」

謖如說個「曰」字，《四書》是

「一則以喜，一則以懼。」

大家也都說：「好！各賀一杯。」癡珠道：「我說一字收令罷。」便說了個「固」字，四書是

「古之人，古之人」。

大家齊聲道：「好！」黻如道：「我喝一大杯。」癡珠道：「我也陪一大杯。」

此時內外上下都上了燈，癡珠向謖如道：「回首七夕，不及一月，再想不到今日開此離筵！」便吟道：「死別已吞聲，生別長惻惻。」謖如道：「我自己也想不到。」說着，兩人神色都覺慘然。

秋痕怕癡珠喝了酒傷心起來，便說道：「我有個令，大家行罷。」黻如道：「什麼令？大家商量。」秋痕笑道：「我這令，是有賀酒，没有罰酒，做個破題。」癡珠笑道：「酒令要做破題，也是奇談。」黻如道：「《桃花扇》上酒令不是有個『冰綃汗巾』的破承題麼？且看秋痕出什麼題。」秋痕道：「我這題也是四書上有的。」謖如道：「又牙的令是四書，你的令又是四書，不是單作難我麼？」秋痕向謖如道：「我出題，隨着人做不做，你再想一個令罷。」謖如想一想道：「我還飛觴罷，是『江南』二字，數到者兩人接令。」癡珠道：「好！秋痕，你出題罷。」秋痕道：「我的題是四書開章第一個的『圜』。」黻如道：「好題！」秋痕道：「謖如，你飛觴罷。」謖如喝一杯酒，説道：「子善、黻如喝酒：

乘勝克捷，江南悉平。」

癡珠拍案道：「好極！顧我老非題柱客，知君纔是濟川功。」就將大杯，教秋痕斟滿一杯，向謖如道：「我賀你一杯。」於是子善、黻如也喝了酒。黻如笑道：「行文、喝酒、飛觴，今日真是五官並用。」秋痕催着飛觴，黻如道：「我先交卷了，再飛觴罷。我破題得了。」便念道：

「所貴聖人之神德兮，刓方以爲圓。」

癡珠笑道：「超妙得狠，大家各賀一大杯罷。」於是大家各喝了酒。子善道：「聽着『江南』飛觴：

青山一髪是江南。

琴仙、秋痕喝酒。」黻如便指着秋痕，笑道：「我要再給秋痕喝一杯：

家在江南黄葉村。」

癡珠吟道：「山中漏茅屋，誰復依户牖？」當下瑶華、掌珠各喝了一杯酒。秋痕便喝了兩杯。癡珠道：「我也交卷罷：

大圜在上，予欲無言。」

黻如道：「運用成語，如自己出，我也還敬一大杯酒，大家也各人賀一杯。」秋痕催着瑶華飛觴。瑶華卻瞧着癡珠，説道：「聽我飛觴：

青衫淚滿江南客。

黻如、癡珠喝酒。」癡珠笑道：「琴仙，可人也。」謖如道：「我也湊了兩句請教罷：

意在寰中，不言而喻。」

癡珠喝一聲「好」，説道：「謖如竟有如此巧思，我便要喝三大杯哩。」秋痕瞅了癡珠一眼，説道：「你真要拚命喝嗎？」子秀道：「秋痕，你該兩句飛觴，不要管別人的事，快請説罷。」秋痕道：「我的頭一句是：

霜剪江南綠。

該子秀、謖如喝酒；第二句是：

寄根江南。

也該子秀、謖如喝。」謖如道：「秋痕，你怎的算計我兩個哩？」秋痕笑道：「多敬你兩鍾酒不好麼？」便催掌珠。掌珠笑道：「我没有詩句，怎好呢？」秋痕道：「你有現成句子都好。」掌珠又笑道：「我只有這四個字，説出來卻自己要先喝酒了。」便一手舉杯，向癡珠説道：

「江南才子。」

説畢，將酒自己先喝乾，向秋痕道：「你也喝罷，這是寃你一杯酒。如今該歉如、癡珠飛觴了。」歉如説道：

「解作江南斷腸句。

謖如、子秀喝酒。」癡珠向謖如道：

「官愛江南好。

子秀、琴仙喝酒。」子秀道：「我共該四句飛觴了，一起説罷。第一句，是歉如、癡珠喝酒：

論德則惠存江南；

第二句，秋痕、寶憐喝酒：

正是江南好風景；

第三句，我同琴仙喝一鍾：

江南無所有；

第四句，秋痕、寶憐再喝：

　　黃葉江南一棹歸。」

秋痕笑道：「子秀你好！三句要我喝二杯酒！」謖如道：「我説兩句。第一句給癡珠、瀫如喝：

　　珥江南之明璫；

第二句，我陪癡珠喝罷：

　　江南江北青山多。」

癡珠道：「大家通説了，我雙收罷。破題是：

　　默而成之，不言而信；

飛觴是：

　　魂兮歸來哀江南。」

説罷，噙着眼淚，將快子亂擊桌板，誦那庾信《哀江南賦》，聲聲哽咽起來。慌得秋痕跑到上首，説道：「你醉了，到炕上躺躺罷。」癡珠剛念得「信生世等於龍門，辭親同於河洛，奉立身之遺訓，受成書之顧託」四句，就給秋痕奪去快子，便説道：「我没有醉，你不要怕。」瀫如瞧着表，説道：「十一下鐘了，我們也該散了。」謖如便催着端飯，秋痕早擰塊熱手巾遞給癡珠。癡珠轉笑向瀫如道：「醉卻不醉，只心上不曉得無緣無故會傷感起來！」瀫如道：「客邊心緒，凡百難言，放開些罷。」癡珠又覺痛心難忍，瀫如也自淒惶，吟道：「亂後今相見，秋深獨遠行。」大家黯然，轉是癡珠破涕笑道：「分手雖屬難堪，壯心要還具在。」便吟道：「要聞除貔貐，休作晝騏驎。」大家都道：「好極！癡珠豪爽人，該有此轉語。」於是吃些稀飯，洗漱一完，瀫如三人和掌珠、瑤華就都散了。只謖如、秋痕十分難受，奈夜已深，不能不分手而去。

看官！你道癡珠這一晚，好過不好過呢？

且説荷生、采秋，病或不愈，愈後復病，直至八月初，甫皆脱體。這日癡珠無事，帶了秋痕同來。適值颶風，秋痕見癡珠身上只穿兩件夾衣服，便叫人回去取件茶色湖縐薄棉襖，替他換上。方卸去長夾襖，癡珠傴着小衫，將手向背上搔癢，便把那個九龍佩露出來。荷生瞧見，也不言語，轉説道：「風大，你快穿上罷。」癡珠換過衣服，喝過茶，見采秋、秋痕同坐床沿，聽荷生説那江南軍務，講得令人喪氣，便吟道：「華夷相混合，宇宙一膻腥。」一人走來外間，見長案上書堆中有一本《鴛鴦鏡》填詞，就取來隨手一翻，是《金絡索》，填的詞是：

情無半點真，情有千般恨。怨女呆兒，拉扯無安頓。蠶絲理愈紛，没來由，越是聰明越是昏。那壁廂梨花泣盡闌前粉，這壁廂蝴蝶飛來夢裏魂。堪嗟憫，憐才慕色太紛紛。活牽連一種癡人，死纏綿一種癡魂，穿不透風流陣！

又往下看，填的《前腔》是：

藍田玉氣溫，流水年華迅。鶯燕樓臺，容易東風盡。三生石上因，小溫存，領略人間一刻春。恁道是黃金硬鑄同心印，怎曉得青草翻添不了根。難斷忿，怕香銷燈灺悵黄昏。夢鴛鴦一片秋雲，葬鴛鴦一片秋墳，誰替恁歌長恨！

忽然想道：「怕就是這一段故事。」便將序文檢看，卻是將《池北偶談》「李閒謝玉清」一則衍出來，就不看了。裏間荷生説到「南北兩營潰散，大帥跑上番舶」，大家俱笑吟吟坐聽，都忘卻癡珠。只秋痕看見癡珠出去外間，半日靜悄悄的。便起來，將簾子一掀，只見癡珠手上拿一本書，那兩隻眼睛直注在書皮上呆呆的瞧。秋痕不知其故，向前説道：「怎的？」癡珠也不答應。荷生也跟出來，見癡珠坐着發騃，秋痕站着發急，倒好笑得狠，忍着笑道：「瞧什麼，這樣出神？」也向前來看，癡珠將書撂在案上，説道：「汝們都不懂得。」秋痕便扯過癡珠的手道：「不要講夢話了。」癡珠又不答應。荷生也覺駭然，便叫道：「癡珠！你瘋麼？」此時紅豆、小丫鬟都站在一旁。

采秋聽荷生叫得大聲，也出來瞧。只見癡珠笑道：「我那裏是瘋，我記那碑文。」荷生三人見他好端端説話，便也好笑，都問道：「是什麼碑文？」癡珠道：「我四月間草涼驛作了一夢，見個雙鴛祠碑記，當時默了出來，只忘一半；至夢中光景，合着眼便見那個人、那個地方。自潼關以後，病了兩場，把夢通忘了。這會碑文也只記得『則有家傳漢相，派衍蘇州』十字，你道可恨不可恨！」荷生道：「你既然默了一半，便有底了，記他作甚？」秋痕道：「這有什麼要緊事，也值得這樣用心去想！人家説我傻，我卻不傻；你喚作癡珠，不真個癡麼？」采秋道：「這夢也奇，確確鑿鑿有篇碑記？」荷生笑道：「你信他鬼話！不過是他有這一篇遊戲筆墨，編這謊話騙人！」癡珠道：「我要編個謊，什麼編不得，卻編個不完不全的夢？你不信，我明天檢那碑記給你瞧，還是草涼驛飯店五更天寫的。」采秋道：「這碑記就説的是姓韋，卻也古怪！」秋痕道：「那碑記説這姓韋，是怎樣呢？」癡珠道：「這姓韋的也同我們一樣罷，就中敘的曲折我通忘了。」正説着，丫鬟們端上飯，四人小飲，到了二更方散。

這一晚，癡珠心上總把《金絡索》兩支填詞反復吟詠。不想秋痕另有無數的話要向癡珠講，卻燈下躊躇，枕邊吐茹，總不好自己直説出來，忽然問着癡珠道：「妓女不受人污辱，算得是節，不算是節？」癡珠道：「怎麼不算得是節？元末毛惜惜，明末葛嫩、楚雲、瓊枝，那個敢説他不是節！」秋痕道：「你曉得我這個人怎樣結果？」癡珠道：「我自己結果也不知道，那裏曉得你。你今日不聽荷生説那江南光景？給我看來，普天下的人也不知作何結果，何況我與你呢！」秋痕便默然不説。

癡珠枕上聽着堦畔窗前蟲吟唧唧，反來覆去，一息難安，吟道：「人生半哀樂，天地有順逆。」秋痕在枕邊，便將「哀」「樂」「順」「逆」，字字要癡珠講出，癡珠含笑不語。一會，做成《秋子夜》三章，云：

「寒蛩啼不住，鐵馬風力緊。明月入羅幃，夢破鴛鴦冷。

捐棄素羅衣，製就合歡帳。一串夜來香，爲歡置枕上。

儂似秋芙蓉，歡似秋來燕。燕去隔年歸，零落芙蓉面。」

秋痕聽了，嘆口氣道：「芙蓉閃斷，你卻不管！」癡珠笑道：「你叫我怎樣管呢？」秋痕道：「你聽，四更了，睡罷。」正是：

天涯芳草，目極傷心。
干卿底事？一往情深！

欲知後事，且聽下回分解。

第二十回　陌上相逢搴帷一笑　溪頭聯步邀月同歸

話説逆倭騷擾各道，雖大河南北官軍疊次報捷，而釜底遊魂與江東員逆力爲蛩蟨，攻陷廣州，擄了疆臣，由海直竄津沽。謏如起先以南邊軍功薦升參將，後來帶兵赴援并州，又晉一級，就留大營。元夕一戰，應升總兵，此番朝議以謏如係將門子孫，生長海壖，素悉賊情，故有寶山鎮之命。

臨行，向癡珠諄問方略，癡珠贈以「愛民」「禮士」「務實」「攻虛」「練兵」「惜餉」「禁海」「爭江」八策，約有萬言。大意是説：南北諸軍連營數百座，都靠不住，必須自己攜帶親兵，練作選鋒，纔可陷陣；其平定大局，則以内治爲先，内治則以掃除中外積弊爲先。積弊掃除，然後上下能合爲一心，彼此能聯爲一氣。庶幾旌旗變色，可復武漢以踞賊上流，可定九江以剪賊羽翼，可清淮海以斷賊腰膂。三者得手，直攻賊巢，金陵唾手可復。後來韓荷生平倭、平江東，謏如平淮北、平滇黔、平秦隴，以此戰功第一，並爲名將。

如今且説謏如臨行這日，夫人不曾出城，癡珠卻是前一夕先赴涂溝。涂溝紳士見説秋華堂韋師爺來了，他是個武營領袖，便招就近團甲，迎入行館，擺起盛筵，轉累癡珠無緣無故的酬應起來。酒半，談着那年賊陷平陽，若何防堵；那年回匪做反，若何戒嚴。便取出所儲火器鎗棒，召團丁中勇猛肥長，排立堦下，指説這個善射，這個善拳，這個能飛戟刺人於陣，這個能躍丈牆獲賊於野，口若不盡其技，而堦下眉目手足各躍躍欲動。癡珠不免謬贊一番，真是苦惱。

次日又累贅了半日，謖如方到。俟得謖如見過各官各紳，已是入夜，纔得쯤談。黎明，癡珠怕與大家酬酢，便是灑淚分手，蒼茫歸路。想着羈旅長年，蕭條獨客，桑榆未晚，蒲柳先零。不齒之精神，瞀亂頗同宋玉；無聊之言語，蹇吃更甚揚雄。桂欲消亡，桐真半死。值此離別之時，一鞭殘照，幾陣歸鴉，更覺面熱心寒，魂銷骨化。坐在車上恍恍惚惚，到了一處，卻擠了車，方知已是進城。剛騰開了，劈面又有一車，垂着簾子，轔轔而來。

只見車裏的人陡然把簾子一掀，露出一個花容來，喜動顏開，笑了一笑道：「久不見了！」癡珠瞥目，略一遲疑，憶是曼雲，便也輾然道：「你去那裏呢？」曼雲尚未回言，兩下早已風馳電掣的離遠了。癡珠這會纔把已前的心事略行按下，想起荷生、秋痕數日不見，便吩咐李三：「到菜市街去！」剛到愉園巷口，恰好荷生的車停在一邊，就也下車，步行進去。見過荷生、采秋，知兩人病已漸愈，因説些謖如交情及自己傷感的話。荷生、采秋都安慰一番。此時丫鬟已掌上燈，荷生道：「你的車叫他回去，在此吃過飯，我送你秋心院去罷。」癡珠正待答應，忽報：「歐老爺來了！」荷生大喜。四人相見，各述了這幾天情事。荷生就向劍秋道：「你這幾天訪彩波幾次哩？」劍秋道：「我方纔去看他，他給余觀察傳去陪酒了。我因此步行來找你。」癡珠道：「我剛進城逢見彩波，原來瀫如今天請客。」當下四人對着樓頭新月，淺斟低酌。

大家俱説起謖如，荷生因談着江南須若何用兵，若何籌餉，所見與癡珠都合。癡珠也自歡喜，説道：「此十餘年用兵，一誤於士不用命，再誤於此疆彼界，三誤於頓兵堅城。大抵太平日久，老成宿將悉就凋零，大官既狃恬嬉，後進方循資格。天道十年一小變，你看這一二年後，必有個人出來振刷一番，支撐半壁，所謂數過時可。」正欲説下，劍秋突然説道：「安知非僕？」荷生、采秋不覺大笑起來。癡珠正色道：「座中總有其人，卻看福命如何哩！」采秋就也正色道：「這是閱歷有得之言。」劍秋道：「蕤賓之鐵躍於海內，黃鐘之鐸動於地中，有則髭必識之。」荀生道：「這也難言！」癡珠便接道：「天之生才，何代無有？何地無有？只士大夫生逢其時，有恰好不恰好哩。恰好的，便爲郭、李，爲韓、范；不恰好的，便橡栗拾於白頭，桄榔倚於儋耳，這又有什麽憑據呢！」説得劍秋俯首無詞了。荀生道：「古今無不平之賊，在先求平賊之人。蕭何薦韓信，便拜大將，一軍皆驚。光武幘坐迎見馬援，恢廓大度，坦然不疑。你要拘牽資格，修飾邊幅，這還得非常的才麽？」癡珠拊掌笑道：「使君故自不凡！」於是暢飲起來。

直至十下鐘，曼雲回家，打發保兒來探劍秋，荀生、癡珠十分高興，要跟着劍秋同去曼雲家來。此時曼雲已卸了妝，趕着接人。因講起擻如這席是爲癡珠、秋痕而設，緣癡珠涂溝去了，秋痕不來，今日只有子秀、子善、掌珠、瑶華和曼雲五人，於是説些閒話。曼雲無意中卻又敘起秋痕出身。原來秋痕係豫省滑縣櫻桃村人，三歲喪父，家中一貧如洗。生母焦氏改嫁，靠着祖母侯氏長成。後值荒年，侯氏餓死，堂叔阿虎領着逃荒，到了直隸界上，鬻在章家爲婢。章家用一媪，即秋痕現在的媽牛氏。彼時秋痕年纔九歲，怯弱不能任粗重，又性情冷淡，不得主人歡心，坐此日受鞭撲。牛氏本非好女人，孀居後素有外交。恰好有個李裁縫，就在章家斜對門開一小鋪，牛氏也爲他主人待他無恩，便乘機和李裁縫商量，引誘秋痕逃走。李裁縫原是娼家走狗出身，也會唱些昆腔，奈年老了，將平日私積娶妻馬氏，是個門户中人，生下一子，就是小夥狗頭，纔有數歲，馬氏就死。狗頭自少兇悍，無惡不作，卻怕牛氏。如今拐下秋痕，認作女兒，和牛氏做了夫婦，跑至并州，想要充個裁縫度日。奈耳聾眼花，想做生理，又没本錢，便逼秋痕學些昆曲，把狗頭做個班長。

看官！你想秋痕情願不情願？大凡一個人，總是一死爲難。當秋痕受餓時，能夠同侯氏一死，豈不是一了百了？再不然，作了章家奴婢，拚個打死，就也乾淨。無奈幼年受人誆騙，這也是他命中該落此劫，又前世與李家父子和那牛氏有許多冤債，故此餓不能死，打不能死，該一一償了清楚，然後與癡珠證果情場，所以百折千回，不能解脱。秋痕先和曼雲極説得來，背地把這出身來歷哀訴曼雲。曼雲這會通告訴癡珠、荷生。癡珠聽着，與秋痕所説大同小異，就也罷了。其實秋痕就裏還有一件大苦惱，旁人不知道，就秋痕自己也不能出口，癡珠從何曉得？只見狗頭便不喜歡，説他會做強盜。

當下夜深，荷生自回愉園。癡珠便來秋心院，闔家通睡，半晌叫開大門。狗頭披着衣服出來，説道：「老爺怎的幾天不來呢？」癡珠道：「我跑了涂溝一遭，來往三日。」就在南廡闌干邊等了一會，覺得風吹梧葉，簌簌有聲；久之，猧兒狺狺，跛腳開了月亮門。裏頭窗昏竹響，簾動燕醒。只見秋痕早拿個蠟臺，站在東屋門邊，笑盈盈的道：「差不多三下鐘了，從那裏來的？」癡珠也含笑搶上數步，攜着秋痕的手，一面進去，一面告訴他這幾天的事。秋痕道：「你就也不給我信兒！」癡珠説話時候，秋痕已將西洋燉交跛腳去燉開水。這會開了，秋痕便釃釃的泡上一碗蓮心茶來；又替癡珠卸了長衣服，見身上還穿着茶色湖縐薄綿襖，説道：「不涼麼？出城也該換一件厚些的。」癡珠笑道：「是你替我穿上，我就捨不得卸下。」秋痕笑了一笑，便掛起帳來。癡珠瞧着錦被撒在一邊，便拍着秋痕的肩，含笑道：「春窗一覺風流夢，卻是同衾不得知。」秋痕沉着臉道：「你怎説？難道我心上也有個施利仁麼？你就看我同碧桃一般！」言下已吊些淚來。忙得癡珠再三陪笑，秋痕含淚也吟道：「何當巧吹君懷度，襟灰爲土填清露！」癡珠泫然道：「你的心我通知道，我的心你也該知道纔好呢。」秋痕道：「我可也不是這般説！」癡珠喝了茶，秋痕伺候他睡下。這一夜綢繆就説不盡了。但見腰知學舞，眉正鬥強；沉沉之帳影四垂，光含窈窕；峭峭之鬟雲不動，色益妖韶；銅鏡欲昏，窗紗上白；檀槽一抹，記尋春色於廣陵；睡臉乍新，知污粉痕於定子；亭亭玉樹，未憐亡國之人；耿耿秋河，直墮雙星之影。這且按下。

再説花選十妓，自秋痕外還有九人。銷恨花潘碧桃，後來自有表見。其餘占鳳池薛寶書，這個池卻爲士規占去。玲瓏雪冷掌珠，這個珠卻爲夏旒抓住。婪尾春王福奴，春歸於荀子慎。紫風流楚玉壽，風流在卜長俊、胡耇兩人，後來亦自有結果。錦繃兒傅秋香，萎蕤自守，幾回將爲馬鳴盛、錢同秀攫取，幸他媽高抬身價，同秀、鳴盛就也不敢下手。曼雲和丹翬都是個絕頂聰明的人，見荷生、癡珠不忍以教坊相待，便十分感激，又見荷生、采秋，癡珠、秋痕如許情分，便也有個擇木而棲的意思。丹翬、小岑本係舊交，曼雲就與劍秋訂了新好，全把當妓女的習氣一起掃除。以此劍秋直將張家作個外室，這也罷了。那燕支頰薛瑶華，齒稚情豪，兩足又是個膚圓六寸，近與洪紫滄款洽，得了他拳訣劍術真傳，就愛束髮作辮，着一雙小蠻靴，竟像紅線後身、隱娘高弟。《花月痕》中有此了一人，頓覺韓椽之香、韋郎之玦，猶不免癡兒女常態。

光陰荏苒，早是八月十三了。此時荷生、采秋病皆全愈，李夫人亦已移徙縣前街新屋。縣前街咫尺柳溪。原來謖如三世單傳，只有族弟，謖如又帶去了。夫人跟前兩男一女：長男七歲，乳名阿寶；次喚阿珍，女喚靚兒，都在五歲以下。夫人又身懷六甲，以此必須居近秋華堂，以便癡珠照管。

一日傍晚，小岑、劍秋向愉園訪荷生不遇，說是纔回營去。兩人乘着明月初上，步到大營，恰好荷生公事已了，便喚青萍烹上幾碗好茶，三個人就在平臺散坐賞月。小岑、劍秋議於十五日公請癡珠過節，荷生進：「我和采秋如天之福，病得起床，又是佳節，這東道讓我兩人做罷。只是癡珠十來天通没見着，今晚月色如畫，柳溪風景必佳，我們三個何不就訪癡珠？」劍秋道：「我怕是秋心院去了。」荷生道：「且走一遭。」

於是三人步出夾道，從大街西轉，便望見汾堤上彤雲閣上層。荷生因説道：「我十五的局，就在彤雲閣罷。你們替我約着紫滄，說是巳正集，亥正散。各人身邊帶一個人，做個團圞會，你兩位說好不好？」小岑道：「好得狠。」劍秋道：「如今真個有酒必雙杯，無花不並蒂了。」三人踏着柳陰月色，灣灣曲曲，也有說的，也有笑的，早到了秋華堂。見大門雙閉，槐影篩風，桂香濕露。劍秋道：「何如？我料定秋心院去了。」荷生道：「我們步月從汾神廟進去瞧一瞧罷。」

剛進屏門，遠遠見一昆盧拿個蠅拂，在殿下仰頭高吟道：「月到中秋分外明。」劍秋就接着道：「未到中秋先賞月。」倒把那昆盧嚇了一跳，寂然無聲，搶前數步，見是小岑、劍秋帶一個雍容華貴的少年，便合十相見，説道：「三位老爺狠有清趣，窵遠的跑來賞月，老衲瀹茗相陪罷。」就延入方丈。荷生道：「韋癡珠不在家麽？」心印道：「老衲纔到西院，談了一會。」荷生道：「他在家，瞧他去罷。」心印笑道：「這位就是大營韓師爺嗎？真個天上星辰，人間鸞鳳！」荷生道：「豈敢！我也久仰上人是個詩僧。」心印道：「少年積習，到老未能懺除，改日求教罷。」小岑道：「他的詩稿狠有可觀。」劍秋道：「他足跡半天下，名公巨卿見了無數，詩稿卻只存癡珠一首序，你就可想他不是周方和尚。」荷生道：「我在都中讀過上人《西湖吟》一集。閩人嚴滄浪以禪明詩，上人的詩是以詩明禪。詩教清品，亦佛教上乘，賈閬仙怕不能專美於前了。」心印道：「韓老爺謬賞不當。」

四人緩緩行入西院，癡珠已自迎出，便入裏間坐了，説些時事。荷生吟杜詩道：「胡星一彗孛，黔首遂拘攣。」劍秋也吟道：「憶昔開元全盛日，小屋猶藏萬家室。」接着吟道：「宮中聖人奏雲門，天下朋友皆膠漆。百餘年間未災變，叔孫禮樂蕭何律。豈聞一絹直萬錢，有田種穀今流血！洛陽宮殿燒焚盡，宗廟新除狐兔穴。傷心不忍問耆舊，復恐初從亂離説。」小岑也吟道：「義士皆痛憤，紀綱亂相踰。一國實三公，萬人欲爲魚。唱和作威福，孰肯辨無辜？眼前列杻械，背後吹竽笙。談笑行殺戮，濺血滿長衢。到今用鉞地，風雨聞號呼。鬼妾與鬼馬，色悲充爾娱。國家法令在，此又足驚吁！」癡珠接着笑道：「你們這般高興，我卻有幾首《雜感》給你們瞧，只不要罵我饒舌。」一面説，一面向臥室取出一紙長箋。大家同看，荷生吟道：

「呂母起兵緣怨宰，誰令貳側反朱鳶？

蔿於一曲中興略，願上琴堂與改弦。」

荷生道：「指事懷忠，抵得一篇《春陵行》，卻含蓄不盡。」便高吟起來第二首，是：

「東南曩日事倉皇，無個男兒死戰場。

博得玉釵妝半面，多情還算有徐娘。」

小岑道：「痛絕！」荷生復吟道：

「絕世聰明豈復癡，美人故態總遲遲。

可憐巢覆無完卵，肯死東昏只玉兒！」

劍秋道：「此兩首不堪令若輩見之。」荷生道：「若輩那裏還有恥心？」復吟道：

「追原禍始阿芙蓉，膏盡金錢血盡鋒。

人力已空兵力怯，海鱗起滅變成龍。」

心印道：「追原禍始……」便也高吟起來第五首，是：

「弄權宰相不知名，前後枯棋鬥一枰。

兒戲幾能留半着，局翻結贊可憐生！」

荷生道：「實在誤事！」復吟道：

「人臘淒然渡海歸，節旄嚙盡想依稀。

化灰颩趁南風便，此意還慚晉太妃。」

心印道：「說得委婉。」復吟道：

「柳絮才高林下風，青綾障設蟻圍空。

蛾眉若不生謡詠，反舌無聲指顧中。

舊坊業已壞從前，遥憶元臣奉使年。

一字虚名爭不得，横流愈遏愈滔天。」

劍秋道：「俯仰低徊，風流自賞。」荷生、心印復吟道：

「瑶光奪婿洗澆風，轉眼祆祠遍域中。

釣闌公然開廣廈，神洲湧起火蓮紅。」

小岑笑道：「關上封刀，金丹隕命，自古有這笑柄。」荷生、心印復吟道：

「仙滿蓬山總步虚，風流接踵玉臺徐。

銷磨一代英雄盡，官樣文章殿體書！」

劍秋笑道：「罵起我輩來了。」小岑道：「原也該罵。」荷生、心印也是一笑，復吟道：

「高捲珠簾坐捋鬚，榻前過膝腹垂垂；

有何博得三郎愛，偏把金錢洗祿兒？」

劍秋道：「媚人不必狐狸，真令人恨殺！」荷生、心印復吟道：

「絺帷環佩拜璆然，過市招摇劇可憐。

果有徽音光翟茀，自然如帝又如天。」

小岑道：「不成誅執法，焉得變危機？我倘能得御史，第一摺便不饒此輩。」荷生道：「程不識不值一錢。」

復吟道：

「暖玉撥弦彈火鳳，流珠交扇拂天鵝。
誰於煥館涼臺地，爲唱人間勞者歌？」
心印道：「朱門酒肉臭，路有凍死骨。此卻說得冷冷的，意在言外。」復吟道：
「過江名士多於鯽，卻有王敦是可兒。
此客必然能作賊，石家粗婢相非皮。」
荷生道：「嬉笑怒駡，盡成文章。」再看長箋，只二首了，是：
山雞舞鏡清光激，孔雀屏開炫服招。
可惜樊南未知意，蛸蠨輕贈董嬌嬈。
心印嘆道：「實在誤了癡珠幾許事業！」小岑笑道：「如今秋痕不是董嬌嬈了？」癡珠一笑。荷生、心印復吟道：
「衒嫁鍾離百不售，年年春夢幻西樓。
夢中忽作盧家婦，十六生兒字阿侯。」
荷生吟完，嘆一口氣，説道：「冠蓋滿京華，斯人獨憔悴！」心印道：「這十六首借美人以紀時事，又爲詩家別開門徑。」小岑道：「楚雨含情俱有託。癡珠的詩，逼真義山學杜。」劍秋笑道：「我只當做帷房暱媟之詞、才人浪子之詩看罷。」

四人狂吟高論，槐陰中月早西斜，心印先去了。大家便攜着癡珠，沿着汾堤走來。一路水月澄清，天高氣爽，流連緩步，竟爾不記夜深。正到大街，忽聞雞唱，都覺愕然。荷生轉笑道：「好了！我如今怕要在街上步一夜的月。你道這個時候，裏頭還留着門等我麼？」劍秋道：「我訪曼雲也怕叫不開門，倒是愉園借一宿罷。」小岑道：「我和癡珠秋心院去罷。」正是：

王衍尚清談，自然誤天下。

折屐謝東山，矯情亦大雅。

欲知後事如何，且聽下回分解。

第二十一回　宴仲秋觴開彤雲閣　銷良夜笛弄芙蓉洲

話説十五日黎明，彤雲閣中早有青萍領着多人，搬了無數鋪墊器皿，以及燈幔和那小圓桌、小坐墩，鋪設得十分停當。巳初一刻，荷生和采秋來了，又親自點綴一番，比三月三那一日更雅麗得許多。采秋又吩咐跟班傳諭看守芙蓉洲的人，備下兩支畫船。分派甫畢，小岑、劍秋、紫滄陸續到了。一會，瑶華也來。

此時已有午初，癡珠、秋痕卻不見動静，叫人向對面秋華堂探問，説「韋老爺天亮就便衣坐車，帶着禿頭走了。」一會，丹翬、曼雲先後都到。差不多午正，荷生着急，又叫人打聽。一會，穆升親自過來回道：「爺早起吩咐套車時，小的也曾回過『老爺今日請酒，爺怎的出門』，爺笑着説道『我難道一去不回來麽』。」荷生詫異，大家都説道：「叫人菜市街走一遭罷。」荷生打發穆升和李安去。又等了好一會，荷生吩咐開飯，八個人即在彤雲閣下層吃着。

忽見董慎笑嬉嬉的跑上來，回道：「韋老爺、劉姑娘通來了，小的在河堤上望見。」大家便出席往外探看，只見禿頭汗淋淋的跟着秋痕進門，秋痕一身淡妝，上穿淺月紡綢夾襖，下繫白綾百摺宫裙，直似一樹梨花，遠遠扶掖而至。癡珠隨後進來，望着大家都站在正面湘簾邊，便含笑説道：「我肚餓極了！」荷生笑道：「你半天跑到那裏？」當下秋痕已上臺堦，扶曼雲的手，説道：「他今日同我出城，來回趕有四十里路。」大家問：「是何事？」癡珠、秋痕總不肯説。見杯盤羅列，只道上席了，便道：「我須吃些點心，再喝酒。」采秋道：「賞仲秋本晚夕的事，給我看還是端上飯，四下鐘後到閣上慢慢喝酒。」秋痕説道：「采姊姊説得是。那一天謏如的局，兩頓接連，叫人怪膩膩的不爽快。」荷生見説得有理，便催家人上菜端飯。大家用些，各自散開，坐的坐，躺的躺，閒步的閒步。

是日，晴光和藹，風不揚塵。癡珠瞧着一群粉黛，個個打扮得嬌嬈婉孅，就中采秋珠絡垂肩，雲裳拖地，更覺得婉嫻端重，華貴無雙；帶一個小丫鬟，名喚香雪，垂髫刷翠，秋水盈盈，伶俏也不在紅豆之下，便癡癡的躺在左邊小炕上呆想。秋痕卻攜着瑶華，站在院子裏，望着閣上，見正面檐前掛十二盞寶蓋珠絡的琉璃燈，兩廊及閣下正面掛的是斗方玻璃燈，通是素的，便説道：「今晚卻不要有燈纔好呢。」瑶華道：「點這樣素淨的燈，就也不礙月色。」丹翬、曼雲、劍秋、紫滄卻從西廊小門渡過芙蓉洲畔閒逛，見洲内蓮葉半凋，尚有幾朵紅蓮，亭亭獨豔，其餘草花滿地，五色紛披。

此時癡珠躺在炕上。采秋到閣後小屋更衣，從紗窗中瞧見後面小池喂有數十個大金魚，唼喋浮萍，升沉游泳，便招荷生、小岑由東廊繞到池邊，坐在石欄上，悄悄的瞧。忽聽得癡珠吟道：「日月忽其不淹兮，春與秋其代序。惟草木之零落兮，恐美人之遲暮。」采秋便笑道：「癡珠又牢騷起來！」癡珠不答，秋痕便掀簾子和瑶華進得屋裏。癡珠高誦趙邠卿《遺令》道：「大丈夫生世，遁無箕山之操，仕無伊呂之勛，天不我與，有志無時，命也奈何！」荷生笑道：「何物狂奴，故態復作？」采秋輕聲道：「他今日出城，到底去什麼地方？……」正往下説，忽然丹翬、曼雲一路笑聲吱吱，跑入屋裏，鬟亂釵斜，裙歪衣污，向椅上坐下，喘作一團。大家忙問緣故，兩個一邊笑，一邊喘。半晌，丹翬纔説道：「你們看！」又笑不可抑。隨後曼雲忍着笑道：「劍秋要刀。」又嗤嗤的笑。瑶華聽見要刀，就先跑去看。

荷生大家都跟出來。只見紫滄拿把六尺長關刀，在院子裏如旋風般舞。劍秋仗着雙劍，正從西廊小門轉出來。紫滄就讓過一邊，劍秋站在一邊，也將雙劍舞起。兩邊舞得如飛花滾雪一般，臺堦上大家俱看得出神。臨尾只見寒光一晃，劍秋收住雙劍，紫滄也將刀立住，望着大家笑道：「這臺武戲好看不好看？」癡珠向荷生道：「你是懂得。」荷生笑道：「舞的名兒我也懂得，只是沒有氣力。」紫滄早放下刀上來了，便說道：「采秋的劍舞得極好，你們是沒有見過呢。」小岑道：「你不曉得，他還射得好箭哩。」瑤華便道：「采姊姊，我同你舞一回罷。」

此時劍秋倚着劍，也站在臺堦上。采秋道：「是那裏來的這把劍？劍靶烏膩膩的腌臢，叫人怎拿得上手？」癡珠向劍秋道：「你是那裏取來的？」劍秋道：「我到芙蓉洲閒逛，不想洲邊有一人家，我認得是左營兵丁，他手上適拿把雌雄劍，我借來，渡過河，想嚇幺鳳、彩波一嚇，不想他兩人迎風都跌了一身的泥。」說得大家通笑。荷生向紫滄道：「你這刀又是那裏來的？」紫滄道：「我是向汾神廟神將借來。」說得大家又笑。瑤華便叫人回去取劍。荷生也逼着采秋叫人取弓箭，就向瑤華道：「晚上月下舞他一回，纔有趣呢。」采秋道：「這樣，何不就到閣上去坐？」荷生道：「好！」便喚跟人問道：「閣上都停妥沒有？」跟人回說：「早已停妥。」

荷生當下便領大家由東廊走入小門，門内虬松修竹繞座假山，黄石疊成，高有丈餘，蒼藤碧蘿、斑駁綢罥，石磴數十級，曲曲折折到個平臺。由平臺西轉，一個朝南座落，便是彤雲閣上層。四圍甬道，繞以石欄。閣係五間，通作一間，落地花門，南北各二十四扇，東西各十二扇。正面上首擺一大炕，炕下放一圓桌，焚一爐百和香，蘭麝氤氳，香雲繚繞。頂隔中間，懸個五色綵紬百褶香雲蓋，掛一盞頂大光素琉璃燈。東西掛八盞瓜瓣式桔紅琉璃燈，也是頂大的。兩邊一邊四個座，俱是海棠式的坐墩，兩個坐墩夾個圓茶几。下首中間擺兩個坐，卻是梅花式的坐墩，也夾個圓茶几。茶几上各安個圓盒，大小同茶几一般。

癡珠大家見這般陳設，着實喜歡。荷生道：「我今日是個團圞大會，每位茶几上俱派定坐次。」大家瞧那個茶几上放一紅箋，是荷生、采秋四個字；接着瞧去，東上首癡珠、秋痕，次是小岑、幺鳳；西上首是紫滄、琴仙，次是劍秋、彩波。癡珠笑道：「荷生竟鬧出叫相公坐位來，我們就入坐罷。」大家也只得照箋上寫的坐定。

采秋吩咐跟人：「取酒來。」家人答應，走到各人跟前把盒蓋揭起，便是一個鑲成攢盒，共有十二碟菓菜，兩付銀杯象箸，都鑲在裏面，十分精巧。每几下層，各送一個鴛鴦壺，遂淺斟低酌起來。癡珠道：「天色這般早，我們還行個令想想。」荷生道：「回回行令，也覺没趣，今日還是清談罷。」

采秋因向癡珠説道：「你和荷生通是薦過鴻博，我且問你，酒令是何人創的？」癡珠笑道：「這一問倒有趣，我記得是漢賈逵。」荷生道：「我記得他本傳就有這一條。」癡珠道：「不錯。我卻要請教你們，爲何喚做酒糾？」采秋道：「唐時進士曲江初宴，召妓女錄觥罰的事，因此喚做酒糾，是不是呢？」劍秋笑道：「怪道采秋慣行酒令。」荷生道：「唐尚書郎入直，侍史一人，女史二人，皆選端正妖麗，執香爐、香囊，護侍衣服。唐詩『春風侍女護朝衣』，又『侍女新添五夜愁』，就是這侍史，如今所以喚他們作女史。」秋痕道：「杜詩『晝省香爐圍伏枕』的注，不就引這一條麼？」小岑喝了一鍾酒，笑道：「都有這般快活，我只願做個省郎，也不願學劍秋升侍講了。」

曼雲道：「你們怎麼喚做老爺呢？」癡珠道：「元朝起的，唐末以前没有此稱呼。」荷生道：「《元史·董摶霄傳》：『毛貴問摶霄曰：你爲誰？曰：我董老爺也。』你指此條麼？」癡珠點頭。紫滄道：「金人稱岳武穆爲『岳爺爺』，『老爺』二字大約是金元人尊稱之詞，如今卻不值錢了。」

采秋笑道：「癡珠，我們自頭至腳，你能原原本本説個清楚不能？」癡珠道：「我講一件，你們通喝一杯酒；我説錯了，我喝五杯。」瑶華道：「使得，我就喝。」於是采秋、秋痕五人通喝了。癡珠道：「我如今從你們的髻講起。髻始於燧人氏，彼時無物繫縛，至女媧氏以羊毛爲繩子，向後繫之，以荊枝及竹爲笄，貫其髻髮。《古今注》：『周文王制平頭髻，昭王制雙裙髻。』又《妝臺記》：『文王於髻上加翠翹，傅之鉛粉，其髻高，名曰鳳髻。』」采秋接着説道：「這樣看來，文王自是千古第一風流的人，所以《關雎》爲全詩之始。」癡珠道：「你不要横加議論，等我講清這個髻給你聽罷。高髻始於文王，後來孫壽的墮馬髻，趙飛燕的新髻，甄后的靈蛇髻，魏宫人的警鶴髻，愈出愈奇，講不盡了。這是真髻，還有假髻。《周禮・追師》『副編』注：『列髮爲之，其遺像若今假紒。』《三輔》謂之『假髻』。《東觀漢記》：『章帝詔東平王蒼，以光烈皇后假髻、帛巾各一篋遺之。』後來便有『飛西髻』『抛家髻』種種名號，也講不盡。采秋，我講這個髻，清楚不清楚？至如梳，始自赫胥氏；蓖，始自神農；刷，始自殷，我也不細講了。」

荷生道：「癡珠今日開了書廚。」劍秋道：「這不是八月十五，直是三月三鬥寶了。」采秋道：「你們不要阻他高興，聽他講下去，替我們編個《妝臺志》不好麽？」癡珠道：「你們每人喝兩杯酒，我再講罷。」采秋道：「那要講兩件。」癡珠道：「自然。」采秋諸人便各喝兩杯。

癡珠道：「一件畫眉：《詩》『子之清揚』，清指目，揚指眉。又『螓首蛾眉』言美人的眉，此爲最古，卻是天然修眉，不是畫的。其次屈原《大招》『蛾眉曼只』，宋玉《招魂賦》『蛾眉曼睩』，曼訓澤，或者是畫。後來文君遠山，絳仙秀色，京兆眉嫵，瑩姊眉癖，全然是畫出來。唐明皇《十眉圖》，横雲、斜月皆其名。五代宫中畫眉，一曰開元御愛，二曰小山，三曰五嶽，四曰三峰，五曰垂珠，六曰月稜，七曰粉稍，八曰涵煙，九曰拂雲，十曰倒暈。講這畫眉，清楚不清楚？一件穿耳：《山海經》『青宜之山宜女，其神小腰白齒，穿耳以鐻』，此穿耳之始。《物原》『耳環始於殷。』《三國志》『諸葛恪曰：穿耳貫珠，蓋古尚也。』杜詩『玉環穿耳誰家女』，是穿耳直從三代至今，此風不改。我想好端端的耳，卻穿以環悦人之目，這是何説？」

瑤華笑道：「這就是纏足作俑了。」癡珠道：「我如今就講纏足。」劍秋道：「怎的這般快？美人手、美人乳通不考訂麼？」采秋道：「癡珠，你不要聽他胡鬧，你且講纏足。」癡珠道：「我是不喜歡婦人纏足呢。只我的人偏偏都裹着三寸金蓮，我也不能不隨緣了。劍秋，你且講纏足是始於何時？」小岑道：「吳均詩『羅窄裹春雲』，杜牧詩『鈿尺裁量減四分，纖纖玉笋裹輕雲』，似纏足始於唐人。」劍秋道：「六朝樂府有《雙行纏》，詞云『新羅繡行纏，足趺如春妍。他人不言好，獨我知可憐』，似六朝已有纏足。」癡珠道：「《史記》『臨淄女子，彈弦纚屣』，又云『摇修袖，躡利屣』，利者，言其小而尖鋭也。《襄陽耆舊傳》『盜發楚王冢，得宮人玉履』，漢班婕妤賦『思君弓履綦』，《雜事秘辛》『吳姁足長八寸，踁跗豐妍，底平指斂，約縑逼襪，妝束微如宮中』，此皆裹足之證。齊東昏爲潘妃鑿金爲蓮花貼地，令妃行其上，曰『此步步生蓮花』。《瑯環記》『馬嵬娼女王飛，得太真雀頭屐一雙，長僅一寸』，是唐時已尚纖小。《道山新聞》『李後主宮嬪窅娘，纖麗善舞，後主令以帛繞腳，纖小屈上作新月狀』。唐鎬詩『蓮中花更好，雲裏月長新』，就是爲窅娘作的。以意斷之，上古美人如青琴、宓妃、嫦娥、湘君、湘夫人，必是雙雙白足。自周以後，美人南威、西子，已自裹足。但古風淳樸，必不是如今雙弓。漢唐以後，人心愈巧，始矯揉造作，爲此窄窄金蓮，不盈一握，其實美人好處全不在此。」説得大家通笑了。荷生道：「果是雙雙白足，自然也好，最難看是蓮船半尺，假作蓮瓣雙鈎。」荷生説這話時，瞧着秋痕低頭手弄裙帶，就不往下説了。

癡珠會意，急説道：「我如今再講兩件。一則首飾。《山海經》『王母梯几而戴勝』。勝，婦人首飾，此首飾之始。《始儀實錄》『燧人作笄，堯以銅爲之，舜雜以象牙、玳瑁，文王又加翠翹、步摇』。《物原》『五采通草花，呂后制。綵花，晉郭隗制』。《玉篇》『翦綵，婦人頭花，髻飾』。是皆首飾。至釵始自夏，手鈿、指環始自殷，你們那些穿戴的金玉珠寶，日新月異，考不勝考了。一則妝飾。《神農本草》『粉錫，一名鮮錫』。

《墨子》『禹造粉』。《博物志》『紂燒鉛錫作粉』。《中華古今注》『秦穆公女弄玉，有容德，感仙人蕭史，爲燒水銀作粉與塗，名飛雪丹』。此言粉之最古者，後來百英粉、丁香粉、木瓜粉、梨花粉、龍消粉，這也考不勝考。《古今注》『燕支草似蒯花，出西域，土人以染，名爲燕支，中國人謂之紅藍粉』。班固曰：『匈奴名妻曰閼支，言可愛如燕支。』《古今注》『胭脂蓋起自紂』。此言脂之最古者。脂有面脂，有口脂，見唐《百官志》中。《韓子》「毛嬙、西施之美麗，面用脂澤粉黛，則倍其初』。《廣志》謂『面脂自魏興以來始有者』，非。蔡邕《女誡》『加脂則思其心之鮮，傅粉則思其心之和』。《妝臺記》『美人妝面，既傅粉，復以胭脂調勻掌中，施之兩頰，濃者爲酒暈妝，淡者爲桃花妝』。梁簡文詩『分妝開淺靨，繞臉傅斜紅』。面脂不是古妝麼？口脂，唐人謂之點唇，有胭脂暈諸品：一曰石榴嬌，二曰大紅春，三曰小紅春，四曰嫩吴香，五曰半邊嬌，六曰萬金紅，七曰聖檀心，八曰露珠兒，九曰内家圓，十曰天宫巧，十一曰洛兒殷，十二曰淡紅心，十三曰猩猩暈，十四曰小朱龍，十五曰格雙唐，十六曰媚花奴。這與『十眉』不皆是香閨韻事麼？你們該喝酒了。」

荷生笑道：「癡珠今日肚子裏新開一間脂粉鋪，我們賀他一杯罷。」於是通喝一杯。端上菜，大家用些。青萍回道：「愉園弓箭送來，天快黑了，還射不射哩？」荷生向采秋道：「去射罷。」瑶華欣然出位，拉紫滄道：「射一回箭去。」采秋道：「我久不射，手不蹀了。琴妹妹去射，我瞧着。」便攜瑶華的手走，大家都跟下閣。紫滄道：「到汾堤空地上射去。」荷生道：「好。」於是都向西廊走來。

瑶華瞧個空，早就下層閣裏換上一雙小蠻靴，將頭上釵、手上釧、身上大衣一起卸下，只穿件箭袖大鑲大滾的桃紅線縐短棉襖，將一條白綾百蝶宫裙繫在小襖上，裙幅都插在腰裏，露出鑲花邊的青縐夾褲腳，大紅的一簇褲帶條，攜上弓箭。大家正説：「琴仙怎的不見？」瑶華卻悄悄站在紫滄身後，將手向紫滄肩上一拍，説道：「我來也！」紫滄和大家都覺得一跳。采秋笑道：「琴妹妹結束得好。」跟人早掛上一個二尺圓的五色箭鵠。瑤華步到上面站定，先將弓試了一試，道：「這弓是幾個力？」采秋道：「這平常射的，不過三個力。」瑤華便取過骲頭箭，搭上了弓，調正了柳腰，拳回至手，只聽得嗚的一聲響，早着在第三層青圜上。大家喝聲采。第二箭又着在第一個紅圜，大家連聲説「好」，第三箭又着了。荷生笑吟吟的向采秋道：「我再不想琴仙有此好箭！」采秋道：「難爲他是纔學的，便有如此手段。」紫滄自覺得意。瑤華站着歇一歇，移步向采秋道：「采姊姊，我僭了，如今你射去。」采秋道：「我把工夫丢開一年多，比不得你天天操練。我再射，斷不能像你這般准。」荷生道：「准不准算什麽，不過耍一耍，也覺得有趣。」小岑道：「就是不准，難道怕人笑話麽？」

癡珠道：「我有個令，采秋你遵不遵？」采秋笑道：「你什麽令？」癡珠道：「你看天上飛的一陣陣歸鴉，我指一個，你射了罷。」采秋笑道：「鵠子我還怕不准，你卻要另出題目。」荷生道：「這個耍不得，射得不好卻把人射一箭，怎了？」紫滄道：「你没有瞧過他手段，替他擔心。」荷生道：「我不信他就能箭無虚發。」癡珠笑道：「你不信，我卻信得過。采秋，你射罷，我叫秋痕替你結束。」采秋拗不過大家意思，於是將大衫卸下，付給香雪；秋痕便把他首飾除下，將簪拴緊髻子。采秋只將裙帶結好，也不摳上裙幅。瑤華遞過弓，采秋要過幾枝狼牙箭，向癡珠道：「你要我射那一陣那一個鴉，我卻不能，我准一箭一鴉給你瞧罷。」癡珠道：「就是這樣。」瑤華道：「可不是准呢，先前偏要説許多話，可見采姊姊是個老奸巨猾。」荷生道：「我總信不過。采秋，小心罷。」采秋笑一笑，走上高坡站着。恰好有群鴉啞啞的從西過來，采秋就站遠些，衆人只聽弓弦一響，卻驀然一個鴉墜地。青萍等正搶着去拾，又見兩個鴉帶箭墜地了。大家目不及視，口不能言。癡珠鼓掌道：「荷生，何如？」荷生眉飛色舞，説道：「這個真怪！」采秋早將弓付給香雪，披上大衫，移步向秋痕，戴上首飾，説道：「上燈了，喝酒去罷。」此時雲淨天空，冰輪擁出，微風引着南岸桂花的香，陣陣撲人鼻孔。

大家步入西廊，見閣上閣下的燈都已點上，就在臺堦上三兩成群，嘖嘖稱贊采秋的神箭、瑤華的工力。荷生吩咐跟人將閣上三面花門一起洞開，把座位通擺在石欄干甬道。然後大家步到東廊，上了石磴，在平臺上憑眺一回。癡珠、秋痕、荷生、紫滄、小岑先行入席。癡珠高興之至，喝了一滿杯，吟道：「一年明月今宵多。」秋痕接道：「不知明月爲誰好？」癡珠一笑。

彼時劍秋、瑤華、丹翬、曼雲尚未歸座，正憑在石欄遥望。瑤華望着堤南秋華堂桂樹，因接道：「鏡轉桂巖月。」劍秋望着芙蓉洲水亭，因接道：「江亭月白誦南華。」曼雲望着閣東汾流月色水光如一條玉帶，便也接道：「蟾蜍夜豔秋河月。」丹翬近望閣門外一帶梧桐，遠望汾堤上萬株煙柳，便接道：「鹿門月照開煙樹。」荷生笑道：「好得狠！今夕此會，本爲賞月，我也吟一句罷，『手掐花梢記月痕』。」采秋接道：「錦筵紅燭月未午。」劍秋拍手贊道：「切情切景，大家各飲一大鍾罷。」於是劍秋等也行入席，豪飲一回。上了幾件菜，用些點心，復各散開。

此時約有七下多鐘了，金風瑟瑟，玉露零零，幸各帶幾分酒意，尚不覺羅袂生寒。大家攜着玉人，憑高凝望，真如到琉璃世界，飄飄若仙，相視而笑，轉忘言象。倒是紫滄憶起瑤華的劍來，説道：「你取了劍，何不向院子舞一回？」荷生道：「好極！采秋和瑤華同舞罷。」紫滄道：「一人舞一回，兩人再同舞一回，纔有趣呢。」癡珠道：「紫滄何不先舞一回給他們看？」紫滄道：「我就先舞。」

於是紫滄卸下大衣，大踏步下去，舞了一回。劍秋看得高興，也舞起來。荷生見舞得熱鬧，教青萍取過一個粉定窯的大鍾，和大家各喝一鍾。兩人舞罷上來，穿好衣服，合席通敬一大鍾，兩人喝了。紫滄道：「瑤華舞罷。」瑤華大衣卸後就不曾穿，便提劍下去，進退抑揚，舞得月光閃爍，燈影迷離，大家同聲喝采。采秋喝了一杯酒，説道：「我也舞去。」於是卸去首飾、外衣，露出大鑲大滚的蔥綠湖縐綿小襖，鑲花邊的大紅縐夾褲，越顯得搏雪作膚，鏤月爲骨，當下捲起箭袖，抽出一雙鴛鴦劍，向荷生笑一笑，走下閣去了。

癡珠向荷生道：「我和你往臺堦看去。」秋痕也跟着，到得臺堦，只見寒芒四射，咄咄逼人，漸漸萬道金蛇縱横馳驟，末後一團雪絮上下紛飛，全不見綠襖紅裳影兒。先前瑶華倚着劍站在一邊，還想和采秋同舞一回。看到這裏，就將劍收起，向荷生道：「似此神技，紫滄要我和姊姊同舞，我怎敢呢？」荷生道：「你就舞得好。」瑶華道：「我再努力學罷。」正説着，瞥見有條白練臨風一閃，早是采秋站在跟前，笑道：「何如？」荷生攜着采秋雙手，看他面色微紅，鬢髮一絲不亂，説道：「你從那裏學來？」瑶華道：「采姊姊怕是前生學會呢！」癡珠道：「我們上去通喝幾鍾酒，也不負采秋這一回的舞劍。」荷生道：「我和你喝十大杯罷。」一面説，一面招呼大家入席。飲了一會，端上菜點，隨意吃些。采秋道：「如今我們夜泛一回，領略水中月色，就由南岸上車，好麼？」大家都道：「好！」就教跟班們吩咐車馬南岸伺候。

飯畢，衆人踏着月色上船，向芙蓉洲駛來。船中早備着香茗時果，大家隨意説説笑笑，教水手轉由汾神廟後駛到水閣，由水閣駛到南岸，落葉打篷，寒花蕩夕，星河散采，珠翠生涼。一會，各家車馬燈籠紛然並集。先是紫滄帶了瑶華上車，次是小岑、丹翬一車，劍秋、曼雲一車，各自去了。荷生道：「癡珠今夜是回秋華堂，還到秋心院呢？」癡珠道：「秋痕今日原是坐我的車，這時候他家的車還没來，想是他家不要他了，我今就陪他在船裏坐一夜罷。」采秋道：「天氣凉得狠，豈宜如此？」荷生道：「你又信他！我們走了，怕他不回去秋華堂做好夢麼？只是秋痕同癡珠今日出城這一遭，我卻要問一問。」癡珠默然。秋痕道：「我告訴你，今日出城是爲着我那殉難的姊姊忌辰。」荷生笑道：「什麼地方都可祭奠，特特跑上竹竿嶺，冤不冤呢？」采秋道：「我卻會得他的意思。」癡珠道：「夜深了，你兩個要回去，該走了。」荷生道：「我倒忘了。」於是香雪扶着采秋，秋痕送到船頭。癡珠送荷生上岸，看荷生、采秋上車去遠了，方纔轉身攜着秋痕進艙，喚禿頭徹去肴核，拭淨几案，換一枝蠟燭。

秋痕吹起笛來，聲聲激烈。癡珠吩咐水手將船蕩至水閣，自出船頭站立，見月點波心，風來水面，覺得笛聲催起亂草蟲鳴，高槐鴉噪，從高爽泬寥中生出蕭瑟。秋痕也覺裙帶驚風，釵環愁重，將笛停住。搭起跳板，兩人扶上，悵望一回。秋痕想起五月初五的事來，不知不覺玉容寂寞，涕泗闌干。癡珠起先愕然，後來自己觸目傷懷，百端難受，將秋痕的手握在掌中，輕輕的搓了幾搓，説道：「風月自清夜，江山非故園！我們還下船坐罷。」秋痕點頭，便喚禿頭伺候。

兩人重行入艙，喝了幾口茶。癡珠見几上有筆硯，便將秋痕一幅手絹展開，寫道：

采春慣唱懊儂歌，碧海青天此恨多！
所不同心如此水，好抛星眼剪秋波。

溪上殘更露濕衣，月明一舸竟忘歸；
笛聲吹出淩波曲，驚起鴛鴦拍拍飛。

款書「八月之望，漏下四鼓，攜秋痕泛舟柳溪題贈」。寫畢，兩人都覺黯然欲絶。還是秋痕輾然笑道：「這地方喚做芙蓉洲，我同你把芙蓉成語同記一記，看得有幾多？」癡珠道：「詩詞歌賦上這兩字多得狠，那裏説得完！」秋痕道：「芙蓉城到底是天上是人間？」癡珠道：「石曼卿爲芙蓉城主，此虚無縹緲之説。成都府城多種木芙蓉，也喚作芙蓉城。你怎的問起？」秋痕不語。

此時月斜雞唱，癡珠也覺偎玉無温，倚香不暖，便喚水手將船駛到秋華堂門口。禿頭先行上去，招呼大家起來伺候。然後癡珠慢慢的攜着秋痕回來西院，到裏間和衣睡倒。一覺未醒，天早明了。正是：

酒香花氣，弓影劍光。

春風蛺蝶，秋水鴛鴦。

欲知後事如何，且聽下回分解。

花月痕全書卷六終

花月痕全書卷七

第二十二回　秋華堂仙眷慶生辰　采石磯將軍施巧計

看官記着：昨天是茜雯死忌，今日卻是秋痕生辰。是日，李夫人約了晏、留兩太太來逛秋華堂，以此秋痕昨夜不曾回家。

此時紅日三竿，綠陰滿院，秋痕妝掠已畢，外面報説：「李太太來了！」秋痕趕着迎出月亮門。只見李夫人已下了轎，穆升和李家跟班、老嬤、丫鬟都一字兒站着伺候。秋痕迎至東廊下，李夫人拉着秋痕的手，端詳一會。癡珠早從秋華堂臺堦迎下來，李夫人便趕向前請了安。癡珠便讓李夫人上來。秋痕磕下三個頭，李夫人拉他起來，回敬一福，笑面秋痕道：「姑娘好日子，我没有預備。」一面説，一面將頭上兩股珠釵自行拔下，走到秋痕跟前，與他戴上，口裏説道：「給姑娘添個壽罷。」秋痕只得説道：「太太費心。」就重磕一個頭，夫人攙起，也福了一福。入座，秋痕遞上茶，阿寶也來了。接着，留、晏兩太太都到，便開了麵席。席散，大家同來西院更衣，聽了秋痕一支《琵琶記》。三位太太都是善於語言的，就秋痕今日也覺興致勃勃。

一會，出來秋華堂坐席，李夫人首座，問起「鳳來儀」酒令，秋痕一一告訴，三位太太都十分贊賞。李夫人道：「我們何不做個東家效顰？」晏太太道：「《西廂》『鳳』字都給他們説盡。」李夫人道：「何必拘定《西廂》？只成句都可。」留太太道：「我們也不要鴛鴦飛觴，今日是劉姑娘好日子，飛個《西廂》『喜』字何如？」李夫人道：「好得狠。我僭了，就起令罷。」便喝一杯酒，説道：

「繫馬於鳳凰臺柱，《收江南》，仍執醜虜。」

大家齊聲贊好，留太太道：「又流麗，又雅切，這是大人異日封侯之兆，該賀一滿杯。」衆人通陪了酒，李夫人道：「阿寶不算，劉姑娘喝酒接令！我説個『垂簾幕喜蛛兒』。」秋痕喝了酒，想一想，説道：

「聞鳳吹於洛浦，《喬合笙》，在前上處。」

大家都説道：「這曲牌名用得新穎之至，各賀一杯。」秋痕飛出《西廂》是「宜嗔宜喜春風面」。順數該是留太太，想有半晌，瞧着阿寶説道：

「烏有鳳而魚有鯤，《美中美》，宜爾子孫。」

李夫人喝聲：「好！」晏太太道：「古語絡繹，這賀酒更該滿杯。」衆人通喝了。留太太道：「晏太太接令罷！『這般可喜，娘罕曾見』。」晏太大道：「輪到我了，怎好呢？」便將杯擎在手裏，想有一會，喝了酒，説道：「我説得不好，休要笑話。

『鳳愈翱翔而高舉，《揀南枝》，有鶯其羽。』」

李夫人道：「『有鶯其羽』四字，妙語解頤，太大真個聰明。」大家又賀一杯。晏太太道：「大家通説了，如今我喝一杯，劉姑娘喝一杯，收令罷。」一面説，一面將酒喝乾，説道：「喜則喜你來到此。」秋痕喝了酒，李夫人便向秋痕道：「定更過了，我無人在家。」便吩咐端飯。飯畢，便叫奶嬷、老家人送阿寶家去。癡珠看過阿寶上車，也到簾外招呼。當下李夫人走了，晏、留兩位太太隨後也走。

癡珠這日是邀了晏、留、池、蕭，借汾神廟客廳遊宴。靠晚，心印卻出門去了。五人上席，酒行數巡，癡珠叫穆升取出骰盆和色子，向大家説道：「我有一令，擲色集句，照紅的算，説出唐詩一句。照位接令，要與上句叶韻，失叶、出韻及語氣不聯貫，照點罰酒。」子秀道：「癡珠，這不是虐政麽？我們那裏尋得出許多湊巧的詩句來！」翊甫道：「兩頓接連，借此用點心思，也可消食。只是要個題目，纔好着想呢。」癡珠道：「《宮詞》如何」？子善道：「好極！」癡珠便將色子和骰盆送給翊甫道：「請你起令罷。」翊甫接過，隨手一擲，是二個四，一個幺，算成九點。沉思半晌，吟道：

「九華春殿語從容，」

大家俱説道：「起得好，冠冕堂皇！」下首該是雨農。翊甫便將骰盆和色子送過，説道：「你擲罷。」雨農道：「二冬韻，窄得狠，我怕要曳白了。」隨手一擲，是個幺，算成一點。也沉思半晌，吟道：

「人在蓬萊第一峰。」

癡珠道：「粘貫得狠！如今該是子秀了。」子秀接過色子，隨手一擲，是二個四，算成八點。子秀道：「我占便宜，不要押韻，就是這一句罷。」吟道：

「二八月輪蟾影破，」

翊甫道：「好！恰是今日。」因向子善道：「接手是你，請擲罷。」子善接過色子，隨手一擲，是三個幺，算成三點。吟道：

「三官箋奏護金龍。」

癡珠道：「好句！如今該是我擲了。」接來一擲，是二個紅，算成八點。隨口吟道：

「八尺風漪午枕涼，」

翊甫接手道：「七陽韻，寬得多了。」隨將色子一擲，是兩個紅，一個幺，算成九點。吟道：

「九龍呵護玉蓮房。」

雨農接手，擲得三紅二幺，説道：「這算十四點了，那裏找得出這恰好的詩句呢？」子秀道：「『溧陽公主年十四』，不好麼？」癡珠道：「何必拘定『十四』？我替你說一句罷。」吟道：

「七月七日長生殿，

這不是十四麼？」大家道：「如此放活，還鬆動些。」於是子秀擲得一幺，吟道：

「雁點青天字一行。」

下首是子善，擲得兩幺，吟道：

「一番雨過一番涼，」

癡珠道：「還用七陽韻麼？」就接手擲出兩個紅來，吟道：

「八字宮眉點額黃。」

下首是翊甫，也擲得一幺，吟道：

「楚館蠻弦愁一概，」

雨農接手，擲得一幺、一紅，吟道：

「五更鐘後更回腸。」

翊甫道：「道兩首詩我要僭易了。前首雨農十四點，宜用子秀『溧陽公主年十四』句，接用癡珠『八字宮眉點額黃』七字，不更渾成麼？子善『一番雨過一番涼』，接用子秀『雁點青天字一行』七字，不更聯貫麼？」癡珠道：「好極！翊甫詩境大進，我和大家賀他一鍾罷。」於是喝過酒，子秀接手又擲，是一紅、兩幺，吟道：

「六曲連環照翠帷，」

子善接手，是一紅、一幺，吟道：

「不寒長着五銖衣。」

癡珠道：「好句！」接手擲成一紅、幺幺，吟道：

「三星自轉三山遠，」

翊甫接手，是一個幺。癡珠道：「你説一句收令罷。」翊甫搜索一會，吟道：

「萬里雲羅一雁飛。」

雨農道：「妙絶！竟聯成四首，我們喝酒罷。」

後來秋華堂席散，大家便跟癡珠來到西院，與秋痕説説笑笑，也就去了。癡珠便送秋痕回家。秋痕一生，這一天也算揚眉吐氣。其實謖如起身之時，原想替秋痕贖身，一則爲癡珠打算，一則爲李夫人作伴，奈他媽十分居奇，只索罷了。

且説謖如是九月初七到了江南，見過南北大帥及淮、海、揚、徐各道節度，便奉密札馳往廬、鳳一帶，打探賊情。不想逆賊早知李總兵是山西截殺回匪的一員大將，想要計殺此人，爲回子報仇，就於采石磯江上伏兵數處。等了兩日，不見動靜，各隊頭目就有些倦了。

第三日午後，忽有小艇，卻是一老一少，載着一甕美酒及各種點心，泊在磯邊售賣。點心不過是江南常見的，那酒卻氣味醇濃，一錢一杯，各隊的賊紛紛要買，累得那一老一少手腳忙亂，答應不迭。正在賣酒熱鬧之際，又有三個漁船咿啞而至，每船上兩個漁人，隔着賣酒的船一箭多地。那捕魚的人就跳上岸，向熱鬧處看來，見是賣酒，又説酒好，各人就也買一杯。漁船上只有一人看守。隨後又有個小船，載着幾十束連枝帶葉的柴，船頭上坐個樵夫，身體胖大，年紀不上三十，拿把柴斧輕輕打着船板，口唱山歌，後艙兩個摇櫓的人也跟着唱，都是本地的腔，就靠着漁船一字兒泊着。

恰好有個黄袍賊目帶了數十名賊兵，先向酒船上查驗腰牌並衣上記號，卻個個是有的。末後查到柴船上，樵夫道：「有是有的，今天卻没有帶來。」頭目將樵夫細瞧一瞧，向賊兵道：「是個妖，你與我拿住。」説話時遲，下手時快，只見樵夫將柴斧一聳身，賊目的頭早已粉碎，鮮血迸流。這些賊兵先前驚愕，次後正要拔刀，卻早倒了三四個。船上又跑出摇櫓的人，舞着雙劍。那漁船上六個壯丁，酒船上一老一少，也輪着兵器，趕上岸來，將這數十人殺個淨盡，只有一兩個跑向賊營報信。那樵夫便將手炮一響，就有二百多人：也有從蘆葦中小船跳上來的，也有從岸上各路跑來的，紛紛都到，徑行追入營中。見大家都已被酒，一人一刀，一刀一個，也全殺了。

看官！你道那樵夫是誰？就是謖如。六個壯丁及摇櫓的人，賣酒的一老一少，就是謖如帶來將佐親丁。謖如料得賊有埋伏，此兩日故意逗遛不進。到了第二夜，搶了賊中做買賣五支小船，次日便打扮起來。如今殺了西路伏賊，立在岸上。謖如便命將死賊身上衣服及腰牌都取下來，又在黄袍身上搜出小令箭一支，所有屍首，都命抛入江中；又與將領附耳數語，這二百名兵又四散了。謖如自帶數人往樹林深處，將松鬣四處懸掛。

且説東路岸賊聞西路的炮，道是他的號炮，一路趕來。不想空江一片，並無一船一人，大家俱覺詫異，只好照舊埋伏。不想蘆葦叢中的營早燒得空了，只得四處搜尋放炮的人。

天色卻已黄昏，那水路的賊，係靠東岸下流十餘里。忽見岸上來了一個黄衣頭目，跟着兩個小頭目，手中拿着令旗，傳道：「官兵已經渡江，令船内的人都趕緊往東邊陸路救應，每一船上只留二人看船，不可遲誤！」便將令箭遞給船上頭目，匆匆的去了。

賊船一聞此信，便大家收拾器械，都上岸往東救應。原來這三個都是謖如命人扮來的。這三個人就在東岸樹林裏也將松鬣四處懸掛，見賊兵去遠，便打了一聲暗號。二百人拔出短刀，跳上賊船，將看船的賊一刀一個殺了，奪了四五十號大小賊船，悉令蕩往上流十里外，一字兒泊住。將岸旁蘆葦及所帶的柴分布在各大船上，船中所有軍裝糧草，一齊運出，留數十名兵守着船隻，一百餘名兵四面埋伏。

卻說那賊兵上了岸，往東急走。走了廿餘里，已是黑暗。往前一望，毫無動靜，也不聞有金鼓之聲。那幾個頭目，擇個高阜之處上去瞭望，只見星斗爭輝，江風蕭瑟，遠近數里，並不見一點火光。大家相顧驚異，説道：「明明令箭傳我們救應，怎白跑廿餘里？不要是官兵的詭計！不如大家回船，再作主意。」都説道：「是。」遂又從舊路回來，又是廿多里，走得力盡筋疲。剛到岸邊，不見船隻。忽聽一聲炮響，只見得兩岸樹林裏陡起火光。火光閃爍中，吶喊之聲不絕，不知有多少人，只説大兵到了，便自相蹂躪，鼠竄逃生。這一百多名兵分頭亂殺。謖如也帶人由西岸渡過來，喊殺連天，賊兵死者不計其數。其餘得命者落荒而走，趕回九洑洲大營，哭訴一切。

此時已有二更多天了，僞元帥、僞軍師嚇得目瞪口呆。半晌，僞軍師方説道：「他來探聽軍情，所帶的兵能有幾多？而且殺了一天，人馬俱已疲倦，他們自然都住在船上。我們領着戰船，殺將過去，還怕不奪回船隻？」僞元帥也説：「有理！」急急的傳令。

僞元帥、僞軍師便領二百餘隻的大船，分作四隊：一隊向采石磯殺來，一隊從左邊殺來，一隊從右邊殺來，一隊留後接應。三隊的船剛駛到江心，陡然對面起了一陣大風，吹將過來。此時是九月下旬，三更後月光始上，賊兵俱覺得股慄起來。從那星月中望着采石磯前面，隱隱的泊着數十號的船，並不見有一盞燈光，也不聞有一聲刁斗。僞軍師、僞元帥四望遲疑，忽聽對岸一聲炮響，那前面的船都從墨暗中轉動起來。軍師驚道：「不好！又中計了！」趕忙傳令：「暫且停住！」後面的船絡繹而來，大家得令，俱要回舵，擁擠不開。

那對岸官船早揚帆擂鼓，從暗射明，順着風，火罐、火箭如飛的撲將過來。迎面賊船早已着了。賊中左右隊尚未曾接到暫停的令，聞得對岸四處鼓聲闐然，正在驚訝，但見火焰騰騰，人聲鼎沸，兼着颼利利的風打頭吹來，覺得四面火起，一江通紅，便也灣轉船退後駛來。恰值中隊的船帶着火四面衝突逃生，卻把左右隊的船也引着了。船中火藥引着，四面環轟。那放火的官兵都上了小戰船，盡力擂鼓，大聲喊殺。那些賊船本無紀律，見這樣聲勢，早已不戰自亂，水中火裏，逃避無門。

謖如收隊，坐着原來的小船，從蘆葦淺瀨繞出八卦州下流渡上岸，將二百名兵分作兩處埋伏。此時約有五更了，謖如站在山上高處遥望，江中火勢兀自乘着風勢向東南閃來，烹斗煮星，釜湯餘沸，想道：「周郎燒曹孟德的一百萬兵在那赤壁地方，當亦不過如是！」停了一停，紅日漸升，天大亮了，再望大江，直同煙海。遠遠聽得有十數匹馬鈴，響得瑲瑲的，斷續不絕。只見一個道人打扮，獐頭鼠目，頭上幾莖秃髮燒得焦焦的蓬起，騎一匹連錢驄。一個穿黄色龍袍，鼠首狼顧，也丟了冠，剩個髻子，騎的是個五花驄。後面跟着十餘匹騎坐，也有盔甲全好的，也有丟了盔的，也有盔甲全丟的，也有焦頭爛額的，也有頭髮鬍鬚燒得光光的，也有手足受傷、兩人扶掖在馬上的，大家手上都没一件兵器。

當下謖如放了一聲手炮，這些人一驚，撥轉馬頭便走。兩下伏兵鼓噪而出，一人一個，用粗大麻繩一起縛住，又得幾多好馬，推到謖如眼前：道人打扮，是個軍師車律格；穿黄龍袍的，是個副元帥赫天雄；其餘都是大頭目。這一班人領着重兵，在九洑洲結寨，扼達盧、鳳之路，接遞兩湖、兩江、東西越僞將信息。不想一日一夜，將數百號的船、三萬多的兵一起陷没，只得跑上岸來。如今給謖如生擒了，自然是没得活了。謖如就乘勢克復了九洑洲。

這回用兵，以少勝多，極有布置。只人心叵測，見謖如以二百名兵敗了采石磯三萬多賊，收復了九洑洲，轉觸人忌。謖如又不善周旋，所以這回大捷，竟不入告，只説是委探賊情，途遇賊兵，生擒頭目數人而已。以後九洑洲又爲賊踞，謖如駐紮寶山，凡有陳請，一概不行。想要告病，現格於例；想搬取家眷，又逼近賊巢。只得日日操練本部人馬，待一年後明經略入閣，力薦提督淮北，纔得揚眉吐氣，爲國家出點死力。

看官聽着：千古説個才難，其實才不難於生，實難於遇。有能用才之人，竹頭木屑皆是真才；倘遇着不能用才之人，杞梓楩楠都成朽木！而且天之生才，亦扼於數。有生在千人共睹的地方，雨露培成之後，干霄蔽日，便輦去爲梁爲棟，此是順的；有生在深巖窮谷，必待大匠搜訪出來，這便受了無數風饕雪饕，纔獲披雲見日，此也算是順的；至如參天黛色，生在人跡不到的去處，任其性之所近，卻成個偃蹇支離，不中繩尺，到年深日久，生氣一盡，偃仆山中，也與草木一般朽腐。王荊公所謂「神奇之産，銷藏委翳於蒿藜榛莽之間，而山農野老不復知爲瑞也」，這真是冤！在天何嘗不一樣的生成他？怎奈他自己得了逆數，君相無可如何，天地亦無可如何！你要崛強，不肯低首下心聽憑氣數，這便自尋苦惱了！正是：

盛衰原倚伏，哀樂亦循環。
德人空芥蔕，形役神自閒。

欲知後事，且聽下回分解。

第二十三回　簾捲西風一詩夜課　雲橫秦嶺千里書來

話説彤雲閣中秋一會，數日後，紫滄借愉園也還了席。光陰迅速，早是九月了。此時秋心院菊花盛開，秋痕正擬邀大家一敘。一日，劍秋起個絶早，找着小岑，向秋心院來。

恰好大門開着，兩人就悄悄走進月亮門，只覺得一陣陣菊花的香，撲入鼻孔。當下繡幕沉沉，綺窗寂寂，一個小丫鬟在院裏背着臉掃那落葉，一個大丫鬟靠着西窗外闌干邊換花瓶水，也不瞧見他兩人。直至跟前，這兩個丫鬟纔嚇一跳，見是熟人，都笑道：「來得恁早？爺和娘還没醒哩，西屋坐罷。」劍秋進了西屋，就打着東邊板壁道：「驚好夢門外花郎。」小岑跟着笑道：「你只合帶月披星，休妒他停眠整宿。」那小丫鬟早溜入北屋告訴去了。只聽得癡珠輕輕的唤秋痕道：「小岑、劍秋來了。」秋痕驚醒道：「有什麼時候了？」丫鬟道：「早得狠，太陽還没落地哩。」劍秋道：「太陽没落地，就不准人來麼？」癡珠裏面答道：「你們坐，我就起來。」

一會，癡珠兩手揉着眼，身上披着長的薄棉襖，趿着鞋，自東屋走出，説道：「昨日你兩個在一塊麼？怎的這般早就出門？」小岑道：「他爲着荷生十五的局，我們三個都没還席，晚夕約了大家，要借這屋裏做個東道哩。」癡珠一面洗漱，一面説道：「好極。只是今日怕來不及。」劍秋道：「叫廚房隨便預備罷。」只見炕邊的鏡推開，秋痕笑吟吟的説道：「你們到會打算，三個合攏一席。還是隨便預備，羞人不羞人呢。」小岑道：「我們興之所至，要今日就今日罷。」秋痕只得唤跛腳傳話廚房去了。

劍秋瞧着秋痕雲鬢亂挽，星眼初醒，黛色凝春，粉香浮污，便說道：「端詳可憎，好煞人無乾淨！」秋痕不好意思起來，隨說道：「好個學士，只這幾句《西廂》。」小岑笑道：「人家好意替你張羅，你偏要討個沒臉。」說得三人都笑了。秋痕就走入東屋妝掠，大家跟入。

小岑見靠南窗下擺一書案，便說道：「秋痕，你也學采秋讀起書來？」劍秋檢着案上的書，是一部《文選》、一部《玉溪生詩箋注》、一部《韻府群玉》、一冊《磚塔銘》、一冊原榻《醴泉銘》。隨手展開一頁，卻夾一詩箋，上有詩二句，是「郎恩葉薄難成夢，妾命花如不見春」。認得筆跡是秋痕的，便遞給小岑道：「你瞧，秋痕跟了癡珠不上兩個月，竟會做詩，可喜不可喜呢？」小岑瞧過，說道：「風調殊佳，怎的只兩句？是什麼題？」癡珠道：「這是他《秋海棠》的詩，我夾圜了這兩句。他如今要我夜課一詩，也做有十幾首七絕、五六首七律。」便向秋痕道：「你何不取來給小岑、劍秋瞧？」秋痕道：「這會我纔學，總是不好，等好了再給他瞧。」小岑道：「就是不好，給我們瞧又何妨呢？」癡珠道：「我昨晚的題是《白雞冠花》，他有兩句還好，念給你聽。」便念道：「窗前疑是談元伴，啼月無聲夜色闌。」小岑道：「好！」劍秋道：「有此心思，還怕他不好麼？」正往下說，荷生、采秋都來了，大家延入。采秋瞧着書案，便笑向癡珠道：「我不想你做了陳最良。」這會秋痕妝掠也完，采秋取出便面，要秋痕畫出幾枝墨菊。接着，紫滄、瑶華同來。不一會，丹翚、曼雲也到。

於是大家呼觴賞菊。采秋道：「聽說秋痕酒令，要人家做破題，今天行個什麼令？」秋痕笑道：「聯句。」荷生道：「如今秋痕真要充起名家來，不是破題，便是聯句。」丹翚道：「這又何苦呢，快快活活喝酒不好？卻要抓頭挖耳的尋思。」采秋道：「看他出什麼題，我們想想着，也還有趣。」瑶華道：「我不耐煩幹這個營生。鳳姊姊、采姊姊，我和你發拳罷。」就和丹翚呼起五魁手、七子圖來，將手鐲振動得丁丁冬冬的響。

劍秋道：「發拳的發拳，聯句的聯句。秋痕，你怎不出題？」秋痕道：「我不出題，荷生、癡珠和采姊姊一個人寫一個字，鬥起來是什麼，便是個題。」荷生道：「這到新鮮有趣，我先寫罷。」秋痕道：「你不要急，到裏間寫去，等采姊姊、癡珠寫了，檢開來看。」於是荷生先寫，搓個紙丸，次是癡珠、采秋。秋痕一一展開，荷生是個「眉」字，癡珠是個「畫」字。荷生道：「妙呀，竟有這樣湊巧的好題目！」秋痕拈着采秋一丸道：「且慢歡喜，還有采姊姊一個字，不曉得對不對？」大家急着要看，秋痕展開，是個「山」字。小岑道：「蒲東有個峨眉原。」紫滄道：「四川有峨眉山。」癡珠道：「秦棧還有個畫眉關哩。」采秋道：「這『畫眉山』三字雖没現成，卻雅得狠，聯幾首七絶罷。」丹翬道：「我們不能。」采秋道：「讓你起句好麼？」小岑道：「倩代有罰，這例開了何如？」大家道：「好。」於是丹翬一面發拳，一面喝杯酒。小岑吟道：

「峨眉山上翠眉横，」

便接過：

「濃緑何年蘸筆成？」

秋痕道：「怎的兩句？」荷生道：「這一句是他自己的。」便接道：

「天亦風流似京兆，」

采秋搶着吟道：

「一彎着色有閒情。」

癡珠笑道：「狠有趣。第二首我起句罷。」就瞧着劍秋，説道：「你們不通是蛾眉班裏人物麼？」便吟道：

「杜家癡女亦惺惺，」

劍秋一笑，接道：

「不把長蛾鬥尹邢。」

大家寂然。采秋笑道：「那個接呢？」曼雲的拳輸了，想一會，吟道：

「誰取唐皇圖一幅，」

秋痕便接道：

「年年摹上遠山青。」

荷生拍案道：「好句！我喝一鍾酒。」采秋道：「秋痕妹妹真個聰明。」紫滄道：「你們不要聯，我竟得了一首，念給大家聽罷。」便高吟道：

「自是天公解愛才，美人死尚費栽培。
絳仙秀色瑩娘癖，都付誇娥守護來。」

荷生道：「好！」大家也同聲道：「好！」癡珠道：「我也有四句，湊成四首罷。」便吟道：

「無賴春風筆一枝，此中深淺幾人知？
可憐混沌初開竅，也仿風情號國姨。」

荷生笑道：「山膏如豚，厥性好罵，你又挖苦起人來。」癡珠道：「我講的是畫眉，何曾有心罵人？」秋痕道：「你只講畫眉，把山字全丟了。」癡珠道：「是極！我忘了。」紫滄道：「青出於藍，詩祖宗今天給人批駁得啞口無言了。」大家一笑，於是大家俱發拳轟飲，晚夕方散。

到得重陽前一日，秋痕又訂了癡珠、荷生、采秋三人小飲，鬮題分韻，每人七律一首。荷生拈個《菊燈》，詩是：

萬菊分行炫眼黃，燈燃猶自占秋光。

金英冉冉添佳色，寒穗亭亭散古芳。
老圃風微天不夜，疏籬月落焰生香。
内人分得隨花賞，星斗參横樂未央。

凝珠拈個《菊酒》，詩是：

漫向雲英乞玉漿，一樽菊酒進重陽。
清原本性休嫌淡，味到無言自有香。
老圃邀來千里月，芳樽釀出一籬霜。
白衣花外提壺勸，道是延年益壽方。

采秋拈個《菊糕》，詩是：

鎮日東籬采菊忙，爲修韻事到重陽。
團成粉餌三分白，占得清秋一味凉。
遮莫餐英同屈子，幾回題字笑劉郎。
家家筐榼相投遺，粲舌花開許細嘗。

秋痕拈個《菊枕》，詩是：

闌珊菊圃謝幽芳，收拾摒將貯錦囊。
一種芬留黄落後，十分秋占黑甜鄉。
遊仙有夢宜高士，連理多情戀晚香。
點點紅棋紋不滅，夜闌和月上藜床。

後來，癡珠又做了一篇《菊花賦》。賦云：

昨夜霜華釀小寒，扶持秋色上闌干。捲簾人比黃花瘦，腸斷西風李易安。昔偕帝女遊，今伴先生隱。梅瓣懶上妝，荷香留剩粉。四壁蟲吟一枕多，連天雁語重陽近。盈盈兮無賴，落落兮有神。涼月沉閣，傲霜絕塵。高還似我，淡如其人。玉宇瓊樓舊約，青娥素女前身。和雨和煙，不衫不履。碧玉樓前，仙韶院裏。穩重同山，輕柔比水。餐秀茹香，迷金醉紙。缸凝夜其不眠，影扶痕而欲起。清樽滿杯酌，插得滿頭多。滿頭勢欲落，落矣奈君何！長笛一聲銀漢潔，可憐往事休重說。年年歲歲此花開，此花開時人淒絕！

其《謝秋心院送菊》詩云：

柳門竹巷鬢飛鴉，翠袖寒天倚暮霞。
不去牽蘿補茅屋，攜鋤牆角種黃花。

選得黃花十種鮮，移來茶臼筆床邊。
遙知天女憐多病，散作維摩一榻禪。

深黃淺白鬥輕盈，別種分栽雅淡名。
怪底東籬陶處士，一篇爲汝賦《閒情》。

傲霜原不事鉛華，更與卿卿晚節誇。

不學四娘家萬朵，秋來吹折滿溪花。
因將兩塊青花石，一鐫賦，一鐫詩，嵌在月亮門左側。

重陽日，荷生是明經略請在彤雲閣登高去了。卻說李夫人自見秋痕之後，十分歡喜。是日重陽，秋痕也送了李夫人十盆菊，李夫人便買一大簍螃蟹，請癡珠、秋痕小飲，夫人和秋痕對局下棋。

癡珠看天色尚早，獨向呂仙閣而來。見萬井炊煙，遊人如蟻，傷孤客之飄零，念佳時之難再，因吟杜甫《九日》詩中「弟妹蕭條各何往，干戈衰謝兩相催」之句，不勝惘然。接着又吟道：「天下尚未寧，健兒勝腐儒。飄飄風塵際，何地置老夫！」又吟道：「將帥蒙思澤，兵戈有歲年。至今勞聖主，何以報皇天！」獨吟無賴，靠晚方到縣前街。平日愛吃螃蟹，今日肚子正饑，吃了四五樣菜，即上螃蟹，又未免多吃些。接着又是一盤油煠的菊花葉。癡珠混吃了這一陣，肚子覺得不好起來，向秋痕要個豆蔻吃下，也不見好。李夫人備下薄荷露茶，癡珠喝些，不上二更，便偕秋痕坐車回來秋心院。

這一夜，秋痕不脱衣服，殷勤扶侍。不想癡珠大瀉兩次，病就好了。秋痕次日卻大病起來，始只寒熱往來，頭暈不起。自九月起，到了十月，竟然臉色漸黄，肌膚日減，愈病愈恨，每向癡珠流淚道：「孽由自作，悔無可追！」癡珠百凡勸解，總不懂得秋痕是何苦楚，只覺李家禮貌都不似從前。爲着秋痕臥病，就也不説，只午間來與秋痕清談，二更天便走了。

一日飯後，西風片片吹，雨敲窗紙，但聽槐葉聲在庭砌下如千斛蟹湯湔沸，愁懷旅緒，一往而深。忽李夫人差人送來謖如信件，並有一封係致荷生的，信中備述采石磯勝仗及兩次用兵機謀。癡珠喜道：「謖如是個將材。只是這樣大捷，怎的邸抄還不見哩？」瞧完了信，便隨手作一柬帖，將謖如致荷生的一份信件，叫穆升送去大營。

一會，穆升回來，呈上荷生回柬並西安的信一大封。癡珠將荷生回柬拆開後，就將漱玉總封拆開，內是秦中諸友覆書，隨將漱玉的椷十餘頁先行展閱，道：

癡珠徵君執事：夏初行旆歸自成都，適弟有城南之役。讀留示手札並詩，知望雲在念，垂翼於飛，良用憮然！中秋既望，從留世兄處得七月初二來書，甫悉玉體違和，留滯途次。南邊兵燹，誰實爲之？而令吾兄故里爲墟，侍姬抗節！所幸陔蘭池草以及珍髦掌珠，均獲完善，則遠人當亦強自慰藉。人生非金石，愁城豈長生之國哉！總要吃力保此身在，其餘則有天焉。

萬庶常賜書，深怪吾兄龍性難馴，鋒芒太露；又以人才難得，囑弟爲作曹邱。嗟夫！庶常失辭矣。昔宋歐陽永叔有言：醫者之於人，必推其病之所自來，而治其受病之處。病之中人，乘乎氣虛而入焉。則善醫者不攻其疾，而務養其氣。氣實則病去，此自然之效也。今天下苶，然無復人氣，然則治其受患之處而與之更始奈何？曰：培元氣而已。自勢利中於人心，士大夫不知廉恥爲何事，以迎合爲才能，以恬嬉爲安靜，以貪暴濟其傾邪之欲，以賄賂固其攘奪之謀。坐此官横而民無所訴，民怨而上不獲聞，俾陰鷙險狠之徒，得以煽惑愚氓，揭竿而起。嗚呼！四郊多壘，此士之辱也。宜何如各出心肝，以湔國恥？而人心叵測，其鈍者驚疑狂顧，望風如鳥獸散；其黠者方且藉兵餉開銷，飽充囊橐，假軍功虛報，冒濫梯榮，而天下之氣靡然澌滅。嗚呼！亦知天下之氣則何以靡然澌滅哉？

古之君子，學足於己，足不出户，中外重之。是故道重勢輕，囂囂然以匹夫之卑與君相抗。降及後世，士各以所長取合當世，所求不過衣食而已。爲之上者，習知士之可以類致也，知名之可以牢籠天下，利之可以奔走天下也，於是徐示以抑揚，陰用其予奪，要使天下知吾意之所向而止。不取其定命之宏猷，而徒取其浮華之文藻；不勖以立身之大節，而但勖以僥倖之浮名。其幸而得者，率皆奔競之徒，迎合意旨，無有齟齬，恬嬉遷就，無事激昂，是妾婦之道也，是臧獲之才也。

嗟夫！士君子服習孔孟，出處進退，其關係世道輕重何如也？而乃以議妾婦者議之，馭臧獲者馭之，則宜其所得者，多寡廉鮮恥、阿諛順意，大半皆妾婦臧獲之流；而魁梧磊落之士，倔強不少挫者，遂困於橫轡，而苦於奮厲之無門。風氣安得不日靡，人心安得不思亂，而其禍寧有瘳與？

夫天下如此其滔滔也，有人焉，蹇蹇諤諤，不隨俗相俯仰，欲爲國家延此垂盡之氣，此何等胸次，何等魄力！國手者出，就此一線，厚以養之，血脈流通，膚革充盈，蹶然興矣。庶常翔步雲衢，習見人集於菀，而吾兄獨集於枯，遂竊非之，此自篤念故人之意。第憶先太傅嘗以吾兄及庶常爲吾家旗鼓，豈料其出見紛華而悅，以四十餘歲老庶常，有何勘不破，而亦人云亦云如此，天下事尚可問乎？尤可笑者，囑弟爲作曹邱，弟苦守邃園，足跡不出户外，與當世赫赫奕奕操魁柄者不通音問，何從説項？以從者學貫古今，庶常從朝官後，不修孔融之表，而致曹操之書，豈將以弟爲黄祖耶！軍興以來，白面書生心不辨菽麥，目不識之無，依草附木，雲蒸龍變，弟雖不肖，猶羞稱之。癡人説夢，迷離惝恍，其有劉道民之際遇乎？究竟所處，不過記室參軍。天下之亂亟矣，與其依人作計，成不歸功。敗且至於歸咎，何如攜妓東山，素爲名士，實亦不愧名臣也。

西北苦寒，太行尤甚。山中人有立志者，則肌膚實而心地堅樸，視輕佻便利者，不啻天壤。他日出而醫國，此皆籠中物也，願君留意焉。若航海南歸，此大失策。東越僻在海隅，與中原消息隔不相聞，縱有三顧之元德公，其如草廬寫遠何也！若爲定省計，則棣鄂眾多；若爲旨甘計，則田園已蕪。丈夫子盱衡當世事，努力道義，以報君親，窮達命也。娟娘大有仙意，聞諸道路，鴻飛冥冥，南朝普陀，西禮峨眉，或者五臺亦將有東來紫氣乎？是未可知。

弟頑鈍如恒，内人於舊臘得一男，近已牙牙學語，晚景只此差堪告慰。時事方艱，身家多故。保此身在，國家之元氣雖斷未斷，乾坤之正氣雖亡不亡。言不盡意，而詞已蕪，伏維垂鑒！

閲畢，説道：「良友多情，爲我負氣，只是我呢？」就嘆口氣，將書放下。復將衆人的信一一看過，擱在一邊。再將漱玉的書沉吟一會。

初寒天氣，急景催人，已是晚夕，就不去秋心院了。豈料是夜院裏竟鬧起一場大風波來！正是：

賞菊持螯，秋光正好。
屬國書來，觸起煩惱！

欲知後事如何，且聽下回分解。

第二十四回　三生冤孽情海生波　九死癡魂寒宵割臂

話說狗頭起先係與秋痕兄妹稱呼，後來入了教坊，狗頭便充個班長。在李裁縫意思，原想將秋痕做個媳婦。牛氏卻是不依：一爲狗頭兇惡，再爲不是自己養的兒子，三爲秋痕係自己拐來，要想秋痕身上靠一輩子。只自己上了煙癮，一天躺在炕上，不能管束狗頭得住。兼之秋痕掛念癡珠兩日不來，便叫狗頭前往探問，自然要假些詞色。又有李裁縫主他的膽，這狗頭便時時想着親近秋痕。無奈秋痕瞧出他父子意思，步步留心。狗頭實在無縫可鑽，愛極生恨，恨極成妒，便向牛氏挑唆起癡珠許多不是來。以此秋痕背地裏瑣瑣屑屑，受了無數縷聒，這也罷了。

十四日，荷生、小岑、劍秋都在愉園小飲。靠晚，便來秋心院坐了一會，癡珠不來，各自散了。秋痕陡覺頭暈，荷生去後，和衣睡倒。一會醒來，喚跛腳收拾上床，卻忘了月亮門，未去查點。睡至三更後，覺得有人推着床橫頭假門，那猧兒也不曉那裏去了，便坐起大聲喊叫。跛腳不應，那人早進來了，卻是狗頭。一口吹滅了燈，也不言語，就摟抱起來。秋痕急氣攻心，説不出話，只喊一聲：「怎的？」將口向狗頭膊上盡力的咬。狗頭一痛，將手擰着秋痕面頰。秋痕死不肯放，兩人便從床上直滾下地來。狗頭將手扼住秋痕咽喉，説道：「償你命罷！」

跛腳見不成事，大哭起來。李裁縫沉睡，牛氏從夢中驚醒，説道：「外面什麼事？」一面説，一面推醒李裁縫。

李裁縫就也驚醒，說道：「怎的？半夜三更，和丫鬟鬧！」急披衣服跳下床來，尋個亮，開了房門，取條馬鞭，大聲嚷人。見秋痕壓在狗頭身上，便罵道：「還不放手！」呼呼的向秋痕身上抽了幾鞭。牛氏披着衣服，一路趕來，說道：「什麼事？」狗頭早放了手，把秋痕推翻，自行爬起。牛氏已到，李裁縫扭住狗頭，嚷道：「這是怎說？」狗頭將頭向秋痕胸膛撞將下去，嚷道：「我不要命了！」牛氏見這光景，驚愕之至，接着嚷道：「你不要命，我女兒是要命呢！」李裁縫死命的拉住狗頭，兩人就滾在東窗下，將窗前半桌上玉花瓶碰跌下來，打得粉碎。

牛氏忙將蠟臺瞧着秋痕，見身穿小衫褲，仰面躺在地下，色如金紙，兩目緊閉。牛氏便嚎啕的哭起來，將頭撞着李裁縫，也在地下亂滾，聲聲只叫他償命。跛腳和那小丫鬟呆呆的站在床前看，只有打戰。廚房中兩個打雜和那看門的，都起來打探，不知何事。見一屋鼎沸，秋痕氣閉，便說道：「先瞧着姑娘再說罷！」一句話提醒牛氏，便坐在秋痕身邊，向打雜們哭道：「你看打成這個模樣，還會活麼！」狗頭見牛氏和李裁縫拚命，心上也有點怕，早乘着空跑開了。

這裏牛氏摸着秋痕，一聲聲的叫。打雜們從外頭沖碗湯，遞給牛氏，一面叫，一面把湯灌下。半晌，秋痕雙蛾顰蹙，皓齒微呈，回轉氣來。又一會，睜開眼，瞧大家一瞧，又合着眼，淌出淚來。牛氏哭道：「你身上痛麼？」秋痕不答，淚如湧泉。此時李裁縫安頓了狗頭，就也進來。牛氏瞧見，指天畫地，訶詬萬端。李裁縫不敢出氣，幫着兩個丫鬟將秋痕扶上床沿。

秋痕到得床沿，便自行向裏躺下，嚶嚶啜泣。打雜們退出。牛氏檢起地下的鞭，向李裁縫身上狠狠的鞭了一下。李裁縫縮着頭，搶個路走了。牛氏喚過丫鬟，也一人一鞭，說道：「快招！」兩個丫鬟遍身發抖，說道：「是……是……爺……爺叫……叫我不要關這……這月亮門，姑娘有……有叫喊，不……不准……准……」牛氏不待說完，揚起鞭跑出大罵道：「老狗頭！老娘今番和你算帳，撒開手罷！」李裁縫父子躲入廚房，將南廊小門拴得緊緊，由牛氏大喊大罵，兩人只不則聲。只可憐那門板無緣無故受了無數馬鞭。

且説癡珠早飯後，正吩咐套車，跟班忽報：「留大老爺來了。」原來子善數訪癡珠，都不相值。今日偶倒秋心院，不想牛氏正和李裁縫父子理論，見子善來了，便奔出投訴。子善也覺氣憤，坐定。秋痕知道了，喚跛腳延入，含淚説道：「求你告知癡珠。」只這一句，便掩面嬌啼，冰綃淹漬。子善也不忍看此狼狽，立起身來，説道：「你不必着急，我就邀他過來罷。」

看官！你道癡珠聽了此話，可是怎樣呢？當下神色慘淡，説道：「這也是意中之事，只我們怎好管他家事哩？」發怔半晌，又説道：「我又怎好不去看秋痕呢？」便向禿頭道：「套車！」禿頭回道：「車早已套得停妥。」癡珠不答，轉向子善道：「我如今只得撒開手罷。」便拉着子善，到了秋心院。

牛氏迎將出來，叨叨絮絮説個不休。癡珠一聲兒不言語。牛氏陪子善在西屋坐下。癡珠竟向北屋走來，見簾幃不捲，几案凝塵，就覺得有一種淒涼光景，與平常不同。未到床前，跛腳早把帳子掀開。秋痕悲慟，半晌咽不出聲來，癡珠心上也自酸苦。跛腳把一邊帳子鈎上，癡珠就坐在床沿。秋痕嗚咽半晌，暗暗藏着剪子，坐起，梗着聲道：「我一身以外儘是別人的，没得給你做個記念，只有這……」一邊説，一邊將左手把頭髮一扯，右手就剪。癡珠和跛腳拚命來搶，早剪下一大綹來。秋痕從此鬌髮鬑鬑矣！當下秋痕痛哭道：「你走罷，我不是你的人了！」癡珠怔怔的看，秋痕嗚嗚的哭。跛腳見此情狀，深悔自己受人指使，不把月亮門閉上，鬧出這樣風波，良心發現，説道：「總是我該死！」子善曉得癡珠十分難受，進來説道：「你這裏也坐不住，到我公館去罷。」這一夜，子善、子秀就留癡珠住下。

你道他還睡得着麼？大家去了，他便和衣躺下。自己想一回，替秋痕想一回，想着現在煩惱，又想着將來結局。忽然記起華嚴庵的籤和蘊空的偈來，想道：「這兩支籤、兩個偈，真個字字都有着落！我從七月起，秋心院、春鏡樓沒有一天不在心上，怎的這會纔明白呢？蘊空說得好：人定勝天，要看本領。我的本領不能勝天，自然身入其中，昏昏不自覺了。」又想道：「漱玉勸我且住并州，其實何益呢？我原想入都，遵海而南，偏是病了！接着倭夷入寇，海氛頓起，只得且住。爲今之計，趕緊料理歸裝，趁着謖如現在江南，借得幾名兵護送，就也走得到家。」左思右想，早雞聲三唱了。便自起來，剔亮了燈，從靴頁内抽出秋痕剪的一把青絲，向燈上瞧了又瞧，重復收起，天也亮了。

洗漱後便來看秋痕。纔入北屋，秋痕早從被窩裏斜着身掀開帳子：綠慘粉銷，真像個落花無言，人淡如菊。癡珠到了床沿，將帳接住，見秋痕着實可憐。秋痕拉着癡珠的手。說道：「這是我的前生冤孽，你不要氣苦。」癡珠將帳鈎起，坐下道：「你受了這樣荼毒，我怎的不慘？」秋痕坐起，說道：「天早得狠，你躺一會麼？」癡珠就和衣躺下。正是：

錦幃初捲，繡被猶堆；燕體傷風，雞香積露。矮墮綠雲之髻，欹危紅玉之簪。越客網絲，難起全家羅襪；麻姑搔癢，可能留命桑田！莫拿峽口之雲，太君手接；且把歌脣之雨，一世看來。

當下竟自睡了。到得醒來，已是一下多鐘。撞着牛氏進來，勸秋痕吃些飯，就將昨晚把狗頭攆在中門外、再不准他走秋心院一步，告訴癡珠。癡珠道：「如此分派，也還停妥。」牛氏道：「我如此分派，也爲着你，只是你也該替我打算。」秋痕見他嬤說起這些話，想道：「我命真苦！一波未平，一波又起。」便歪着身睡去了。癡珠只低着頭，憑牛氏叨嘮了半天，截住道：「這個往下再商量，今日且講今日事。」便向靴靿取出靴頁展開，檢得錢鈔，說道：「這十千鈔子你交給廚房，隨便備數碗菜，替我請留大老爺、晏太爺過來小飲。」牛氏瞧見鈔子，自然眉開眼笑去了。癡珠走到床沿，見秋痕側身向裏，便拉着道：「我今日要盡一天樂，不准哭。」不想秋痕早是忍着哭，給癡珠這一說，到哭出聲來。半晌，秋痕說道：「昨天我叫你走，你卻不走，必要受那婆子的腌臢氣，何苦呢？」癡珠強笑道：「我樂半天，去也不遲。」秋痕將頭髮一挽，嘆口氣道：「我原想拚個蓬頭垢面，與鬼爲鄰，如今你要樂，你替我掇過鏡臺來。」癡珠於是走入南屋，將鏡臺端入北屋。秋痕妝畢，喚跛腳和他孃要件出鋒真珠毛的蟹青線縐襖，桃紅巴緞的宮裙，自向床橫頭取一雙簇新的繡鞋換上。癡珠道：「這雙鞋繡得好工致！」秋痕橫波一盼，黍谷春回，微微笑道：「明日就給你帶上。」

正說着，子善、子秀通來了，癡珠迎入。見秋痕已自起來，而且盛妝，便不再提昨日的事。閒話一回。秋痕忽向癡珠道：「譬如我昨日死了，你怎樣呢？」癡珠怔了半晌，說道：「你果死了，我也沒法，只有跑來哭你一回，拚個千金市骨罷！」秋痕不語。子善道：「怎的你兩人這說這些話？」子秀道：「人家怕是說死，他兩個竟說得尋常了。」

一會，南屋擺上酒肴，四人入座。秋痕擎着酒杯道：「大家且醉一醉。」就喝乾了一杯酒。子秀道：「慢慢着喝。」癡珠道：「各人隨量罷。」端上菜，秋痕早喝有七八杯。大家用些菜，秋痕道：「我平日不彈琵琶，今日給癡珠盡情一樂。」便喚跛腳取出琵琶，彈了一會，背着臉唱道：

「手把金釵無心戴，面對菱花把眉樣改。可憐奴孤身拚死無可奈，眼看他鮮花一朵風打壞。猛聽得門兒開，便知是你來。」

秋痕唱一字，咽一聲。末了，回轉頭來，淚盈盈的瞧着癡珠，到「是你來」三字，竟不是唱，直是慟哭了。癡珠起先聽秋痕唱，已是淒淒楚楚，見這光景，不知不覺也流下淚了。就是子善、子秀也陪着眼紅，便向秋痕道：「你原說要給癡珠盡情一樂，何苦哭呢？」癡珠破涕，讓兩人酒菜，也說道：「秋痕，你不必傷心了。」秋痕忍着哭，把一杯酒喝了，來勸子善、子秀。其實悲從中來，終是強爲歡笑。四人靜悄悄的清飲一回。此時是初寒天氣，到二更天，北風栗烈，就散了席。

癡珠原欲回寓，見秋痕如此哀痛，天又颾風，就也住下。秋痕留一壺酒，幾碟果菜，端入北屋，催丫鬟收拾，把月亮門閉上，燒起一個火盆，吩咐跛腳去睡。然後兩人卸下大衣，圍爐煮酒。秋痕道：「今夜颾風，差不多七月廿一那般利害。咳！我兩人聚首，還不上三個月哩。我起先要你替我贖身，此刻你是不能，我也知道。只我終是你的人……」癡珠喝了半杯酒，留半杯遞給秋痕，嘆口氣道：「你的心我早知道，只我與你終久是個散局。」秋痕怔怔的瞧着癡珠，半晌說道：「怎的？」癡珠便將華嚴庵的籤、蘊空的偈，並昨夜所有想頭，一一述給秋痕聽了。秋痕聽一句，吊下一淚。到癡珠說完了，秋痕不發一語，站起身來走出南屋，回來就坐，說道：「千金市骨，你這話到底是真是假？」癡珠道：「我許你，再没不真。」秋痕道：「癡珠，你聽！」突的轉身向北窗跪下，說道：「鬼神在上，劉梧仙負了韋癡珠，萬劫不得人身！」

這會風颾得更大，月都陰陰沉沉的，癡珠驚愕。秋痕早起來，說道：「你喝一杯酒。」一面說，一面扎起左邊小袖，露出藕般玉臂，把小刀一點，裂有八分寬，鮮血流溢。癡珠蹙着雙眉道：「這是何苦呢？創口大了，怕不好。」秋痕不語，將血接有小半杯，將酒沖下，兩人分喝了。趕着取塊絹包裹起來，停了一停，窗外淅淅瀝瀝的下起雨來。秋痕喜道：「我這會狠喜歡，我們兩心如一，以後這地方你也不必多來，十天見一面罷。每月許他們的錢，儘可不給。至我總拚一個死，到那一天是我死期，我就死了。萬有一然，他們回心轉意，給我們圓成，這是上天憐我，給我再生，我也不去妄想。」癡珠道：「這……你一段的話，大有把握？」於是淺斟低酌，款款細談，盡了一壺酒，然後安寢。正是：

涕泗滂沱，止乎禮義；

信誓旦旦，我哀其志！

欲知後事，且聽下回分解。

花月痕全書卷七終

花月痕全書卷八

第二十五回　影中影快談紅樓夢　恨裏恨苦詠綺懷詩〔一〕

話説大營日來得了河内土匪警報，經略調兵助剿。籌餉議防，雖荷生布置裕如，然足跡卻不能離大營一步。到得這日，正想往訪癡珠，同赴愉園，卻見青萍呈上一椷，説是韋師爺差人送來的。荷生拆開，是一幅長箋，斜斜草草，因念道：

「天上秋來，人間春小。歡陪燕語，每侍坐於蓉城；隊逐凫趨，屢分餐乎麻飯。萍蹤交訂，棣萼情深，感激之私，只有默祝佛天，早諧仙眷而已。秋痕命不如人，揶偏有鬼；執事以英雄眼，爲慈悲心，拔諸九幽，登之上第，披雲見日，立地登天。旁觀喜尚可知，當局心如何快。然酒闌燈灺，秋痕宛轉悲歌，令人不忍卒聽。蓋狂且之肆毒，無復人理，非不律所能詳也。近以傾心於我之故，慘遭毒棍，冤受剝膚。」

便愕然道：「怎的？」又念道：

「嗟乎！一介弱女，落在駔儈之手，習與性成，恐已無可救藥。乃身慚璧玷，心比金堅，毅然以死自

〔一〕「恨裏恨苦詠綺懷詩」，「苦詠」總目作「高詠」。

誓。其情可憫，其志可嘉。」

便説道：「秋痕自然有此錚錚！」又念道：

「而走也七尺之軀，不能庇一女子，胡顔之厚？無可解嘲，爲詠『多情自古空餘恨，好夢由來最易醒』之句，於我心有戚戚焉。或乃以《風雷集》見示，且作書規戒。」

便説道：「那個呢？」又念道：

「古道照人，落落天涯，似此良友，何可多得！弟日來一腔恨血，無處可揮；兼之鼠輩媒孽，意中人咫尺天涯！」

便説道：「竟散了麼？」又念道：

「因思采秋福慧雙修，前身殆有來歷，得足下寵之，愈增聲價；從此春窺圓鏡，鐘聽一樓，無復有紅塵舊跡矣。苦我一領青衫，負己負人，且貽禍焉。時耶？命耶？尚復何言！咄咄書空，琅琅雪涕，直此生之結局，匪好事之多磨。悵無復之，鬱將誰語？念春風之噓植，久辱公門；纘彭澤之孤芳，幸垂聽聽。某日某白。」

念畢，説道：「好尺牘！只教我怎樣呢？」因作個覆書，喚青萍交給來人去了。就吩咐套車，向愉園來。將這四日情事略説一遍，便從靴頁檢出癡珠的字，遞給采秋。采秋瞧着，自也驚訝嘆息，因説道：「我原説要起風波。」荷生道：「這樣風波我也經過數處，實是難受。我的覆信，念給你聽：

來示讀悉，悲感交深。我輩浪跡天涯，無家寥落，偶得一解人，每爲此事心酸腸斷。不才寄贈荔香仙院諸詩，早經披覽，此中之味，惟此中人知之，不足爲外人道也。蒼蒼者天，帝不可見，閶不可登，何從上達綠章，爲花請命？憶舊作有《浪淘沙》小詞一闋云：『春夢正朦朧，人在香中。樹頭樹底覓殘紅。

只恐落花飛不起，辜負東風。』正謂此也。所幸秋痕鐵中崢崢，以死自誓。或者情天可補，恨海能填，解將鸜鵒之絲，放入鴛鴦之隊；他日之完美，可償此日之艱辛。有志者好自爲之而已。弟與采秋，情性相投，綢繆已久，雙棲之願，彼此同之。弟恐後事難期，空花終墜；蘭因絮果，一切茫茫。况遠遊王粲，蹤跡如萍；半老秋娘，光陰似水；伯勞飛燕，刻刻自危。所恃者區區寸心，足以對知己耳！不日采秋將歸鄉里，弟滿腔離緒，無淚可揮；正擬相邀前往春鏡樓一敍，乞即命駕。筆不盡意，容俟面陳。」

采秋不待聽完，早秋水盈盈，吊下淚來。末後荷生也覺得酸鼻，幾乎念不成字，便都默然。紅豆只得含笑道：「爺和娘替人煩惱，怎的自己先傷心呢？」荷生正要説話，小丫鬟傳報：「韋師爺來了！」便迎着上樓。癡珠神氣，日來自然不好，瞧着荷生、采秋，也不似往時神采。三人這會都像有萬千言語，不知從何説起。只大家紅着眼眶讓坐。還是采秋忍着淚説道：「四天没見面，兩家都有點煩惱。」癡珠勉強作笑道：「此等煩惱，其實是意中事，並非意外。」荷生含淚道：「癡珠通極！天下之物，聚則生蠹，好則招魔。我們聰明有什麽見不到的道理？只是未免有情，一把亂絲，慧劍卻斬不斷哩！」采秋道：「這事我們總要替他圓成纔好呢。」荷生道：「大難，大難！采秋，你不看你嬷麽？」采秋支頤不語。

停了一停，癡珠噙着淚説道：「『人生豔福，春鏡無雙』。你兩個終是好結局，不似我『黄花欲落，一夕西風』！」荷生道：「你這四句是那裏得來？」癡珠就將華嚴庵的籤、藴空的偈，也一一講給兩人聽了。兩人口裏詫異，心中卻着實喜歡，談笑便有些精神起來。

不一會，丫鬟掌上燈，擺出酒肴，三人小飲。到了二更，穆升帶車來接。癡珠正待要走，卻颳起大風，飛沙揚礫，吹得園中如萬馬奔馳一般。荷生道：「這樣大風，怎樣走的？而且一人回去，秋華堂何等寂寞！我兩人情緒今日又是無聊，何不煮茗圍爐，清談一夜？」采秋道：「我教他們備下攢盒，將這些菜都給他們端去，我們慢慢作個長夜飲罷。」荷生、癡珠俱道：「好極！」

當下穆升回去。樓上約有一下多鐘，三人便淺斟細酌起來。大家參詳華嚴庵籤語，就說起《紅樓夢》散花寺鳳姐的籤。癡珠因向采秋道：「我聽見你有部批點《紅樓夢》，何不取出給我一瞧？」采秋道：「那是前年病中借此消遣，病好就也丟開，現在此本還擱在家裏。」癡珠道：「《紅樓夢》没有批本，我早年也曾批過。後來在杭州舟中見部批本，係新出的書，依文解義，没甚好處。這兩部書如今都不曉得丟在那裏去了。你且説《紅樓夢》大旨是講什麽？」

采秋道：「我是將個『空』字立定全部主腦。」癡珠道：「太虛幻境、警幻仙姑，此也儘人知道。你怎樣説這『空』字呢？」采秋道：「人家都將寶、黛兩人看作整對，所以《後紅樓》一書，要替黛玉伸出許多憤恨。至《紅樓補夢》《綺樓復夢》，更説得荒謬，與原書大不相似了。我的意思，這書只説個寶玉，寶玉正對，反對是個妙玉……」癡珠不待説完，拍案道：「着！着！賈瑞的風月寶鑒，正照是鳳姐，反照是骷髏，此就粗淺處指出寶玉是正面，妙玉是反面。人人都看《紅樓夢》，難爲你看得出這没文字的書縫！好是我批的書没刻出來，不然，竟與你雷同。」

荷生笑道：「你兩人真個英雄所見略同了。只是我没見過你們批本，卻要請教：你們尋出幾多憑據？」采秋道：「我的憑據卻有幾條：妙玉稱個『檻外人』，寶玉稱個『檻内人』；妙玉住的是櫳翠庵，寶玉住的是怡紅院；後來妙玉觀棋聽琴，走火入魔；寶玉抛了通靈玉，着了紅袈裟，回頭是岸。書中先説妙玉怎樣清潔，寶玉常常自認濁物；不想將來清者轉濁，濁者極清！」癡珠嘆一口氣，高吟道：「一失足成千古恨，再回頭是百年身。」隨説道：「你這憑據，我也曾尋出來。還有一條，是櫳翠庵品茶説個『海』字，也算書中關目。就書中賈雨村言例之：薛者，設也；黛者，代也。設此人代寶玉以寫生。故『寶玉』二字，『寶』字上屬於釵，就是寶釵，『玉』字下繫於黛，就是黛玉。釵、黛直是個子虛烏有，算不得什麼。倒是妙玉算是做寶玉的反面鏡子，故名之爲『妙』。一尼一僧，暗暗影射，你道是不是呢？」采秋答應。荷生笑道：「好好一部《紅樓》，給你說成尼僧合傳，豈不可惜？」說得癡珠、采秋通笑了。

癡珠隨說道：「色即是空，空即是色。」便敲着桌子朗吟道：

「銀字箏調心字香，英雄底事不柔腸？
我來一切觀空處，也要天花作道場。
《採蓮曲》裏猜憐子，叢桂開時又見君。
何必摇鞭背花去？十年心已定香薰。」

荷生不待癡珠吟完，便哈哈大笑道：「算了，喝酒罷。」說笑一回，天就亮了。

癡珠用過早點，坐着采秋的車，先去了。午間得荷生柬帖云：

頃晤秋痕，淚隨語下，可憐之至！弟再四解慰，令作緩圖。臨行囑弟轉致閣下云：「好自養靜。耿耿此心，必有以相報也。」知關錦念，率此布聞，並呈小詩四章求和。

詩是七絕四首，云：

花到飄零惜已遲，嫣紅落盡最高枝。
綠章不爲春陰乞，願借東風着意吹。
茫茫情海總無邊，酒陣歌場已十年。

剩得浪浪滿襟淚，看人離别與團圓。
四弦何用感秋深，淪落天涯共此心。
我有押衙孤劍在，囊中夜夜作龍吟。
並蒂芙蕖無限好，出泥蓮葉本來清。
春風明鏡花開日，僥倖依家住碧城。

癡珠閲畢，便次韻和云：

無端花事太淩遲，殘蕊傷心剩折枝。
我欲替他求淨境，轉嫌風惡不全吹。
蹉跎恨在夕陽邊，湖海浮沉二十年。
駱馬楊枝都去也，……

正往下寫，禿頭回道：「菜市街李家着人來請，説是劉姑娘病得不好。」癡珠驚訝，便坐車赴秋心院來。

秋痕頭上包着縐帕，趺坐床上，身邊放着數本書，凝眸若有所思，突見癡珠，便含笑低聲説道：「我料得你挨不上十天，其實何苦呢？」癡珠説道：「他們説你病着，叫我怎忍不來哩？」秋痕嘆道：「你如今一請就來，往後又是糾纏不清。」癡珠笑道：「往後再商量罷。」自此癡珠又照舊往來了。是夜癡珠續成和韻，末一章有「博得蛾眉甘一死，果然知己屬傾城」之句，至今猶誦人口。

且說荷生此時軍務稍空，緣劍秋家近大營，便約出來同訪癡珠，說是到縣前街去了。禿頭延入，荷生就坐在書案彌勒榻上，隨手將案上書一翻。見兩張素紙的詩，題寫《綺懷》，便取出和劍秋同看。荷生朗吟道：

「等閒花事莫相輕，霧眼年來分外明。
弱絮一生惟有恨，空桑三宿可勝情。
漫言白傅風懷減，休管黄門雪鬢成。
十二闌干斜倚遍，捶琴試聽懊儂聲。

雙扉永晝閉青苔，小住汾堤養病來。
幾日藥爐愁奉倩，一天梅雨惱方回。
生無可戀甘爲鬼，死倘能燃願作灰。」

荷生皺着雙眉道：「非常沉痛！」又吟道：

「不信羈魂偏化蝶，因風栩栩上妝臺。
猶憶三秋識面初，黄花開滿美人居。
百雙冷蝶圍珊枕，廿四文鴛護寶書。」

劍秋笑道：「此福難銷。」荷生又吟道：

「瑣屑香聞紅石竹，淤泥秀擢碧芙蕖。
靈犀一點頻相印，笑問南方比目魚。

暮鴉殘柳亂斜陽，北地胭脂總可傷！
鳳跨空傳秦弄玉，蝶飛枉傍楚蓮香。
誰將青眼憐秋士？竟有丹心嘔女郎；
雲鬢蓬鬆梳洗懶，爲儂花下試新妝。

果然悦己肯爲容，珠箔搴來一笑濃。
長袖透遲眉解語，弓鞋細碎步留蹤。
雪兒板拍歌三疊，雲母屏開廠一重。
生死悠悠消息斷，清風仿佛故人逢。

綠采盈襜五日期，黄蜂紫燕莫相疑。
香閨緩緩雲停夜，街鼓鼕鼕月上時。
情海生波拚死别，寒更割臂有燈知。
憐才偏是平康女，懶向梁園去賦詩。」

劍秋道：「巫峽哀猿，無此淒苦！」荷生道：「這是實事，你曉得麽？」劍秋道：「采秋早和我説了。」荷生道：「我舊句云『紅粉憐才亦感恩』，也是這個意思。」又吟道：

「夜闌燈灺酒微醺，苦語傷心不可聞。

塵夢迷離驚鹿幻，水心清濁聽犀分。
酬恩空灑襟前淚，抱恨頻看劍上紋。
鳳伴鴉飛鴛逐鴨，豈徒鶴立在雞群。

北風颯颯緊譙樓，翠袖天寒倚竹愁。
鸚鵡籠中言已拙，鳳凰篋裏夜驚秋。
好如豆蔻開梦尾，妒絶芙蓉豔並頭。
集蓼茹荼無限痛，蘼蕪采盡恨難休。

長生恨不補天公，手執紅梨夢也空。
滚滚愛河沉弱羽，茫茫孽海少長虹。
琴心綿渺低徊裏，笛語悠揚往復中。
我亦一腔孤憤在，此生淪落與君同。

眉史年來費撫摩，雙修雙謫竟如何？
玉臺香屑都成恨，鐵甕金陵不忍過。
紅粉人皆疑命薄，藍衫我自患情多。
新愁舊怨渾難説，淚落尊前定子歌。

玉人咫尺竟迢迢，翻覺天涯不算遥。
錦帳香篝頻入夢，枕屏衾鐵可憐宵。
丁香舌底含紅豆，子夜心頭剝綠蕉。
準備臨歧萬行淚，異時夠得旅魂銷。」

說道：「地老天荒，何以遣此？」又吟道：

「萍水遭逢露水緣，依依顧影兩堪憐。
繭絲逐緒添煩惱，柳線隨風作起眠。
雙淚聲銷《何滿子》，落花腸斷李龜年。
早知如此相思苦，悔着當初北里鞭。」

劍秋道：「親朋盡一哭矣！」

荷生不語，磨墨蘸筆，就紙尾寫道：「情生文耶？文生情耶？似此等作，竟不可以詩論。即以詩論，亦當駕玉溪生而上之，遑問《疑雨集》耶？荷生拜服。」遞給劍秋，又取一幅素箋，題詩八絕，云：

鳳泊鸞飄事總非，新詩一讀一沾衣。
如何情海茫茫裏，忽拍驚濤十丈飛？

生太飄零死亦難，早春花事便催殘。
罯花我亦傷心者，如此新詞不忍看。

西山木石海難填，彈指春光十八年。
爲囑來生修福慧，姓名先注有情天。

小別傷懷我亦癡，寒宵抱病已多時。
煩君再譜旗亭曲，付與陽關一笛吹。

芙蓉鏡裏影雙雙，芳訊朝朝問綺窗。
輸我明年桃葉渡，春風低唱木蘭艭。

灞陵橋畔柳絲絲，記別秦雲又幾時。
銷盡豔情留盡恨，人天終古是相思。

滄溟到眼屢成田，世事紛紛日變遷。
但願早儲新步障，看君金屋貯嬋娟。

偶將筆墨寫溫柔，塗粉搓酥樂唱酬。
畢竟佳人還有福，與君佳句共千秋。

末書「荷生信筆」。

劍秋吟了一回，説道：「我也題兩絶罷。」荷生道：「好極！你來寫。」便站起身，讓劍秋坐下。只見劍秋提筆寫道：

花片無端墜劫塵，紅樓半現女郎身。
夢中彩筆懷中錦，都作纏頭贈美人。

煙月飄零未可知，開函紅豆子離離。
書生合受花枝拜，憔悴蕭郎兩鬢絲。

劍秋題畢，也遞給荷生瞧，笑道：「我没有你們洋洋灑灑的筆才。」荷生道：「這兩首詩就好。」於是坐一會，癡珠總不見來，兩人就走了。林喜開着屏門，見門上新貼一聯云：

息影敢希高士傳，絶交畏得故人書。

荷生笑道：「癡珠總是這種脾氣。」劍秋道：「不這樣也配不上秋痕。」兩人一笑，分路而去。正是：

紅樓原一夢，轉眼便成空。
只有吟箋在，珍藏客笥中。

後事如何，且聽下回分解。

第二十六回　彤管生花文章有價　圍爐煮雪情話纏綿〔一〕

話説二十六日，係明經略冬閲之期。先期，荷生吩咐搭個綵棚，掛上珠簾，攜采秋赴教場，看了一日。是晚，荷生回營辦事去了，采秋自歸愉園。

此時夜漏初長，采秋擁篝獨坐，忽想起庾子山《華林園馬射》的賦來，默誦一遍，卻忘了數句。教紅豆檢出，看了一看，就也撂開。和衣上床躺去，合着眼，只睡不着，便想摹仿做個《并門孟冬大閲》的賦，想了一會，就有了開首序語一段。因坐起來，喚香雪印一銀合香篆，慢慢的爇起。恰好紅豆泡上一碗龍井茶，頓覺助興。教紅豆端了筆硯，隨便取一張素紙，就在燈下作了一序一賦，約有一千餘字。差不多兩下鐘，纔收拾去睡。

次日妝罷，覺得晨熹黯淡，移步簾外，見雲光叵匝，雪意溟濛。因進來閉着風門，向北窗坐下，取出賦稿，修飾一過。適有荷生習楷的白摺堆在案頭，隨手取一本，卻已套有印格，便磨墨蘸筆，作起楷來。紅豆在旁伺候，頻頻遞着茶湯，撥着爐火。不一會，早謄完了。喜是没錯一字，含笑向着紅豆道：「我倘變個男

〔一〕「圍爐煮雪情話纏綿」。「情話纏綿」總目作「情話生春」。

子，去做這些應制功夫，就也不准荷生旁若無人了。」正在得意，只見香雪上來回道：「歐老爺、梅老爺來找爺，看門的告訴他爺没有來，他卻進來，在客廳坐着。娘還見他不見？」采秋道：「你請他船房坐罷。」

一會，采秋出見。原來兩人是爲着他會榜的座師是個古文家，明年七十壽誕，要求荷生替他做一篇散行壽序。采秋道：「荷生這兩天怕不得空，我替你薦一個好手筆罷。」小岑道：「是誰？」采秋道：「癡珠不好麼？」劍秋道：「算了，我就是從他那裏來。他說是奇特的人墓誌家傳，他纔肯下筆。似此應酬文字，他自己要用，也須倩人。你還薦他麼？」采秋笑道：「他現辦的席面，不通是應酬筆墨麼？」小岑道：「他那裏有辦一個字？通是那兩個幫手胡弄局。」采秋道：「癡珠這種孤癖，真也不對。讀書做人都到那高不可攀的地位，除了我們，怕就没人賞識他了。」劍秋笑道：「我們還配？他說一家骨肉，四海賓朋，都不是他真知己；只秋痕，說他『不是此刻世界上的人』，是他真知己。」采秋道：「這也真話。五石之瓠，大而無當；拳曲支離之木，匠氏過而不顧。這四句就做得癡珠後來的傳贊了。」

此會北風大作，劍秋道：「閒話休題，荷生今天想是不來，我們還訪他去罷。」采秋道：「我有個拜盒寄給荷生，你教跟人替我帶去罷。」劍秋道：「你喚丫鬟取去。我怕下雪，要走了。」采秋道：「我去就來。」說着，便由靠北蕉葉門進去。半晌，香雪捧個洋漆描金小拜盒，並個紅紙小封，交給跟人，兩人就走了。

這裏荷生收過拜盒，將兩人延入，自將來意說了。荷生也薦癡珠，小岑含笑把前話一一告訴。荷生也覺好笑，不得已，即行答應。兩人坐一會，從炕上玻璃窗内望見後院同雲密布，便趕着走了。

荷生到了裏間，將愉園寄來小封拆開，是把小鑰匙。就打開小拜盒，卻是一本白摺。取出展開，見蠅頭小楷寫得勻整得狠，卻是一篇賦，笑吟吟的誦了一遍，攜到書案上，密圈細點，諷詠數遍。瞧着表，早是二下多鐘。便喚青萍，吩咐套車，趕向愉園。采秋迎上樓來，荷生道：「好手筆！」采秋笑道：「不要謬贊，替我看了没有？」荷生道：「我僭易數字，和你商量看，好不好？」一面説，一面叫人將拜盒攜入，遞給采秋。采秋檢出瞧一瞧，笑道：「你易了數字，通好。只是何苦這樣濫圜！」荷生正要答應，樓下小丫鬟報説：「韋老爺、洪老爺過來。」

荷生、采秋迎到梯邊。紫滄道：「天冷得狠。」荷生道：「要下雪哩。」癡珠上了扶梯，向荷生説道：「那天失迎，你和劍秋就留得好詩。」采秋道：「你的和作也好。」癡珠道：「你見過麽？」荷生指着東壁道：「那不是。」紫滄瞧那兩張色箋上寫的題是《次綺懷詩題後原韻，並質春鏡樓主人》，詩是七絶八首，因念道：

「笠篌朱字是邪非，裙布連朝理嫁衣。
一洗紅顔磨蝎恨，鏡鸞指日看雙飛。

修到寒梅此福難，陽春獨自占冬殘。
江郎一手生花筆，可作金鈴十萬看。

學唱懊儂譜偶填，可憐春恨竟年年。
勞君惜翠留佳句，一笑鶯花醉夢天。

鍾情苦我賣多癡，菜市街頭月上時。
一掬靈均香草淚，玉參差好爲誰吹？」

説道：「好句似仙。」又往下念道：

「涉江花影蘸雙雙，水部詩心豔綺窗。
他日春風蓉鏡下，泮泂得意理歸艭。

年來客鬢漸成絲，走馬胭脂異昔時。
儘有驚鴻與平視，感甄未敢賦陳思。」

說道：「押『思』字好得狠。」荷生道：「癡珠才大如海，他稿裏次韻之作，還有洋洋大篇三疊四疊的。」癡珠道：「我送給你八本詩稿，你通看過麼？」荷生道：「我瞧是瞧了一遍，下筆的纔有一半。大約就中可存的什有六七，我慢慢替你去取罷。」癡珠道：「好極！你和采秋通要給我一篇序。」采秋道：「我也配替人作序？」

這裏紫滄正念第七首的詩是：

澄波蓮葉自田田，絶好清娛侍馬遷。
靈氣只今巾幗萃，相如才調女嬋娟。

荷生道：「女相如今日竟有一篇《羽獵賦》，采秋，你取給他瞧罷。」采秋道：「我是個邯鄲學步，算不了什麼。」此時窗外沙沙的響，早一陣陣撒起玉屑來。紫滄念完第八首是：

朔雪初晴鳥語柔，文園病起且勾留。
秦雲塞草燕支月，落落青衫已十秋。

笑道：「纔說雪晴，天卻又下了。」就也過來，和癡珠同看這本白摺寫的賦。見書法珠圓玉潤之中，另有一種飄飄欲仙丰致，早贊不絶口。癡珠念道：

「古者司馬之職，中冬大閲而狩田；睢鳩之官，十月順時而講武。白旗秋載，駕月令之七騶；黄竹寒吟，乘風馳之八駿。狩歌甫草，弓矢斯張；獵校上林，韎韐有奭。莫不武節飈逝，協氣旁流；期門清塵，野廬掃路。封圻所掌，著爲令典已。我國家之命將也，詩詠《出車》，禮隆推轂。國士之壇既拜，將軍之閫遂開。君子有穀，元老壯猷。功炳於三燹之師，化穆乎七旬之格。豈特桓桓夫子，赳赳武夫，學萬人之敵，作萬里之城云爾哉！

經略以椒房懿戚，珂里世臣，督師河上，駐節并州。功德享乎燕詒，勛名圖於麟炳。接雲中之雉尾，踵車後之鷹揚。寇准藉以撫循，韓琦坐而靜鎮。抒籌邊之偉略，宣專閫之靈威。漕轉關中，蕭何裕本根之計；寇窮淮上，王景足控馭之謀。然猶謙德自撝，公忠日懋；吐哺握髮，延覽英雄；鞠旅陳師，日閒輿衛。所以幕府得一時之人傑，軍佐皆絕代之將才。

往歲秦中逆回滋事，經略畛域之心不設，水火之救彌勤。親率精兵，日馳百里，驚砂入面，堅冰在鬚。先聲遠樹，銅馬聞羽檄而降；一夕成功，回鶻望令公而拜。潼關日麗，硤石雲屯，東行匝月之勞，西土萬家之福。豈止營屯細柳，媲美條侯；芟憩甘棠，興歌召伯？固已陸讋水慄，泥首於畏威；海澨山陬，銘心於飽德也。

於時元英應律，丹鳥司晨，塞草雲黃，劍花霜白。經略乃擁元狐，駕黑駱，臨於講武之場。千乘雷動，萬衆鳧鬻，羽蓋風張，牙旗雪捲。佽飛則虎幄遙開，扈從則豹房晨啟。乃下令大操：香霏步障，異金谷之名園；會集兜鍪，同華林之習射。雁翎掠地，鷹架插天。集六部之良家，奮兩河之壯士。列陣分屯，旗翻豆綠；分朋別隊，襦映梅紅。於是布鴛鴦之陣，揚翡翠之旌，馳唐公之驌驦，萃華元之犀兕。遊陟雲林，周歷煙渚。山谷爲之風飆，林叢爲之塵土。銅鼓鼉鳴，鐵衣蟻聚。賜賚之錦霞堆，論賞之錢山積。《長楊》所不能賦，《羽獵》所不能詳也。既而槐蔭禮成，汾堤日暮；鸞鶴歸林，煙雲擁樹。玉顏微霽，賓從咸怡；戎政既修，景福爰集。某也與寓目焉，因敬謹以陳詞，願雍容而獻賦。

其辭曰：榆關春小，董澤秋闌。霜烏依日，塞雁驚寒。草枯玉砌，花冷金鞍。修故典於良月，閱技勇於材官。經略乃選天駟，駕雲軿，涼生晉水，路出汾川。一條徑軟，萬騎聲闐。坡平草薙，林爽風穿。疏槐漏日，殘柳凝煙。彩仗共枌榆相映，和鸞與簫管齊宣。天開錦幄，地遍花氈。將舉烽而代鼓，先警眾以鳴鞭。鳧藻心傾，歡虞情暢。炮石雷轟，戟門風壯。翠葆成圍，蜂旗疊障。刁斗無聲，軍書高唱。東西組甲之兵，左右繡袍之將。無何鷹隼飛騰，熊羆馳突，陣結連環，彩高仗鉞；散爲蝴蝶，五花八門，團作鴛鴦，春雲秋月。耳目紛其陸離，神采飛而煥發。矯如戲水之龍，健若摩天之鶻；香塵辟易以飛揚，電影奔馳而滅沒。三驅竣事，三耦升堂；彎弧落雁，破的穿楊。懸熊正設，畫虎侯張，星流雨集，走潛飛翔。鵠暈圓而月皎，堋雲破而風揚。步射禮終，馬馳綺陌。弓勁有聲，蹄輕無跡。獅花奮而揚鑣，猿臂撐而射石。貫轂之矢紛投，織錦之韉絡繹。控玉勒而星搖，擁雕弓而霧積。乃有漢家飛將，塞上雄才，班師馬邑，罷戰龍堆。曾建功於絕域，得侍從於層臺。技能貫虱，令慣銜枚。恰彎弓而滿月，倏噪鼓而驚雷。樂工告闋，賚賜初行；銅山合徙，錦市俱傾。壯表裏河山之色，慰就瞻雲日之情。石樓霞爛，繡壤風清。惟順時而布政，乃樂備而禮成。眷回車而言邁，祝景福之時呈。」

紫滄説道：「研《都》煉《京》，錦心繡口。」癡珠道：「班倢伃歌扇，鮑令暉賦茗，對此麟麟炳炳之文，能無愧色？」采秋道：「你們總是説好。其實算是我作的，自然不好也好。倘説是你們孝廉、茂材做的，就也平常了。」癡珠忽然半晌不語，卻高吟杜詩《冬狩行》道：「飄然時危一老翁，十年厭見旌旗紅。喜君士卒甚整肅，爲我回轡擒西戎。草中狐兔盡何益，天子不在咸陽宮。朝廷雖無幽王禍，得不哀痛塵再蒙。嗚乎！得不哀痛塵再蒙！」竟灑涕冒雪走了。

荷生曉得癡珠别有感觸，送出大門回來，嘆道：「古之傷心人！」因也吟杜詩道：「玉觴淡無味，胡羯豈強敵？長歌激屋梁，淚下流衽席。」采秋接着道：「志士幽人莫怨嗟，古來才大難爲用。」就留紫滄小飲，到二更天，值雪少止，坐車而去。

荷生送了紫滄，倚在水榭西廊欄杆上，領略一番雪景。真個瓊裝世界，玉琢樓臺。因觸起癡珠稿中的詩句，吟道：

「飛來别島住吟身，玉宇瓊樓證淨因。
如此溪山如此雪，天公端不負詩人。」

正欲回步，驀見采秋到了跟前，説道：「怎的半天不進去，卻站在雪地裏吟詩？」荷生從雪光中瞧采秋披件大紅哆羅呢的斗篷，越顯得玉骨珊珊，便攜着手道：「你看這水榭，不就是海上的瑶島麽？我真欲終老是鄉，不必别求白雲鄉矣。」采秋道：「你喝了酒，這一陣陣的朔風撲面吹來，寒冷異常，進去罷。」

此時紅豆提一盞荷葉燈也來了，就引着兩人慢慢步上樓來。香雪向銅爐内添些獸炭。荷生高興，教紅豆掬了一銅盆的雪，取個磁瓶，和采秋向爐上親烹起茶來。采秋吟道：「羊羔錦帳應粗俗，自掬冰泉煮石茶。」荷生笑道：「你還不如黨家姬哩。」采秋道：「怎説呢？」荷生道：「他買得，你買不得。」采秋默然，停了一停，淚眼盈盈説道：「我的心你還不知道麽？」荷生道：「這也不用説了。只是你決意下月走麽？」采秋淌下淚來，哽咽半晌，説道：「我爹病，我總要回去看他一遭。自古父母在堂，做侍妾的也許歸寧。就算我已經到了你家，得着這個信，求你給我回娘家一兩個月，你難道不依麽？而且我終身的事，也要和我爹説去。他是個男人，自然比我媽明白些。紫滄平日和我爹還説得來，我先走，你教紫滄隨後也走，大約這事總有八分停妥。萬有不然，我這身終算是你的。正月以内我自行進省，彼時他們也不能説我不待父母之命，你道是不是呢？」

荷生嘆一口氣道：「你説的都是，我能説你半句的不是麼？只是天寒歲暮，教我把這別緒離情作何消遣呢？」采秋聽了，撲簌簌吊下淚來。荷生眼皮一紅，忍着淚説道：「人生離合悲歡，是一定之理。我也不學癡珠，作那兒女囁嚅、楚囚相對的光景。事已至此，只得給你走罷。」説着便站起身，喝了茶，開着風門，向樓外望着園中一片雪光。覺得冷森森的，因復歸坐，説道：「我這會有了幾句詩，我念着，你寫，好麼？」采秋點一點頭，移步到長案邊，教紅豆磨墨，自行檢張箋紙，向方椅坐下，蘸飽筆等着。只聽荷生吟道：

「壓線年年事已非，淚痕零落舊征衣。
如何窈窕如花女，也學來鴻去燕飛？」

荷生一面吟，采秋一面寫。到了末句，便停着筆，接連流下幾點淚來。荷生又吟道：

「相見時難別亦難，綢繆絮語到更殘。
脂香粉合分明在，檢作歸裝不忍看。」

荷生吟這一首，聲音就低了好些。采秋剛纔抹乾了眼淚，提起筆來寫了一句，卻又滾出淚來，便站起身來，咽着聲説道：「我不能寫了，你自己寫去罷！」荷生只得接過筆來寫下去。第三、四首是：

笠篌一曲譜新填，便是相逢已隔年。
珍重幾行臨別淚，莫教輕灑雪中天。
鍾情深處轉成癡，不欲人生有別時。
偏是陽關隨地遇，聲聲風笛向儂吹。

采秋瞧了這兩首，竟忍不住嗚嗚咽咽的哭了。荷生也落下淚來。紅豆在旁，趕着擰手巾給兩人拭了臉，又遞上茶。半晌，采秋噙着淚説道：「我先教我媽走，我挨過你的生日再走罷。」荷生不語。這會天漸開了，風亦稍停，兩人也非復先前淒楚了。後來采秋遲走二十日。那《大閱賦》竟爲明經略賞識，此是後話。正是：

幼婦清才，一時無兩。

屈指歸期，春三月上。

欲知後事，且聽下回分解。

第二十七回　癡婢悔心兩番救護　使君高義一席殷勤

話説癡珠滿腔孤憤，從愉園上車，向秋心院趕來。時正黄昏，晚風刺骨，朔雪撲衣，好是一箭多地就到了。步入月亮門，跛腳和那小丫鬟站在臺堦上，將棉襖前襟接着雪花頑耍。瞥見癡珠，一個便打開南屋軟簾，一個跑入北屋告訴秋痕。秋痕迎了出來，説道：「好好天氣偏是不來，這樣大雪何苦出門呢？」一面説，一面替癡珠卸下斗篷風帽，教小丫鬟取過鞋，換下濕靴。

癡珠見秋痕打個辮子，也不塗粉，卻自有天然丰致。身上穿件舊紡綢的羔皮短襖，青縐紗的棉褲。便攜着手，同入北屋。覺得一陣陣梅花的香撲入鼻孔，便説道：「梅花開麽？」秋痕道：「你回去那一天就開了數枝。你怎的隔兩天竟不來呢？我又没得人去瞧你。」癡珠道：「我爲着差人回南邊去，忙了一日。第二日卻爲游鶴仙自蒲關來了，他就住在李太太公館，我飯後去回看他，就給他兄妹留住，到三更多天纔得回寓。今日清早要來看你，卻被小岑、劍秋絆住腳。吃過飯，正吩咐套車，紫滄又來，我只得和他同到愉園。鶴唳風聲，天寒日短，我倒像個隋煬帝汲汲顧景哩！」秋痕不語。

癡珠儘管向玻璃窗瞧着雪，望着院裏梅花，也不理會。忽聽得嘩喇一響，嚇了一跳。回頭見滿地殘羹冷炙，秋痕滿臉怒容，坐在方椅，只是喘氣，兩個丫鬟和一個打雜。眼掙掙的瞧着。癡珠忙問道：「怎的？」秋痕一言不發，打雜的説道：「我們好端端送飯上來，姑娘發氣，將端盤全行砸下。」癡珠便含笑説道：「不是姑娘發氣，是失手碰一下，你們不小心，天冷指僵，自然掀下地來。」打雜正要辯説，癡珠接着道：「如今不要多話。」就向四喜袋内檢出一張錢鈔，付給打雜道：「這是兩吊錢，你替我辦幾味下酒的菜來，餘外的賞你。」那打雜自然歡天喜地的買辦去了。癡珠便教兩個丫鬟收拾，端出南屋，方來安慰秋痕。秋痕哭道：「我勸你狠着心丟了我，你不肯聽，給這一起没良心的恁般輕慢！」癡珠一笑，末了説道：「如今我和你聚一天，便是樂一天，你體貼我這意思罷。」秋痕止住哭，癡珠倒傷心起來。秋痕十分憤懣，十分感激，就十分的密愛幽歡。正是：

白飛雪絮，紅閃風燈；香燼乍溫，茶笙微沸。羈璧馬於此鄉，合金蟲以爲愛。春憑搗杵，弓任射沙。冰霧之怨何窮？秦絲之彈未已。蓮花出水，聲諧蓮子之心，梅影横窗，悶入梅花之夢。

只情分愈篤，風波愈多。第二日雪霽，癡珠去後，牛氏便進來，拿個竹篦，背着手，冷冷的笑道：「我們伺候不周，叫姑娘掀了酒菜！」就揚開手，打將下來。秋痕哭道：「你們一個月得了人家幾多銀錢？端出那種飯菜，教我臉上怎的過得去？」牛氏起先不過給狗頭父子慫恿進來，展個威風，被秋痕衝撞了這些言語，倒惹起真氣來。喚進李裁縫，將秋痕皮襖剝下，亂打亂罵。秋痕到此，只是咬牙，也不叫，也不哭。倒是跛腳過意不去，死命抱着竹篦，哀哀的哭。牛氏見秋痕倔強、跛腳糾纏，愈覺生氣，丟了竹篦，將手向秋痕身上亂擰，大嚷大鬧，總要秋痕求饒纔肯放手。無奈秋痕硬不開口。跛腳哭聲愈高，牛氏嚷聲愈大，打雜們探頭探腦，又不敢進去。

正在難解難分之際，陡然有人打門進來，卻是李家左右鄰：一個賣酒的，這人綽號唤作酒鬼，性情懶惰，只曉得喝酒，開個小酒店，人家賒欠的也懶去討，倒把點子家私都賠在酒缸裏；一個開生肉鋪的，這人綽號唤做戇太歲，性情爽直，最好管人家閒事，横衝直蕩，全没遮欄。當下跑入李家，戇太歲嚷道：「你們是個教坊人家，理當安靜。怎的今日大吵，明日大嚷？鬧出事來，不帶累街坊麼？」便奔入北屋，將牛氏扯開。酒鬼也跟着，責備了李裁縫一頓。

牛氏見是左右鄰，也不敢撒潑，只説道：「人家管教兒女，犯不着驚動高鄰。」戇太歲嚷道：「你家十四夜鬧的事，對得人麼？弄出人命，我們還要賠你見官哩！」牛氏、李裁縫那裏還敢答應。倒是酒鬼拉着牛氏，到了客廳，戇太歲、李裁縫也都出來。大家坐下，酒鬼將好言勸解牛氏一番，戇太歲還是氣忿忿的帶駡帶説。李裁縫陪了許多小心，叫打雜遞上茶來，兩人喝了。戇太歲向着牛氏道：「不准再鬧！」方纔散去。

可憐秋痕下床還没三天，又受此一頓屈打！牛氏下半天氣平了，便怕秋痕尋死，又進來訴説了多少話，秋痕只是不理；晚夕，逼着秋痕喝點稀飯，背後吩咐跛腳看守，就也自去吃煙了。

秋痕這一日，憤氣填胸，一點淚也没有。和衣躺到三更後，一燈如豆，爐火不温，好像窗外梅樹下窸窣有聲，又像人嘆氣，想道：「敢莫鬼來叫我上吊麼？」因坐起來，將褲帶解下，向床楣上瞧一瞧，下床剔亮燈，將捲窗展開，望着梅花，默祝一番；正跪床沿，懸下褲帶，突然背後有人攔腰抱住，哭道：「娘就捨得大家，怎的捨得韋老爺哩？」秋痕此刻雖不怕什麼，卻也一跳，回頭見是跛腳。跛腳接着道：「你死了，還怕韋老爺要受媽的氣哩！」秋痕給跛腳提醒這一句，柔腸百轉，方覺一股刺骨的悲酸，非常沉痛，整整和跛腳對哭到天亮。這會周身纔曉得疼。打算癡珠今天必來。怕他見着難受，諄囑跛腳不要漏洩。安息一會，支撐下床。

挨至午後，癡珠來了，照常迎入。癡珠見秋痕面似梨花，朱唇淺淡，一雙嬌眼腫得如櫻桃一般，便沉吟半晌，纔説道：「你又受氣？」秋痕忍不住，眼淚直流下來，説道：「没有！」便拉着癡珠的手，坐在一凳，勉強含笑道：「你昨晚不來，我心上不知道怎樣難過，故此又哭得腫了。」癡珠不信，秋痕便邀癡珠步入北院，玩賞殘雪新梅，就説道：「繁枝容易紛紛落，嫩蘂商量細細開。」癡珠接着道：「東流江水西飛燕，可惜春光不再見。」秋痕怔怔的説道：「怎的？」癡珠不答。到得夜裏上床，癡珠瞧着秋痕身上許多傷痕，駭愕之至，亦憤痛之至。秋痕倒再三寬慰，總勸他以後不要常來。

次日就是三十，留癡珠敘了一日一夜。初一早，秋痕折下數枝半開梅花，遞給癡珠道：「給你十日消遣罷！」兩下硬着心腸，分手而去。癡珠回寓，將梅花供在書案，黯然相對。初二靠晚，游鶴仙便衣探訪，癡珠纔到秋華堂來，坐至二更天走了。癡珠因約他明午便飯。初三混了一日。初四午後，訪了鶴仙，三更多天回來，穆升回説：「留大老爺親自過來，請爺初七日公館過冬。」看官：你道這一局爲何而設呢？原來子善公館是那賣酒賣肉的主顧，跟班奶媽們都認得這兩人。一日，談起李裁縫，戇太歲便將廿八日的事告訴了子善跟班。因此子善前往探訪，見秋痕玉容憔悴，雲鬢蓬飛，説不出那一種可憐的模樣，就十分難過，和秋痕約下這局。癡珠不知。

到了一下鐘，催請來了，癡珠問：「有何客？」跟班回道：「通没别客，聽説劉姑娘也來。」癡珠道：「那個劉姑娘？」跟班笑道：「不就是菜市街李家姑娘麼？」癡珠聽了，便説道：「我即刻就到。」接着吩咐套車。

恰好癡珠下車，秋痕正和晏太太、留太太請安下來，就坐癡珠身下。子秀笑道：「你兩人隔數天不見，何不開口談談？」秋痕眼皮一紅，瞧着瓶裏插的梅花，即説道：「談也是這樣，就如這梅花，已經折下來插在瓶中，還活得幾天呢？」子秀道：「花落重開，也是一樣，不過暫時落劫罷了。」秋痕道：「花落原會重開，人死可會重生麼？」癡珠道：「死了自然不能重生，卻是死了乾淨。最恨是不生不死，這纔難受。」癡珠説到這裏，不覺酸鼻。秋痕早淌下淚來。

子善便勸道：「今日請你們來，原爲樂一天，而且係個佳節，何必説生説死，徒亂人意。」癡珠道：「着，着！説别話罷。」子秀因問起謖如江南情景，癡珠嘆一口氣道：「他這回戰功原也不小，荷生營裏接着南邊九月探報，也與謖如家信説的一樣。不曉他怎樣得罪大帥，如今還擱着不奏。他前月來的信，説是要飭他到任，這會怕是到寶山去了。」秋痕道：「江南軍營不用人打仗麼？」癡珠道：「百姓不管官府事，説他怎的？」當下晏、留兩太太喚着秋痕上去，替他换個髻圍，是留太太親手扎的；又賞了手帕、手袖、脂粉等件。到秋痕下來，便入坐喝酒，上了大菜。

家人們掌上燈，子善道：「秋痕，你如今行個什麼令？」秋痕瞧着癡珠道：「我那一夜要記芙蓉，你説是詩詞歌賦上多得狠。我如今單用詞曲的芙蓉飛觴，照謖如的令，兩人接罷。」癡珠道：「也還熱鬧，你説罷。」

秋痕斟滿酒喝了，説道：「子善、癡珠接令：

陪得過風月主，芙蓉城遇晚書懷。」

子善喝了酒，説道：「秋痕、子秀接令：

羞逞芙蓉嬌面。」

癡珠喝了酒，説道：「子秀、子善接令：

草蒲團做不得芙蓉軟褥。」

秋痕道：「我再飛個芙蓉，是：

則怕芙蓉帳額寒凝綠。

子善、癡珠接令。」子秀道：「我飛個並蒂芙蓉罷。第一個是：

采芙蓉回生並載。

子善、癡珠接令。第二個是：

也要些鴛鴦被芙蓉妝。

癡珠、秋痕接令。」

子善道：「不好，我竟要飛三句了，通說罷。人太少，我要自己喝酒了。第一句飛着癡珠、秋痕：

草床頭繡褥芙蓉。

第二句、第三句通是賓主對飲：

珠簾掩映芙蓉面。

人前怎解芙蓉扣。

秋痕一杯，癡珠通共三杯，我兩杯。」癡珠道：「如今我說五句，秋痕說一句，收令罷。我五句是：

你出家芙蓉淡妝。

三千界芙蓉裝豔。

芙蓉冠帔，短髮難簪繫。

香津微揾，碧花凝唾；芙蓉暗笑，碧雲偷破。

好男兒芙蓉俊姿。」

秋痕道：「癡珠怎的說五句，通是自己喝？又累我喝兩杯，卻不給子秀的酒？」癡珠笑道：「我要多喝子善的酒，不好麼？」於是癡珠喝了五杯，子善喝了三杯，秋痕喝了兩杯。秋痕道：「我給子秀一杯酒喝，子善陪一杯：

恨匆匆萍蹤浪影，風剪了玉芙蓉。」

癡珠瞧了秋痕一眼，也不言語。子秀、子善喝了酒，讓癡珠、秋痕吃些菜。

只見老媽領着子善的三少爺，抱個腰鼓出來。癡珠、秋痕都抓些果品，和孩子說笑。子善瞧着鼓，笑道：「我們何不行個擊鼓傳花的令？」癡珠道：「這更熱鬧。」秋痕道：「傳着的，喝了酒，也説句詞曲纔有趣。」就向炕几花瓶取出一枝梅花，説道：「就説『梅』字何如？」大家説：「好！」子善道：「教誰掌鼓？」癡珠道：「就屈你令郎做個司鼓吏，好麼？」子秀道：「好極！」於是子善喚老媽引孩子到裏間打起鼓，席上傳花。輪有三遍，傳到子善，鼓卻住了。子善喝酒，説個「梅」字，是：

「敢柳和梅，有些瓜葛？」

説完，起鼓。輪有一遍，到秋痕鼓就歇了。秋痕喝酒，説道：

「立多時，細雨梅花落香雪。」

子善又教起鼓。這回輪有五遍，秋痕將花傳向子秀，子秀未接，鼓卻住了。秋痕便説子秀故意不接，要罰子秀。子秀道：「我正要接，鼓聲已停，怨不得我。」大家都説：「該是秋痕。」秋痕只得喝酒，説道：

「前夜燈花，今日梅花。」

説完，鼓聲闐然，輪有兩遍，秋痕剛從癡珠手裏接過，鼓又停了。大家大笑。秋痕着了急，説道：「怎的三少爺只叫我一個人喝酒？」只得説道：

「俺向這地坼裏梅根迸。」

第五回輪到癡珠，癡珠説的是：

「偏似他翠袖臨風慘落梅。」

第六回又輪到秋痕，秋痕説的是：

「向回廊月下，閒嗅着小梅花。」

第七回又輪着子善，子善説的是：

道：

「簪掛在梅梢月。」

第八回又輪着癡珠，癡珠說的是：

「手撚玉梅低說。」

第九回又輪着秋痕，秋痕笑道：「今天真教我喝得醉倒了。」癡珠道：「我替你喝酒，你說。」秋痕說道：

「紙帳梅花獨自眠。」

第十回又輪到癡珠，秋痕將手向癡珠酒杯一捻，覺不大熱，便對些熱酒，夾一片冬笋給癡珠。癡珠說道：

「他青梅在手詩吟哦。」

到了第十一回纔輪到子秀。子秀說的是：

「畫角老梅吹晚。」

癡珠瞧着秋痕衿上的表，說道：「一下鐘了，已經輪到子秀，收令罷。」秋痕向子秀道：「今日便宜了你。」子秀笑道：「我要酒喝，人家不給我喝，這也是没法的事。」癡珠道：「今日也還樂。」秋痕嘆口氣道：「這叫作黄連樸尾彈琵琶，苦中作樂。」癡珠默然，隨說道：「我只是得過且過，得樂且樂。」秋痕用些稀飯，大家散坐。

癡珠洗漱後，喝幾口茶，到書案上檢張詩箋，教秋痕磨墨，提筆寫道「即席賦謝」，子秀、子善都圍着看，只見癡珠歪歪斜斜寫道：

聚首天涯亦夙因，判年款洽見情真。

綺懷對燭難勝醉，旅邸登盤枉借春。

綠酒紅燈如此夜，青衫翠鬢可憐人。

使君高義雲天薄，還我雙雙自在身。

末書「子善刺史粲正，癡珠醉筆。」子善含笑致謝。秋痕道：「『借春』二字，有規成麽？」癡珠道：「《歲時記》『冬至賜百官辛盤，謂之借春』。」説畢，喝了茶。便將車先送秋痕，復坐一回，然後回寓。正是：

秋鳥號寒，春蠶作繭。

破涕爲歡，機乃一轉。

欲知後事，且聽下回分解。

花月痕全書卷八終

花月痕全書卷九

第二十八回　還玉佩憨書生受賺　討藤鐲戇太歲招災

話説十一月起，癡珠依了秋痕的話，十日一來，來亦不久。牛氏就也明白癡珠意思了。這日，癡珠去後，牛氏便跑入秋心院和秋痕大吵。秋痕道：「他走了，教我怎樣？」牛氏不待説完，便搶過來，右一巴掌，左一巴掌，秋痕只低頭不語。牛氏没奈何，住了手，氣憤憤的出去。那狗頭雖撵出中門，牛氏屋裏他還出入，便慢慢的獻勤討好，如今又乘間想出一個妙計來，這且不表。

卻説愉園日來賈氏早走，荷生是上半日進營辦事，下半日到愉園和采秋作伴。此時紫滄回家了。小岑、劍秋俱係告假在籍，現在假期已滿，摒擋出山。癡珠日來足不出户，著了《捫虱》《談虎》兩編雜録。月杪鶴仙回任，癡珠送行回寓，是夜擁爐危坐一會。唤秃頭剪了燭花，向書案上檢紙斷箋，題詩云：

徐陵鏡裹人何處，細檢盟心舊斷釵。
情到能癡天或悔，愁如可懺地長埋。
寫成鴛牒轉低徊，如此閒情撥不開。
儘説千金能買笑，我偏買得淚痕來！

次日，折成方勝，着秃頭送去秋心院。癡珠睡了一覺，秃頭纔回，呈上雙魚的一個繡口袋。隨手拽開，内藏紅箋，楷書兩首步韻的詩。癡珠瞧了，復念道：

「再無古井波能起，只有寒山骨可埋。
鏡匣衹今塵已滿，蓬飛誓不上金釵。

天寒無語自徘徊，見説梅花落又開。
爲語東君莫吹澈，留些餘豔待君來。」

念畢，收入枕函。自此隔一日一到縣前街，餘外編書，或訪心印談禪。

心印道：「癡珠，你口頭色相空空，奈心頭牢鎖不開，恁你舌本翻蓮，歸根是個不乾淨。」癡珠道：「浮生蕩汩，吾道艱難，不足爲外人道也。」心印道：「這是世情，你不懂麼？佛便是千古第一個情種！你們儒教説個仁，又説個義，便有做不得情的時候；我們佛教無人不可用情，恁你什麼情天情海，無一不是我佛國版圖。只菩薩閒情，卻是拈花微笑，再不爲情字去苦惱，你怎不想想？」癡珠正要回答，忽見侍者報道：「苟老爺、錢老爺來訪。」

説話時候，兩人已經轉進屏門，癡珠回避不及，只得見禮。苟才與癡珠是個初見，那錢同秀係癡珠舊相識，便拉着癡珠説長説短。後來心印讓坐，同秀就和癡珠一塊坐下。也是秋痕該有一場是非，同秀喝茶，無心中將皮袍袖一展，卻露出一支風藤鐲，癡珠認是自己給秋痕的，怎的落在同秀手裏？心上便十分驚愕起來，説道：「七哥這支鐲，借我一瞧。」同秀陡然發覺，急得滿臉通紅，趕將手袖放下；遲疑半晌，硬着頭皮卸下，遞給癡珠，説道：「這是一個人纔拿來賣呢。」癡珠接過手道：「這就是我的，我在四川好費事尋出一對，你不信，看我這一支。」説着，就從袖裏取下一支，大家同看。半邊包的金色，兩頭雕的花樣，粗大徑圍，兩枝一模一樣。

荀才道：「這樣粗大風藤，委實難得。這黑溜溜的顏色，總帶得有幾十年工夫。」同秀道：「你什麽時候丟了一支？」癡珠道：「我不是丟，我是給個人。你從什麽人買來？」同秀道：「前天有我一個舊相識拿來，要賣二十吊錢，後來我給他十千錢，他也就肯賣了。」口裏這樣説，臉上卻十分慚沮。心印因向癡珠道：「這也難説就是你的。我在南邊有把玉如意，竟與許大史家花樣大小也是一樣。後來我發誓朝山，就送他做個對兒去了。」荀才道：「癡珠，你給了什麽人？何不問這個人有賣没有？還是他給人偷出來賣，也不可知。」癡珠勉强回答數語，帶上自己一支藤鐲，就先回西院去了。

這裏同秀見這支藤鐲已給癡珠看見，想道：「他們問出來，就曉得是我偷了。我也難再見兩人，倒不如編個謊話，教他們鬧一鬧罷。」便含笑向荀才道：「你道我這支鐲真是買來麽？這是他給了秋痕，秋痕新給了我。我在他跟前不便説出。」荀才道：「好呀，你就和秋痕有交情麽？」同秀一笑。荀才接着道：「你竟巴結得上這個有脾氣的姑娘，這也難得。」心印聽着這些話，只微微的笑，通不言語。那侍者背地便一一和禿頭説了。禿頭聽得這話，氣憤憤的跑到癡珠跟前，將侍者的話告訴一遍，且絮聒癡珠，無非是講白疼了他。癡珠聽了，半晌纔説道：「你不用多話，算我這回明白就是了。」禿頭退出，癡珠便向裏間躺下。一時懵懂，全不想前後後，竟然解下九龍佩，又向枕函中檢出秋痕的東西，立刻唤禿頭送還秋痕，也没一句話説。

可憐秋痕這兩日正爲癡珠和他媽力爭上流時候，那裏曉得半天打下這個霹靂！當下禿頭將拜盒打開，一件件交代明白。氣得秋痕手足冰冷，呆呆的瞧着東西，半晌纔問道：「爺怎樣説？」禿頭道：「爺没説什麽，只問姑娘將那一支風藤鐲給了什麽人？」秋痕聰明，見禿頭説起風藤鐲，便知癡珠受了人家的賺，氣轉平了，説道：「你回去對你爺説，爺給我的東西，我一時也檢不清。我就没良心，也不敢將爺留的東西這會兒就給了人。那風藤鐲一節故事，你爺將來自然明白。我的東西，教你爺仍舊收下。對你爺説，我總是一條心，再没兩條心。教你爺不要上人家的當，徒自氣苦。這時候還早，就請你爺來，我有話説。」禿頭先前一臉怒氣，這會見秋痕説得娓娓可聽，就説道：「我將這些帶回去，請爺來罷。只是那一支風藤鐲，怎的落在錢老爺手裏？我也氣不過。」秋痕道：「是他偷着走了，我爲什麼給他？」禿頭道：「這錢老爺就可惡得狠，他偷了人家東西，還要説幾多閒話哩！」遂將日間的話，告訴一遍。

看官，你道錢同秀是什麼時候來呢？原來初十那一夜，狗頭向牛氏保起錢同秀，説他怎樣有錢，怎樣好騙，又怎樣給碧桃母子訛詐，説得牛氏心花怒開，自悔以前輕易答應了癡珠，總恨那幾天的雨誤人。次日，就打發狗頭去同秀公館請安，探聽口氣，還想送些東西。不料失望而歸，説是同秀七月間就走了。這十天以内，狗頭四處拉攏，無奈太原城裏將韋韓稱做「海内二龍」，就把劉杜稱做「并州雙鳳」，愉園、秋心院再也没人敢於造次。所以癡珠來往，牛氏一時也不敢拒絶。

到了二十四日，狗頭出門，瞥見同秀衣冠楚楚坐在車裏，就如拾着寶貝一般歡喜，忙跟同秀的車跑到一家門首，跟班投帖進去，狗頭就在車邊請安。恰好主人不在家，同秀回車，便叫停住，向狗頭問道：「你姑娘都好？」狗頭答應，即説道：「老爺，怎的從七月起就不來了？」同秀道：「咳，不要説起。我就是那一夜接着蒲關的信，鬧個鹽務命案，次日冒雨起身，如今纔能脱身。」狗頭道：「這裏到小的家甚近，老爺順路進去喝一杯茶好麽？」同秀做人，見人家會巴結，再不肯拂他意思，便道：「也好，只是我聽得人説，你姑娘和我的朋友韋老爺好得狠。」狗頭笑道：「他是老爺同鄉，小的原不敢混説。其實姑娘近來厭棄他了不得，都是你老爺那夜不來，害我媽上了他的當。如今老爺來了，便是我家造化。」同秀道：「往後再看。」兩人説説，早到門首。狗頭打門，便一疊連聲嚷道：「錢老爺過來！」喜得牛氏、李裁縫忙迎出來，又怕秋痕不答應，牛氏自己跟進來，瞧着秋痕款待。不想同秀這回是他女人和他同來，爲着他娶妾，家裏好不吵鬧，如今是押他搬取回去，你道同秀這回還能夠在外頭胡鬧麽？當下秋痕在牛氏跟前，不能不招呼。到得牛氏去後，便低着頭，憑同秀怎樣問話，只是不答應。

一會，秋痕走入南屋，同秀一人坐在炕邊方椅，見枕邊黃澄澄的一支風藤鐲，想道：「秋痕這般可惡，我悄悄的帶上，你總要捱一頓打。」其實同秀當時作惡，把秋痕教訓幾句，秋痕打定了。這風藤鐲是癡珠的，就丟了十個，他媽也不管，秋痕如何會打？當下同秀走了，秋痕也送到月亮門，他媽雖十分不快，卻不得説秋痕有錯。只十一月起，癡珠不來，好容易盼得同秀來了，言語又十分支吾。次日，辦點果品，教狗頭送去，纔曉得同秀這一回有人管了。家人們將狗頭送的果品，一人嘗一個，卻没一個替他端上去回。等至下午，同秀影兒都没見。兩盒果品，早給家人們白吃了，只得端回空盒。牛氏聽了，委實生氣，數説狗頭一頓，就懊悔不該冷落癡珠，要秋痕寫字去請。秋痕道：「這話難説。他見你們待他不好，叫你們自己打算。你如今要和他説話，你叫人請他去，我不敢管。」牛氏聽了，自然又和秋痕淘氣，卻不敢再打。挨到二十八，一月待要完了，又是逼年，牛氏没法，靠晚跑到北屋，將好話和秋痕來説，秋痕只得答應。牛氏剛纔出去，秃頭就來了。這秋痕真與癡珠是個夙緣，别人委曲他一點兒，不曉得要哭到怎樣，癡珠這樣丟他的臉，他還替癡珠體諒，是受人家的賺；且料定秃頭回去，癡珠必來，吩咐廚房預備點心，教小丫頭向火爐添上炭，做下開水，教跛腳打疊屋裏，自己熱着一盒香篆。

不一會，癡珠早來了，秋痕照常迎出來，癡珠雖然有氣，也不説什麽，仍是攜手坐下，説道：「我再不想今晚又來這屋。」秋痕一言不發，含笑向跛腳道：「你叫老爺跟人和車都回去。」癡珠道：「怎的？」正待往下説，牛氏進來招呼道：「我早打發走了。老爺這一個月爲什麽和我們淡起來？我多病，家裏的人都靠不住，一向委曲老爺，我通知道了。」癡珠見牛氏陡然恭順，到詫異起來，就也説了幾句應酬話。

秋痕倚在方桌，手撥香篆，只抿着嘴笑。牛氏吩咐秋痕道：「爺要酒要點心就叫，我都預備現成。」秋痕答應，牛氏就去了。小丫鬟遞上茶，跛腳端上臉水，向秋痕道：「娘擰。」秋痕道：「今天一家的人，伺候他同祖宗一般，還要我擰？」跛腳笑道：「爺平日要娘擰，還是娘替爺擰罷。」癡珠道：「你擱着，我自己洗。」秋痕含笑向癡珠道：「擰一過給我拭手。」癡珠道：「你不替我擰，還使唤我？」秋痕瞧癡珠一眼道：「我不使唤你，卻使誰？」癡珠笑將手上擰的遞給秋痕。秋痕拭完手，向跛腳道：「你把爺茶碗端給我喝。」跛腳道：「爺還没有喝哩。」秋痕笑道：「我不給他喝，你待怎麼樣呢？」跛腳只得含笑端上。秋痕喝了兩口，方纔遞給癡珠道：「賞你喝罷。」癡珠道：「怎的你今天這般樂？」秋痕眼眶一紅道：「我挨了一個月苦，纔有這一天樂，你還不情願麼？」説着，就拉着癡珠一塊坐下，將牛氏的話一一告訴，説道：「但願往後不再起風波，我挨那老貨兩頓打，就打值了。」癡珠道：「你什麼時候又打一次？」秋痕就將初十的事説了一遍。癡珠道：「你怎的不給我知道？」秋痕道：「給你知道，也是枉然！」癡珠道：「只因替我省兩個錢，你整整受一個月的罪。」跛腳在桌邊裝水煙，接口説道：「爺不曉得，娘前月還上吊來！」秋痕瞅着跛腳一眼。跛腳道：「也要給爺曉得娘的苦。」就低聲將那一夜的事，説給癡珠聽。

癡珠聽了，起來向跛腳揖了一揖，慌得跛腳笑嬉嬉走開不迭。秋痕噙着淚，將癡珠拉開坐下，道：「做什麼呢？」癡珠慘然道：「我竟不曉跛腳這回變了一個人，有此見識。果然你拚個死，不害我受累麼？只是我今天聽人謊話，那般決裂，不特對不住你，也對不過跛腳。」秋痕忍着淚，説道：「你怎樣淩辱我，我也不怨。是我家裏人坑害我，我怪不得你，更見你的真心待我。只你氣苦這半天，真個冤枉！」癡珠道：「這錢同秀怎的跑來？」跛腳就將狗頭怎樣去請，怎樣和同秀來，同秀怎樣偷了風藤鐲，通告知癡珠。

秋痕道：「他們還送果品去，同秀没有收，這纔絶望，回心轉意來求你了。」癡珠笑道：「同秀這一來，還算我們功臣。」於是軟語纏綿，跛腳伺候過宵夜，先自睡了。兩人這一夜心滿意足。但見六曲屏邊，九枝燈下，枕衾乍展，衣扣半鬆。郎癡若雲，儂柔似水。流輝婀娜，接影甹夆。菱支不弱於風波，菡萏自苞於雨露。冬山如睡，玉豔臨醒。街鼓鼕鼕，夜光灩灩。刻鴛鴦翅，成蛺蝶圖。春滲枯心，歡銷愁髓。研丹擘石，冤魄願鎖於天牢；沁露密脾，華鬘忽遊於忉利。此夜銷除百慮，有如點雪紅爐；從今暗數千春，願去閏年小月。

且説禿頭次日見天陰欲雪，便早些帶車來接。到了李家門口，覺得一路朔風吹得打戰，因向酒鬼店裏喝杯酒，恰好戇太歲拿盤鹵肝也來了。這兩人和禿頭近來都講相好，便倒酒的倒酒，切肉的切肉，呼兄呼弟，一塊喝酒。喝倒高興，禿頭説起狗頭情狀可惡。戇太歲道：「你老爺既和他姑娘好，怎的不教姑娘出來喊冤？譬如再有風波，教姑娘儘管喊出街坊。你老爺是不便出頭替他説話，我們左鄰右舍都幫得他去見官理論呢。買良爲娼，已經有罪，何况是拐來呢。」禿頭道：「説起姑娘也可憐，昨日我也怪他，後來他説得有理，是我老爺給人賺了，倒教我不過意起來。」酒鬼道：「什麽事呢？」禿頭便將錢同秀偷鐲從頭至尾説了一遍。戇太歲道：「是他麽？你帶我和他要去。我聽得留大老爺公館的人説，他怕老婆。這回他老婆來了，管住他，不給他走一步。你帶我去，你但説『老爺問過李家，説這支鐲是錢老爺帶來了，叫我帶李家的人來要』，以後你做個好人，看我發作便了。我總要教他拿出藤鐲，還教那老婆和他鬧一場。」禿頭哈哈大笑道：「妙，妙！看你手段。我喝過這杯酒，就同你去。」酒鬼道：「討得來，也好替劉姑娘明明心跡，給錢同秀臊臊脾。」

不言二人酒氣衝衝的去了，卻説癡珠、秋痕起來，差不多八下鐘了。癡珠便問：「禿頭來未？」外面人回道：「車到了，二爺没有來。」癡珠道：「今天怎的竟不來了？」不一會，禿頭笑嬉嬉的徑跑入秋心院，恰好癡珠、秋痕都在南屋。禿頭將藤鐲遞上道：「討回來了。」秋痕了不得喜歡。癡珠接過手，説道：「你怎的去討？」禿頭便說出贛太歲如何打算，如何上門吵鬧，錢太太如何大嚷出來，將鐲子擲在地下。就說道：「太太好不利害，罵得錢老爺啞口無言，怕真要打哩。」癡珠微笑不語。秋痕將鐲帶上，說道：「那太天理昭彰，他要害我們鬧出一場故事，不想他自己卻鬧出一場笑話了。」因向癡珠道：「我一個多月通是打辮，今天我卻要重上妝臺，你待我梳完頭走罷。」癡珠就吩咐禿頭：「外邊伺候。」禿頭退出。

自此禿頭逢人就說「錢同秀怕老婆」，就把這六個字做個并州土語。那同秀氣憤不過，無法和癡珠、秋痕作對，也難和禿頭報仇，卻買個營兵，借着買肉，和贛太歲廝打一場，送官究治，要想借此將他出氣。無奈鎖到衙門，禿頭早知道了，告訴癡珠，立地叫武營釋放，把那一名兵也革了糧。癡珠又給了贛太歲三十吊錢，再做生理。後來贛太歲感恩報恩，捨命保護秋痕，也是爲此。正是：

公子終歸魏，邯鄲識買漿。
英雄淪市井，淒絶老田光。

欲知後事，且聽下回分解。

第二十九回　消寒小集詩和梅花　諧老卜居園遊柳巷

話說并州城內柳巷有個寄園，因山而構。第一層門內有個花神廟，廟傍空地，園丁開設茶社，榜曰「一味涼」。第二層門內便是寄園，係一江姓鄉宦住宅，緣南邊任內虧空，趕信回家，叫將此園典賣，由并州大營完繳。這且按下。

再說采秋那篇賦，不曉何人抄了出去，就有好事的人將荷生閱本刻印起來。一時傳播，官場中無人不贊好。明經略先前只曉得荷生有個意中人，名喚采秋，卻不知道采秋有此手筆。當下將賦看過，登時來訪，荷生也無可隱諱，就一一說了。經略索觀原本，荷生喚青萍飛馬往取。經略看那小楷，拍案叫絕，便想替荷生圓此一段好因緣。適值荷生案上擱着江鄉宦家丁紅稟，說「屋價庫平七千兩，逼年無人肯買，求准離屋，繳契歸官」等語，荷生粘簽批駁。經略瞧着，將荷生的簽揭起，提筆批道：「着即投契，限十日離屋。」因笑向荷生道：「我買此宅，贈給先生做個金屋，好麼？」荷生道是戲言，微微陪笑。經略喚跟人傳進門上，將此稟付給，說道：「你着江家繳契，即交韓師爺收管罷。」門上答應。經略和荷生一請走了，荷生無可措詞，送出平臺。經略又回頭笑道：「先生儘管趕年辦妥。」荷生只得唯唯。看官，你道采秋得了這個知遇，奇不奇呢？

這日下午，荷生來了愉園。采秋正買了一匹烏騅，向梅花樹下空地馳試，見荷生來了，便下了馬，將轡勒付給紅豆，就問道：「你一早叫人取賦，我還沒起來，到底是爲甚事？」荷生將經略盛意告知，就笑道：

「千金市駿，你的聲價竟高起數倍。」采秋歡喜，轉笑道：「古人説一字值千金，我卻值不上七兩？」荷生也笑道：「如今不能不讓你説句闊話，可憐我和癡珠整天寫了幾多字出來，卻一錢摸不着！」采秋道：「你説起癡珠，我正要問你，這幾天見着他没有？」荷生道：「他昨天纔到營裏。李家如今又和他好了，虧得秋痕這番苦肉計。」采秋道：「秋痕真也不負癡珠。」荷生道：「你還不曉得，癡珠幾乎負了秋痕。」采秋道：「怎的？」荷生遂把癡珠述的前一回事和采秋説。采秋道：「可見你們男人的心是狠的，一翻了臉，就把前情一筆鈎消。我想起繡那錦囊時候，心還會痛。」一面説，一面眼眶就紅起來。荷生笑道：「舊事不要重提。今日臘八，天氣陰寒，我又有空，何不將癡珠、秋痕招來一敘呢？」采秋道：「怕癡珠没到秋心院，找他就費事了。」荷生道：「這樣天氣，他好人，不和秋痕送暖偷寒？」説着，就將紅豆轡勒接過，騎着烏騅，也在空地上試了一回，便跑出園來。

到了李家，下馬進去，悄無人聲。步入秋心院南屋，聽得秋痕低聲唱道：「花朝擁，月夜偎，嘗盡溫柔滋味。」以後聲便低了，就聽不清楚。正要叫喚，又聽一句是「兩人合一副腸和胃」，便悄悄的從落地罩的小縫瞧將進去，見癡珠倚在炕上，秋痕坐在一邊笑吟吟的唱。因掀開棉簾，説道：「好樂呀！」兩人驚起，見是荷生，癡珠趕着讓坐，説道：「你今天卻有空跑到這裏來？」荷生坐下，向秋痕道：「我特的把公事放下，來聽昆曲。你唱下去，也不負我今天走這一遭。」秋痕紅着臉道：「整月不來，來了又鬼鬼祟祟的，做個沿壁蟲。」荷生笑道：「難道昆曲癡珠聽得，别人就聽不得麼？」就向癡珠道：「我聽説你著部《捫虱錄》，又著部《談虎錄》，到底真是説虱説虎不成？」癡珠笑道：「前個月悶得狠，借此消遣，這會又丢了。」荷生從北窗玻璃裏望着窗外梅花，笑道：「這卻好，虱也不捫了，虎也不談了，就伴這一樹梅花過了一冬罷！我偷了這半天空，你帶着秋痕到愉園，吃碗臘八粥，也是消寒小集，好不好呢？」癡珠道：「我和你先走，讓秋痕坐車隨後來罷。」

於是四人在春鏡樓圍爐喝起酒來。談笑方酣，營中送來京信一大封。荷生拆開，一一檢看，都是循例賀年的簡札。隨拆隨看，隨看隨撂。末後一封，係鄭仲池侍讀的信，寄來八首《梅花》詩，是用張檢討的韻。荷生歡喜，招呼癡珠同看一遍。癡珠道：「此君的詩，也算得都中一個好手，只弱得狠。」荷生道：「我們何不就次韻，和他一和？」秋痕道：「一人次韻八首七律，豈不是件煩難的事？」荷生笑道：「怕煩難就不算荷生、癡珠了。」采秋道：「你兩人各和八首，我和秋痕妹妹替你分寫罷。」

於是荷生同癡珠隨喝隨作，采秋同秋痕隨喝隨寫。荷生的詩是：

本來仙骨抱煙霞，爲詠羅浮興倍賒。
破臘忽驚風信早，衝寒恰趁月輪斜。
迢遥香海留春氣，寂寞空山閱歲華。
驛騎不來鄉訊少，含情莫問故園花。

一枝纔放暗香生，對汝雙瞳剪水清。
偶有月來堪入畫，絕無人處亦多情。
廣平作賦猶嫌豔，和靖能詩尚近名。
試看茫茫銀海裏，啁啾翠羽學春聲。

灞橋風雪步遲遲，別有詩心世未知。
紙帳銅瓶時入夢，參横月落最相思。

繽紛庾嶺花千本，惆悵江城笛一枝。
信是幾生修得到，冷吟閒醉也應宜。

蹇驢曾訪舊江村，野店山橋載酒樽。
絶似神仙來玉宇，從無消息到朱門。
盤根久煉詩爲骨，寫影終嫌筆有痕。
莫向東風羡桃李，冰霜一樣是天恩。

孤山從古絶塵緣：瑶島瓊樓盡似年。
照水只應看瘦影，淩波還欲擬飛仙。
偶描粉黛終疑俗，學染胭脂亦可憐。
林下美人窗外月，幾人佳句借君傳。

大江南北記遊蹤，秦樹燕山路幾重。
茅舍多情容獨醉，瑶臺有約又相逢。
頻年飄泊愁戎馬，三徑荒涼憶菊松。
回首綺窗春信好，頓令歸興一時濃。

花事匆匆歲又殘，一年容易指輕彈。
紅蓮依幕慚才薄，白雪連篇屬和難。
官閣光陰容嘯傲，玉堂風味本高寒。
長安二月春如錦，不許東皇一例看。

銀雲滿逕玉交枝，大地陽和豈有私？
傲骨只應留鶴守，清名幾欲畏人知。
隴頭流水風前曲，雪後園林畫裏詩。
記取調羹消息好，百花頭上正開時。

癡珠的詩是：

暮景猶留幾斷霞，巡檐願豈此生賒？
鹿巖贈後風如昨，驢背歸來日未斜。
不分山林終索寞，非關春色自清華。
枕屏夜夜瑤臺夢，俯看紅塵五萬花。

偶從香雪證前生，四十年前住太清。
地滿瓊瑤皆故步，心如鐵石總多情。
空山有約留知己，傲骨無緣得盛名。

一覺羅浮騎蝶去，啁啾翠羽不成聲。

獨步群芳轉似遲，珊珊仙骨幾人知？
馨香懷袖經年別，風雪漫天耐爾思。
鐵笛西風吹入破，瑶琴明月怨空枝。
并州姑射仙山路，底事栽花總不宜？

訪遍山村又水村，枉攜醽醁酒盈樽。
一天雪意濃於墨，幾樹香魂黯到門。
漏盡書燈微有影，夢回紙帳半無痕。
春花也似秋花恨，冷蕊疏枝盡怨恩。

鴻爪天涯話夙緣，江南消息斷年年。
冬心耐守寒林况，春色先歸綠萼仙。
顛倒有懷難索解，清癯顧影總相憐。
一枝自把靈犀證，栩栩神難筆底傳。
彩波紅雨渺無蹤，疊疊雲山隔幾重。

每遇故人頻問訊，可憐遲暮又相逢。
寒更伴結離褷鶴，傲雪形同偃蹇松。
絶代孤芳遺世立，開時不見露華濃。

陽春獨自譜冬殘，三弄何人古調彈？
修到今生真不易，描來設色可知難。
花緣有信分遲早，天總無心作暖寒。
明月似波雲似水，詩心清絶此中看。

東風借問故園枝，烏鳥無緣得遂私。
萬里星霜人獨對，十年冰炭意同知。
篆煙脈脈簾垂畫，綺閣沉沉夜賦詩。
亦有家山歸未得，紙窗燈火憶兒時。

做完，兩人互看。癡珠道：「荷生的詩，是此中有人，呼之欲出。」荷生笑道：「你不是這樣？」秋痕、癡珠微笑。

隨後酒闌，采秋印了一盒香篆，慢慢燒着，就和秋痕彈起月琴來，各人將那《梅花》詩拍入工尺。只按得一首，夜已深了。此時荷生將今早的事，告知癡珠。癡珠笑道：「這卻是意外的遭逢，以後須邀我逛一天寄園罷。」就也散了。

這夜天陰得黑魆魆的。秋痕爲着采秋給他水仙花和那塞外的五色石要個盆供，剛走到北窗下，忽一陣風過，吹得竹葉簌簌有聲。燭光一閃，瞥見梅花樹下有個宫妝女人，臉色青條條的。嚇得毛髮直豎，把盆一丢，粉碎了，没命的跑入屋裏。癡珠聽得盆碎，正奔出看，秋痕早到跟前，拉着癡珠，半晌説不出話。癡珠忙問：「怎的？」秋痕定了神，纔説道：「我真見鬼了！」便將所見告訴癡珠。癡珠笑道：「好端端的住屋，那裏有鬼？」正説着，忽聽得窗外長嘆一聲，頓覺身上毛竅都開。秋痕道：「你聽！」癡珠强説道：「疑心多生鬼，我卻不聽見什麼。」口裏這樣説，心裏也着實駭異，便説道：「無鬼之論，創自阮瞻。其實魂升魄降，是個常理。若『有嘯於梁』，種種靈怪，吾不敢説是必無，卻非常理。只是世間的人隨便到一去處，就有那酒鬼、色鬼、賭錢鬼、鴉片鬼、捉狹鬼肩摩踵接，這豈人之常理？人無常理，鬼更不循常理。陽間之鬼，白晝現形；陰間之鬼，黑夜露影，這鬼就懂得道理。你們不怕白晝現形之鬼，轉怕黑夜露影之鬼，呆不呆呢？」秋痕道：「好，好！你又借鬼駡人了！」癡珠笑道：「好好中華的天下，被那白鬼烏鬼鬧翻了。自此士大夫不儆於人，卻儆於鬼。東南各道，賊臨城下，也有做起四十九日醮場的，也有建了四十九日清醮的，這會通天下的人，皆是個冒失鬼，豈獨你家有這鬼頭鬼臉幾個小謬鬼？」説得秋痕和跛腳通笑了。北窗下轉寂然無聲。癡珠復閒談一會，便收拾去睡。

再説江家契券，即日投繳，眷屬於十六離屋。荷生即於是日接到紫滄來書，説杜藕齋要增一千金身價，荷生自然答應了。十七日辦完公事，便到愉園，和采秋領着紅豆，同到柳巷。這裏早有索安、翁慎伺候，引着兩人先瞧正屋，就是軒軒草堂，崇墉巍煥，局面堂皇。到了第三進，紅豆見那臨池一座小樓，曲折有趣，説道：「這樓比我們的春鏡樓更覺幽雅，娘往後就住這一進罷。」采秋道：「這樓怎的没有横額？」荷生道：「你住了，我就寫『春鏡樓』三字，做個匾額掛起來。」兩人就在樓上小憩一會。翁慎端上點心，隨意用些。

然後打小門上了搴雲樓。只見第一層是六面樣式，面面開窗，純用整塊玻璃隔作六處；六處之中又分出明暗來，大小、方圓、扁側共有十二處，額題「并門仙館」。更上第二層，是四面式樣，面面空出回廊，廊畔俱有紫檀雕花的闌干；裏邊八間並作一間，純用錦屏隔斷，面面有門。瞧着園中亭臺層疊，花木扶疏，池水縈回，山巒繚繞，已自可觀。再轉扶梯，到了第三層，覺得比前兩層略小了些，卻是堂堂正正一座三間的廳屋，上面橫額篆書「搴雲樓」三字。地位愈高，眼界愈闊。荷生和采秋攜着手，憑闌一望，并州的山水關塞就如天然畫圖，都在目前。縱覽一回，就下來，在并門仙館坐下。索安回道：「爺如今從那邊逛去？好叫園丁預備。」采秋道：「順着路，我們騎馬走罷。」荷生道：「我們坐船，到了小蓬瀛再騎馬，不好麼？」索安答應，翁慎便吩咐出來。

不一會，船撐來了。眾人下了船，步入門來。見兩傍擺列四盆花木，中間三層臺堦，是個堂，方有一丈，足開兩席；堂後一邊爲室，一邊爲徑，徑轉爲廊，廊升爲臺，臺上張幔。采秋笑道：「這船式樣真是奇創。」荷生道：「浙江西湖船式多得狠呢，有名小團瓢的，有名搖碧齋的，有名四壁花的，有名隨喜庵的。這式制喚做煙水浮家。」於是談談講講，一路看園中景致。有幾處是飛閣淩霄，雕甍瞰地；有幾處是危巖突兀，老樹槎枒。那船慢慢的蕩，約有半里多路，繞過了一個石磯，出了小港，即是個大寬闊處。望見西北上一帶長廊，荷生指道：「那就是小蓬瀛。」一會到了，繫好了船。只見蒼松夾道，古柏成盤。一個榭靠山臨水，略似芙蓉洲水閣。上去坐下，索安遞上茶，兩人喝了，走上岸來。

荷生騎匹小川馬，采秋就騎那匹烏騅，迤東而行。過了好些石磴雲屏，小亭曲樹，到了平路。茅舍竹籬，頗有雞犬桑麻之趣。那園丁、家眷和着兒女，都一簇一簇的，撐着眼瞧。采秋喚他過來，卻不敢近前。荷生吩咐索安：「一個孩子賞一百錢。」索安答應，自去分給了。

這裏荷生、采秋跑了一回馬，紅豆纔到。采秋便先下烏騅，説道：「坐車不如騎馬，無奈這城裏女人通是坐車。」此時荷生也下了馬，説道：「他們嬌嫩嫩的，看見馬就怕起來，那裏會騎？」采秋道：「這也是習慣成自然了。譬如我和你在街上騎着馬跑，不就是錢牧齋、柳如是的笑話麼？」荷生道：「可不是呢！」兩人一邊説話，一邊度上石橋，回望着瓜疇芋區，不勝感慨。荷生就説道：「癡珠的詩有『倘得南山田二頃，此生原不問升沉』之句，真先得我心。我往後要延他將這幾處聯額和你商量，調換一調換。」采秋笑道：「你和他商量就是了，何必要拉扯到我呢。」於是下了石橋，順着兩行竹徑，轉出柳堤，又過了幾處神仙洞。董慎打着小路叫開聽雨山館後門，伺候兩人進去。轉過一座半石半土的小山，接着就是幾百株芭蕉圍着三四間書屋。奈窮冬苦寒，卻不見綠天的好景，兩人就不復坐，望小天台而來。只見怪石嵯峨，若飛若走；古藤如臂，敗葉成堆。上了山徑，盤旋到了山頂，有三丈多高，遠望搴雲樓，近瞰竹塢梅窩，令人豁目爽心。

看了好一會，早是夕陽西下，朱霞滿天，纔一步步的拾級而下。到一山凹，桂樹林立，有亭翼然，便是金粟亭，靠山踞石。采秋想要到亭子一憩，荷生道：「天不早了，下面東手就是梅窩，我們到那裏坐，也領略些花香。」遂步下山來，沿着東邊山徑，到了一帶梧桐樹邊，遠遠聞着梅花的香。只見一道青溪圍着一個院落，也有幾堆小山，盡是梅樹，尚在盛開。兩人隨便步入一屋坐下，荷生道：「園中佳處，已盡於此。如今仍打軒軒草堂出去上車罷。」董慎端上松花糕杏酪，兩人用些，拭了臉，教索安折下幾枝梅，天已黑了，便出來上車。

回到愉園，恰好癡珠正在門口下車，三人便一齊進内，先在船房坐下。説起逛園，癡珠道：「我最愛是梅窩那幾間屋子。」因嘆口氣道：「春鏡無雙，我説的傌准不准呢？」荷生、采秋一笑。癡珠又嘆道：「天下不少名園，單寒卓犖的人既不得容膝之安，膏粱貴介又以此爲呼盧博進之場。這園落在你兩人手裏，纔是園不負人，人也不負園哩！」荷生道：「往後我就請你住在梅窩。」癡珠笑道：「那纔叫做寄園寄所寄。」采秋道：「人生如寄，就是甲第連雲，亭臺數里，也不過是寄此一身。」癡珠道：「這還是常局，儘有富貴逼人，功名誤我，蟭螟之寄，亦且爲難！」荷生笑道：「卿所咄咄，我亦云云，安在彼我易觀，不更相笑？」采秋道：「進去用飯，不要講書語了。」癡珠道：「秋痕等我一塊吃晚飯，我不奉陪。」說着便走。荷生也不強留，送到月亮門，自與采秋春鏡樓小飲，醉後題一詩，云：

珠樓新與築崔嵬，面面文窗向日開。
拂檻露華隨徑曲，繞欄花氣待春回。
眉山黯入青鸞鏡，心字香儲寶鴨灰。
慚愧粉郎絲兩鬢，恐難消受轉低徊。

正是：

明月前身，梅花小影。
聽雨搴雲，幻境真境。

欲知後事，且聽下回分解。

第三十回　看迎春俏侍兒遇舊　祝華誕女弟子稱觴

話説明年戊午立春節氣，卻在今年十二月二十一日。先立春兩日，雪霽，天氣甚覺暖和。癡珠正與秋痕同立在月亮門外南廡調弄鸚哥，見愉園的人送來荷生一個小柬。癡珠展開，和秋痕看着，上面寫的是：

昨有秦中鴻便，題一梅花畫册，寄與紅卿，得《念奴嬌》一闋，錄奉詞壇正譜。

癡珠笑道：「既得隴，又望蜀。」秋痕道：「荷生這會還念着紅卿，也算難得。」便念道：

「迢遞羅浮，有何人、重問美人蕭索？竹外一枝斜更好，也似傾城衣薄。疏影亭亭，暗香脈脈，愁緒都無着。銅瓶紙帳，幾家繡户朱箔？　卻憶月落參橫，天寒守爾，只有孤山鶴。畢竟罡風嚴太甚，恐學空花飄泊。」

秋痕眼皮一紅，不念了。癡珠接着念道：

「綠葉成陰，駢枝結子，莫負東風約。綺窗消息平安，歲歲如昨。」

秋痕道：「荷生的詞，纏綿愷惻，一往情深，我每回讀着，就要墮淚。你何不和他一闋？」癡珠道：「我出語生硬，萬分不及他，因此多時不敢作了。」秋痕道：「你題花神廟的《臺城路》和那七夕的《百字令》，就與他一樣好。」一面説，一面就拿着柬帖詞箋，先自進去。

癡珠正待轉身，只見小岑、劍秋同來了。癡珠忙行迎入，秋痕也出來相陪。癡珠道：「好久不見，怎的今天卻這般齊？」小岑道：「我兩人一早訪了荷生，便來找你，打算約着明天去看迎春。」癡珠嘆道：「文酒風流，事過境遷。下月這時候，你們不都要走麽？到彼時，我卻有兩篇文贈你。」小岑道：「這就難得。」劍秋道：「癡珠肯爲我兩人做起文章，這真叫做榮行了。」癡珠道：「我是説我的話。」小岑道：「不要罵起來。」劍秋笑道：「他説他的話就夠了，那裏做那人的序文就罵那人道理？」説得癡珠、小岑都笑了。秋痕道：「我二十二這一天，也要學着荷生做個團圞會，大家都要到。」小岑道：「自然都到。」劍秋道：「這一天你替你老師做生，還要一天替你師母餞行呢。」秋痕道：「只要師母住得到三十，我三十晚上便替他餞。」大家説説笑笑，就在秋心院用過早飯。

癡珠偶然問起掌珠，劍秋道：「你還不曉得麽？夏旒與他來往了半個多月，給不上二十吊錢，還偷了一對金環、兩個鋼表，現在討個兩湖坐探差事，竟自走了。你想掌珠這會苦不苦呢？」癡珠聽了氣憤，説道：「有這下作的東西！」小岑道：「你那裏曉得外面的事？這幾天又有件笑話，你叫劍秋説給你聽。」癡珠便叫劍秋説，劍秋笑道：「你猜是那個？」癡珠道：「我曉得是那個？你説罷。」劍秋道：「你認得原士規麽？」癡珠道：「我久聞其名。」劍秋道：「士規參了官，没處消遣。那花選上賈寶書，做人爽直，竟給他騙上了。前個月竟想出主意，借寶書家開起賭場來，四方八面，拉着人去賭。不想拉上一個冤家，是大衙門長隨，賭輸幾十吊錢，便偷着上頭一付金鐲，又來賭輸。第二日破了案，府縣都碰釘子。這一晚圍門一拿，一個都没走脱。士規也掛上鏈，不敢認是官，坐班房去。只可憐寶書跟着他受這場横禍！倘認真辦起來，士規是要問罪，寶書還不曉得怎樣下落呢？」癡珠心上難安，説道：「寶書呢，我不曾見面，掌珠和我卻有一日盤桓，原想乘個空訪他一訪，爲着夏旒在他家來往，就懶得去了。如今他有這場煩惱，你帶我去瞧他一瞧罷。」小岑笑道：「你要充個黄衫客麽？」癡珠道：「黄衫客，我自想也還配。只那夏旒，卻比不上李益。」劍秋道：「我同你去。」小岑道：「我也去。」三人一車，向掌珠家趕來。癡珠見掌珠光景委實狼狽，便悄悄給了十兩銀子，並約他明日來秋心院。掌珠自然十分感激。隨後去看丹翬，又去看曼雲，也都約着明日的局。癡珠爲着秋心院近在咫尺，便將車送小岑、劍秋回去，步行而來。

次日，荷生也來，四人就在秋心院吃了一頓飯，同往東門外看迎春去了。說不盡太守青旗、兒童綵勝，這一日的熱鬧喧騰。傍晚進城，小岑、劍秋的車灣西回家，荷生、癡珠是向菜市街來。剛打大街轉入小胡同，見前頭停一輛車，兩個垂髫女子，一略少些，伶俏得狠，正在下車。車夫只得停住，荷生坐在車沿，這少的且不下車，將荷生打諒一打諒，便喚道：「韓老爺！」荷生也覺得這少的面熟得狠，只記不起，便一面跳下車，一面問道：「你怎的認得我？」

此時少的下了車，那一個也要下來，荷生卻認得是傅秋香。這少的早向荷生打千，秋香趕着下車，就也向荷生打千，說道：「半年多没見面，老爺通好麼？」那班長認得是韓師爺，十分周旋。荷生卻一眼只瞅着小的，忽記起來，説道：「你不是天香院秋英麼？」那班長接着道：「他是從秦中纔來呢。」荷生喜道：「我正要問問秦中大家消息。」便招呼癡珠下車，秋香引入客廳坐下。秋香、秋英都與癡珠請安，荷生爲通姓名，秋香延入臥室。看官聽着：秦中自去年逆回滋事之後，光景大不如前，天香院姬人都已星散。這秋英是天香院一個侍兒，靠着一老媽，流轉到了并州，搭在秋香班裏。當下癡珠急着問娟娘，荷生急着問紅卿。娟娘是他們班裏老前輩，秋英連名姓通不知道。紅卿是閉門臥病，幸他媽素有蓄積，尚可過日。

荷生因向秋英嘆口氣道：「我和紅卿到你天香院喝酒時候，你纔幾歲？」秋英道：「十一歲。」荷生道：「如今呢？」秋香道：「他如今十五歲了。」荷生向癡珠道：「忽忽之間，已是五年。回首舊遊，真如一夢！」癡珠道：「我去後，你纔到秦中。我和娟娘一别，竟是八年。你和紅卿，算來相别也有四年了。」説話間，秋香已端上點心，兩人用些。癡珠見秋香、秋英俱婉孌可愛，因也約了明日的局，便上車同到愉園。

是夜，兩人集李義山詩，聯得古風一首，采秋謄出，念道：

「風光冉冉東西陌（癡），蒲青柳碧春一色（荷）。

郵亭暫欲灑塵襟（癡），謝郎衣袖初翻雪（荷）。

海燕參差溝水流（癡），繡檀回枕玉雕鎪（荷）。

舊山萬仞青霞外（癡），同向春風各自愁（荷）。

衣帶無情有寬窄（癡），唱盡陽關無限疊（荷）。

浮雲一片是吾身（癡），冶葉倡條偏相識（荷）。

鸞釵映月寒錚錚（癡），相思迢遞隔重城（荷）。

花鬚柳眼各無賴（癡），湘瑟秦簫自有情（荷）。

回望秦川樹如薺，輕衫薄袖當君意（癡）。

當時歡向掌中銷，不須看盡魚龍戲（荷）。

真珠密字芙蓉篇（癡），莫向洪崖又拍肩（荷）。

此情可待成追憶（癡），錦瑟無端五十弦（荷）。」

念畢，笑道：「竟是一篇好七古。」癡珠見天已不早，就向秋心院去了。

次日靠晚，秋痕邀了癡珠，同到愉園。春鏡樓早是絳燭高燒，紅氍匝地。采秋一身豔妝，紅豆、香雪也打扮得裊裊婷婷。秋痕點對蠟，向上磕三個頭。采秋趕着還禮。荷生早拉着癡珠向水榭瞧梅花去。這夜四人喝酒行令，無庸贅述。

次日，荷生、采秋怕秋痕又來拜壽，轉一早領着紅豆，先到秋心院。此時癡珠纔起身下床，尚未洗漱。

秋痕爲着要先往愉園拜壽，起得早些，也還妝掠纔完，迎出笑道：「這擋駕的法兒卻也新鮮。」便讓荷生西屋坐下，自和采秋、紅豆進南屋去了。不一會，跛腳領着掌珠進來，接着秋香、秋英也來了。停了一停，小岑、劍秋同到，説丹翬、曼雲受了風寒。癡珠道：「事不湊巧，秋痕今天還備有兩席呢。」荷生道：「就是通來，不過十一人，何必如此費事！」當下秋痕早調遣着跛腳和小丫鬟，在南屋裏排下兩席麵菜。早酒大家都不大喝，就散了。秋痕領掌珠等替荷生祝起壽來。今日這一會，大家都有點心緒，所以頂鬧熱局，轉覺十分冷淡。也有在月亮門外，倚着梧桐樹喁喁私語的，也有借着調鸚哥，看梅花消遣的。

到了三下鐘擺席，先前是兩席，荷生不依，癡珠教秋痕將兩席合攏。左邊荷生獨坐，右邊小岑、劍秋；上首采秋居中，左掌珠，右秋香；下首癡珠居中，左秋英，右秋痕。紅豆小丫鬟輪流斟酒。上了四五樣菜，窗外微風一陣陣送來梅花的香。癡珠見大家都没話説，便要行令。小岑道：「采秋的令繁難得狠，令人索盡枯腸。」因向掌珠道：「今日你説個飛觴，要雅俗共賞的纔好。」

掌珠沉吟半晌，説道：「今日本地風光，是個『壽』字。」秋痕道：「昨晚行的百壽圖，俗氣得狠，今日還講這個？」癡珠道：「今日不説真的『壽』字，就不俗了。」劍秋道：「説個美人名。」荷生道：「美人名能有幾個？」采秋道：「壽陽公主。」癡珠道：「孫壽。」荷生道：「還有没有？」小岑道：「有，有。花選上有個楚玉壽，不是美人麼？」説得衆人通笑了。劍秋因向掌珠道：「玉壽我聽説死了，真不真？」掌珠道：「他前月就死了。」秋痕道：「今天有人家，不准説這個字，你和寶憐妹妹説了，各罰一杯酒。」劍秋道：「着，着！我該罰。」便喝了一杯。秋痕道：「寶妹妹也喝罷。」掌珠道：「我是跟他説下。」劍秋道：「是我累你，我替你喝。」

癡珠道：「我的意思，説個『壽』字州縣的名何如？」大家想一想，通依了。癡珠道：「我起令。」便喝了一杯酒，説道：「福建福寧府壽寧縣。玉桂喝酒。」秋香喝了酒。想了半晌，飛出一個「壽」字，説道：「荷生喝酒。陝西同州府永壽。」荷生喝了酒，説道：「山西太原府壽陽。」數是劍秋。劍秋喝了酒，説道：「四川資州仁壽。」數是掌珠。掌珠喝了酒，也想一會，説道：「秋痕姊姊喝酒。山東兗州府壽張。」秋痕且不喝酒，將指頭算一算，把酒喝乾，説過：「浙江嚴州府壽昌。該是采秋。」采秋喝了酒，説道：「直隸正定府靈壽。該是秋英。」秋英喝酒，想一想，説道：「江南鳳陽府壽州。」小岑道：「輪了一遍，也没有個重説的，我喝罷。」喝了酒，説道：「山東青州府壽光。還給荷生喝了壽酒，收令罷。」荷生也自喜歡，紅豆換上熱酒，喝了。

時已黄昏，室中點上兩對紗燈。秋痕上了大菜，出位敬荷生三杯酒，就要來敬采秋，采秋再三央告，秋痕只得來敬小岑、劍秋，二人各飲一杯，逐位招呼下來。

秋香、秋英便送上歌扇，劍秋道：「今天立春第二日，教他們只揀『春』字多的，每人唱一支，我們喝酒。他們有幾多『春』字，我們喝幾多酒，不好麽？」荷生道：「好極！」回頭瞧着紅豆道：「你數罷。」此時傅家、冷家班長都拿着鼓板、三弦、笛子，在院裏伺候。秋香移步窗下，説聲「《一剪梅》」，外面答應。笛聲徐起，弦語微揚，鼓板一敲，只聽秋香唱道：

「霧靄籠蔥貼絳紗，花影窗紗，日影窗紗。迎門喜氣是誰家？春老儂家，春瘦兒家。」

大家喝聲「好！」紅豆道：「兩杯。」於是斟了酒。癡珠向秋痕道：「這一支是那一部的詞？」秋香道：「《紫釵記·議婚》。」只聽秋英唱道：

「香夢回，纔褪紅鴛被。重點檀唇胭脂膩。匆匆挽個抛家髻。這春愁怎替？那新詞且記。」

大家也喝聲「好」！紅豆道：「一杯。」荷生道：「曲唱得好，只是『春』字太少，我們没得酒吃。」紅豆笑道：「大家要多喝酒，我唱罷。」癡珠歡喜，便唤跛腳端把椅來，教紅豆坐下。紅豆背着臉，唱道：

「他平白地爲春傷，平白地爲春傷。因春去的忙，後花園要把春愁漾。」

癡珠喝聲「好！」劍秋道：「要喝四杯呢。」紅豆起身斟酒，掌珠道：「我唱下一支罷。」唱道：

「論娘行出，人人觀望，步起須屏障。但如常，着甚春傷，要甚春遊，你放春歸，怎把心兒放？」

荷生道：「好，好！喝七杯。」采秋道：「如今夠你喝了。」於是大家通喝七杯。

秋痕讓點菜，癡珠道：「我在留子善家過冬，行的令是擊鼓傳花，也還鬧熱。如今要采秋想個雅的，隨人愛說者說，不說者講個詞曲『梅』字罷。」小岑道：「我儘怕采秋的令，你們偏要他來鬧。」癡珠向采秋道：「你儘管說。」采秋笑道：「你不怕繁難，我說兩個令，你們商量那個罷：一是一字分兩字，三字合一韻；一是二物並稱，一奇一偶。」荷生道：「前一令還多些，後一令只有數件，留着想想，也覺有趣。癡珠，你吩咐他起鼓罷。」秋痕早叫跛腳採枝梅花，遞給癡珠，吩咐院子裏起鼓。癡珠便將梅花給了荷生，教從他輪起。劍秋道：「我們講了采秋的令，也還説句詞曲纔有趣。只不要限定梅花。」大家也依。這回是教坊們打的鼓，輕重遲速，有音有節，席上輪有三遍，花到秋英，鼓卻住了。秋英喝了酒，說道：

「雪意衝寒，開了白玉梅。」

第二次從秋英起，輪到荷生，恰恰七遍，鼓聲住了。荷生喝了酒，說道：「我講個一字分兩字，三字合一韻罷。一東的『虹』字。」大家想一想道：「好！」合席各賀一杯。荷生説句詞曲，是「伯勞東去燕西飛」。

第三次的花，輪到劍秋，鼓聲停住。劍秋喝了酒道：「我說個『壽考維祺』的『祺』字。」癡珠道：「善頌善禱，大家賀一杯，荷生、采秋皆喝雙杯。」荷生道：「喝一鍾就是了，何必雙杯。」劍秋說的詞曲是「進美酒全家天祿」。

第四次輪到秋香，鼓聲停住。秋香喝了酒，說道：

「則分的粉骷髏，向梅花古洞。」

癡珠因吟道：「天下甲馬未盡銷，豈免溝壑長漂漂。」秋痕瞧着秋香一眼。采秋只喚起鼓。

這是第五次，輪到秋痕。秋痕喝了酒道：「我說個『尺蠖之屈，以求伸也』『伸』字。」大家也贊好，各賀一杯。秋痕道：「我詞曲是句『拿住情根死不鬆』。」劍秋道：「你不准人說這個字，怎的自說？該罰三杯。」秋痕沒得說。癡珠替他講情，罰了一鍾。秋痕道：「我還說個本分的令，是：

單只待望着梅花把渴消。」

劍秋笑向秋痕道：「你還渴麼？」秋痕道：「你又胡說！」

第六次又輪到荷生。荷生喝了酒，說道：「我如今講個一物並稱，一奇一偶罷：冠履。」小岑道：「妙！」大家也賀了一杯。荷生說句詞曲，是「去馬驚香，征輪繞月」。

第七次輪到采秋。采秋道：「前一令我是『禕衣』『禕』字，後一令我說個『釵環』」。大家俱拍案叫妙，各賀一杯。癡珠道：「還有詞曲怎不說？」采秋瞧着荷生道：「順時自保千金體。」言下慘然。荷生更覺難受。大家急將別話岔開了。

第八次輪到小岑。小岑喝了酒道：「我說個『琴德愔愔』的『愔』字，何如？」荷生道：「好得狠！」大家也賀一杯。說個詞曲，是「北里重消一枕魂」。

第九次又輪到秋痕。秋痕喝了酒，說道：「我再說個『焉得諼草』的『諼』字，說句詞曲是『情一點燈頭結』，本分的令是：

「怕不是梅卿柳卿。」

大家都說好，各賀一杯。

第十次輪到掌珠，喝酒說道：

「等得俺梅子酸心柳皺眉。」

劍秋瞧着掌珠，笑道：「你還等夏旒麼？」掌珠兩頰飛紅，急得要哭。癡珠向劍秋道：「你何苦提起這種人！」掌珠早借着吃水煙，拭了眼淚，纔行歸坐。

不想十一次又輪到掌珠，只得又喝了酒，說道：「我說個『螉』字。」劍秋趕着喝：「好！」大家也齊聲贊好，滿滿的各喝一杯。掌珠瞧着秋痕道：「我說句詞曲，是『漏盡鐘鳴無人救』。」秋痕接着道：「願在火坑中身早抽。」就嘆了一口氣。荷生道：「講酒令怎的都講起心事來？起鼓，給癡珠說了，收令罷。」

這是十二次，又輪到秋香。秋香喝了酒，說道：

「只怕俏東君，春心偏向小梅梢。」

十三次又輪到秋英。秋英喝了酒，說道：

「夢孤清梅花影，熟梅時節。」

十四次又輪到秋痕。秋痕喝酒，說個「杯箸」。荷生道：「靈便得狠！」大家各賀一杯。秋痕又說個詞曲，是：「說到此悔不來，惟天表證。」說個「梅」是：

「便揉碎梅花。」

劍秋笑道：「往下念罷。」秋痕道：「劍秋，你今天怎的儘糟蹋人！我改一句念給你聽：

則道墓門梅，立着個没字碑。」

荷生哈哈大笑。小岑道：「他得罪你，你罵他『没字碑』，怎的把我喚做『墓門梅』？」劍秋笑道：「他近來肚裏沾了癡珠點兒墨汁，憑什麼人都說是没字哩！」癡珠道：「算了，不說頑話，我還没輪到呢。」秋痕吩咐起鼓。

這是十五次，輪有三匝，花到癡珠，鼓聲停住了。荷生道：「你快說，天已不早，好收令罷。」癡珠喝了酒，説個「蝀」字，又説個「領袖」，説句詞曲是「溫柔鄉容易滄桑」。荷生道：「好！『虹』字起，『蝀』字結。『領袖』二字，近在目前，卻没人想得到。我們賀他一杯酒，散了罷。」秋痕催上稀飯，大家用些。

小岑、劍秋急去看病，便先走了。掌珠、秋香、秋英，荷生、癡珠每人各賞了十兩銀，也去了。荷生見秋痕筆硯放在北屋方案，就檢張紙，寫一首詩，向癡珠道：「賦此誌謝。」癡珠念道：

「香溫酒熟峭寒天，畫燭雙燒照綺筵。
檀板有情勞翠袖，萍根無定感華年。
邊城笳鼓催殘臘，文字知交信夙緣。
卻念故山歸未得，一回屈指一淒然！」

念畢，也檢一箋，和道：

「第一番風料峭天，辛盤介壽合開筵。
酒籌緩緩消殘夜，春日遲遲比大年。
知己文章關性命，當前花月證因緣。
新巢滿志棲雙燕，我爲低徊亦暢然。」

荷生、采秋齊聲贊好，喝了茶，然後同回愉園。正是：

勝會既不常，佳人更難得。
搔首憶舊遊，殘燈黯無色。

欲知後事如何，且聽下回分解。

花月痕全書卷九終

花月痕全書卷十

第三十一回　離恨羈愁詩成本事　閒情逸趣帖作宜春

話説癡珠二十三靠晚，偕秋痕到愉園送行。見驪駒在門，荷生、采秋依依惜别，兩人愴然，不能久坐，便自告歸。

是夕人家祀竈，遠近爆竹之聲，斷續不已。癡珠倚枕思家，憑秋痕怎樣呼觴勸釂，終是悶悶不樂。秋痕因説道：「你前説要作《鴉片嘆》樂府，我昨日替你作篇《序》，你瞧用得用不得？」説着，便向案上檢出一紙，遞給癡珠。癡珠接着，念道：

「聞諸父老：二十年前，人説鴉片，即嘩然詫異。邇來食者漸多，自南而北，凡有井水之處，求之即得。敗俗傾家，喪身罹法，其弊至於不忍言。而昏昏者習以爲常，可爲悼嘆！尤異者，香閨少婦，繡閣雛姬，或亦間染此習。至青樓中人，則什有八九。遂令粉黛半作骷髏，香花别成臭味。覺岸回頭，懸崖勒馬，非具有夙根，持以定力，不能跳出此魔障也。孽海茫茫，安得十萬恒河沙，爲若輩湔腸滌胃耶？作《鴉片嘆》。」

念畢，説道：「狠講得痛切，筆墨亦簡淨。你何不就作一篇樂府，等我替你改？我是不止説這個，還有幾多時事，通要編成樂府哩。頭一題是《黄霧漫》，第二題是《官兵來》，第三題是《胥吏尊》，第四題是《鈔幣弊》，第五題是《銅錢荒》，第六題是《羊頭爛》，第七題是《鴉片嘆》，第八題是《賣女哀》。」

秋痕斟一杯酒，喝一半，留一半，遞給癡珠道：「樂府我没有做過。」癡珠喝了酒，説道：「你没有做過樂府，那白香山《新樂府》三十章，你不讀過麼？香山的詩，老嫗能解，所以别的詩不好，樂府最妙。學他那樣做去，便是正體。」秋痕又斟一杯酒，給癡珠喝一半，將剩的自己喝了，説道：「這個你也和我講過，只我總不敢輕易下筆。你隨便起兩句，我接下去學學，好麼？」癡珠道：「我念你寫。」便隨口念道：「外洋瘠中土，製作鴉片煙。」秋痕端過筆硯，寫着。癡珠道：「你五字的做兩句罷。」秋痕故意想了又想，説個不大條暢的句，惹着癡珠笑了；又分喝了幾杯酒，讓癡珠幾箸菜，纔説道：「我做一聯對偶，你看好不好？」就寫起來。癡珠瞧是「媚骨勝鸞膠，流毒如蛇涎」，説道：「這就好，音節也諧。」秋痕擎着酒杯，笑道：「我又不曉得怎樣接了，你提一句罷。」癡珠便道：「如今要轉仄韻纔好呢。」念道：「愚夫不解身中毒，」秋痕寫着，笑道：「我接句『夜夜吹簫品玉竹』。」癡珠笑道：「你説個『品簫』還好。」秋痕道：「我想那神情就像。」癡珠道：「這不是給人笑話？」秋痕道：「我和你講，怕你笑話麼？其實我是這一句，你瞧罷。」癡珠瞧着，是「短榻燒燈鎗裂竹」，便笑説道：「好好的句，卻故意要那般説。以下你自己做去，我替你改。」

秋痕剪着燭花，笑説道：「我不，我要和你聯下去。」癡珠道：「我酒也不喝，詩也不能做，躺一會罷。」秋痕不依，癡珠只得又念道：「生涯萬事付一鎗，」秋痕寫着，接道：「萬事如煙過癮忙。朝過引，暮過引……」癡珠早向床上躺下。秋痕便站起來，跟到床前，伏在癡珠身上，説道：「怎的？」癡珠道：「你要替我解悶，卻叫我做詩，不更添悶麼？你好好的替我唱那《紫釵記·閨謔》給我聽，我便不悶了。」秋痕笑道：「你又來歪纏人家。我和你説，今天是霞飛鳥道，月滿鴻溝，行不得也哥哥！」癡珠將手攬住秋痕道：「我不信。」秋痕笑把指頭向癡珠臉上一抹，道：「羞不羞？你通不記今天是祭竈日子麼？」癡珠黯然道：「我在客邊，我没竈祭。」秋痕笑道：「我没爹没媽，那裏還有個竈？」癡珠道：「我有媽也似没媽，有竈也似没竈！」因吟道：「永痛長病母，五年轉溝壑；生我不得力，終身兩酸嘶。」一面吟，一面傷心起來。秋痕慘然，[illegible]癡珠的手掌着自己的嘴，道：「這是我不好，惹你傷心。我還唱那兩枝《玉交枝》罷。」癡珠淚眼盈盈道：「這會曲也不能聽了。」接着高吟道：「當歌欲一放，淚下恐莫收；濁醪有妙理，庶用慰沉浮！」便說道：「還喝酒罷。」於是秋痕斟了熱酒，送給癡珠。癡珠又高吟道：「少年努力縱談笑，看我形容已枯槁。喜君[illegible]新禮樂，萬事終傷不自保！」就將酒喝乾。秋痕珠淚雙垂道：「這樣傷心，何苦呢？龍蟄三冬，鶴心萬里，願君善保千金軀哩！」癡珠微微一笑，說道：「喚他們收拾睡罷。」晚夕無話。次日，下了一天雪，癡珠並沒出門。第三日清早，外面傳進一柬，說是韓師爺差人送來的。癡珠拆開，見是一張小箋，上寫的是：

采秋歸矣！孤燈獨剪，藥裹自拈，居者之景難堪；衝寒冒雪，單車獨往，行者之情尤可念也。疊《梅花詩》原韻，得《春鏡樓》本事詩八首，錄請吟壇評閱。知大才如海，必更有以和我。癡珠吾師。[illegible]生白。

秋痕笑道：「詩債又來了。」癡珠念道：

「斷紅雙臉暈朝霞，乍入天台客興賒。
青鳥偶傳書鄭重，朱樓遥指路欹斜。
可能偎倚銷愁思，便爲飄零惜歲華。
自笑無緣賞桃李，獨尋幽逕訪秋花。

似曾相見在前生，玉樣溫柔水樣清。
月下並肩疑是夢，鏡中窺面兩含情。
隨風柳絮迷香國，初日蓮花配豔名。

最是四弦聽不得，尊前偏作斷腸聲！」

嘆道：「卅六鴛鴦同命鳥，一雙蝴蝶可憐蟲！」又念道：

「同巢香夢悔遲遲，惆悵情懷只自知。
卿許東風爲管領，儂家南國慣相思。
針能寄恨絲千縷，格仿簪花筆一枝。
莫把妝梳比濃淡，蘆簾紙閣也應宜。

如墨同雲冪遠村，朔風吹淚對離樽。
雪飛驛路留鴻爪，柳帶春愁到雁門。
姑射露光凝鬢色，閼氏山月想眉痕。
多情不爲蠶絲繭，但解憐才合感恩。」

瞧着秋痕道：「春蠶作繭將絲縛，我四個人，竟是一塊印板文字！說來覺得可喜，也覺得可憐。」又念道：

「箜篌朱字有前緣，小別匆匆竟隔年。
東指玉環應有約，淩波羅襪總疑仙。
淒其風雪真無賴，況瘁輪蹄劇可憐！
畢竟天涯同咫尺，一枝春信爲君傳。

小院紅闌記舊蹤，便如蓬島隔千重。

雲移寶扇風前立，珠綴華燈月下逢。
碧玉年光悲逝水，洛妃顏色比春松。」

秋痕道：「這『松』字押得恰好！」癡珠點頭，又念道：

「久拚結習銷除盡，袖底脂痕染又濃。
願祝人間歡喜事，團圞鏡影好同看。
誰憐絶塞青衫薄？卻念深閨翠袖寒。
塵海知音今日少，情場豔福古來難。
孤衾且自耐更殘，錦瑟弦新待對彈。

絮果蘭因齊悟徹，綠陰結子在斯時。」
團香製字都成錦，列炬催妝好賦詩。
恰恰新聲鶯對語，翩翩芳訊蝶先知。
桃花萬樹柳千枝，春到何曾造物私。

念畢，又嘆道：「天涯多少如花女，頭白溪頭尚浣紗！采秋就算福慧雙修了！」因提筆批道：

「繭絲自理，淚燭雙垂；惜別懷人，情真語摯。然荼蘼頭綱，花開指顧，來歲月圓之夜，即高樓鏡合之時。從此綠鬢視草，紅袖添香；眷屬疑仙，文章華國。是鄉極樂，今生合老溫柔；相得甚歡，我輩皆輸豔福。何必紫螺之腸九回，紅蛛之絲百結也？癡珠謹識。」

批畢，隨手作一覆函，交來人去了。跛腳端上飯，兩人用過。正苦岑寂，恰好禿頭送來縣前街十數幅春聯，癡珠因喚禿頭照樣買了好幾張朱紅箋紙，就在東屋大大小小裁起來。秋痕一邊磨墨，癡珠一邊寫。一會，將縣前街的春聯寫完了，就寫着秋華堂大門的聯句，是：

別夢梅花縈故國，迎年爆竹動邊城。

秋華堂一付長聯是：

七十二候，陸劍南釀酒盈瓶；

三百六旬，賈浪仙祭詩成軸。

西院門聯是：

自作宜春之帖，請回趕熱之車。

西院客廳楹聯是：

結念茫茫，未免青春負我；

爲此寂寂，徒令白日笑人。

西院書室的聯是：

思親旦暮如年永，作客光陰似指彈。

臥室的聯是：

歲聿其暮，夜如何其。

廚房的聯是：

此爲春酒，祭及先炊。

秋華堂月亮門的聯是：

坡翁守歲，唐祀迎宵。

秋痕道：「你如今替我也寫了罷，卻都要這樣不俗的纔好。」癡珠笑道：「我寫的就怎樣俗，也比你那門首的什麼『燕語』『鶯聲』強。」秋痕道：「那是他們鬧的。」癡珠笑道：「你就憑他們鬧去罷，何苦教我寫？」秋痕道：「你不住在這裏，我也不管。如今倘是不好，人家卻笑着你。」癡珠笑道：「你替我裝袋水煙，做個筆資罷。」就取一幅長箋，作個八字的聯，云：

領袖群仙，名題蕊榜；

山河生色，頌獻椒花。

秋痕道：「不好。出句是個實事，對句我不配。要讓采秋，他有篇《大閱賦》，纔替山河生色哩！」癡珠道：「我要這般持論，就這樣寫出來。所謂揚之可使上天，抑之可使入地，何必是實，也何必不是實？難道將此十六字榜着你的大門，就有人家出來説話麽？」秋痕道：「人家那裏來管許多閒事？只是我自己問心有愧，便覺得不好。」

秋痕取過一對紙，癡珠道：「這一付給你正屋粘上罷。」秋痕見寫的是：「富可求乎？無我相；人盡夫也，奈若何！」秋痕道：「你怎的寫出這些話來，就是駡那老東西，也怕他們懂得。」癡珠笑道：「你要不俗，又句句要我説實事，我如今掃盡春聯習氣，實實在在説出十四字來，你又怕了。我將對句四字改個『母也天只』何如？」秋痕道：「也不好，你這一付，只胡弄局，備個成數罷。」癡珠只得换一付，寫道：

消來風月呼如願，賣盡癡呆换一年。

秋痕道：「似此便好。我房門的聯，你先寫罷。」癡珠道：「你房門我只八個字：

『有如皎日，共抱冬心。』」

秋痕道：「好極！寫罷。」癡珠寫畢，說道：「西屋是這兩句：

『繡成古佛春長在，嫁得詩人福不慳。』」

秋痕道：「也好。月亮門呢？」癡珠道：「要冠冕些，是八個字：

『浴寒枸杞，迎歲梅花。』

這裏是你梳妝地方，我有了這兩句：

『春風雙影圓窺鏡，良夜三生澈聽鐘』。」

秋痕喜歡，一一看癡珠寫了，說道：「廚房還要一付哩。」癡珠道：「也有。」便檢紙寫道：

司命有靈，犬聲不作；
長春無恙，雞骨頻敲。

秋痕笑道：「關合得妙！必須如此，他們纔不曉得。」

當下雪霽，癡珠吩咐套車，到了縣前街，然後回寓，復由寓到了大營，拉荷生同到秋心院。秋痕早把春帖子換得裏外耳目一新。荷生一一瞧過，微微而笑。秋痕將那付「富可求乎」一聯告訴荷生。荷生說道：「尖薄，何苦呢？」癡珠便留荷生小飲，至二更多天，始叫車送回大營。短景催年，轉瞬就是除夕了。正是：

熱夢茫茫，年華草草；
獨客無聊，文章自好。

欲知後事，且聽下回分解。

第三十二回　秋心院噩夢警新年　搴雲樓華燈猜雅謎

話説西北搬馬解女人，儘有佳的。臘底太原城裹來了姑嫂兩人，都有姿色。嫂名胭脂，男人給賊殺了；姑名柳青，年纔十七歲。到了太原，有個將門少年，係武進士出身的官看上了，聘以千金。柳青對着大家，向少年説道：「我自有夫，只你老爺是此地一個英雄，我也願依你終身。成婚這夕，我要老乾十斤，取豬蹄二隻，餑餑五十個，我醉飽了，憑老爺成親罷。譬如老爺自己不能如願，便當給我再找男人，這聘金卻不歸趙哩。」大家都説道：「你怎的講出這些話來？」柳青道：「話須預先説明，免得後來淘氣。我們走江湖的人，再不受人委曲，也不委曲人呢。」那少年雖覺得柳青説話蹺蹊，卻自信拿得穩的，便答應了。柳青便請署券交金，給他嫂嫂收了。日未晡，就欣然豔妝而往。少年迎入，婢僕環觀，柳青飲啖自若。約莫定更，自起卸妝，揮老嬤、丫鬟出去，嫣然向少年説道：「吾醉矣！」登床盡褫褻衣，付少年道：「憑你鬧罷！」不想柳青坦然裸臥，這少年用盡氣力，竟然終夕不能探他妙處。無何天亮，柳青躍起，少年遁去。以此柳青名色，哄動一時。

卻爲年殘，紫滄已歸。小岑娶了丹翬，劍秋娶了曼雲，趕着正月内都要進京。荷生籌撥各道軍餉，檢點年終彙奏事件，更忙得發昏。癡珠雖是閒人，緣無伴侶，就也懶懶的。這日除夕，便在秋心院和秋痕圍爐守歲。秋痕只怕癡珠憶家，百般的耍笑。到五更天，兩人和衣躺下。癡珠不曾合眼，秋痕竟沉沉睡去。癡珠怕他着涼，將兩邊錦帳卸下，悄悄假寐。不一會，天發亮了，萬家爆竹，聲聲打入心坎裏。正在難受，秋痕突然坐起，瞧一瞧，抱着癡珠，嗚嗚咽咽痛哭起來。

此時外面正在敬神，十分熱鬧，房中只他兩人。急得癡珠抱在懷裏，再三詰問，秋痕一言不發，只哀哀的哭。約有半個時辰纔説一句，是：「我和你怕要拆散了！」説着又哭。癡珠頓覺慘然，説道：「這話從何處説起，卻這樣的傷心？」秋痕嗚咽説道：「我做一個大不好的夢，即刻想要生離！」就抱住癡珠的頭，哭得燈光無焰，爐火不溫。癡珠委實詫異，説道：「大初一，你這般哭，實在不好。」秋痕方纔住了哭。

一會，跛腳進來，秋痕哭聲已住，就也不覺。剔着燈亮，撥着爐火，見兩人靜悄悄的，只道是睡，再不想是哭。轉怕驚醒，躡手躡腳的走了。這裏癡珠問起夢境，秋痕又淌下淚，説道：「我夢和你一塊兒走，也不曉是要到那裏。忽然見個大山，四面都是峭壁，並無磴路；回頭一望，有無數的狼，遠遠的趕來。我和你前後左右都無去路，抱着大哭。你説道『哭也無益，我們捨命爬上山罷』，你爬上一層，拖着我，還没上去，兩人都滚下來。那一起的狼就近在咫尺，我只怕咬着你，將身遮住你，你還拉我上山。一個狼撲上身來，我也不怕，正和狼死命的掙。忽見那峭壁洞開，兩個女人擁個老人將你抓了進去。峭壁復合，猶隱隱的聽見你在峭壁裏喊着我的名字，我心裏一痛，就和狼一起倒地。醒了見了你，怎的不傷心？以後越想越不好，怎的不哭？咳！以前你説個無緣，我還不信，如今看來……」説到這一句，又哭起來。癡珠聽了，也自可傷。這會麗日上窗，見秋痕面黄於臘，目腫如桃，没命的抽咽，只得説道：「幻夢有何足憑？但這屋你説有鬼，我明日帶你西院住去罷。」停了一停，秃頭、穆升帶着車，拿着衣帽，都來伺候，癡珠就出門去了。

初二日，李夫人便招癡珠、秋痕，就秋華堂院子看搬馬解。只見那姑嫂兩人，短服勁裝，首纏青帕，帶兩匹馬跟一個老頭子來了。柳青穿件窄袖紅緞繡襖，約以錦縧，足纏綠綈，倒插青縐印花裙幅。胭脂穿件白綾繡襖，約以青縧，足纏綠綈，倒插紅縐印花裙幅。兩人雙翹皆不及寸許，伶俏之至。各走了一回繩，舞了一回刀鎗，耍了一回流光鎚，就搬起馬來。

先前柳青是站個白馬，胭脂是站個黑馬，各蹻一腳，分東西緩走兩回，便一面跑，一面舞，一面唱，已令人耳馳目駭；末後東西飛跑間，兩人就在馬上互換了馬，如風如電，如抛采，如散花，如舞蝶翩躚，如游魚出没，更令人神騁心驚。正在癡看，不道兩人早已下馬，站在臺堦討賞。李夫人喜歡，各賞了一錠銀。癡珠就也陪賞。奈這兩人見癡珠發下賞來，卻走向前笑道：「你不是韋癡珠老爺麽？我兩人卻不要你賞銀，只要你贈我們一首詩。」癡珠哈哈大笑道：「這怪不怪，你怎曉得我會做詩哩？」李夫人也笑道：「總是先生詩名傳播得遠，他們也自聞風傾慕。」

癡珠於是招入西院，取出秋痕畫過的摺扇，信筆揮來。李夫人倚在案頭，見歪歪斜斜寫道：

鳳陽女子有柳青，柳青選婿輕沙陀。
盤雕結隊蠕蠕主，馳馬快過月氏駝。
我爲犖犖躍而起，春風陡觸雄心多。
可能從我建旗鼓，雕鞍飛鞚雙鑾鞾。
旄頭指顧忽墜地，嫣然一笑舒流波。
人生得此聊快意，嗚呼吾意其蹉跎！

再將那一把扇，寫道：

胭脂索我歌，我歌唤奈何！
君不見藥師馬，紅拂馱，蘄王鼓，紅玉撾？
龍虎風雲有成例，鬱鬱居此負名花。

吁嗟呼！兒女恨填海，英雄呼渡河。
會當努力中原事，勿使青春白日空銷磨！

癡珠寫完，擲筆而起。李夫人笑道：「先生這兩首詩，好激昂慷慨哩！」癡珠微笑。柳青、胭脂謝了又謝。秋痕將扇兩邊都蓋了圖章，兩人喜躍而去。癡珠留李夫人吃飯，定更後帶阿寶大家走了。秋痕便住在西院，自此就不回去。牛氏只教小丫鬟玉環跟定身邊。在癡珠免了往來，在牛氏省了供給，這都是兩邊情願之事。只秋痕爲着初一早的夢，觸起癡珠華嚴庵的籤，總是悶悶不樂，因向癡珠問起草涼驛夢裏碑記來。癡珠從書簏中檢來檢去，總尋不出，就也撂開。

十四這一天，李夫人接秋痕逛燈去了。癡珠一人正在無聊，恰好小岑、劍秋趁着燈月，步行而來，拉着癡珠走了。不多時，到了南司街，便人山人海擁擠起來，還夾着些車馬在裏頭。三人走路，就不能齊集。癡珠招呼兩人道：「這些燈也沒有什麼好瞧，路又難走，我們到柳巷找荷生罷，還聽得有好燈謎。」劍秋道：「甚好，花神廟也有燈看。」便轉入小巷，慢慢的走。

一路閒談。小岑道：「荷生這幾天高興得狠。」癡珠道：「采秋是臘月廿六抵家，他從初五起，天天在新屋裏催督工程，要趕二十內收整停妥哩。」劍秋道：「他怎的還有工夫製起燈謎？」小岑道：「荷生住了搴雲樓，適值花神廟今年是個大會，借園裏軒軒草堂結個燈棚，熱鬧得狠。他一人夜裏無可消遣，就想出這個頑意來。」一邊說話，一邊聽得花炮的聲，鑼鼓的聲，喧嘩的聲，遠遠早望見園門口燈光輝煌，車馬闐咽。

三人擠進花神廟，瞧了一遍，說不盡銀花火樹，華麗紛紜，又間着絲竹之聲。小岑引路，由殿後小門穿過竹徑，望軒軒草堂來。遙望裏邊亭榭，有掛玻璃燈的，有掛畫紗燈的。草堂門外搭着燈樓，門內卻有木柵攔住。遙望內裏排着燈屏古玩，密密層層，火光閃灼。木柵前鼓樂喧天，人聲震地。幸喜地方寬闊，不然也一步不可行了。

三人轉到堂後，還有好些人在山上池邊放泥筒、放花炮，流星趕月，九龍戲珠。只見草堂角門空地裏放着二三頂藍呢的四轎，兩頂藍呢小轎，架着七八對燈籠，都是武營官銜。槐樹下繫有幾匹馬，三四個的轎夫在月下燒着枯葉和花炮的紙烘手。劍秋笑向癡珠道：「這是你東家在裏頭作樂哩。」正説着，聽得門聲一響，一疊連聲的傳呼伺候。三人只道是官員出來，各自站開。癡珠更站得遠些，暗暗的瞧。

停了一停，火炬百道，手照兩行，引出人來，卻是華妝豔服一群少婦，後面跟着幾多丫鬟僕婦，都站在門口等轎。燈火之中，只覺得粉光脂豔，令人眼花撩亂，也不辨得誰好看誰不好看。癡珠遠遠的瞧，好像秋痕在內，便走近一步，留神凝視。只見李夫人側着臉和一位太太説話，秋痕手牽着李家一個大丫鬟，站在背後。小岑、劍秋也已瞧見，向癡珠道：「那不是秋痕麼？」癡珠點頭。劍秋低聲道：「那一位是謖如太太？」癡珠也低聲説道：「站在秋痕前頭。」早是李夫人上了轎走了。接着，又是一乘四轎上來，聽得那位太太吩咐道：「先把劉姑娘小轎打過來。」便有幾個丫鬟、僕婦、家人接疊傳話。一會轎到，便有丫鬟、老媽扶掖秋痕上轎。癡珠認得是李家的人。那位太太又看着幾個少婦上轎，就也上轎去了。小岑道：「夢想不到這地方會碰着秋痕。」

三人説説笑笑，沿着路走向搴雲樓。只見三三兩兩的人從裏面出來。一隊像是外省的人，就中有一個説道：「這個謎好難猜。」一個接着道：「謎語自好，只掛在太原城裏，怕一年到頭也没人猜得着。」劍秋道：「什麼謎，就把我太原一城的人都考倒了？」進得大門，屋内八扇油綠灑金屏門，門上一盞扁的白紗燈，上貼着許多字條，下圍着一簇約有十來人。只見索安跑過來，招呼大家進去。癡珠道：「我們看了燈謎，再進去不遲。」劍秋道：「你老爺做什麼呢？」索安道：「老爺因大人有話説，上燈以後回營去了。」小岑道：「他不在家更好，我們慢慢的猜謎。」三人短的不瞧，只瞧着上面長條的，是書一封，小岑念道：

「憶自卿赴雁門（唐人詩題一），時正河冰山凍（藥名一）。兩行別淚，盡在尊前（花名一）；半夜癡魂，願隨君去（《詩經》一句）。比代飛之燕雁（書名一），感分逝之輪蹄（《西廂》二句）。竟使目斷長途（四書一句），深恨行止不能自主（花名一）。昨於新正二日，始得一傳消息（花名一）。喜迓韶光，與年俱至（花名一）。芬含豆蔻，偕錦字以同來（藥名一）；瘦比梅花，與暗香而並詠（曲牌一）。僕貌慚傅粉，剩有青絲（藥名一）；曲譜求凰，好調綠綺（地名一）。定於仲春上浣，謹擇良辰（《詩經》一），油壁先迎（藥名一），堅如前約（藥名一）。想此半幅殘箋（藥名一），卿見之必破涕爲笑也（美人名一）。」

劍秋笑道：「他竟把給采秋的信做了燈謎，我們猜看。」癡珠道：「第一句，想是《北征》。」劍秋道：「『比代飛之燕雁』，打一書名，不是《春秋》麼？癡珠，我想《西廂》二句，是『車兒投東，馬兒向西』；四書一句，是『望道而未之見』。」小岑道：「不錯。第三句藥名，似是香附。」癡珠道：「香附真打得好。那『貌慚傅粉』二句，打一藥名，自然是何首烏。」小岑道：「是，打得好！但可惜荷生姓韓，要是姓何，那更切當了。」癡珠道：「『定於仲春』二句，打《詩經》一句，不用説是『二月初吉』了。『油壁先迎』，打一藥名，不是車前麼？『堅如前約』，是什麼藥呢？」小岑道：「信石。」劍秋道：「這裏人多，我們進去猜罷。」癡珠道：「慢一步，我再看這首《浪淘沙》的詞。」因念道：

「客路去漫漫（曲牌一），念女無端（唐詩一句）。長宵獨耐五更寒（《詩經》一句）。對鏡自驚非昔日（唐詩二句），減卻朱顏（美人名一）。春信到重關（花名一），綠上眉山（藥名一）。情天有約定團圞（《紅樓夢》中一物）。碧落黃泉還覓去（《易經》二句），何況人間（《莊子》一句）。」

念畢，三人步入院子。見搴雲樓第一層檐下四面點着一色的二十多盞瓜瓣琉璃燈，照得面面玻璃光如白書。便有家人延入一方室中坐下，遞上茶點。三人隨意喝茶用點，先將那一首詞也逐句猜來。劍秋道：「『客路去漫漫』，打一曲牌，自然是《望遠行》。」癡珠道：「《詩經》一句，是『冬之夜』不用説了；《易經》二句，是那兩句哩？」小岑道：「『上不在天，下不在田。』」癡珠道：「這卻似是而非。」劍秋道：「『情天有約定團圞』，打《紅樓夢》中一物，有趣得狠，是個什麼？」癡珠道：「風月寶鑑。」小岑道：「妙！他會做，也難爲你會想。」於是三人將二句唐詩、一句《莊子》、一個花名、一個藥名、一個美人名，都想有了；又將那封書上想不出的，也慢慢想有了。

劍秋喚索安問道：「你爺留有謎底没有？」索安道：「一句兩句的，老爺都留有底，給小的答應人家。那兩紙長條，爺説總没人都打得准，萬一有人通猜着了，請他明日來。」癡珠怕秋痕回寓無人作伴，急着要走，便説道：「既是没有謎底，我們走罷，遲日面説。」於是大家步出園來。見燈火零落，遊人稀少，曉得天不早了，便分路而去。正是：

玉簫聲未歇，明月已西斜。
最是良宵短，城頭噪曉鴉。

欲知後事，且聽下回分解。

第三十三回　麗句清詞三分宿慧　花香燈影一片豔情

話説癡珠自入正後，深居西院，或聽秋痕彈琴，或瞧秋痕作畫，就縣前街也少得去了。

這日上元，子秀、子善久不見面，便兩人一車，到了秋心院。值門開着，下車走入。見靜悄悄的，没個人影；再看月亮門，落把大鎖。兩人愕然。後來李裁縫出來説起，纔知道初二後，秋痕通没回來。兩人出來上車，便吩咐趕向秋華堂來。看門見是熟客，就不通報。兩人沿西廊步入月亮門，見廚房裏一個打雜在那裏打盹，便悄悄的向西屋窗下走來。正待轉入樓下甬道，聽得癡珠朗吟道：「浮萍大海終飄泊，羞向紅顔説報恩。」兩人站着腳，又聽得秋痕道：「你也有些年紀了，積些餘囊，作個買山歸隱之計，也是着實打算。再者，你的性情不能隨俗，萬分做不過荷生，讓他得意罷。」癡珠嘆一口氣道：「我爲着家有老母，不得已奔走四方，謀些衣食；不然，我就做和尚。」秋痕道：「你好好做詩，都是我説着閒話，又引起你的心緒來了。」癡珠道：「我這上半四首，已是不及他的原作，再做下去，也没有好句出來，不如算了，不作罷。」秋痕道：「你昨晚説的『繡榻眠雲扶不起，綺窗初日會難逢。三生風絮年來綰，一室天花夜不寒』，都是佳句，怎的不好？」

兩人聽了半天，正待移步，不想玉環從甬道出來看見，便報道：「留大老爺和晏太爺來了！」癡珠迎出，延入客廳。秋痕掀開香色布棉簾招呼。兩人覺屋裏一陣蘭花香撲鼻，就行步入。見窗下四盆素心蘭，開有二十餘箭，便向書案走來。案上一幅長箋，狂草一半；子善看了蘭花，因取來瞧，上寫「奉和本事詩三疊前韻」，子秀念道：

「第一洞天訪碧霞，雲翹有約總非賒。
鸞笙吹出香窠暖，鳳簡題成錦字斜。
楚岫朝雲開遠黛，天台暮雨洗濃華。
尋常小謫人間去，也作秋風得意花。

福慧修來費幾生？珊珊仙骨照人清。
衫裁燕尾成雙影，扇寫蠅頭憶定情。
錦瑟相思頻入詠，枕屏兩地暗呼名。
瓊霄指日翔鸞鳳，別鶴何須帶怨聲！

番風輪指數遲遲，貯月樓成燕不知。
才子巾箱金粉豔，美人妝盝芷蘭思。
嬌呼小字猜蓮子，愛唱新詞譜《竹枝》。
陌上花開歸緩緩，荊釵珈服兩相宜。

溷我卑棲水外村，天涯回首舊琴樽。
西風鐵笛黃泥坂，夜月銀箏白下門。

煙柳灞橋留別夢，胭脂北地染新痕。
浮萍大海終飄泊，羞向紅顏説報恩！

蓬山風引嘆無緣，辜負箋天四十年。
團扇畫梅成小影，繡裙簇蝶記遊仙。」

子善道：「清豔得狠。」子秀笑道：「我們今天做個催租客，打斷人家詩興了。」秋痕道：「他正不高興，恰好你來，和他談談罷。」林喜端上茶來，玉環裝着水煙，四人各説了近事。

子秀見上首掛着荷生集座位寫的一付聯對，是：

座列名香，文如滿月；家承清德，室有藏書。

中間是心印的一幅畫梅橫披，橫披下粘兩紙色箋。便走近一瞧，見是七絕四首，款書「女弟子游畹蘭呈草」，便向癡珠道：「你那裏又收個會做詩的女弟子？」秋痕笑道：「不就是李太太？」子秀道：「不錯，他娘家姓游。」子善也走過來看。因念道：

「華燈九陌照玲瓏，掩映朝暾一色紅。
最是太平真氣象，萬人如海日當中。

雕輪寶馬度紛紛，百和衣香昨夜薰。
繡幰珠簾都不下，輕塵一任上烏雲。

餳簫吹暖遍長街，可有游人拾墮釵，
滿地香塵輕試步，幾回珍重踏青鞋。

小幅泥金寫吉祥，十枝絳蠟照華堂。
并門多少嬌兒女，但願家家福命長。」

念畢，說道：「李太太也會做詩麼？」子善道：「幾見詩人的弟子不會做詩？」就掀着臥室簾子，見窗下兩盆水仙花，也自盛開；壁上新掛一付聯，一幅山水的橫披，橫披下也粘一色箋。便踱進去，瞧着聯。一邊款書「癡珠孝廉正腕」，一邊書「雁門杜夢仙學書」，句是：

誦十萬言，有詩書氣；翔九千仞，作逍遥遊。

當下子秀和癡珠都跟進來。子善道：「采秋竟會寫起大字，且有筆力，真是夙慧。」子秀道：「不要說采秋，就秋痕不是大有慧根。怎麼幾個月工夫，就會做詩呢？」癡珠道：「大約琴棋書畫、詩酒文詞，都要有點夙根，纔能學得來。你看采秋這幅畫，不更好麼？」子善、子秀瞧着那幅畫，是幅工畫山水，筆意卻極灑落，小楷款書「奉夫子命，爲癡珠孝廉作，韓宅侍兒夢仙寫」。子善道：「這落款就也新鮮。」旁有小楷一詩，是荷生題的，子秀念道：

「拔地奇峰無限好，在山泉水本來清。
飄然曳杖絶塵事，獨向翠微深處行。」

兩人再看色箋的詩，上書「水仙花」三字，下書「侍兒劉梧仙呈草」。子善念道：

「雲停月落座留香，一縷冰魂返大荒。

銀燭高燒呼欲出，仙乎宛在水中央。
好伴吟邊與酒邊，蓬萊春在畫堂前。
煙波倘許儂偕隱，自抱雲和理七弦。」

子秀道：「大有奇託。」又看了癡珠的帳緣，是秋痕畫的菊，就説道：「秋痕的畫菊，竟一天蒼老一天了。」當下禿頭回道：「池師爺請爺説話。」癡珠出外間去了。子善隨手將案上一個書夾一檢，見斷箋上有詩兩首，瞧是：

對卿鄉更覺溫柔，雨滯雲癡不自由。
胸卻比酥膚比雪，可堪新剝此雞頭。

秋波脈脈兩無言，檀口香含一縷溫。
錦帳四垂銀燭背，枕邊釵墜個中魂。

又一素紙，上書「題畫」，云：

繡幃怎不卸銀鈎，微識雙雙豔語柔。
仿佛釵聲拋紙上，銷魂豈獨是天遊？

無言只是轉星眸，個裏情懷不自由。
水溢銀河雲尚殢，子夫散髮最風流。

春雨梨花醉玉樓，雙雙彈罷臥箜篌。
誰將鏡殿銅屏影，付與春風筆底收？

兩人一笑。又檢得字條，楷書寫的是「燈下紅兒，真堪銷恨。花前碧玉，頗可忘憂」十六字。又色箋兩紙，寫的是：

埋骨成灰恨未休，天河迢遞笑牽牛。
斑騅只繫垂楊岸，萬里誰能訪十洲？

欲入盧家白玉堂，何曾自敢占流光？
可憐夜半虛前席，萬里西風夜正長。

龍護瑤窗鳳掩扉，含煙惹霧每依依。
何當共剪西窗燭，日暮歸來雨滿衣。

雲鬢無端怨別離，流鶯漂蕩復參差。
東來西去人情薄，莫枉長條贈所思。

末書「日來讀玉溪生詩，因集得詩如右，呈政吟壇。此中情事，有君有我，有是有非，知足下必能參之也。並希示覆，或賜和爲望。荷生漫作」。兩人不大解得就中謎語，就檢別的來瞧，內還有秋痕的詞並手札。詞云：

花箋唱酬，曳斷情絲千萬縷。獨對柳梢新月影，算今宵人約黃昏後。眉雙縐，奈東君一刹，去矣難留。簾幕鎖人愁。風風雨雨，腸斷晚妝樓。

又一詞云：

花憐小劫，人憐薄命，一樣銷魂處。香銷被冷，燈深漏靜，想着閒言語。

兩人只看到這一紙，瞥見秋痕掀簾進來，將書夾一搶，説道：「半天没有聲息，卻原來偷瞧人家機密的書札！」子秀笑道：「事無不可對人言。」子善笑道：「『人約黃昏後』，怎的可對人言？」就出去了。到了客廳，雨農要走，癡珠因留三人小飲，並請了蕭贇甫。到得黃昏，大家都要出去逛燈，癡珠就不十分強留。

此時裏外都點上燈。客廳中點的是兩對西番蓮洋琉璃燈，裏屋兩間通點一對湘竹素紗、一邊字一邊畫的燈，正檐下一字兒四對明角燈。一會，月也上來，客廳中兩盆碧桃花開得豔豔，映着燈光，就像嫣然欲笑一般。秋痕將屋裏兩重棉簾盡行掀起，引着蘭花、水仙的香。癡珠就領秋痕到秋華堂玩賞一回月，忽然對秋痕道：「你看如此月色，天又不冷，我們何不同到芙蓉洲水閣走一走？」秋痕道：「怕碰着人，不好意思。」癡珠道：「這時候，還有什麼人跑來這冷靜地方？」便喚禿頭、穆升，先去通知看守的人，教他預備茶水伺候去了。正是：

燈下紅兒，花前碧玉。

銷恨忘憂，同心一曲。

欲知後事如何，且聽下回分解。

第三十四回　汾神廟春風生麈尾　碧霞宫明月聽鵾弦

話説癡珠和秋痕由秋華堂大門，沿着汾堤，一路踏月，步到水閣。此時雲淡波平，一輪正午，兩人倚闌遠眺，慢慢談心。秋痕道：「掬水月在手，這五個字就是此間實景，覺得前夜烘騰騰的熱鬧，轉不如這會有趣。」癡珠道：「我所以和你對勁兒，就在這點子上。譬如他們處着這冷淡光景，便有無限惆悵。我和你轉是熱鬧場中，百端振觸；到枯寂時候自適其適，心境豁然。好像這月一般，在燈市上全是煙塵之氣，在這裏纔見得他晶瑩寶相。」秋痕道：「你真説得出。就如冬間，我是在家裏挨打挨駡，對着北窗外的梅花，凄涼的景況儘也難受，然我心上卻乾乾淨淨，没有一點兒煩惱；儘天弄那一張琴、幾枝筆，卻也安樂得狠。我平素愛哭，這一個月，就眼淚也稀少了。如今到不好，在你跟前，自然説也有、笑也有。此外見了人到的地方，都覺得心上七上八下的跳動起來，不知不覺生出多少傷感。這不是枯寂到好，熱鬧到不好麽？」癡珠道：「熱鬧原也有熱鬧的好處，只我和你現在不是個熱鬧中人，所以到得熱鬧場中，便不覺好。去年仲秋那一晚，彤雲閣裏實在繁華，實在高興。後來大家散了，你不和我就同倚在這闌干上麽？」秋痕道：「那晚我吹了笛，你還題兩首詩在我的手帕上。忽忽之間，便是隔年，光陰實在飛快。」癡珠嘆道：「如今他們都有結局，只我和你，還是個水中月哩！」秋痕慘然道：「這是我命不好，逢着這難説話的人！其實我兩人的心不變，天地也奈我何！」癡珠道：「咳！你我的心不變，這是個理；時勢變遷，就是天地也做不得主，何況你我！」秋痕勉強笑道：「好好賞月，莫觸起煩惱。」口裏雖這般説，眼波卻溶溶的落下淚來。癡珠就也對着水月，説起別話。無奈兩人心中總覺得淒惻，就自轉來。禿頭道：「夜深了，打汾神廟走近些。」秋痕也覺得蒼苔露冷，翠鬢風寒，便説道：「廟門怕落了鎖。」禿頭道：「我已經叫穆升告訴他們等着。」癡珠道：「甚好。」一會，到了廟前。見大門已閉，留下側門。看門的伺侯四人進去，便落下鎖，自去睡了。

癡珠、秋痕剛從大殿西廊轉身，只見心印站在西院門口，讓秋痕進去了，攜着癡珠的手，笑道：「半夜三更，帶領婦女潛入寺院，是何道理？」癡珠道：「我不把汾神廟做個敕賜雙飛寺，就算是循規蹈矩的檀樾。」心印道：「好個檀樾！差不多半個月，一步也没到我方丈。」癡珠道：「你怎的不來訪我？」心印道：「你有了小眷，我怎便出入？」癡珠道：「這會還算不得家眷。就使有了家眷，難道方外老友便和我絶交麽？」一面説，一面拉着心印，進來客廳坐下。心印道：「君子之交淡如水，淡則跡疏而可久，濃則情縱而難長。你不看這碧桃花，開到如此繁豔，還得幾天排在這裏呢？人生該聚多少時，該見多少面，都有夙緣，都有定數。到得緣盡數盡，不特難聚，而且見面也不得一見面。何如少聚幾回，少見幾回，留些未了之緣，剩些不完之數，到得散了，還可復聚，不好麽？且如夫婦，原是常聚常見的，然就中也有一定的緣，一定的數。往往見少年失偶的，多是琴瑟之愛篤於常人。大抵濃者必逾節而生災，淡者能寡欲而養福。夫婦朋友，原是一例。你不來尋我，我就也懶於訪你了。」

癡珠明知心印此層議論，是大聲棒喝的意思，正與水閣上心事針對，心上十分感激，卻難一時就自折服，轉説道：「我不信不見了你十來天，竟有這番腐論！你説少年失偶，多是琴瑟之愛篤於常人，難道那諧老百年的，都不恩愛麽？」心印道：「水深則所載者重，土厚則所植者蕃。這也看各人的緣有深有淺，各人的數有長有短，我就不能預料了。」癡珠道：「這論卻通，我不能不割恩忍愛了。」心印哈哈大笑道：「你又懵懂了！我説的正要你保全所愛，難道教你割斷情緣，跟我去做和尚麽？」説得癡珠也笑了。心印接着道：「大抵我輩不患無情，只患用情有過當處。你聰明人，原不待我一番饒舌。然當局者暗，旁觀者明。」正待説下，只見裏間簾子一掀，秋痕突然走出，向心印就拜。慌得心印退避不迭，口裏説道：「怎的，怎的？癡珠，你替我扶起姑娘來！」癡珠也不知所謂。

秋痕卻恭恭敬敬磕了三個頭起來，玉容慘淡，滿面淚痕，讓心印歸坐，就傍着癡珠炕邊也自坐下，含淚説道：「大和尚這樣説法，就是頑石也會點頭；何况我還是個人？我原把這個身許給癡珠，你這樣棒喝，我不知感激，我就對不住他。」説着，便吊下淚來。心印嘆一口氣道：「難得，難得！姑娘你不要怕，我説的是講個理。你這樣心田，佛天必然保佑你兩人早諧夙願。」癡珠接着説道：「良友厚意，我自當銘諸座右。只是做個人，上不能報效君親，下不能蔭庇妻子，有靦面目，不死何爲！」心印笑道：「據你這般説，那自古晚遇的人，都是靦然人面。怎麽復唐室竟有個白頭宰相，平蔡州卻是個龍鍾秀才呢！」癡珠道：「大器晚成，這也罷了。我想楊雄倘是早死，何至做個莽大夫！王勃若不夭年，安知非個控鶴使？」就向秋痕説道：「便是他們，也只好死在三十左右。你想，西子不逐鴟夷，後來也做了姑蘇老物；太真不縊死馬嵬，轉眼也做了談天寶的白髮宮人。就如娼家老鴇，渠當初也曾名重一時；街上老婆，在少年豈不豔如桃李？」

心印不待説完，哈哈大笑，起身説道：「夜深了，我卻不能陪你高談了。」秋痕站向前道：「我遲日要向觀音菩薩前許下一個長齋願心，不知大和尚肯接引否？」心印笑道：「姑娘拜佛，貧僧定當伺候拈香。這會告退罷。」癡珠只得叫林喜、李福拿着手照，送入方丈。這夜癡珠、秋痕添了無限心緒，明曉往後必有變局，只不知是怎樣變法。

如今且説采秋回家，他爹媽好不喜歡。采秋雖掛念荷生，然一家團聚，做女兒的過年日子，只這一次。因此打起精神，博着父母的歡笑。出了正月，就有杜家親戚排年酒，替采秋接風的、送行的，都説是燈節後就要出嫁韓師爺了。不想他媽卻變了卦。原來十二月時候，賈氏怕荷生不放采秋回家，權將紫滄的話答應，如今和藕齋商量翻悔。藕齋是個男人，如何肯依？兩口便拌起嘴來。先前還瞞着采秋説，以後荷生兑項都齊，這一夜，賈氏竟和藕齋廝吵廝打。驚得采秋不知是爲何故，出來勸分了手。聽着兩人嚷的話，纔知道他媽變了心。當下只得勸藕齋到紫滄家過夜，這邊勸賈氏去睡。賈氏道：「夢仙，我明白對你説，你爹給你走，我是萬分不依的！你要嫁人，許你嫁在本地；要是嫁給了韓荷生，我是這一條老命和他們去拚！」采秋無可致詞，只得噙着眼淚待他媽説完，和他嫂嫂、姊妹伺候他睡下；出來，無情無緒的，別了大家，自歸屋裏，想前想後，整整哭了一夜。

次日，藕齋領着紫滄回來，取出荷生初二日回書並詩一首。采秋將信瞧過，遞給紫滄道：「你也看得。」便將詩念道：

「吴箋兩幅遠緘愁，別有心情紙外留。
分手匝旬疑隔世，傾心一語抵封侯。
雙行密寫真珠字，好夢常依翡翠樓。
爲報春風開鏡檻，四圍花影是簾鈎。」

采秋念完詩，紫滄也瞧完信，兩人互换。采秋將信再看一過，放下説道：「如今這事鬧翻了，須勞你走一遭，教荷生自己來罷。」紫滄道：「且看你爹轉灣得下來不能，再作商量。」

看官，你道藕齋怎講的？他說：「這事現在人人知道，況且欽差大人喜歡荷生得狠，買了柳巷屋子給他成親，翻悔起來，我們理短。」藕齋這話，自是善於看風勢。無奈娘兒們見事不明，又爲藕齋和他裝腔做勢，說「兒女親事，是我男人做主的」。因此拿定主意，不准采秋嫁姓韓的。那一張嘴就像畫眉，哨噪得人發煩。

紫滄也向賈氏說道：「你的議論固是，但有數節不大妥當。起先你不答應我，我這會可以不管。藕齋口口聲聲答應，只要二千兩身價，問了你，你也這般說。如今人家通依了，銀子也兑齊了，你卻不情願，教我怎樣對着韓師爺？教藕齋更怎樣對得我？此一節，你想妥當不妥當呢？再則，采秋年來心事，你也看得出，是要擇人而事。好好一個韓師爺，明年就是殿撰，人家巴結不上。你許了，卻賴起來，無論事不可測，就使平安撒開手，也還可惜。而且千金買妾，是個常事，到得二千金的身價，就也肯加倍破鈔了，你以後何處再尋這機會？」賈氏道：「去年答應，是那老東西逼着我。他會答應你，你和他去講。我心愛的兒女，只有這個女兒，犯不着嫁那姓韓的去做妾。他會做官，他家裏還有人，封誥也輪不到我女兒身上，與我更没相干。別人稀罕他二千兩身價，我姓杜的卻看似泥沙。這會要了他的銀子，以後他做了官，今日去東，明日去西，千山萬水，我從何處找我女兒見一面？」說着便哭起來。紫滄見話不投機，只得委婉說說，走了。

采秋從這日起，翠眉懶畫，鴉鬢慵梳。真個一日之中，回腸百轉。

光陰荏苒，已是燈節了。雁門燈市，比太原尤爲熱鬧。紫滄和一個楊孝廉逛了一回燈，趁着月色，步上碧霞宮的呂仙閣來，倚欄凝眺。忽聽得隔牆叮噹彈起琵琶，先是一聲兩聲，繼而嘈嘈雜雜，終而如泣如訴，十分幽咽；正將手按着工尺，畫出字來，聲卻停了。楊孝廉道：「我聽出三字來，是『空中絮』。」紫滄道：「你曉得這隔牆是誰呢？」楊孝廉正要答應，那琵琶又響起來，只聽得嬌聲騫舉，唱道：

「門外天涯，」

只第四字聲卻咽住。停一停，琵琶再響，又唱道：

「知今夜汝眠何處？滿眼是荒山古道，亂煙殘樹。離群征馬嘶風立，銜寒孤雁排雲度。」

楊孝廉道：「好聽得狠，真個是『大珠小珠落玉盤』。」紫滄不語。接下唱是：

「嘆紅妝底事也飄零，空中絮！」

唱停了，琵琶聲劃然一聲也停了。楊孝廉道：「這不是『空中絮』三字麼？真個『四弦一聲如裂帛』，淒切動人。」紫滄道：「這支詞，我是見過，不想他竟譜上琵琶了。」楊孝廉道：「調是《滿江紅》，我卻不曉得此詞。」

紫滄道：「你聽！」只聽得琵琶重理，又唱道：

「沙侵鬢，深深護；冰生面，微微露。況蒼茫飛雪，單車難駐。昨宵偎倚嫌更短。」

到這一句，唱的聲便咽起來，琵琶的手法也亂起來，以下便聽不出，就都停了。紫滄十分難受，楊孝廉道：「怎的不唱了？」紫滄慘然道：「以下的詞還有四句，是

『今朝相憶愁天暮。願春來及早，報花開，歡如故』。」

楊孝廉道：「你怎的見過這支詞？」紫滄道：「你道唱的是誰？」楊孝廉道：「我都不曉得。」紫滄道：「這隔牆就是杜家，唱的就是采秋。這詞是他來時，韓荷生做的送他。他裱起來掛在屋裏，我因此見過。如今卻譜上琵琶了。」楊孝廉道：「怪道彈得如此好！他好久不替人彈唱了，我今日出來就值！只他不是要嫁給韓家麼？」紫滄道：「韓家的銀，早就兑在我鋪裏。不想他媽可惡得狠，臨時又翻悔起來。」楊孝廉道：「他爹呢？」紫滄

道：「他爹到好説，就是這兩個老東西不和，鬧起風波。如今是一個依，一個不依。」楊孝廉道：「我聽説身價是二千兩，這就算頂好的機遇了。他媽還刁難什麼？」於是兩人説説，下得閣來，各自步月分路而去。正是：

三五月團圞，六街春如許。
獨有傷心人，自作琵琶語。

欲知後事，且聽下回分解。

花月痕全書卷十終

花月痕全書卷十一

第三十五回　鬚眉巾幗文進壽屏　肝膽裙釵酒闌舞劍

話説癡珠係正月念四日生。念三日，荷生就并門仙館排一天席，一爲癡珠預祝，一爲小岑、劍秋餞行。是日，在座卻有大營三位幕友：一姓黎名瀛，别號愛山，北邊人，能詩工畫，尤善傳神，舊年替荷生、采秋、劍秋、曼雲俱畫有小照；一姓陳名鵬，字羽侯；一姓徐名元，字燕卿，俱南邊詩人。這些人或見面，或未見面，彼此都也聞名。這日，清談暢飲，直至二更多天纔散。

癡珠回寓，只見西院中燈彩輝煌，秋痕一身豔妝出來道：「怎的飲到這個時候？」癡珠攜着秋痕的手，笑道：「你們鬧什麽哩？」秋痕道：「你早上走後，李太太領着少爺就來，等到定更，我只得陪太太吃過麵。太太還自己點着蠟，行過禮纔走。説是明天一早就要過來。」癡珠向炕上坐下道：「我五更天和你出城跑了，憑他們去鬧罷。」秋痕笑道：「我和你跑到那裏去？」癡珠卸下外衣，説道：「到晉祠逛一天，好不好呢？」秋痕説道：「明天的席，我已經替你全辦了。你懶管這些事，我同禿頭三日前都辦得停妥，不消你一點兒費心。」

林喜端上臉水，秋痕將馬褂擱在炕上，替癡珠擰手巾。禿頭在傍邊拿着許多單片伺候，回道：「縣前街、東米市街及各營大老爺，都送有禮。」就將紅單片遞上。癡珠略瞧一瞧，向禿頭道：「你們没收麽？」禿頭道：「武營的禮，我們通没敢收。只縣前街送了兩分禮，一是李大人的，一是替游大人備的；劉姑娘主意，李大人、游大人的通收了。」秋痕道：「李太太另外還送四盆唐花，十二幅掛屏，是泥金箋手寫的，説壽文也是自己做的。我替你掛在秋華堂，你去瞧着，掛得配不配？」癡珠笑道：「他竟下筆替我做起壽文來，我卻要看他怎説。」就站起身，拉着秋痕走。禿頭、林喜忙端手照引路。

到得月亮門，見堂中點着巨蠟，兩廊通掛起明角燈，還有數對燭跋未滅，便説道：「你們這般鬧，給人笑話。」秋痕道：「這卻怪不得我，都是李太太打發人搬來排設的。」禿頭道：「李太太爲着爺生，好不張羅。給小的壹百兩銀，吩咐預備明天上下的麵菜酒席。劉姑娘一定不肯，叫小的送還他的管事爺們。」癡珠將手向秋痕肩上拍一拍，道：「着，着！只是李太太現有身喜，何苦這樣煩擾呢？」

説話之間，已到堂中。見上面排有十餘對巨蠟，只點有兩三對，已是明如白晝。炕上掛着十二幅壽屏，墨香紛郁，書法娟秀。上首寫的是「恭祝召試博學宏詞科孝廉癡珠夫子暨師母郭夫人四秩壽序」，下款是「誥封二品夫人門下女弟子游畹蘭端肅百拜敬序」。因將序文念道：

「壽序非古也。」

説道：「起句便好。」又念道：

「後人襲天保箕疇之緒，或駢儷而爲文，或組織而爲詩。雖喬皇典重，無非讕語諛詞。畹蘭何敢以壽序進？且夫孝子之事親也，恒言不稱老；弟子之事師也，莫贊以一詞。然則吾師固不欲人之以壽言進，畹蘭尤不當侈然以壽言爲吾師進。雖然，禮由義起，文以情生。畹蘭於吾師，義有不容不爲師壽者，即情有不能自已於出一言爲師壽者。師聽畹蘭言，倘亦笑而頷之乎！

師爲屏山先生冢嗣。先生以名儒碩德，見重當途，海内名公至其地者，訪襄陽之耆舊，拜魯殿之靈光，門外屨常滿。師少聰穎，爲先生所鍾愛。兄弟八人，稟庭訓，均有聲庠序間。而師尤能博究典墳，遍窮六藝，旁及諸子百家。弱冠登鄉薦，遨遊南北，探金匱石室之藏，尤留心於河渠道里、邊塞險要及蕃夷出没、江海關防之跡。往歲逆倭構難，嘗上書天子，有攬轡澄清意。格於權貴，遊關隴間，益肆志於纂述舊聞，以寄其忠君愛國之思。故所學益閎，所著述益繁富。今夫水掘之平地，雖費千人之勞，其流不敵溪曲，其用不過灌溉。若夫出自大河江漢，抉百川，奔四海，動而爲波瀾，瀦而爲湖澤，激蕩瀠洄，初無待乎人力。是何也？其所積者厚，所納者衆，而所發者有其本也。師之學術，汪洋恣肆，其淵源有自，蓋如此矣。既而奉諱歸，倦於遊，築室南山下，將灌園爲養母計。不一年，寇起西南，蹂躪瀕海諸郡縣。師慨然復遊京師，冀得當以報國家、養士恩。卒不遇，乃賦西征。往歲返自成都，以江淮道梗，留滯并門。」

向秋痕説道：「敘次詳悉。」又念道：

「嗟乎！震雷不能細其音，以協金石之和；日月不能私其曜，以就曲照之惠；大川不能促其崖，以通遠濟之情；五嶽不能削其峻，以副陟者之欲；廣車不能脅其轍，以苟通於狹路；高士不能撙其節，以同塵於流俗。師之艱於遇，嗒然若喪其偶，蓋又如此。」

説道：「好筆仗。」又念道：

「比年身遭困厄，百端萬緒鬱於中，人情物態觸於外，無以發其憤，遂一託之於詩。水過石則激，鶴戒露有聲，鴻鵠伍於燕雀則哀鳴，虎豹欺於犬羊則怒吼。動於自然，不自知其情之過也。猶憶早歲侍側時，酒闌燭灺，師嘗語人曰：『富貴功名，吾所自有；所不可知者，壽耳。』又有句云：『情都如水逝，心怯以詩名。俊物空千古，驚人待一鳴。』此其顧盼爲何若？遭時不偶，將富貴功名，一舉而空之；至假詩以自鳴，吾師之心傷矣！畹蘭少從問字，得吾師之餘緒，猶斤斤自愛。何吾師年方強仕，慈母在堂，乃憤時嫉俗，竟欲屏棄一切，泛太白捉月之舟，荷劉伶隨地之鍤哉！此則畹蘭所爲義不容不爲師壽，情不能自已於出一言爲師壽者也。師聽畹蘭言，倘亦笑而頷之乎？」

笑道：「也説得委婉。」又念道：

「師母郭夫人，《葛覃》有儉勤之德，《樛木》有逮下之仁。吾師前後宦遊，師母上事舅姑，以婦代子；下訓兒女，以母兼師，族黨咸稱賢云。畹蘭違侍二十年矣，去年夏五，重見於并門。吾師丰采，大非昔比；憂能傷人，竟有若是！乃者夫婿從軍，畹蘭率兩男一女，寄居此地，天涯弱息，依倚之情，直同怙恃。竊願歌子建詩，爲吾師晉一觴也。曰：願王保玉體，長享黄髮期！」

念畢，又向秋痕道：「情深文明，我不料李太太有此蒼秀筆墨。」

秋痕因指着四盆唐花道：「這也是太太送的。那邊四盆西府海棠，是劍秋送的。那十二盆牡丹花，是池、蕭兩師爺送的。小岑送你一尊木頭的壽星。荷生送你一把竹如意、十盒薛濤箋、一方『長生未央』的水晶圖章、一塊『萬年宫』的古磚。心印送你一尊藏佛、一卷趙松雪的墨跡。掌珠、瑶華每人送你兩件針黹。我都替你收起。」

癡珠正要説話，秃頭、穆升領着多人，送進十數對點着的蠟，外面響起花炮，一堆兒向癡珠磕起頭來。還有顔卓然派來四員營弁、八名兵丁，都在簾外行禮。癡珠只得笑道：「你們起來罷。」又向李夫人派來的家人道：「怎好勞了你們。」這一班家人起來，和癡珠打一千請安，就也向秋痕打一千道喜。秋痕委實不好意思，只得説道：「難爲你們替老爺費心。」癡珠早走出簾外，招呼營裏的人。接着，秋華堂當差人等和廚房裏的人，一起在院子磕頭。癡珠含笑進來，秋痕站在簾邊，就拉着癡珠向炕上坐下，笑道：「那邊是你家太太坐位。」説着，就居中拜下去。癡珠忙站起身拉起，説道：「你怎的也這般鬧？」秋痕道：「不過各人盡一點心罷了。」

兩人看一回花，玉環也來磕了頭，便攜手回來西院。院裏早排下席，是三個位。癡珠向炕上躺下道：「天不早了，差不多一下多鐘，還要喝酒麼？」秋痕道：「喝杯酒，也應個景兒。」於是恭恭敬敬斟上兩鍾酒安下，向着癡珠道：「你不起來，我又要拜。」癡珠帶笑拉上炕坐下，吩咐禿頭撤去席面，隨便揀幾個碟、幾件菜，送上炕几。兩人淺斟低酌起來。

次日，李夫人帶着阿寶一早便來。荷生值辦密摺，不便出門。心印過來拜了壽，就回方丈。到是陳羽侯、徐燕卿、黎愛山來坐了麵席；小岑、劍秋、子秀、子善、贊甫、雨農是不用說了；武營中只有顔卓然、林果齋二人在座。餘外，癡珠俱叫人遠遠的就擋了駕。

晚夕，卓然、劍秋、子秀、子善坐了一席，小岑、贊甫、雨農和癡珠坐了一席。裏邊是李夫人、晏太太、留太太、阿寶、瑶華、掌珠、秋痕，七人坐了一席。外面猜拳行令，裏邊是大營吴參將送來兩個女尼，會耍戲法。只見兩尼生得豐豔非常，帶個徒弟，妖精一般。三位太太都不言語，掌珠、秋痕也不大理會，只瑶華儘抿着嘴笑。先前變出一盤桃，恰恰十五個，内外分嘗，卻是真的，已足詫異。停了一會，又變出三尾鯿魚，俱是活的。以後要了十個品碗，排在地下紅氍毹上，左五個，右五個。兩尼分立，教他徒弟變十碗水來。那徒弟苦辭不能。右邊女尼一掌過去，徒弟倒在左邊，那左邊五個碗卻滿滿的水；又向左邊來，左邊女尼也給他一掌，倒在右邊，右邊五個碗也滿滿的水。於是兩尼將水一碗一碗的捧上席來，給大家看，映着燭光，都碧澄澄呢。再排原處，教他徒弟收去。只見徒弟東打一筋斗，西打一筋斗，十個碗便乾乾的，並無一滴，大家駭愕。兩尼自説是仙，瑶華大笑道：「只莫做唐賽兒便好。」李夫人招呼秋痕請癡珠進來，給些賞銀，兩尼怏怏而去。便向晏、留兩太太道：「漢末左慈、于吉，原是有的。就是吞刀吐火，喇麻本有此教；植瓜、種樹眩人，亦屬尋常。只這兩尼妖氣滿臉，我們遠離他爲妙。」兩太太都道：「太太有見識。」瑶華道：「我只怕是《聊齋》上説的那個東西。」大家都説道：「可不是呢。」再飲一會，就散了席。兩太太先去，李夫人隨後也走了。

癡珠便喚掌珠、瑶華出來秋華堂。秋痕就也跟出，敬大家一輪酒。劍秋見秋香、秋英今天不來，問起瑶華，纔知道秋香是正月十二陡然發起絞腸痧，醫藥不及，就死了。秋英也移了屋子。癡珠在東邊席上，慘然道：「我怎的不知道呢？」瑶華道：「你不知道的事多哩。目今花選中賈寶書也走了，說是跟了一個南邊的女道士做徒弟去。」小岑在東邊席上道：「我也風聞有這事。」卓然道：「這事我知備細。寶書給望伯拖累，押在官媒家裏。望伯没良心，上堂不敢認官，將開賭的事一口推在寶書身上。幸喜那承審官與寶書是舊相識，央着我再三求着上頭胡弄局，把望伯做個平常人聚賭，打三十板，枷號一個月，替寶書開釋，說是他假母開賭，與寶書無干，纔放出來……」癡珠不待說完，便說道：「這承審官是個通人，你曉得他名姓麽？」卓然擎着酒杯道：「他姓傅。」劍秋道：「不要講閒話。往下說，寶書怎樣出家？」小岑夾一片蘋果，向卓然道：「這以上的事，我們通曉得。望伯因此破了家，如今還病着，怕是不起。」

劍秋在西邊席上，回過臉，瞧着小岑道：「你給卓然說罷。」卓然喝了酒道：「寶書釋放出來，没得去處，暫依舊日一個老媽。可憐大冷天，一個錢買炭也没有。還是素日認識的人幫他幾吊錢，叫人和望伯商量，望伯分毫不肯答應。寶書灰心，趁他媽尚在枷號，私下跑到東門外玉華宫女道士處，求他收做弟子。」子善道：「不錯，這女道士姓姚，係南邊宦家妃妾。丈夫死後，爲嫡出兒子不容，遂將自己積下的金銀，買一小屋，改爲道院，閉門焚修。後來遇個女仙，告以南邊有十年大劫，教他向西北雲遊，可免大難。前年到了并門，適值玉華宫女道士鬧事，被東門外縉紳攆了。大家見姚氏有些年紀，寓在優婆夷寺焚修，比本寺的姑子尤勤，所以延他主持玉華宫香火。是不是呢？」卓然道：「就是這姚主持。」劍秋道：「你講寶書罷。」卓然道：「寶書的家，舊在優婆夷寺邊。每月朔望，都去燒香。姚氏時常見面，見寶書回回默禱，是求跳出火坑。姚氏聽了，就也存在心上。如今跑來投他，自然收了。不想他媽枷號滿了，出來和姚氏要人，姚氏只得教他領去。寶書不願，被他媽拉到宮門外，便要跳井。恰好我這一天奉委前往章郎鎮查辦事件，路過玉華宮，見他們哭哭啼啼，一大堆的人在那裏看。我叫人查問，纔曉得就是寶書。我和寶書也有一面之緣，見他説得可憐，就到宮裏面詰姚主持，洞悉底裏。我便替他出了一百兩身價，教寶書在我跟前，受了姚主持頂戒。」

此時兩席的人都是靜聽。聽到這裏，癡珠便拍掌道：「快事，快事！我要喝三大杯的酒！」忙得秋痕斟酒不迭。掌珠坐在癡珠身下，只怔怔的發呆，儘癡珠喚人取大杯、取酒，也不説句話。到是瑤華喚道：「寶憐妹妹，你怎不斟酒？」掌珠道：「没人替我出一百兩身價，給我當道士去！」瑤華大笑，把別話岔開，和贊甫、雨農又豁起拳。西邊席上，子秀、子善也和卓然、劍秋搶標。以後兩席合攏，又鬧了一回楚漢爭，就有三更多天了。

秋痕、掌珠連座，儘着喁喁私語。瑤華是個爽快的人，聽了一會，便站起説道：「做個人，自己要有些把握。就如你兩個，一個要做道士，一個要做侍妃，斬釘截鐵。這般説，便這般做！叨叨縷縷，講個不了，做什麼呢？我要走，不耐煩看你們淒惶的樣兒。」秋痕忙拉住。瑤華就和秋痕坐下，向大家道：「我是要從樂處想，再不向苦中討生活。你想，天教我做個人，有什麼事做不來？都和你們這般垂頭喪氣，在男子是個不中用，在女子是個没志氣！我瞧着覺得可憐，又覺得可惱，所以要走。」大家都説道：「説得痛快！」

此時炕上有把雌雄劍，放在炕上，瑤華便向癡珠説道：「你這把劍還好，我舞一回，給大家高興一高興。」説着，就仗着劍走下來。早見瑤華在燈光下，縱橫高下，劍光一閃一閃的舞。以後燈火無光，人也不見，只有一道白氣，空中旋繞。此時更深了，覺得寒光陣陣，令人發噤。突然聽得瑤華道：「後會有期！」但見雙影一瞥，兩劍「瑲」的一聲，委在地下。屏門外的人報道：「薛姑娘上車走了！」

兩席的人恍恍惚惚，就如夢景迷離一般。癡珠定一定神，説道：「相隔只有五個月，他的劍竟比采秋舞得還好。這飄忽的神情，就和劍仙差不多了。」當下大家都散。秋痕引着掌珠，重來西院，談了一回。外面冷家的人催了兩三遍，掌珠纔走。秋痕送出屏門，灑淚而別。看官記着：秋痕與掌珠，自此就没再見了！掌珠是此夜聽説寶書做了道士，又受了瑶華一激，便決意出家。和他假母吵鬧幾次，竟將青絲全行剪下。幸他假母是個善良的人，不忍怎樣。二十七日癡珠出門謝壽，就聽見人説送入優婆夷寺，做了姑子去了。正是：

豪情勝概，文采劍光。
妒花風雨，乃爾披猖。

欲知後事，且聽下回分解。

第三十六回　一聲清磬色界歸真　百轉柔腸情天入幻

話說秋痕廿五後回家，因勸癡珠量入爲出，儉省下來爲後日南歸之計。因説道：「你爲着我，不能不供給他們開銷，這樣不是愛你，直是害你。所以千思萬想，不能不割斷癡情，苦守寂寞。」又説道：「初一心印許我禮佛，我便吃了長齋，總要跟你到得南邊家裏，我纔開葷。你念我這般苦守，也該惜些錢鈔，作個長久打算。讖兆、夢兆雖然不好，或者天從人願，我兩人吃得這苦，造化小兒可憐起來，也不可知。若一味委心任運，眼見得禍離更甚於慘别。」説着，就嗚咽起來。癡珠也自傷心。

看官，須知「氣數」兩字，埋殺多少英雄豪傑！除非神仙，跳出世外，不受這氣數束縛；自古忠臣孝子，到得國家氣數要盡之時，怎樣出力去挽回，你道有幾個挽回得來？不過人事是要盡。秋痕這一回打算，也只是盡人事罷了。再隔十日，兩人局勢，又不是這般。你道人事怎盡呢？

到了二月初一，秋痕换了一身新衣服，天色大亮，坐個車來到廟中。禿頭早在那邊伺候。到觀音閣來，聽得清磬一聲，早望見心印披着袈裟，率領兩個侍者，在閣上頂禮慈雲。秋痕上得閣來，侍者送上一炷香。秋痕跪下，心印敲着磬，將秋痕做的黄疏讀道：

「蓋聞有情是佛，無二爲齋。接引十方，法喜維摩之愛；皈依五淨，醍醐沆瀣之緣。伏念梧仙，劫重風輪，魔生綺業；天寒袖薄，身賤恩多。居恒顧影自憐，竊欲擇人而事。則有韋皋小影，東越寓公，既連襼而犄裳，亦雙心而一襪。於是巾裁奉聖，髻解抛家。自謂浮鬱香燒，是鄉終老；靈檀樹種，如願同歸矣。無如烏本流離，窩非安樂。奔精昭夜，徒勞警旦於鳴雞；鶩女采薇，更佇苦心於夢鹿。風花舛午，才命升沉；楚水入淮，梔香交蓼。所冀金輪神咒，能銷鐵鎖煩冤。因此九叩跏趺，一誠頂禮。誓如皎日，折此疏麻。願開一念之慈悲，俯鑒八關之懺悔。莫謂垂枯絳樹，甘露難培；還期續命黃花，秋風再豔。從此旃檀爇印，寒菜咬根，不慕膏粱，自甘腐乳。他日者，追隨中饋，獲補疇昔之墜歡；旨蓄禦冬，長娛邊撩之晚景。將繡佛以酬恩，輝依滿月；亦心齋於清夜，悟澈拈花矣。

年　月　日，平康信女劉梧仙謹疏。」

宣讀已畢，燒了。秋痕默誓一番，磕了頭起來。心印將一尊觀音小像，用紫檀鑲玻璃的龕，送給秋痕供奉。秋痕給心印叩了謝，心印也膜拜還禮。便和禿頭回來西院，將佛像供在炕几。

這日癡珠就陪秋痕吃一天齋。秋痕晚夕便捧着神龕，坐車而去。後來牛氏知道，百計責令開葷。無奈秋痕受一番打罵，便一粒也不沾牙，牛氏只索罷了。

癡珠自此還讀我書。次日，尋一幅宣紙，寫個「焦桐室」三字，傍書「病維摩書」四字，蓋了圖章，交給穆升裱作横額。

一日午後，套車到縣前街閒話，便來大營。荷生迎出平臺，笑道：「我正要作字給你，你來了，便宜他們跑一遭。你瞧這個圖名，取得好不好？」説着，便延入屋裏。癡珠道：「什麼圖？」荷生没有答應。癡珠早見案上鋪着一個小軸，是采秋小照，畫一面鏡，采秋畫在鏡裏，便説道：「像得狠，真個鏡中愛寵。」荷生道：「你瞧題的圖名。」癡珠早見上首横題五個隸字，是「春風及第圖」，便點頭道：「甚好。」再看題的詩，是首七截，因念道：

「鏡裏眉山別樣青，春風一第許娉婷。
天孫好織登科記，先借機絲繡小星。」

念畢，笑道：「你好躊躇滿志。」荷生道：「只這二十餘日，信息渺然，連紫滄也没有信來。難道是滿招損，占歸妹，迎門翻卦？」癡珠道：「你這事一定百定，千穩萬穩，還疑心什麼呢？你不想采秋的書籍，也就夠十來天收拾哩。」荷生道：「我也這般想。」癡珠道：「這事不要再説。我此來，是要找愛山替我和秋痕畫一圖哩。」荷生道：「你今天何不就同我去訪他？」癡珠道：「甚好。」於是荷生引着癡珠，打大花廳後身穿過一個院落，便是愛山書房。愛山迎入，癡珠敘些寒溫，坐了一回。荷生遂爲癡珠代白來意，愛山許着初七下午。二人正説得款洽，忽見青萍掀開簾子，回道：「洪老爺來了。」荷生又喜又驚，便同癡珠踉蹌出來。愛山見是有事，也不敢强留，只得送出院門。癡珠執手重訂初七之約，愛山允諾。

荷生早走得遠了，癡珠就也跟來。轉到平臺，只見紫滄和荷生站在客廳簾邊，聽得紫滄道：「有點變局。」兩人就進去了。癡珠隨後走進，和紫滄相見；見荷生神情慘淡，正在拆信，就不説話。紫滄也默然無語。荷生拆開信，抽出一張色箋，看了一會，眉頭百結，將箋遞給癡珠道：「你瞧！你道天下事算得准麼？」便拉紫滄炕上分坐，詳問底細。癡珠瞧着箋上，楷書寫的是：

荷生夫子安：初七日奉到覆函，並詩一首，拳拳垂注，情見乎詞，感激之私，無庸瑣瀆。妾生不逢辰，母也不諒，紫滄目擊之，自能爲君詳言之。妾不忍形諸筆墨，亦不敢形諸筆墨也。伏念積誠尚可動物，豈守義不足悦親？第區區寸心，總不欲生我者負不韙之名。君與紫滄善爲妾圖之。妾回天無力，惟有毀妝斂跡，繡佛長齋，冀慈母感悟於萬一。挑燈作此，不盡欲言。附呈七絕一首，率書楮尾。侍妾杜夢仙手啟。

癡珠道：「繡佛長齋，不謀而合。」紫滄、荷生正對語喁喁，也不聽見。癡珠因將詩吟道：

「雲容冉冉淡於羅，欲遣春愁可奈何！

夜半東風侵曉雨，碧紗窗外早寒多。」

吟畢，笑道：「欲知弦外意，盡在不言中。采秋詩品，高於荷生十倍哩！」荷生皺着眉，向癡珠道：「人家有這般懊惱的事，你偏會説笑起來。」癡珠道：「你不用煩惱，不出十天，機將自轉。只天見你兩個圓成太容易些，也不顯得他一番造就的艱難，故此有這一折。其實你没見過采秋時候，大局早已排就。」荷生道：「你何苦又説夢話？我明天將手尾的事交託燕卿，後天一早就可上路。做三站走，初六可到雁門。紫滄，你還要和我同走一遭呢。」正待説下，只見索安回道：「大人請，説是有緊急軍務。」紫滄、癡珠就走了。這且按下。

且説采秋係於正月十五早往碧霞宫，也在觀音大士前許下長齋。自此脂粉不施，房門不出。這一個月，柔腸百轉，情淚雙垂，把個如花似玉的容顔，就變得十分憔悴了。還好紅豆、香雪兩個丫鬟，都是靈心慧舌，無可講的也引着采秋講講，無可笑的也引着采秋笑笑，所以比秋痕景况總覺好過些。

一日，冷雨敲窗，天陰如墨。采秋倚枕默坐，忽藕齋進來，取出荷生十三寄來的信，展開閲過，嘆了一口氣，藕齋就出去了。信内附有人日的詩，並癡珠的和章。采秋唤香雪印一盒香篆，自己慢慢的點着，領略一會，將寄來的詩，吟了一遍，就向床上躺下，想道：「天下事愈急則愈遠，愈迎則愈拒，去年秋痕不是這樣麽？」又想道：「癡珠説那華嚴庵的籤兆，竟是字字有着落。似乎我和荷生這段因緣，恁是怎樣也拆不開的。只是這籤兆也怪，秋痕的秋心院，是小岑替他取的名；我的春鏡樓，是我自己杜撰的。怎麽那庵的籤上有『秋心院』三字？那老尼偈語又説出『春鏡』？敢莫這支籤和那偈語，通是癡珠編出來，也不可知。」想到此，陡然心上冰冷，不知不覺吊下淚來。又想道：「説是癡珠編的，他何苦自己講那不吉利的話？」

左思右想，便合着眼，聽着雨聲淅瀝，竟模模糊糊的好像到了秋心院。突見秋痕一身縞素，掀着簾迎出來，采秋驚道：「秋痕妹妹，你怎的穿着孝？」秋痕淚盈盈道：「采姊姊，你不曉得麼？癡珠死了！我替他上孝哩！」正在說話，忽見荷生閃入，采秋便説道：「癡珠死了，你曉得麼？」荷生吟吟的笑道：「癡珠那裏有死？不就在此？」采秋定神一看，原來不是荷生，眼前的人卻是癡珠，手裏拿個大鏡，説道：「你瞧！」采秋將喚秋痕同瞧，秋痕卻不見了。只見鏡裏有個秋痕，一身豔妝，笑嬉嬉的不説話，卻沒有自己影子。正在驚訝，忽一陣風過，塵沙瞇目，耳中只聞得呼呼的響，又像是波濤滚滚的聲，心上覺得突突的亂跳。一會，悄然開眼一看，只見白茫茫一片大海，自己立在一個山上，四顧無人，十分害怕。沿着徑路走來，見一峰插天，蒼翠欲滴，上面有古篆三字，一字方圍有一丈多大，卻不認是何字，想道：「我今日也有認不得的字了。」轉過山坳，海也不見了。瞥見癡珠同兩個麗人，俱是一身縞素，立在前頭。一個麗人，好像秋痕。采秋歡喜，迎上前來，説道：「怎麼你兩個卻跑到這裏來？」再一審視，那裏有三個人？卻有三片白石擋住去路，想道：「原來就是這石作怪！」再要轉身，恍恍惚惚是個屋裏，見個丫鬟搶過來扶着，叫道：「娘快醒來，天冷得狠，和衣睡不得。」撑眼一看，卻是紅豆。因起來説道：「我略躺一躺，竟睡着了，迷迷惑惑，做了幾多的夢。」紅豆細問，采秋不説，只叫他取表來看，已是四下多鐘。香雪向熏爐中倒碗茶遞來，采秋喝了，回憶夢境，猶覺歷歷。紅豆端上素菜，隨便用些。遂向佛前燒了晚香，悶坐聽雨，便和紅豆説起夢來。正是：

秋心春鏡，一刹罡風。
情天佛國，色色空空。

欲知後事，且聽下回分解。

第三十七回　廷推岳薦詔予清銜　風暖草薰春來行館

話説關隴回子，自去年大受懲創以後，善良者自然回籍，重謀生業；就中單身的，也受地方官安插，洗心滌慮，去作良民。只有一班狡黠的酋豪，或逃亡在外，復出爲非；或雖受招安，家業已蕩，便糾合亡命，就近作個強盜，擄掠鄉民牛畜，搶劫過往行旅。地方官只怕多事，隱忍不報。這回子嘯聚得多，去年逆倭據了廣州，回子得信，因又跳梁起來。想并州富足，又是春和時候，這番真個要由草地竄入雲州等處。

雁門關總兵於正月三十得了確信，是夜子正三刻，五百里加緊稟報前來。因此經略請荷生計議，荷生道：「這番不比前次，只要以防爲剿。前次彼已破了潼關，故不能不痛加剿洗。今日彼尚在三關之外，只有迅速將關外各口隘嚴防，彼來則剿，彼去亦不必追。野無可掠，自然解散。然口外各隘，炮臺溝壘及瞭臺探卒，是緊要的。」荷生一面説，經略一面點頭道「是」，隨説道：「這事只好請先生督兵一行。」荷生辭道：「只怕才力不及。」經略那裏肯依。又問起荷生納寵之期，荷生即以采秋的事相告。經略大喜，説道：「先生此行，公私兩得，須帶多少兵呢?」荷生道：「兵不在多，就左右翼中挑出千名，着顏副將、林總兵兩人管帶前往，便夠調遣。只此行卻要仗大人洪福，兩件事都能如願纔好。不然，五臺山近在咫尺，誓將披緇入山，不復問人間事矣。」説着，眼皮一紅。經略笑道：「先生何必如此?回子餘孽，先生一出，馬到成功。至先生私事，怎樣辦怎樣得手，更屬無可疑慮。而且先生氣色大好，指日還有喜事，不過這兩天，便可得信哩。」荷生道：

「晚生還有什麼喜呢？」經略道：「這會且不必説破。我是從氣色上看得十分准。」荷生只得擱開，説用兵的事了。是晚經略就留荷生小飲。一面檄召顏、林二將，於明日卯正三刻，帶領左右翼兵，赴教場挑選。一面差員提令箭，諭知糧臺辦餉，軍需局豫備軍裝，俱限明日巳刻齊備。

次日卯正，荷生下了教場。到得辰正，已將一千名兵挑出；面諭顏、林二將，午刻給餉給裝，申刻管帶出城，十里駐紮，初四日辰初二刻長行。顏、林二將得令，自去行辦。

荷生回營，順路訪了癡珠，告知一切。癡珠笑道：「夫子有三軍之懼，……」荷生不待説下，截住道：「你還説這些，人家百忙中找你坐一會，你卻有工夫講頑話。我和你説，我到雁門，公事或者辦得了，只我私事有些爲難，倘是不諧，我便上五臺山出家了。我的詩文稿和柳巷園子一起交給你，你替我收掌罷。」便噙着一眼眶的淚，向靴頁中取出一個摺子，遞給癡珠。癡珠接着，放在案上，説道：「你這話從何説起？我和你説，你再不要這般胡想，你從此是一派坦途。你想要跑一遭雁門，就出有這一件事，替你做個錦上添花，湊巧不湊巧呢？我這會正替你喜歡，你何苦説出這些話？到是我和秋痕，不曉後來是怎樣變局！」荷生道：「你只聽心印的話，和李太太商量，給了身價，是正經的事。至秋痕替你打算，都行不去，我勸你不要聽他。這數句就是我臨别贈言，你須記着。」便站起身，匆匆的走了。

回到營來，正待卸下冠服，簾外的人報道：「大人穿着公服過來。」荷生迎出，只見跟班捧着摺匣，經略笑吟吟的步上平臺，拉着荷生的手進入屋裏，即向荷生一揖，説道：「先生大喜！」荷生只道是給他送行，便回一揖道：「全藉大人平日的威德，此去或不辱命。」經略笑道：「喜事重重。」便向摺匣中取出一本奏摺來，遞給荷生。荷生見上面朱批道：

覽奏均悉。這所保五品銜舉人韓彝，着授兵科給事中，即留營參贊軍務。欽此。

閱畢，將摺子安在上面几上，九叩謝恩；便向經略行下禮去，道：「大人栽培。」經略趕忙還禮。荷生起來，説道：「仰荷天恩，不次拔用，只怕材不勝任，辜負大人一番盛意。」經略掀髯笑道：「我保舉總不錯，而且這摺子上得也妙。我的摺子是十九到京；十八，謝小林侍御早有一摺，密保了你。内閣於二十日奉着上諭，也行文來了。」説着，便走向几子，將摺子展開，檢出一張紅單條，遞給荷生。見上面寫的是：

兵科抄出，正月二十日，奉上諭：河南道御史謝嘉樹奏稱五品銜舉人韓彝，學富韜鈐，材堪將帥，現爲并州大營延理軍務；前年元夜，蒲關奏凱，悉伊運籌之力。與明祿年終密保摺内語悉相符。着即授兵部給事中，仍留本營參贊，該部知道。欽此。

瞧畢，説道：「幸是小林摺子是先一日遞的。譬如小林摺子後一日，大人摺子先一日，倒像小林附聲氣了。」經略道：「這都是先生的福大！」又附耳道：「聽説秦王召見時，也曾保過先生。」荷生接着道：「如今求大人別這樣稱呼。論統屬，大人是個堂官；論保舉，大人是個恩師。」經略道：「好，好，我們兄弟稱呼罷。」坐一會，就也進去。

自此，荷生算是并州小欽差。遂趕緊備了謝恩的摺，由經略代奏。經略即將此次荷生督兵出關防剿情形也一並奏明，次日卯刻拜發。當下通省官員、本地鄉紳及營中幕友將校，賀喜者麕至沓來。荷生有見有不見。直鬧到定更多天，剛欲歇息，又是癡珠來了，説道：「何如？班生此行，無異登仙。」説得荷生也笑了，執手數語而別。

次日，紫滄是卯正匹馬先走，四站趕作兩站。荷生爲着經略暨文武官親送出城，到得未正，纔抵青龍鎮。是日大風，一隊轎馬行土嶺間，蜿蜒逼仄，兼之土無泉脈，僵峙枯立，經風簸揚，塵垢坌集。將至忻州界，風颷愈烈，飛土如雨。荷生轎中口占七古，是：

祖龍鞭石石未盡，破碎棄置西山涯。
生公說法不到晉，遂令千載成頑沙。
行人策馬頻來往，輪蹄誤聽風波響。
誰信元戎十丈旗，借作桃根兩枝槳。

剛纔吟完，前行帥字旗轉出山坳。三聲炮響，忻州文武官接出界上。荷生不免下轎酬應一番。

此時天色將黑，等得燈籠火炬一起點着，再走十餘里，已經八下多鐘。燈火中遙見遠遠一簇人馬，知是顏、林二將排隊迎接。望着帥旗到了，吹起角來，炮聲一響，撾鼓三通。行館門前，奏着細樂；荷生的轎，軟步如飛，進行館去了。青萍傳出令箭安營。森嚴甲帳，燈火齊明；刁斗傳更，旌旗閃影。二更後，荷生自出營外查了一回，頗覺整齊嚴肅。心中高興，便作了一詩，題在壁上云：

陌上何人賦草薰？無端祖帳感離群！
天連野戍生邊氣，風捲平沙作浪紋。
斷澗經年惟積雪，空山有用是生雲。
獨憐天下方多事，鴻雁中宵不忍聞！

第二日風定，卯正起馬，按隊上石嶺關。遙望忻州城郭，在高岡陂陀之際。繞鐵筓山下，行河灘沙石中，三十里外，路始平坦。春融冰釋，土脈上浮，途間往往水溢。度田間阡陌，到了忻州城。人煙稠密，百貨畢會。帥旗一到，父老扶杖，婦孺聯裾，道旁頓如堵牆。州官迎入行館，打尖，尖後行平野中。時方東作，只見扶犁叱犢者于于而來，喁喁而視，正如一幅圖畫。那崞縣官員，又接來界上了。

第三日由金山鋪起馬，五里忻口，兩山盡處，鑿石爲關，一夫當之，萬夫莫敵。遂沿滹沱河至紅崖灣、尖北賈鎮。不一時，過了崞縣，城在土嶺之巔，土多崩裂，城亦傾側不整，道途觀聽，自不及忻州熱鬧。四下多鐘，到得行館。轎子剛進屏門，鉦鼓聲中，忽見紫滄行裝站在臺堦上。荷生喜極，打着護手板，護轎營弁忙將轎扶下。紫滄搶迎過來，荷生趕着下轎道：「你怎的又轉回來？」紫滄正待答應，荷生瞥見上屋有個豔妝侍兒出來，凝眸一視，卻是紅豆站在簾邊。

荷生這一喜，如陡見家裏的人一般，說不出話，連紫滄怎樣說也不聽見，只拉紫滄向月臺上走來。纔上月臺，又聽得簾内環佩之聲，珊珊已到門側，更是心花怒開。向紅豆道：「你來接我麼？」紅豆打開簾子，笑道：「娘也來了。」荷生早見采秋倩影亭亭，臨風含笑。兩人執手，喜極而悲，各自盈盈淚下。半晌，荷生向紫滄道：「我不是做夢麼？」紫滄道：「坐下再說罷。」方纔坐下，青萍回道：「代州官員稟見。」采秋、紅豆退入裏間，紫滄也退出東廂。荷生一起一起的接見。直至上燈，纔有空和采秋暢談。

看官聽着：人生富貴功名，一字是少不得的。正月時，賈氏〔二〕何等刁難！這回紫滄自省趕來，進城已是初三黄昏時候，竟不到家，先來見過采秋，將荷生的信遞給他瞧。先是雁門郡人心惶惶，訛言四起，鬧到初三下午，得着韓荷生帶兵出來信息，纔稍安靖。這賈氏見時事如此，深悔前非。後聞荷生帶兵來了，又怕惹下禍事，早啞口無言，受藕齋抱怨。如今聽得荷生做了官，是個欽差，喜到十分，就也怕到十分，那退悔更不用説了。轉自己出來招認不是，只求紫滄領采秋迎上一站來。采秋道：「這卻不必。」紫滄道：「也好。此去崞縣只四十里地，知縣又是我舊東家，可以據實説給他預備，也免得荷生進城一遭，招摇耳目。且此事是

〔一〕「賈氏」，閩雙笏廬刊本作「賈甲」，據文意改動。

經略知道的。」原來到雁門關是由代州陽明堡西行，不走郡治。打郡治北門二十里至雁門關，是個小路。荷生與紫滄打算，是到了崞縣，教顏、林二將帶兵先行，自己換車私往采秋家一探，即連夜出北門，趕到關上。不想賈氏轉叫采秋接出來。

當下説明，賈氏、藕齋都在廂房伺候。紫滄領他夫婦出來叩見。荷生也還了一揖，前事不提，只面諭兩人：將采秋行裝收拾妥貼，等候班師。兩人答應退下。恰好上屋的席是兩席滿漢，荷生便撤一席，賞給兩人去吃，自與采秋同坐一席。采秋因問起癡珠、秋痕景況，荷生略説一遍，因嘆道：「你吃長齋，他也吃長齋；你如今開了葷，不知他何時纔開哩！」采秋也爲悵然。這一夕，崞縣十分討好，行館中徹夜燈燭輝煌。二更後，紫滄自在東廂安歇。兩人並枕，談着三十來天別緒。

轉瞬天明，營門外角聲嗚嗚的吹個不止。荷生只得起來，傳令顏、林二將先走，又見了幾起的客。因行館後進有座望樓，便與采秋領着紅豆，登樓憑眺。遥見空際有白雲數片，諦視之，不動亦不滅，采秋指着道：「這就是雁門關山頭積雪。」荷生道：「我少刻便在這山外了！」説着，兩人淚眼相看一會，不語，忽曉風吹來，凉如冰雪。采秋道：「口北地方冷，不比内地，你帶着大毛衣服没有！」荷生道：「都有。」采秋又囑咐：「諸事留心保養。倘若要打仗，千萬不可輕敵；口外回子是不怕死的。」荷生道：「我知道，這回不用打仗，你放心。」瞥見塵沙起處，一簇軍馬如蟻行蜂擁，紅豆指着道：「兵出城了。」忽見青萍上來，回説：「轎馬伺候已齊。」荷生遂與采秋訂着班師之期。兩人執手含淚，采秋嗚咽道：「我不便下去送你，就在這樓上望望罷。」又囑咐了青萍，路上好生伺候。又親自與荷生穿上大紅披風、廂金風帽。荷生只得硬着心腸下樓。到了院子，回頭一望，見采秋淚眼凝睇，荷生也含着淚眼道：「你也回去罷！」采秋點頭。荷生出來前屋，囑紫滄三日後到關上來，就上轎走了。

采秋和紅豆在樓上聽得城邊炮響，知荷生出城，便眼撑撑的，向着先前瞧見軍馬的地方望去。等了好一會，纔見帥旗過去，一頂四人抬的藍呢轎前呼後擁，迢迢前去。到得轉過樹林，望不見了，嘆一口氣，方扶着紅豆下樓，與他爹媽回家。正是：

楊柳依依，長亭話別。
騂騂征夫，邦家之傑。

欲知後事如何，且聽下回分解。

花月痕全書卷十一終

花月痕全書卷十二

第三十八回　苶苣無靈星沉婺女　棣華遽折月冷祇園

話説癡珠初三夜自大營回寓，一夜無聊。天亮一會，聽得炮聲連續，知是荷生走了，就也起來。見碧桃花都已零落，憔悴得可憐，便叫林喜挪在槐陰下，教他們天天灌溉。盥漱、用點已畢，伏枕假寐。恍恍惚惚瞧見李夫人顏色慘淡，穿着鳳冠霞帔，掀着簾子説道：「先生自愛，我先走了。」覺得一身毛髮豎起，擦開兩眼，寂無人聲。心上十分作惡，便步行到了縣前街。

李夫人方纔罷妝，迎了出來。癡珠留心瞧夫人的神氣，也還好好，自然講不出夢中的話。轉是夫人説道：「謖如許久没有家信，這兩天實在記念他。」言下愴然。癡珠只得將話寬解。夫人又説起娘家隔遠，没個親眷，因勸癡珠趕辦秋痕的事。癡珠只是不語。

吃了早飯，便來秋心院，只見院中靜悄悄的，步入裏間。秋痕頭也没梳，手拿一本書，歪在一個靠枕上看。抬頭瞥見癡珠，坐起笑道：「你來麼？」就走下地來。癡珠也笑道：「荷生去了，我無聊得狠。」秋痕攜着癡珠的手道：「天下事都要翻轉來看，譬如你當初不認得荷生，他走他的路，你自然不想着他。就是我……」説到這一句，便和癡珠坐下，噎着咽喉，説不下去了。癡珠慘然。停一會，秋痕又説道：「我没爹没媽，孤苦伶仃一個人，又墮在火坑，死了自然是乾淨。你怎好……」説到這三字，竟哭起來。癡珠道：「怎的？」秋痕哽咽道：「癡珠，癡珠！你也該曉得，梧仙是心已粉碎，腸已寸斷了！」癡珠忍不住也掉下淚。停一會，秋痕轉抹了眼淚，問道：「你出城送荷生没有？」癡珠搖頭道：「没有。」秋痕道：「你這會從家裏來麼？」癡珠道：「我昨晚一夜没睡。」就將清早夢見李夫人及到縣前街李夫人説的話，一一述給秋痕聽。秋痕道：「李太太做人狠有福氣，何至有什麼意外的事？你我的事，承太太一番美意，只是我家的人，實在難説，總要我挨得一年半載的苦，教他們没甚想頭，那時候就好商量了。」

兩人促膝談心。靠晚，吃過飯，秋痕略有意興，焚了一爐香，將琴調和，彈起《水仙操》。只覺得指頭勾剔，怪刺刺的，與尋常不同，便説道：「怎的生疏了？」再和一會，又彈起來，没得半闋，忽劃然一聲，宮羽兩弦一齊斷了。兩人失色，默默無言。秋痕滿襟是淚。那猧兒踆踆，傍着錦鞦，好似勸慰他一般。癡珠嘆口氣道：「怎的就這般件件見得不好！」秋痕伏在琴案，嗚嗚的哭。癡珠挨不住，就自走了。

一夜難過，到得四更，忽聽外面擂門甚急，禿頭認是縣前街老奴李升聲音。癡珠趕着問：「是何事？」李升入來，站在房門外，回道：「太太夜來生産，覺得十分不好！」癡珠不待説完，便披上衣，跳下床來。一面披衣，一面趕着套車。李升提燈迎上，去了。

到得縣前街，只見門上的人都迎出來道：「韋老爺來了，我們太太不好得狠！」癡珠趕着下車，問道：「到底怎樣？」門上的人道：「胎是已下，只人已暈過數次。」癡珠道：「没個親眷，怎好哩？」大家跟進大廳，炕上一個是高大令，一個是麻大夫，和管事家人商量下藥。聽説癡珠進來，大家搶下臺堦。麻大夫道：「癡珠先生來了，便有人做主。」癡珠道：「給大夫看，怎樣呢？」高大令不語。麻大夫搖頭道：「脈息已散，怕看命根……」只聽得上屋連聲説：「太太請韋老爺！」

癡珠只得向麻、高道：「全仗高明營救，定個神方。」踉蹌走入，掀開簾子，站在房内問道：「這會怎樣？」只見老嬤、丫鬟圍床兩旁，李夫人色如金紙，靠在兩個老嬤身上，手牽阿寶，望着癡珠厲聲道：「先生！我挨着死等你，你把阿寶手上鑰匙收起！」「哎呀」一聲，即便暈絶。大家趕着握住頭髮，灌下參湯，漸漸回過來。一個大丫鬟帶着阿寶，將一包鑰匙遞給癡珠。癡珠見這光景，又見阿寶淚痕滿面，真個心如刀絞，禁不住涕下滂滂。聽得李夫人又厲聲問道：「交給先生没有？」癡珠只得大聲道：「我已收過。太太你拿定心，不要亂。」李夫人噙着淚道：「我的心一絲不亂，只我的爹娘都來叫我去了。謖如數月没有信息，軍營中生死不可知。我的兄弟又隔十餘天的路，苦呀！」一陣血腥，人又暈絶。

癡珠十分難受，又不便上前，没個主意，只得退出簾外。此時高、麻商定一方，趕着煎好，灌下。大家隨哭隨叫。好一會，又回過來，叫道：「阿寶呢？」大家將阿寶送上，李夫人瞧一瞧。恰好阿珍、靚兒都醒了，奶嬤抱到床前，李夫人也瞧一瞧，説道：「我不管了！」又叫道：「先生呢？」癡珠急入。此時天將發亮，燈光燭影，閃得陰沉沉的。猛聽得李夫人叫道：「謖如！謖如！」便兩目低垂，雙牙緊閉了！癡珠大慟，阿寶伏着床沿，嗚嗚的哭，内外人等都嚎啕大哭起來。

一會，停靈掛孝，管事家人請癡珠議定殯殮。癡珠便領着李家幾個老僕，和李夫人身邊的老嬤、大丫鬟，將一切箱籠盡行粘封；差人向謖如、鶴仙相好的同寅故舊告喪。秋痕就也來了。到得巳末，便有各家的眷屬前來哭臨。秋痕一身素服，陪着痛哭。好是謖如不在家，阿寶又少，卻無男客。癡珠乘空，便灑淚作書兩封：一專差到蒲關去，一專差到江南去，酉刻同發。

次日初五，陰陽生揀的時辰是卯正三刻大斂，午初一刻進棺。到得三下多鐘，安了靈，秋痕便向李夫人靈前哭辭，囑咐老婦、丫鬟看視阿寶。這阿寶雖只八歲，卻乖覺得狠，見他母親已死，秋痕也要去，便拉着秋痕的衣袖大哭。大家都已收淚，見阿寶這個情狀，滿屋的人慘然，又跟着哭。秋痕更是傷心，抱着阿寶道：「我不去，你不要哭。」於是癡珠走了。

此時新月如鈎，癡珠對月獨坐，想着李夫人如許做人，竟罹此難，可見天道無知！便懶懶的進房，一夜翻來覆去，想起謖如遠別半載，荷生出師關外，客邊痛癢相關的人，目前竟無一個；回首南邊，又遍地黃巾，差不多一年不得家信，老親、弱弟、瘦妻、稚子，竟不知是何景像。想到此處，真個四大茫茫，側身無所，才名畫餅，憂患如山，不知不覺痛哭起來。時已三更多天，累得禿頭等從睡夢中各自驚醒，急起探視。癡珠只得說是夢魘。次日一早，教李福磨一盂的墨，教禿頭買得白綾，寫一副挽聯，自行帶至縣前街掛起。秋痕瞧是：

廿餘年往事如煙，記舊日師生，恍見雙鬟來問字；

三千里望夫化石，痛當前兒女，何堪兩地共招魂！

看罷，又滴了無數的淚。是日，癡珠便倍了一天吊客，又定下念經開吊日期，刻起訃音，直到上燈回寓。秋痕打發癡珠走後，正在燈下替阿寶縫孝鞋，忽見門上的人領着穆升踉蹌奔入，說道：「劉姑娘，快看老爺去！龍山失守，我們八老爺殉難了！老爺接着家信，大哭一聲，暈倒在地。」秋痕這一驚，好像半天打一個霹靂！大家都也驚駭，趕着替秋痕收拾，騙開阿寶，悄悄的上車。一路淌了多少眼淚。到得西院，早聽得癡珠號啕大哭。心印、池、蕭及禿頭等，圍着一屋。秋痕這會顧不得什麼，拉着癡珠也哀哀的哭。後來秋痕先住了哭，同大家把癡珠擁入裏間躺下，把癡珠勸住哭。癡珠謝了衆人，就託心印延請十六位戒僧，就汾神廟開起七晝夜經壇。

到了次日，排設停妥。西院外間也安了靈。癡珠素服哭奠一番，便赴壇燒香。此夜月色陰沉，紙幡招展，覺得梵語淒涼，燈光黯淡，絕不似尋常魚鼓經聲，便又大慟起來。這日就有同鄉過來慰問。以後各營員弁通知道了，也有排祭筵的，也有送聯軸的，更忙了數日。兼之縣前街也在開吊，癡珠萬慮千愁，這十數天也疲極了。雖有秋痕、禿頭小心伺候，無奈飲食日減下來，直覺骨瘦如柴，身輕似葉；到了謝吊這一日，只喝粥兩碗，是夜又嘔了數口血，直把兩人急得要死。

癡珠因告知秋痕，決意於三月初十帶禿頭、穆升輕裝南去看家。秋痕忍着淚道：「這是正理，我怎敢多說？只道路梗塞，是一節爲難；再你這樣身體，怎禁得起長途跋涉？」癡珠嘆口氣道：「死生有命，我做我的事罷了！」秋痕默然。癡珠接着道：「我與你總是没緣，故此枝枝節節，生出許多變故。我如今百念俱灰，只求歸見老母。」秋痕撲簌簌吊下淚來，說道：「我原說過，禍離更甚於慘别，你有老母，怎的敢叫你不要回南？只我的魂魄，一路附着你走罷！」癡珠道：「這也何必！自古無不散的筵席，百年豈有不拆的鸞鳳？萬里一心，遙搖相照；萬古一心，久久不磨。你我就不能同生同死，也算得是個同心。」癡珠說到這一句，便咽住了。秋痕更是難忍，竟大慟起來。這夜癡珠於枕上得一首五古，留别秋痕。詩云：

瑤臺熟蟠桃，王母初開燕。鴉頭簇繡袍，雉尾移宫扇。
祥雲朵朵來，大會神仙眷。就中拈花人，忽展春風面。
小兒從隙窺，偷索手中釧。目成兩無言，雙心盟繾綣。
好詞致蹇修，竟已遭神譴。妃子謫風塵，歲星亦不見。
一十九年間，滄桑知幾變？氤氳使有神，會合舊釵鈿。
墮落復何言，綠慘秋心院！詎惜圭璧躬，一作紅顔援？
所恨磨蝎宫，事變驚閃電。此别豈不傷？此會難相戀。
痛如俎上刀，快若弦端箭。涕淚雙滂沱，襟上千行濺。
莽莽并州城，可是閻摩殿？早知煩惱多，何如不相見！

正是：

鴛鴦不獨宿，難至亦分飛。
春草江南客，扁舟一葉歸。

欲知後事，且聽下回分解。

第三十九回　燕子覆巢章臺分手　雁門合鏡給事班師

話説鶴仙也没同胞兄弟，只有個族兄，名喬齡，字芝友，原是隴西寧遠衛守備，因公革職，此番進京捐復，路出蒲關。鶴仙逆計芝友出京之日，李夫人當已分娩，好教他護送前來。不想芝友到了太原，已不及見李夫人了。鶴仙得了此信，便差四個幹弁、兩個老家人，星夜趕至，諄懇癡珠替李夫人權厝後，挈阿寶兄妹西來。

癡珠因此決意三月初十回南，把所有書籍、古玩並一切衣裝，開了清單，悉給秋痕。此時秋痕是領阿寶住在西院，當下將單收過，瞧也不瞧。癡珠又將自己那幅小照付給秋痕道：「這做你畫裏情郎罷！」秋痕噙着淚，一言不發。阿寶平日跟着李夫人呼癡珠爲先生，看了秋痕情景，接着説道：「劉姑娘，你難道不和我先生一起走麽？我是要你和先生同送我到舅舅衙門去。你不走，我便跟你住在這裏。只是先生一人去找舅舅，没你伺候，你也該不過意。」説着，便倚在秋痕懷裏淌淚。

兩人半晌無言，正是腸斷魂銷之際，給阿寶這一説，便各伏在几上，大慟起來。阿寶含着淚，東邊扯手袖，西邊牽衣襟，往來跑個不了。此時院中鴉雀無聲，只聽得客廳「嘩喇」一聲響，把兩人嚇得一跳，倒停住哭了。出來一看，原來是頂格年久，塌了一半，將個燕窠跌下，燕子紛飛叫噪。正在詫異，忽見禿頭進來回道：「李狗頭帶車來接姑娘，説是他媽突患重病，叫姑娘即刻回家。」癡珠尚未答應，秋痕説道：「我那裏有媽！就是我的媽病，要我回去，也待得明日。」癡珠忙接着道：「不是這般説法。你對狗頭説，現在李少爺跟着姑娘，明日騙開李少爺，就給姑娘回家看病。」禿頭出去説了，狗頭没法，只得回去。

次日一早，李裁縫、狗頭領着跛腳，坐一輛車，便來門房和禿頭吵嚷，要接秋痕。禿頭道：「早哩！爺還没有起來。這個地方，是你們説話的所在麼？」李裁縫嚷道：「奇呀！你們把我女兒占了幾個月，如今他媽病了，也不給他回去看，到底是什麼意思？」穆升不待説完，便搶上前道：「放你娘的屁！誰占你的女兒？」狗頭冷笑道：「你問那姓韋的！」禿頭怒氣衝天，忍耐不住，從狗頭背後一把揪住，罵道：「你這小忘八蛋，敢怎樣撒野！」狗頭剛把手來抓禿頭，卻被林喜帶勸帶笑，將狗頭兩隻手揝住，給禿頭連刷了五個嘴巴。李裁縫氣極，將頭向穆升撞來，卻被穆升抓住，罵道：「肏不死的老東西，要和我拚命麼？賞你一個死！」便將手一掀，摔出門來。

這裏看門、聽差和廚下打雜人等都一齊跑來，拉的拉，勸的勸，嚇得跛腳手足打戰，那李裁縫便倒地號啕哭起冤來。狗頭只是尋人廝打，卻被大家按住手。池、蕭兩人也起來。癡珠、秋痕在睡夢中聽得外面吵鬧，不知何事，叫人又不見一個，只得披衣出來。剛走到月亮門，遇着廚子天福，是個急舌，説話不大分明，説是「爺們和呂家的人打架」。數日前汾神廟住了一個呂通判，穆升因他的馬常跑入西院，與他家人纔有口舌。因此錯聽了，就不出去招呼，只叫天福傳諭穆升不要多事，並喚他進來。

當下禿頭聽天福説爺喚，禿頭便先走了，穆升、林喜、李福也走了。李家父子曉得癡珠起來，便捨命跟着禿頭闖入月亮門，大家都擋不住。癡珠這會纔曉是李家父子鬧事，聽得説的話没有一句不是撒賴，直氣得胸吭冤填，手足冰冷，在屋裏和秋痕默默相對。一會，竟嚷到西院客廳。秋痕憤極，抹了淚，挽好頭髮，包上縐帕，檢出癡珠一軸小照藏在袖裏，向癡珠道：「你聽我的信！」癡珠淚眼盈盈，不能言語。

秋痕早跑出客廳道：「你們鬧什麼？你們不過是要我回去，走罷！」此時心印、池、蕭都在一邊做好做歹的勸，瞥見秋痕出來發話，倒覺一跳。跛腳迎上前來，秋痕向阿寶老媽道：「少爺没有醒，醒了你好好騙他回去。」又向心印、池、蕭道：「往後大家替我寬慰癡珠，我做鬼就忘不了！」又向李裁縫道：「要我回家，犯不着鬧出這種樣兒，叫人笑話。」一面說，一面扶着跛腳走了。

李家父子見秋痕出來，理早短了；而且此來只怕秋痕不肯回去，如今秋痕已走，趁着池、蕭一人拉一個，就也出來，跟着車去了。只癡珠、秋痕七個月交情，從此分手，便永無見面之期，説來也自可傷！當下軟癱在窗下彌勒榻上，心印、池、蕭勸解一會，癡珠嘆口氣道：「只這十二日緣分，也不許完滿！」於是大家議論：李家今日如許決裂，是何緣故？都想不出道理。後來蕭、池兩人探得是錢同秀、卜長俊、夏旒、胡耇四人布的謡言，説是癡珠要帶秋痕回南。其實癡珠是拚個生離，秋痕是拼個死別。再不想四人做出這種謡言，恰中牛氏心病，所以今天鬧出這一段散局。

看官記着：癡珠、秋痕散局這一天，卻爲荷生、采秋進城之前一日。荷生是二月初六日午刻到了雁門關。初七日，檄顔副將帶兵二百名，由馬邑、偏關西出紅門口；檄林總兵帶兵二百名，由平魯、朔平北出殺虎口。密令二將於口外炮臺、瞭臺多張旗幟，一路傳單諭帖，俱聲言是帶五千名兵。先是關外各口汛官奉到大營嚴檄，已經將炮臺溝壘一例修整，瞭臺探望一例添人。如今即飭兩將一路查勘。十一日，紫滄至關，荷生便同紫滄帶兵出關，駐紮廣武故城，等候消息。十二日，大營接到三邊總制五百里咨文，説是逆回業自解散，首犯數名亦已擒獲梟斬。是日飛札韓給事班師。十四日，荷生得信，一面入關，一面檄顔、林二將撤兵。

紫滄先回州城，同地方官商議，趕於花朝替荷生迎采秋歸於行館。十五一早，差員往接荷生。十六黄昏吉時，州裏備一座藍呢四轎，轎杠加兩道紅綵，轎頂結個彩鳳，下垂四角彩結。四員營弁步行護轎。轎前是二十對紅紗宮燈，四對提爐，一部細樂；轎後是八名銀鞍駿馬的家丁，前往東巷。紅豆、香雪一身豔服，扶着采秋宮衣、宮裙上轎。荷生就行館中設祖先香案，引采秋行禮。紫滄教青萍於寢室排兩張公座，紅豆、香雪護侍采秋，謁見荷生。是夕，行館燈綵輝煌，管弦雜沓，春風溢座，喜氣盈闌，不用説了。但采秋遠别父母，荷生回憶山妻，遥憐秦女，觸目動心，欣喜之中，終不免有些傷感。倒是旁觀覺得才子佳人，如此圓全美滿，真個福慧雙修，一時無兩。

軍中大宴三日，傳令顔、林二將帶兵先行。紫滄也於是日起身。二十六日，荷生、采秋雙雙言歸。先是駐紮代州，得了癡珠來信，述及近事，荷生嘆道：「癡珠真是晦氣！」采秋道：「癡珠還怕有什麼大不好。」遂將前夢告訴荷生。荷生也爲詫異，因笑説道：「瑜、亮本來是一時無兩呢。」

紫滄及顔、林二將先於二十七到了并州，索安等管押采秋妝奩箱籠，於二十八也到并州。地方官爲着荷生是九重特達之知，後來地位難於限量，此番辦的差事雖照着小欽差章程，卻件件加倍討好。柳巷行館，鋪陳供給，都照大營。荷生私事全託紫滄、愛山領着賈忠等照管，公事便交給羽侯、燕卿兼辦。二十九巳刻，青萍領着四員營弁，護衛采秋、紅豆、香雪，一乘四轎、兩乘小轎先進了城。荷生帶着幾個新來的跟班，一路酬應迎接官員，直遲至未正，纔進行館。接着，又是經略來拜請會，兩人敘話，直至黄昏。通省官員這一天便都不及見了。次日一早，接見曹節度後，就出門回拜了經略、節度及大營辦事諸幕友，便來秋華堂看視癡珠。

癡珠雖曉得荷生班師即日可到，但昨天一早被那狗頭父子吵鬧，與秋痕撒了手。接着，又是阿寶醒來不見秋痕，哭得癡珠肝腸寸斷，大家好容易哄住阿寶的哭，回縣前街去了。癡珠顧影雪涕，骨立形銷。第三日早起，荷生打大營前來，慰問癡珠，便詢秋痕。癡珠黯然不能答應，倒是禿頭回明。荷生嘆口氣道：「我早料有此散局！」癡珠也嘆口氣道：「再休説起。」就把鶴仙的信給荷生瞧，便説道：「我送阿寶兄妹到蒲關，即由河南回南。」荷生瞧了信，説道：「蒲關只隔十一二天的路，不算什麼。南邊的路，現在文報兩三個月不通，你怎麼走得？而且你這樣單薄身子……」癡珠不待説完，截住道：「我是走得到那裏，就死在那裏，也算是走了！不然，還留在并州城養痾，有此理麼？」荷生道：「你不要急，再作商量。」隨站起身道：「我今日初到，百凡没有頭緒。」簾外跟班傳呼伺候，癡珠接着道：「我初十是准走呢。」荷生眼皮一紅，便匆匆去了。正是：

　　東歌西哭，一喜一憂；
　　莫非命也，誰怨誰尤。

欲知後事，且聽下回分解。

第四十回　意長緣短血灑鵑魂　人去影留望窮龜卜

話説晚夕，癡珠嗒然獨坐，忽見簾子一掀，荷生、紫滄便衣進來，笑道：「我充個紅娘，好不好呢？」癡珠忙站起迎坐。原來荷生今早拜了客，回到行館，已是午鼓。就將癡珠近事，一一告知采秋。采秋爲李夫人淒惻，更爲癡珠、秋痕煩惱，説道：「我不叫兩個即日見面，我這『杜』字也不姓了。李家這樣可惡，總不過是個教坊。明日不是班師喜宴？用得着他們。難道你差人傳他，敢不來麼？只秋痕臉上過不去，須喚紫滄走一遭，給秋痕説明，再囑琴妹妹伴他進來。你作字訂了癡珠，教他們在這裏見一面，往後再作打算。」荷生道：「我也這般想，明日招了愛山，並替癡珠完個畫小照的心願罷。」

再説秋痕回家三天，雖受過牛氏幾次毒詈，也没甚不了之事。這日靠晚，外面傳報：「洪[一]師爺來了。」李家父子曉得這人是荷生相好，肅靜伺候。秋痕噙着淚望着紫滄進來，便嗚嗚的哭個不了。紫滄從燈影裏瞧着秋痕憔悴的面龐兒，幾乎認不得，便坐下説道：「我不見你，纔有三四個月，怎的銷瘦到這田地？咳！你總是這個性情，儘着哭，幹不了什麼事。」秋痕咽着喉嚨道：「你見過癡珠麼？他比我更不堪哩！」紫滄道：

〔一〕「洪」，閩雙笏廬刊本作「馮」，據下文改動。

「我不得空，荷生今早去看他。」秋痕道：「他運氣不好，家中層疊出了許多變故。這都是我苦命，害了他。他初十走，梧仙的魂就在城門邊等他，教他叫我的名字，我便跟他去了！」說着，又哭了。紫滄道：「你不用這般説，他初十不能走。他就初十要走，荷生也不給他走。」秋痕哭着道：「我不敢阻他不走，其實道路是走不得。」紫滄遂將荷生早上對癡珠説的話及後來采秋的打算，悄悄告知。秋痕十分感激，便問起采秋前後的事，紫滄略説一遍，喝了茶，歸報荷生。兩人就找癡珠來了。

看官！你道癡珠、秋痕還有一見之緣麼？要知心印説的，人生該聚多少時，該見多少面，都有定數。到得數盡，任你千謀百計，總是爲難！

次日，教坊奉到中軍府傳單是「連升部、三吉部、翠雲部、秋心部，准於巳刻齊集柳巷行轅，伺候班師喜宴」。李家循例送了差人幾錢銀，浼他告病。差人翻了臉，將銀摔在地下道：「這回比不得尋常，上頭吩咐，不准告病。就有真病，也要赴給巡捕老爺驗看。你不看翠雲部的薛姑娘，都不敢告假麼？」牛氏没法，只得老着臉來求秋痕。秋痕道：「武營認真呼喚，我怎好不替你們一走？只我卻不能妝掠，打個辮子去見巡捕罷。」牛氏自是喜歡。

巳刻，四部齊集柳巷行館，只見轅門外站滿兵丁。大家到了巡捕廳班房，瑤華便引秋痕到個淨室，安慰一番。秋痕見了瑤華，就如見個親人一般哭訴。瑤華道：「姊姊，你何必哭呢。你既然肯拚個死，有什麼事還做不出，只是忍耐些兒罷。」秋痕當下抹了淚，正待答應，忽聞轅門升炮吹打，只見狗頭跑進來向瑤華、秋痕道：「大人回來了。你道大人是誰？我不想就是韓師爺，你來瞧罷。」於是大家都出來轅門空地裏站着，遠遠的瞧。瑤華扶着秋痕，也站在一塊。

原來今日算是凱旋之宴，荷生從經略處拜了奏章回來，用的是全副欽差儀仗。見大門臺堦下兩邊一字兒金字高腳牌，高腳牌後全部儀仗，從人縫裏見鑼聲過去，是一對金黃棍，接着一把三層紅傘，兩把灑金青扇，一對對皮槊刑杖。大門外早奏起細樂。一會，二員水晶頂騎馬官員引着一把大紅馬傘、兩對雁翎刀、兩對提爐、四對車渠頂的掛刀營弁，簇擁着玻璃四轎，坐個高顴廣額長耳軒眉的韓荷生。此時人聲悄悄，只聽得腳步聲、馬蹄聲、武威聲。前面數下大鑼聲，後面四把高幟卻從轅門邊灣過來，空地裏下馬。倒把秋痕嚇了一跳，回來班房坐下。秋痕嘆一口氣，想道：「人生有遇有不遇，難道癡珠不是個舉人？怎的運氣就那般不好！」正在發呆，只聽得人説道：「巡捕老爺下來。」一會，狗頭跑進來道：「怪得狠，我向巡捕老爺替你告病，巡捕老爺只笑吟吟，不言語。」狗頭還没説完話，裏頭一疊連聲傳出來，説是「單喚翠雲部薛瑤華、秋心部劉梧仙，上去問話」。

於是秋痕、瑤華跟個老嬷，灣灣曲曲走了半里多路，見是一群華妝炫服的丫鬟簇擁采秋迎了出來。秋痕搶上前數步，也不能説話，只撲簌簌吊下淚來。采秋先前是笑，一見秋痕，就也慘然，拉着手道：「秋痕妹妹，你通是這樣，怎好呢？」就招呼瑤華先走。秋痕忍着哭，跟進一個金碧輝煌的屋裏，一齊坐下。

秋痕禁不住嗚嗚的哭。采秋一手拍着秋痕的肩，一手將手絹替他抹眼淚，自己就也淌下數點淚，向瑤華道：「層層折折，都是不如意事，實在難爲秋痕！」瑤華也慘然道：「卻不是呢！」當下紅豆、香雪忙着擰熱手巾，給兩人搓臉，别的丫鬟遞上茶點，好多僕婦都在簾外靜悄悄的站着。秋痕方纔哽咽着聲，哀哀的替癡珠苦訴。采秋道：「磽磽易缺，皎皎易污，這真令人惱極！只鋸齒不斜不能斷木，你總要放活點纔好呢。」瑤華道：「癡珠是過於灑落，秋痕姊姊又過於執滯，所以不好。」采秋道：「癡珠那裏能真灑落？能真灑落，就不誤事。」

此時差不多兩下多鐘了，僕婦丫鬟排上菜，也有素的，也有葷的。采秋親陪二人。秋痕酒是一點不喝，飯也只吃半碗。方纔洗漱，簾外的人報説：「老爺進來。」采秋、秋痕、瑤華都迎出。只見兩個小跟班跟着，荷生便衣緩步而來，臉上十分煩惱，瞧着秋痕、瑤華，勉強笑道：「你來得久了。」采秋問道：「外頭宴完麼？」荷生道：「完了。」便令秋痕、瑤華、采秋坐下，向采秋嘆口氣道：「人定不能勝天，這真無可奈何了！」三人都覺愕然，采秋問道：「什麽事呢？」荷生向秋痕道：「你吃飯麽？」采秋道：「他剛纔吃了半碗飯。」荷生道：「也罷，癡珠今天是不能來了。」采秋道：「爲着何事？」秋痕早伏在几上哭了。荷生道：「穆升來説，昨晚我走後，癡珠嘔了數口淤血。早上起來，已經套車，突然吐了幾碗血，暈絶數次。我叫賈忠、青萍……」荷生剛説到這裏，只聽秋痕大叫一聲：「癡珠，你苦呀！」將飯一起吐出，便栽在地下，手足厥冷，牙關緊閉。忙得采秋、瑤華疊聲叫喚，丫鬟僕婦擠在一堆。

鬧得好一會，纔把秋痕救醒，復行大哭。瑤華道：「人還没有死，何必這樣？」采秋道：「癡珠抑鬱得狠，能夠把鬱血吐淨，到好得快。」於是大家扶着秋痕，到屋裏將息。秋痕只是哭，也没半句言語。荷生没法，教采秋避入别室，引着愛山到了上房，教瑤華陪着秋痕出來，畫個面龐。就吩咐門上，格外賞給狗頭十吊錢，差個老嬤送秋痕出來。采秋諄勸秋痕從長打算，又送了許多衣服及些古玩，秋痕只説個謝字，其實是瞧也没瞧。自此，荷生、采秋、瑤華與秋痕也没見面了。雖瑤華後來颶風打舟，吹到香海洋，得與癡珠、秋痕一敘，然已隔世。

是晚，荷生帶着青萍，便衣坐車，來看癡珠。癡珠要坐起來，荷生按住，説道：「不要起來。」就床沿坐下，燭光中瞧癡珠臉色，心上十分難受，便説道：「你這會怎樣呢？」禿頭道：「服了幾許藕汁，血是止了。

麻大夫開的方，等小的取給爺瞧。」癡珠一絲沒氣的説道：「秋痕回去麼？」荷生道：「五下鐘時，你既不能來，我就打發他走了。他聽説你病得利害，就暈倒在地。譬如救不轉來，怎好哩？」癡珠默然。禿頭遞上方，荷生見方上開有人參，便問道：「我先前送來兩枝參，還用得麼？」禿頭道：「麻大夫看過，説好得狠。這回服的藥，就是配那大枝的。」荷生道：「那大枝的我還有，你往後用完了，即管去取。」穆升端上茶，荷生點頭道：「你們好好服事，我往後總給得着你們好處。」癡珠道：「你便衣出門，也只好一兩次，怎好天天晚上這樣來呢？」荷生道：「今日我原可不來，爲着你病，不親來瞧，心上總覺得不好。我往後也只能十天八天出來一遭。還好這個差事是没甚關防，就給人知道，也没甚要緊。」一面説，一面向靴頁中取出秋痕面龐，給癡珠瞧，説道：「我今天只爲你辦了這一件事。」禿頭拿着蠟臺在旁，説道：「不大像。」癡珠嘆道：「得些神氣就是了。」就交給荷生，説道：「我病到這樣，只怕連這紙影兒就也不能常見！」荷生只得寬慰一番，聽得掛鐘已是八下了，便諄囑癡珠静養，出來上車而去。這是三月初一的事。

次日，癡珠少愈，拈一箋紙，寫詩兩絶感謝愛山。詩是：

卷施不死亦無生，慘緑空留一段情。

憔悴雙雙窺鏡影，藥爐煙裏過清明。

生花一管值千金，微步珊珊若可尋。

從此卷中人屬我，少翁秘術押衙心。

初三日辰刻，阿寶行喪，奉李夫人的靈輀，停寄東門外玉華宫。癡珠不能出城，也坐着小轎到縣前街，排個祖奠。看過靈輀出門，纔回西院，已是一下鐘了。一人躺在裏間，忽聽得外面報説：「留大老爺來了。」林喜引入，癡珠抬身延坐。子善説道：「你這兩天有人去看秋痕麼？」癡珠道：「撒手了！叫誰去呢？」子善道：「我聽説昨日三更天，他全家都走了。」癡珠怔怔的望着子善，「哇」的一聲，嘔出一口血來，也不説話，就自躺下。子善忙邀心印過來，只見癡珠坐起道：「風塵澒洞，天地邱墟，何况秋痕！」心印就也説道：「你通人，再没有參不透的道理、勘不破的世事。」子善接着説道：「本來你也要走，他不過先走幾天哩。」癡珠不語，只叫禿頭，不見答應。穆升四處找遍，全没蹤跡。癡珠翻笑道：「這個呆奴，怕是找秋痕去哩。」等到二更後，子善走了，禿頭影子也無，大家驚愕。心印道：「你們不要着忙，禿頭不是逃走的人。到是癡珠今日嘔了一口血，他外邊强自排遣，内裏不知怎樣難過，大家留心點兒。」心印便也回去方丈安歇。

這裏穆升、林喜就在癡珠臥室前一間下榻。到了五更天，聽得癡珠説道：「秋痕，你怎不待我斷了氣就走呢？」一會，又聽得説道：「如今你的心換給我，我的心換給你，好不好呢？」接着又吟道：「人間獨闢鍾情局，地下難埋不死心！」走進裏屋照料，卻是睡着鼾呼。

次早，池、蕭也走進來，見癡珠神色照常，便問道：「今日心上覺得好些麼？」癡珠皺着眉，説道：「我的心虛飄飄的，也没甚好，也没甚不好。禿頭還不回來麼？」大家答應。雨農道：「這事也怪！秋痕走了，我聽説李家隔壁屠户、酒店都關了門，連那戇太歲、酒鬼也不見。」癡珠道：「怎的？」大家也難分解。

晚夕，荷生差青萍探視，穆升就把這事通告訴了青萍，自然一一回了荷生。荷生頓足道：「我卻料不出有此變局！」馬上傳呼伺候，來看癡珠。因爲癡珠卜了一卦，是《損》之「小畜」，説道：「今天是辰月甲申日。」又沉思一會，説道：「卦象甚佳，這月十二，有見面之象，你不要急。」癡珠説道：「我如今通没要緊了！見面也是撒手，不見面也是撒手！」荷生道：「不是這般說。禿頭、戇太歲、酒鬼，他三人是一氣的，自然可以趕得回來。而且我的占卜十分靈驗。如今只要他回來，我情願替你出二千兩銀子。我先前是爲着采秋的事没有辦妥，舍己耘人，情理上也說不去。而且我的局面，也是依人糊口，如何獨力辦得來？這回原想替你圓成此事，不想你們已散了局。其實散後，此事也還易辦，那裏料得出又有此不測的事！不是我說句戇直的話，這一場是非，通是秋痕自鬧出來。你不想秋痕和你講個情，他一家人和你有什麼情！不圖些銀錢，圖個什麼呢？秋痕孩子氣，太不通達世務，自然步步行不去。」癡珠道：「這是我錯了！那造作謡言……」

荷生不待說完，笑道：「水腐而後蠛蠓生，酒酸而後醯雞集。本來你兩人形跡，實在可疑，所以他們編出謡言，人人都信。我想李家這一走，不特怕你拐他，並且疑心到我和你辦事哩。」癡珠道：「夜行者自信不爲盜，而不能使狗無吠。」又嘆口氣道：「青蠅紛營營，風雨秋一葉。心印說的，凡事有數，這一件事原是數該如此。其實我於娟娘能割得斷，再没有秋痕又割不斷的道理。我的愛弟、愛妾尚死於賊，豈能保得秋痕！只是我何苦做個人呢？」荷生道：「算了，不用說，只願他好好回來罷。」說着，便走了。

到了十二這一天，癡珠剛打心印方丈回來，穆升遞上一軸的畫、一封的書，說是大營黎師爺送來的。癡珠曉得是秋痕小照，忙展開一看，見一臉含愁，雙眉鎖恨，神氣狠像；畫的衣服，上是淺月色對襟衫兒，下是粉紅宫裙，手拈一枝杏花。恍恍惚惚憶起草涼驛舊夢來，卻不十分記得清楚。就拆開書，看了一遍，是兩首和詩。便檢一小箋，隨手作數字致謝，交給來人去了。重把小照細看一番，忽然想着荷生卜的卦，便拍案道：「我今生再見不着秋痕！就是這一軸畫兒，應了荷生的占驗罷！」正是：

水覆留痕，花殘剩影；

翡翠樓成，鴛鴦夢醒。
欲知後事，且聽下回分解。

花月痕全書卷十二終

花月痕全書卷十三

第四十一回　焦桐室枯吟縈别恨　正定府瀝血遠貽書

話説酒鬼姓聶名雲，戇太歲姓管名士寬，這二人自三月初二日起，竟没消息，就禿頭也自渺然。

一日，留、晏二人同來，子秀向靴頁中取出兩張舊詩箋，遞給癡珠道：「你瞧！」癡珠接過，展開，見是秋心院本事詩，向日粘在秋痕屋裏，便慘然説道：「這兩紙怎的落你手裏？」子善道：「今天聽説園裏有新戲開臺，我拉子秀去看，不想走到菜市街，恰遇着秋痕住宅開着大門，説是王福奴要移入居住。我兩人同進去，前後走了一遭。見月亮門左側，你鐫的菊花詩賦石刻還在秋心院中，床榻几案也照舊排着。我同子秀，相顧憫然。見案下掉落詩箋二紙，子秀檢起，是你舊作，竟把我看戲的心腸都没了。」癡珠聽了，十分難受。詩是七律二首，七絶二首。七律云：

無端鴻爪到花前，正是西風黯黯天。
放浪形骸容我輩，平章風月亦神仙。
空餘紅粉稱知己，長向青娥證夙緣。
早歲綺懷銷欲盡，爲君又惹恨綿綿。

黯絶并門一葉秋，桐陰小語便勾留。

聘錢有恨銜牛女，藍縷何人識馬周？
青鳥回翔難得路，綠珠憔悴怕登樓。
昨宵珍重登車去，知汝晨妝懶上頭。

七絶云：

罡風吹不斷情絲，死死生生總一癡！
忍凍中宵扶病起，剔燈苦誦定情詩。

強將紅燭夜高燒，鬢影撕磨此福銷。
歡喜場成煩惱恨，青衫紅袖兩無聊。

常說「日之所思，夜之所夢」。這夜，癡珠夢中大哭而醒，見殘燈一穗，斜月上窗，回憶夢境，歷歷在目，十分淒楚。

次早，心印來看，癡珠因說道：「我昨宵卻記得兩個夢。前一夢是到了秋心院，見一個女人，年紀約有二十餘歲，身子既高，臉兒又瘦，就如枯竹一般，自說姓王，小字惺娘。後一夢大是不好！夢見秋痕扶着病，和我攜手在陰濕地上走。兩人腳上都沾是泥，走有幾里路，覺得黑魆魆的，上不見天日，下面又盡是滑滑沒脛的泥。秋痕兩手按在我肩上，說道『我走不得，鞋底全裂，怎好哩』？我便扶他坐在石板上。隨後重走一箭多路，便是一道河，攔住去路。沿河走有一里，兩人的足都軟了，纔見有個孤木板橋。秋痕先走上去，撲落一聲，秋痕竟跌下去！我眼撐撐的。看他沉到沒影去。一面哭，一面叫救，卻沒個答應。我便號啕大哭，醒了。你想這夢凶不凶？」

心印道：「夢要反解，夢吉是凶，夢凶或反是吉。大凡有眼界遂有意識，有意識即有礙窒，恐怖變幻，顛倒夢想，相因而至。你要先把情魔洗除乾淨，那夢魔便不相擾。咳！你萬里一身，關係甚重，南邊家裏……」癡珠不待説完，便説道：「親在不許友以死，何况秋痕原是兒女之情，不過如風水相值，過時也就完了，那裏有天長地久，儘在一塊兒的？就算今生完全美滿，聚首百年。到得來世，我還認得秋痕，秋痕還認得我麼？而且他又是走了，明知無益事，翻作有情癡，我更不這般呆！我此刻打算病癒立即回南，以後再不孟浪出門了。」心印道：「這一節再作商量。凡事有個定數，該是什麼時候回去，該是什麼時候又出來，你也不能自主。」癡珠不語。心印坐了一會，就走了。

是日，天陰得黑沉沉的。夜來冷雨敲窗，癡珠輾轉床頭，因起來挑燈搦管，作了《懷人》詩八首。次日，作一柬，將詩封上，差李福送給荷生。恰好荷生正在搴雲樓和采秋看花，青萍呈上癡珠的椷。荷生與采秋同看了信，采秋將詩念道：

「斷雨零風黯黯天，客心憔悴落花前。
算來緣要今番盡，過此情真兩地牽。
銀漢似牆高幾許，滄波成陸淺何年？
除非化作頻伽去，破鏡無端得再圓。」

采秋眼眶一紅，道：「這一首就如此沉痛！我念不下，你念罷。」荷生接着念道：

「一春愁病苦中過，肯信風波起愛河，
鵾鴂幾聲花事謝，杜鵑永夜淚痕多！
能營三窟工毚兔，誰撥明燈救火蛾？

從此相思不相見，拔山力盡奈虞何。

疇昔頻頻問起居，每逢晨盥晚妝初。
藥爐薰骨眉偏嫵，鏡檻留春夢不虛。
坐共揮毫忘示疾，笑看潑茗賭搜書。
紅窗韻事流連慣，分袂將行又攬裙。

而今紅袖忽天涯，消息沉沉鳳女家。
十日紀綱遲報竹，幾回鸚鵡罷呼茶。」

就嘆道：「秋心院的鸚鵡，這回生死存亡也不知道了。」又念道：

「燕尋梁壘穿空幕，犬擁金鈴臥落花。
翻似閉關長謝客，不堪室邇是人遐。」

采秋道：「我去年回家時候，愉園不也是這樣麼？只你没有他這般苦惱。」荷生道：「冤人不冤？我去代州那幾天，苦惱差不多就同癡珠。」采秋道：「你苦惱處便是熱鬧處，難爲癡珠這一個月顛沛流離！」荷生笑一笑，又念道：

「一樹垂垂翠掩門，判年春夢了無痕。
娥眉自古偏多嫉，鴆鳥爲媒竟有言！
山厝愚公空立志，海填少婦總埋冤。

昨宵月下亭亭影，可是歸來倩女魂？

今生此事已難諧，噩夢分明是玉鞋。
苓朮縱教延旦夕，槀砧無計爲安排。
魂銷夜月芙蓉帳，恨結春風翡翠釵。
半幅羅巾紅淚漬，一回檢點一傷懷！」

荷生慘然説道：「淚痕滿紙。」瞧着采秋，已經是滴下淚來。見荷生瞧他，便強顏笑道：「替人垂淚也漣漣。」

荷生往下念道：

「并門春色本淒涼，況復愁人日斷腸！
月滿清光容易缺，花開香豔總難長。
劇憐夜氣沉河鼓，莫乞春陰護海棠。
拚把青衫輕一殉，孤墳誰與築鴛鴦。

五夜迢迢睡不成，燈昏被冷若爲情。
名花證果知何日，蔓草埋香有舊盟。
地老天荒如此恨，海枯石爛可憐生！
胭脂狼藉無人管，淒絕天邊火鳳聲。」

兩人默然半晌，荷生纔説道：「癡珠就是這樣埋沒，真個可惜！」采秋道：「南邊道路實不好走。不然，差個幹弁，送他回去也是好呢。」荷生道：「無論南邊滿地黄巾，萬萬走不得，就令上路，迢迢兩個多月路程，誰護持他哩？」采秋道：「孤客本來可憐，何况是病？病裏又有許多煩惱，就是鐵漢也要磨壞！」兩人言下都覺得十分難受。過一會，采秋向荷生道：「我想癡珠平日狠是喜歡紅豆，我想送給他，病中既有服侍，就是異日旋南，也不寂寞，你意下如何？」荷生笑道：「這是你一番美意，只怕癡珠不答應哩。」采秋笑道：「你且與子善言之。」以後子善將采秋的意思告知癡珠，癡珠微笑，吟道：「慚愧白茅人，月没教星替。」便手裁一柬，寄與荷生。荷生與采秋同看，柬云：

承采秋雅意，欲以紅豆慰我寂寥，令人銜結。然僕賦性雖喜冶遊歌風，未流狄濫。此次花叢回顧，原爲有託而逃；可憐芳草傷心，尚覺迷途未遠。病非銷渴，遠山底事重描？人已中年，逝水難尋故步。大福自知不再，良緣或訂來生。爲我善辭采秋，爲我善撫紅豆。

荷生笑道：「何如？我説過癡珠不答應哩。咳！癡珠做人，我是曉得。」采秋嘆口氣道：「這教我也没得用情了。」荷生正欲答應，外面傳報經略來了，只得出去。

光陰迅速，早是三月二十二日。癡珠正將一碗蓮心茶細啜，忽見李福、林喜狂奔進來，喊道：「禿頭回頭了！」癡珠就出來問道：「在那哩？」只見禿頭身上只穿件藍布棉短襖，由屏門飛跑上前，眼淚紛紛，磕下頭去。癡珠兩眶中也淚出如瀋，扶起道：「你見過劉姑娘麽？」禿頭抹着淚道：「見過。可憐得狠，現在病在正定府保興館飯店裏。」癡珠聽了，隨説道：「他二月間本來有點痫疾，這會自然更是不好。」禿頭道：「姑娘從上車後，點米不曾沾牙，下的全是血，兩腳不能踏地，人極銷瘦，面目卻腫得一個有兩個大。病到這樣，一天還要受他們的絮聒。」癡珠黯然道：「你怎樣見得姑娘哩？」禿頭道：「小的那一天心上恨着姑娘，就氣糊塗了，一口氣去找管士寬。走至大街，逢着聶雲，纔曉得姑娘被他嬷騙了出城。管士寬天亮知道，帶了盤纏，便趕出城，跟尋下落。聶雲都曉得他們去向，小的一時氣憤，拉着聶雲就走。原想一兩站就趕得着，豈料一天趕不上一天，直到十二這天，到了正定府，方纔見着管士寬。知道牛氏和姑娘是初二日下午出城，坐的是短雇的車；李裁縫父子和跛腳、玉環是初三日五更走，天亮出城；纔是長雇的一輛大車、一輛轎車，將屋子交給他的同鄉顧歸班。因姑娘下了紅痢，一天有數十次，路上不便，纔延擱在這店中。管士寬一路跟着姑娘坐的轎車跑，姑娘住也住，姑娘走也走，天天都得與姑娘見面，卻不能說得話，只跛腳通得信兒。到了正定府，姑娘取出一條金耳扒，送給管士寬，教士寬換作盤纏，一路跟去，好傳個信給老爺。當下士寬與小的見面，纔得跛腳傳與姑娘知道。姑娘約小的十四日天亮，店後空地裏相見。姑娘問知老爺病中光景，一慟幾絕，教小的快回。」

癡珠遲疑半晌，說道：「這樣看來，你也是空跑一遭。」禿頭道：「姑娘有信給爺哩。」便從懷裏探出一個小小油紙包，展開油紙，將個藍布包遞上。癡珠瞧那藍布包，縫得有幾千針。林喜送過剪子，癡珠一面絞，禿頭一面回道：「姑娘說沒有筆硯，也沒有地方寫個字兒，裏頭幾個字是咬破指頭寫的。」癡珠不聽猶可，聽了禿頭這般說，那一股酸楚直從腳跟湧上心坎，從心坎透到鼻尖。一言不發，把布包絞開。內裏是癡珠原給的一支風藤鐲，一塊秋痕常用的藍綢手絹，一塊汗衫前襟，上面血跡模糊。癡珠略認一認，便覺萬箭攢心，不知不覺，眼淚索索落落的滴滿藍布包。

一會，穆升遞上熱手巾，拭過臉，重把那血書反復審視，噙着淚，一字字辨清，是：

釵斷今生，琴焚此夕。身雖北去，魂實南歸。
裂襟作紙，嚙指成書。萬里長途，伏維自愛。

凡三十二字，癡珠默念一遍。停了一停，向禿頭道：「你路上辛苦，且歇息去。」禿頭答應。癡珠攜了血書、手絹、風藤鐲並那塊藍布，到臥室躺下。費長房縮不盡相思地，女媧氏補不完離恨天！這一夜，別淚銅壺共滴，愁腸蘭焰同煎，不待說了。

禿頭和聶雲跑了這一遭，空自辛苦。去的時候，兩人都是空手出城，禿頭將皮袍脫下，當了作路費，用盡了；聶雲的皮馬褂，也脫下當了。幸是正定府遇着管士寬，將秋痕金耳扒換了十餘串錢，付給兩人作個回費。禿頭是自己多事，也還罷了。可憐聶雲，路上受了風霜，到家又被渾家楊氏唾罵，受一場氣，次日便病，病了幾天就死。

後來癡珠聞知，大不過意，曉得聶雲女兒潤兒是嫁給子秀的跟班李升，就賞了潤兒四十吊錢。那楊氏係隨着女兒過活，就也十分感激。管士寬無家無室，只有屠鋪一間，係他侄兒照管，他竟隨秋痕住在正定府了。

正是：

娼家而死節，名教毋乃褻！
人生死知己，此意早已決。

欲知後事，且聽下回分解。

第四十二回　聯情話寶山營遇俠　痛慘戮江浦賊輸誠〔一〕

話説謖如是去年十一月到任，申明海防舊禁，修整本部戰艦，出洋巡哨。逆倭三板船從此不敢直達建康；就是員逆，也有畏忌。江南江北一帶官軍，因此得以深溝固壘，臥守一冬。謖如蒿目時艱，空自拊髀，兼之寶山僻在海壖，文報不通，迢遞并雲，魚沉雁渺，十分懊惱。忽忽又過了一春。

一日傍晚，步出營門，西望月明，銜山一線，有無限心事，都振觸起來。踱了一回，退入後堂，叫跟班燃了一枝高燭，倒兩壺酒，取件野味，一人獨喝。喝完了酒，無聊之極，瞧見壁上掛的劍，因取下來，就燈下舞了一回，便向炕上坐下，按劍凝思。

此時五月天氣，日長夜短，轅門更鼓，鼕鼕的早轉了三更。跟人都睡，只個小跟班喜兒站在背後。忽聽颼颼的風起，檐下一樹丁香花紛紛亂落。瞥見金光一閃，燭影無焰，有個垂髫女子，上身穿件箭袖對襟魚鱗文金黃色的短襖，下繫綠色兩片馬裙，空手站在炕前，説道：「幾乎誤事！」謖如愕然，提劍厲聲問道：「你是妖是人？怎敢到我跟前！」這會跟班暨巡兵聽得謖如厲聲，都起來探望。女子笑道：「站住！」便如木偶了。

〔一〕「痛慘戮江浦賊輸誠」，「輸誠」總目作「歸誠」。

接着道：「將軍不要動手，我念你和韋癡珠有舊。」謖如聽說癡珠，便按劍問道：「你這小妮子，怎認得癡珠？」女子指着炕上的聯道：「你且說何處見過癡珠？」謖如道：「他現在并州。」女子道：「『解衣衣我，推食食我』，你和他狠有交情。」謖如放下劍道：「你這來是替何人行刺？」女子道：「將軍請坐，我說個來歷罷。我名春纖，我的師父是徐娟娘。」謖如恍然道：「娟娘不與癡珠有舊麽？我早聞名。這人如今在那裏？」女子嘆一口氣道：「我的師父屍解了，現在香海洋青心島做個地仙。我原是他的侍兒，四年前三月間他帶了我朝了普陀岩。到次年冬間，附海舶到得東越，探偵癡珠，說是進京去了。次年春天，師父遊了武彝、雁宕，重來江南，寄居無錫映山庵，遇個女道士慧如，傳授我的劍術。去年雲遊兩湖、兩川，冬間想要由川歸陝，路過廣漢，寄寓華嚴庵。主持蘊空禪師與師父極其相得，因知道癡珠入川，也到廣漢，卻與師父相左。師父從此百事灰心，除夕這一夜坐化了，留一錦囊給我，囑我急時開看。我因正月間蘊空也坐化了，他的徒弟又與我不對，拆開錦囊，教我回來無錫。不想前月到了映山庵，慧如卻爲金陵逼挾迎去，封他無上清妙真妃僞號。我因此投入賊營，訪尋慧如，說是命裏該有此兩月魔劫。今日慧如是奉將令，取你首級。慧如差我前來，諄囑留心。我爲瞧見癡珠的聯，不忍加害，你瞧你的跟人罷！」只見紅燭光搖，春纖早不見了。謖如和院子裏大家就像做夢一般。再瞧喜兒，頭早斷了。謖如回想，心上猶覺突突亂跳。

過了幾日，是出哨之期。謖如上船後，開行十里，還沒出口，遇着頂頭風，傳令停泊。一連三日，謖如氣悶，也不帶人，便服上岸。見遍地斥鹵，都無人跡。遠遠的見前面有數株大柳樹，便望着柳樹，向前走去。不想愈走愈遠，差不多走有十餘里路，方纔到得樹下。向前遙望，一遍綠蕪，茫無邊際。西邊是個山，青青鬱鬱，好些林木。因灣向西走來。將到山下，都是幾抱圍的大樹，老幹參天，黛痕匝地。到得山下，連峰疊嶂，壁立千仞，獨立四望，令人神爽。沿山又走有一里多路，向西樹林裏，卻有一徑。踱過徑路，是個平坡，坡下一口井。井邊有個廟，頭門大殿都已傾塌，蓬蒿青草，一路齊腰。步入後面，是個三間小殿，卻整潔無塵。西邊一字兒叢竹，竹裏有個小門。

謖如踱進院子，見上面是三間小屋，屋中間布一領席，有個女道士合眼趺坐，年紀約有六十多歲，狠有道氣。謖如躬身向前，女道士微微開眼，笑道：「總兵貴人，何苦單身輕出，來此荒僻地方？」謖如道：「素昧生平，何以識得我是總兵？」女道士仍閉上雙目，喚道：「春纖，你的故人來了。」謖如無可措詞。只聽嚶嚀一聲，春纖葛衫布褲，從屋後轉出。謖如瞧見，轉覺愕然。春纖說道：「將軍何來？」謖如倉卒不能答應。女道士開眼說道：「我有二偈，總兵聽着：

茾苢無靈，春風夢醒。西望太行，星河耿耿。

故人織縑，新人織素。縑素同功，愴然薤露。」

謖如道：「煉師法號上字有個『慧』字麼？」春纖答應道：「是。」謖如打一躬道：「欽仰之至！只下士塵頑，不能窺測煉師意旨。就第一偈想來，敢莫并州眷屬，有甚意外之變麼？」女道士開眼微笑道：「總兵解得便好。」謖如背淚欲墮，說道：「承煉師第二偈指示，想是我也要死。」慧如道：「此解卻錯。總兵燕頷虎頭，後來功名鼎盛，如何會死？」說完，仍自垂眼危坐。謖如因向春纖道：「那一夜相見，說是煉師現在金陵，不想今天卻在這個地方相遇。」慧如復開眼道：「我就是那一夜脫了魔劫，潛蹤此地。今日與總兵一會，也是數中所有。不久便有人領兵來此平賊，都是你的熟人，請回步罷。」說着，仍低下雙眉，閉目不語。

謖如不敢糾纏，只得別了春纖而去。見日色銜山，趕緊尋着原路，奔上坡來。剛到坡心回頭一望，只見廟裏赤騰騰的發起火來，毒焰衝空，濃煙布野，吃了一驚，想道：「他兩個都是劍俠飛仙，還怕什麼火？我走我的路罷。」走了數步，轉念道：「他兩個就是神仙，如今這廟燒了，今夜先沒有棲身。我眼見了，豈可不回去看他一看？」便轉步跑下坡來，耳中尚聞得霹靂剝剝的響。及到井邊，依然是個破廟，並無星火，十分驚訝。奔入廟中，重由竹林小門探身進去，前前後後尋了一遍，卻不見慧如、春纖。再向後殿尋來，也没些影兒。

此時天已黄昏，漸漸辨不得路徑，只得反身便走，自語道：「我難道是做夢？」踉蹌走出，只見門邊有一匹黑溜溜的青驢，鞍轡俱全，攔住門口；鞍上粘一字紙，謖如取下，瞧着上面寫的是：

將軍多情可感。惟是道僻，黑夜難行，奉贈青驢一匹，聊以報往返跋涉之勞。貧道與春纖，當往并州勾當一場公案，即日走矣。

謖如瞧畢，十分詫異，想道：「真是神仙！但此驢方纔不見，這會從何處得來？可惜兩人前往并州，我不曾寄他一信。」見天已黑，只得跨上驢子，踏着星月，找尋原路。可喜驢子馴熟得狠，虛閃一鞭，便如飛的跑了。走到大柳樹外，遠遠的望見燈籠火把，四面環繞而來。謖如料是營中兵丁前來接應，一面加鞭向前，一面招呼大家。到得船中，已是八下多鐘了。兵丁將驢子牽入後艙餵養，都說「好匹驢子，是仙人贈的天馬」。這謖如自喜，不待言了。

且說慧如遠遁之時，正是群醜自屠之日。你道群醜何以自屠呢？當初員逆倡亂，結了五個亡命，號爲「五狗」：一爲僞東王羊紹深，一爲僞西王刁潮貴，一爲僞南王馮雲珊，一爲僞北王危鏘輝，一爲僞翼王席沓開。後來踞了金陵，雲珊死於全州，潮貴死於道州。潮貴係員逆妹夫，員逆這妹，名喚宣嬌，極有姿色，卻狡猾異常，與紹深恰是敵手。員逆始以天主教蠱惑鄉愚，奉一木主，説是天父，配以天母。天父附身紹深，天母便附身宣嬌，所有號令，出自兩人。氣焰生於積威，權勢傾於偏重，以此阿柄持自兩人，員逆轉成疣贅。

這番潮貴死了，宣嬌尊爲天妹，廣置男妾，朝歡暮樂，於是群醜皆有垂涎之意。奈員逆受制於紹深，事事仰承鼻息，適值紹深妻死，遂把宣嬌再嫁紹深。成親這日，是個伏天，紹深做架大涼床，窮工極巧，四面玻璃，就中注水，養大金魚百數，游泳其中，枕長四尺五寸，所有男妾，悉使從嫁。鏘輝、沓開十分眼熱。沓開便帶兵打寧國去了，鏘輝逼處一城，自然刻刻拈酸。賊中男歸男館，女歸女館，自六逆外，夫婦同宿，名「犯天條」，雙雙斬首。紹深卻把宣嬌男妾，悉配女簿書。鏘輝道是應斬，伺紹深開科取士，帶了數名親兵，直入東府，按名指索。不想這男妾，俱係童子軍中選出驍健，一哄而至，約有三十餘人，鏘輝只好飽了一頓老拳，十分羞惱。

再說紹深也有一妹，名喚碧玉，年已廿九歲，不曾匹配。有陳宗揚者，一表人才，又生得白皙，充個東府承宣，妻名雲娘，是個女承宣。宗揚輪班，住宿內廂，因得與雲娘偷寒送暖，素無人知。自宣嬌男妾配了女簿書，散處前後左右廂房，這碧玉入夜便如畫眉踏架一般，瞧了這裏一段風流，又覷了那邊百般秘戲。因此雲娘的醜態，竟被碧玉勘破，以此挾制宗揚，竟占了雲娘夜局，雲娘豈敢聲張。那紹深許多姬妾，都是怨女蕩婦，就也挾制宗揚，宗揚沒有分身法兒，久之久之自然鬧出事來。紹深下令，斬了宗揚夫婦。不想宗揚就是鏘輝妻弟。事有湊巧，宗揚夫婦纔繯首示眾，其弟宗勝偏自河北敗仗，貿貿逃回。紹深傳令腰斬，鏘輝大恨。

那員逆見紹深件件威福自專，也是不能相忍。一日，紹深忽說天父附身，責了員逆五十大棍，責了鏘輝一百小板，大眾忿忿不平。鏘輝於是內受員逆意旨，外以沓開賂以宣嬌，突於這夜五更天登壇禮拜、絡誦贊美時候，執殺紹深。然後圍了東府，男女駢誅，只赦員宣嬌，卻自己配合了。到得沓開自寧國奔回，生米已做成飯，沓開忿恨不堪。鏘輝想道：「斬草必要除根。」就夤夜定計，又圍了翼府。不料沓開早走了，騎虎勢不得下，就把沓開眷屬全行殺害。那翼府部下將領官屬，如何肯依？弄得內外鼎沸起來。慧如便是這一夜遠遁。

看官聽説：紹深殘忍，一旦除去，人人快心。鏘輝雖報私仇，亦緣公憤。如今平白害了沓開全家，沓開平日在賊中算有威望，衆心不服，轉把北府圍得鐵桶相似。員逆做不得主，傳令殺了鏘輝，將首級送到寧國軍前，迎回沓開。沓開這番入城，不特父子妻妾做了刀頭之鬼，就是宣嬌玉骨，也爲大衆剁作肉泥。沓開悵然，又與員逆兄弟榮合、榮法不合，就辭出京口，自作一股，向粵東去了。後來擾亂閩、浙、江西、湖南以及滇、黔，竄蜀就擒，磔於成都，這是後話。

當下謖如巡海歸營，探得金陵兩番自屠自戮，高興之至，説道：「有此機會，掃穴犁庭，指顧間事。我那天馬用得着了。」連夜疊成燒角文書，限時限刻，向南北大營稟明出師。隨即部署將領，水陸並進，殺上金陵。忽報金陵來了無數船隻，謖如驚訝，大兵如何從這裏來？不想卻是賊中危家人馬。原來鏘輝胞弟至俊，係領兵把守江浦，得了内變信息，内畏沓開，外怕大營乘機攻剿，曉得謖如是個好官，又是名將，便率所部戰船數百號，向寶山進發。恰好接着謖如出師，當下遣人遞了降書，脱帽背縛，跪在轅門。謖如傳令：「降將衣冠謁見！」至俊謝了又謝，哭訴前事，便請效力。謖如答應。至俊入伍，緣路奪了江上無數賊卡，破了江路無數鐵鎖。

謖如把酒臨風，正在揚揚得意，忽然大營來了令箭，大加申飭，不准輕動。謖如嘆了一口氣，傳令回軍。至俊所部二萬餘人，謖如簡閲一番，精壯留營效用；老弱的願散者聽，願留者開墾海壖荒地，爲屯田計。假至俊五品頂戴，委領屯田事務。從此寶山營兵強糧足，爲東南一個巨鎮。正是：

情動飛天，誠輸陣將。
維鵜在梁，令人怏怏。

欲知後事如何，且聽下回分解。

第四十三回　十花故事腸斷恨人　一葉驚秋神歸香海

話説癡珠纏綿愁病，過了一春，把阿寶行期也誤了，急得鶴仙要請假來省。轉瞬之間，又是炎夏，芝友引見也回頭，癡珠甫能出門。這日來訪芝友，芝友道：「南邊時事，目下實在不好，這真令人寢食不安。就是都中，也是近日纔撤防堵。」癡珠嘆口氣道：「生涯寥落，國事迍邅。早上得荷生楊柳青軍營的信，也是這般説。」

看官，你道荷生何事駐軍楊柳青呢？四月間，逆倭從廣州海道竄入津門，京師戒嚴，朝議令山、陝各省領兵入衛，荷生所以領兵五千，到了河北。後來奉到諭旨，都令駐楊柳青助剿。五月初二，蘆臺官軍打了勝仗，逆倭竄至靖海，又爲荷生伏兵殺敗，遂退出小直沽，回南去了。荷生後來仍回并州軍營參贊，這是後話。

當下癡珠從縣前街就來柳巷，采秋爲是荷生密友，素來晤面，就延入内室。見癡珠病雖大好，卻老了許多，就也歡喜。癡珠見采秋華貴雍容，珠圍翠繞，錦簇花團，心中卻爲天下有才色的紅顔一慰。又見個丫鬟面熟得狠，詢知是秋英。原來秋香死後，荷生賞秋香的老嬤五十兩銀，把秋英收爲婢女。癡珠又爲秋英喜脱火坑。

此時愛山住在聽雨山房，紫滄失偶，就把瑶華贖身出來，作個繼室，住在梅窩。癡珠都走訪了，又到東米市街，纔行回寓。既不見乏，晚飯也用得多，大家都道癡珠一天好過一天，可以和芝友同走了。不想無意中又鈎出舊病來。看官，你道爲何呢？

紫沧爲着鶴仙是舊交，便延芝友逛一天并門仙館，囑癡珠及羽侯、燕卿、愛山作陪，傳來本年花選第一巫雲、第三玉岫[一]伺候。又因大家説得荷生花選只剩福奴一人，也有滄桑之感，便又傳了福奴。這一會，觥籌交錯，釵舄紛遺，席上人人心暢，只有癡珠觸目傷心。酒未數巡，便推病出席，倚炕而臥。大家只得叫福奴、巫雲、玉岫輪番上前陪伴，與他瀹茗添香。癡珠微吟道：「細草流連侵座軟，殘花惆悵近人開。」大家一笑。紫滄席間因説起采秋「鳳來儀」的令來，羽侯道：「雅得狠，我們何不也試行看？」愛山道：「《西厢》中那裏再尋得許多『鳳』字？」燕卿道：「把《西厢》換作《桃花扇》何如？」羽侯、紫滄道：「好極！」

當下芝友首坐，次是癡珠、羽侯、燕卿、愛山、紫滄、福奴、巫雲、玉岫。羽侯要推芝友起令，芝友道：「叫我起令，萬分不能。大家説了，我學學罷。」於是羽侯喝了一杯令酒，説道：

「翺翔雙鳳凰，《緱山月》，零露瀼瀼。」

大家贊好，各賀一杯。次是燕卿，瞧着福奴説道：

「鳳紙僉名喚樂工，《碧玉令》，夙夜在公。」

大家也説：「好。」各賀一杯。次該是巫雲，説道：

「傳鳳詔選蛾眉，《好姊姊》，被之祁祁。」

羽侯道：「跌宕風流，我要賀三鍾哩。」大家遂飲了三鍾。該是福奴，福奴含笑説道：

「鸞笙鳳管雲中響，《燭影摇紅》，……」

就不説了。大家道：「怎的不説？」福奴道：「我肚裏没有一句《詩經》，教我怎的？」燕卿道：「一兩句總有。」

[一]「玉岫」，閩雙笏廬刊本和吴玉田本都作「玉袖」，據下文改動。

福奴笑道：「有是有了一句，只不好意思説出。」大家道：「説罷，《詩經》裏頭有什麼不好意思説的？」福奴笑説：「中心……」又停了。芝友接着道：「養養。」便拍手哈哈笑道：「妙！」紫滄道：「徐娘雖老，丰韻猶存，竟會想出這個令來。」大家也賀了一杯。次該玉岫，玉岫説道：

「風塵失伴鳳傍徨，《清江引》，將翺將翔。」

大家道：「也還一串，這就難爲他。」次該是芝友，芝友想了一會，向癡珠説道：

「飛下鳳凰臺，《梧桐落》，我姑酌彼金罍。」

大家説：「好。」各賀一杯。次該是愛山，愛山説道：

「望平康鳳城東，《逍遥樂》，穆如清風。」

次該紫滄，紫滄説道：

「聽鳳子龍孫號，《光乍乍》，不屬於毛。」

大家都道：「好！」各喝賀酒。次該是癡珠説了收令。紫滄便來炕邊催促癡珠起來，癡珠不起，道：「我説就是，何必起來？」因説道：

「杳杳萬山隔鸞鳳，《月上五更》，乃占我夢。」

説畢，癡珠仍是不語。大家見癡珠今日又是毫無意興，便一面喝酒，一面向癡珠説笑，給他排解。不想癡珠檢着案上一部小説，瞧了一會，見上面有一首詞，噙着淚吟道：「春光早去，秋光又遍。……」停一停，又吟道：「恨隨流水，人想當時，何處重相見？韶華在眼輕消遣，過後思量總可憐！」就覺得無限淒涼，便自去了。

次日，芝友大家來看癡珠，又拉他同訪福奴。重過秋心院，覺得草角花鬚，悉將濺淚。這夜回來，便「咯咯」吐了數口血，吟道：「西園碧樹今如此，莫近高自臥聽秋！」次日就不能起床了。

那芝友卻與福奴十分情投意合，就訂了終身。到得六月杪，挈福奴領着阿寶一群人，向蒲關去了。

癡珠病中，見阿寶兄弟前來辭行，又是一番傷苦。從此服藥便不見效，日加沉重。此時荷生撤防未到，子秀、子善都出了差，羽侯、燕卿、紫滄、愛山天天各有公事，就是池、蕭照管筆札銀錢，一天也忙不了。只心印鎮日都在西院前屋，幫禿頭照料，二更天纔回方丈去睡。

穆升等見癡珠病勢已是不起，大家想着不久便是散局。禿頭漸漸的呼喚不靈，只得自己撐起精神，徹夜伺候。癡珠自知不免，二十八日倚枕作了數字，與家人訣別；就教蕭贇甫替他寫一付自挽的聯，是：

一棺附身，萬事都已；

人生到此，天道難論。

因嘆道：「大哉死乎！君子息焉，小人伏焉。」又吟道：「海內風塵諸弟隔，天涯涕淚一身遙！」贇甫着實安慰一番，就也走了。

這夜二更時候，癡珠清醒白醒，瞥見燈光一閃，有個侍兒眉目十分媚麗。卻另有一段颯爽的神氣，含笑招手。癡珠起身，那侍兒早掀着簾子出去。癡珠不知不覺跟着走，只隔一步，卻趕不上。再看走的地方，是個甬道，卻不是汾神廟的路，腳下全是青花石磨光的石板，兩邊是白玉闌干，圍護着無數瑤花琪草。那侍兒早不見了。遠遠望去，只見上面數十級臺堦；堦上朱紅三道的門，黃金獸環。沿堦排列那些儀從，一對對旌旗幡蓋、刀鞘弓衣；還有那金盔金甲的神將，手執兵器，分班站在中門兩邊。癡珠想道：「這是什麼地方呢？」正在躊躇，不敢前進。

忽見西邊的門擁出許多侍女，宮妝豔服，手中有捧冠帶的，有捧袍笏的，迎將出來。一個空手的，生得荷粉露垂、杏花煙潤，向前跪下道：「請主人更衣。」便引癡珠進了中門。東西兩班人等瞧見癡珠，都叩起頭來。癡珠從屏門走上殿來，見殿上立一更衣鏡，有七尺多高，鏡中一個人影，衣服雖不華美，而丰采奕奕，英爽之氣見於眉宇。鏡後走出一個神人來，向癡珠道：「先生來了。」把手一拱，足下便冉冉生雲，上天而去。

侍女伺候更衣已畢，扶在正面几上坐下。

癡珠正要說話，忽見屏門洞開，門外停兩座七香寶輦。又有許多宮妝侍女，有執拂的，有執扇的，有捧如意的，有捧巾櫛的，有捧書册的，簇擁着兩位珠纓蔽面的女神下車。癡珠從殿上望將下來，一個面龐好像亡妾茜雯，一個面龐兒好像娟娘。只見黄巾力士引向廷前方面，下鋪兩個寶藍方墊。那女神綽綽約約，走至墊前，便俯伏跪下。旁有一個金甲神將唱道：「淚泉司、愁山司謁見。」癡珠身旁侍女唱道：「平身。」便有四個侍女扶掖二女神，從東廡環佩珊珊步上殿來。

剛到殿門，癡珠立起身，上前略一凝視，一個正是茜雯，一個正是娟娘，喜極不能說話，一手攜着一人發怔。半晌，轉撲簌簌的吊下淚來。茜雯、娟娘早是淚珠偷彈，至此更嗚咽欲絕。癡珠向茜雯慟道：「人亡家破，教我何以爲人！」茜雯咽着道：「天數難逃。」娟娘抹淚道：「你今到此，塵緣已斷，平陂往復，世事自有回環，何必重生魔障？我告訴你：這地方係香海洋青心島，你原是此間仙主。我和茜雯妹妹、春纖妹妹、秋痕妹妹，都是你案下曹司。因數十年前誤辦一宗公案，害許多癡男怨女都淹埋在這恨水愁山、淚泉冤海；因此玉帝震怒，召着金公兆劍替你作了仙主，將我們監禁在離恨天，先後謫降人世，親歷了恨淚愁冤的苦。去年蘊空坐化，玉帝憐他五十餘年節苦行高，詔金公領着蘊空重遊塵世，享歷榮華，方纔去了。我和茜雯妹妹罰限先滿，如今你已復位了。秋痕妹妹罰限即刻也滿。只春纖塵劫未盡，尚有五六年耽延，修成正果，方許重證仙班。」說到此，便將牙笏向癡珠心前輕輕一拍，道：「怎的塵夢還不醒哩？」

癡珠咳嗽一聲，嘔了一口鮮血，卻是南柯一夢。禿頭聞聲，急跑進來，見桌上的燈黯黯一穗，帳外模模糊糊有個人影，像是紅衣女子，一閃即不見了。禿頭唬得打戰，急掀開帳，見癡珠眼撐撐的說道：「什麽時候？」禿頭道：「差不多兩下鐘。」癡珠一絲半氣的說道：「我又嘔了一口血，覺得腥臊得狠，你取些湯給我淨淨口。」禿頭將帳掛起，剔了燈，點起枝蠟，從水火鐓上倒半甌的燕窩蓮子湯，遞到癡珠唇邊。癡珠歪轉半身，將口漱淨，又喝兩口下去，合眼把夢境記憶一回，恍然悟卻前生，就問禿頭道：「立秋是什麼時辰？」禿頭道：「説是卯時。」癡珠吟道：「蘭摧白露下，桂折秋風前。」就説道：「你叫林喜去方丈請師父起來，你把小衫褲替我換上。」禿頭道：「老爺身子不好，何苦要換？」癡珠道：「呆奴！我要走了，你留得我麼？我箱裏東西，蕭師爺替我開有清單，通給你去。箱以外的東西，穆升、林喜、李福三人均分了，也算跟我辛苦一場，留個紀念罷。我這幾個月剩下的束修，也寄不回去，殯殮了我，餘下的你拿去，作個下半世的養活。倘道路平靜，替我回南看家，走罷！」禿頭哭道：「老爺好好的，又没有變症，怎講起這些話？」穆升流着淚，説道：「老爺保重，……」正往下説，林喜已請心印來了。

穆升掀開簾子，讓心印進去，自己向廚下招呼大家起來。剛由牆衕轉過後院，忽聽樓下一響，便問：「是誰？」没有答應，已唬得滿身寒毛直豎。再聽得一聲狠響，像似左邊屋裏空棺挪動的聲，便覺得通身發抖，兩隻腳就如釘住，走不動了。林喜、李福聞得聲響，拿枝蠟趕來看視，穆升還自站着，心上突突的亂跳。停一停，三人同到樓下，喚醒大家出來前院。燭影裏又似槐樹底下隱隱有幾多人站在那裏。其實，天是陰沉沉的，只聽得風吹槐葉，簌簌有聲而已。

屋裏，禿頭帶哭檢點癡珠衫褲。心印瞧着癡珠兩頰飛紅，也覺得不好。癡珠早把吩咐禿頭的話，與心印覆述一遍，就喚禿頭將一小箱交給心印道：「這是我的詩文集和那各種雜著，通共一百二十卷，你替我轉交荷生。《元》文覆瓿，《論語》燒薪，這算什麼？只我一生的心血，都在這裏，託他替我收拾罷！」心印見此光景，就要忍住哭，也忍不住了。林喜等滿面淚痕，幫着禿頭替癡珠擦了身上，換了衣裳，跏趺而坐，向心印道：「你是大解脱的人，何爲也哭？我這會心上空蕩蕩的，只有老母尚然在念。爲子如我，有不如無。」便滴下兩點眼淚。一會，目神漸散，兩頰的紅也漸淡了。滿屋中忽覺靈風習習，窗外一陣陣細雨。癡珠叫林喜端過一張炕几，向李福要了筆硯，心印檢一張箋紙遞上，林喜磨着墨，癡珠提起筆來，在紙上寫了四句道：

海山我舊小遊仙，滴落紅塵四十年；
一葉隨風歸去也，碧雲無際水無邊。

題罷，擲筆倚几而逝。時正卯三刻。

心印大慟，禿頭等泥首號啕，卻遠遠的聞得笙簫之聲，經時纔歇。心印一面哭，一面招呼禿頭將癡珠扶下。只見容顏帶笑，臉色比生時還覺好看，只瘦骨不盈一把。這會贊甫、雨農也到，大家幫着點香燭、焚紙錢，哭個淚乾聲盡。心印領着徒子徒孫，就在秋華堂念起度人經。贊甫、雨農領着穆升，照料衣衾棺槨。用的棺，就是停放樓下那一口。

禿頭諸事不管，只在床前守屍痛哭，就如孝子一般。到了入殮，禿頭體貼癡珠生前意思，將秋痕剪的一綹青絲、一雙指甲，縫個袋兒，掛在癡珠襟上；其餘癡珠心愛的古玩和秋痕的東西，俱裝入棺中。將靈停放在秋華堂，禿頭等輪流在靈幃伴宿。次日，心印題上一付挽聯，是：

梓鄉極目黯飛雲，可憐倚枕彌留，猶自傷心南望；
蓮社暮年稀舊雨，方喜高齋密邇，何期撒手西歸！

這且按下。看官須知：癡珠方纔化去，秋痕卻已歸來。正是：

鐵戟沉沙，焦桐入爨；
安道碎琴，王郎斫案。

欲知後事如何，且聽下回分解。

花月痕全書卷十三終

花月痕全書卷十四

第四十四回　一刹火光穢除蟬蜕　廿年孽債魂斷雉經

話説秋痕自臥病後，敝衣蓬首，垢面癯顔，竟不是個畫中人了。那小夥狗頭，閒暇無事，結識幾個土棍，燒香結盟，便宿娼賭錢起來。先前只乘空偷些現錢，後將現銀三百餘兩都偷完了。一夜，竟把金銀首飾、上好玉器皮衣席捲而去。次日李裁縫起來，見箱籠都已打開，急得口定目呆，説是被盜，要和店主打官司。鬧了一天，四處找尋狗頭，不見個影。店主轉説李裁縫父子合謀圖賴，又見他帶了家眷，來歷不明，要見官呈告，經旁人勸止。牛氏十年辛苦，剩得這點家私，如今給人搬運一空，氣得發昏。數日跟尋狗頭，没有蹤跡，後來就同李裁縫拚了幾回命，到得歸結，只是抱怨秋痕。

當下無可奈何，就正定府城裏租了一間小屋暫住。四月後，秋痕的病略好，牛氏想逼他見客，無奈地方生疏，無論秋痕不肯答應，就令妝掠起來，也是枉然。挨到六月初，李裁縫、牛氏都沾瘟病。此時用不起火伴，可憐秋痕要和跛腳自己下鍋煮飯，服事兩個病人。士寬是就近租個店面，做個小買賣。正擬寄信太原，不想二十二夜，牛氏屋裏竟發起火。

你道爲何？牛氏掛了一床夏布帳，這一夜就帳中吃煙，把件小衫丢在煙燈傍邊，昏昏沉沉，竟自睡着；此時天燥，一引就着，夏布帳、頂槅、紙門，烘騰騰的燒起來。牛氏、李裁縫夢魂顛倒，身上着火，不曉得奪門走出，倒向後壁去尋門路。到得街坊來救，只救出秋痕、跛腳。秋痕、跛腳亦只搶得一尊觀音小龕、一軸癡珠小照，其餘都歸毒焰，就玉環也隨着兩人化做冷灰。管士寬當下接秋痕主婢到了自己店中。次日，秋痕替三人尋出骨殖，買地掩埋，想着自己命苦，又痛他三個人枉自辛苦一場，就也大哭數次。

二十四早，士寬雇了一輛轎車，給秋痕、跛腳坐了，自己雇個騾子隨走，一路小心看視。秋痕心上感激他，也敬重他，想道：「他領我找癡珠去，只癡珠的病，不曉得好了没有？」又想道：「癡珠倘好了回南，我如今是孤身一人，投在何處？没得法，要向荷生、采秋討些盤纏，我徑到南邊找他去。」又想道：「我命就這樣苦，受得大半年罪，這回又跑個空？譬如癡珠與我真個無緣，那兩個老東西就不該燒死。咳！早曉得有此機會，也不該將身子糟蹋到這田地。」秋痕這般一想，飯也飽餐，睡也安穩，以此路上辛苦，身邊空乏，全不復覺。

到了二十八這日，秋痕車中心驚肉跳，坐臥不安。二十九日又好了。是晚，宿黄門驛。屈指初二，便抵并州。又想道：「癡珠平素要做衣服給我，如今是一下車，便要他替我打扮一身，本來腌腌臢臢得來東西，除個乾淨也好。」又想道：「説起也怪，二十一夜，我穿的是件茶色的縐夾衫〔一〕，怎的冒火起來，卻是癡珠給我的小坎肩？」合着眼，迷迷離離的想，忽見癡珠笑吟吟的穿着一身的新棉綢的短衫褲，站在床前。秋痕趕着坐起，拉手説道：「你曉得我回來麼？」癡珠不應。秋痕審視一回，見癡珠腳上也没穿襪，一言不發，只向襟前解個小口袋。秋痕道：「你坐下，我替你解罷。」癡珠坐下，秋痕一面替他解口袋，一面説道：「你怎的又不説話？你從那裏來？竟不穿襪，不冷了腳！」癡珠只是笑。

秋痕早把口袋解下，檢裏頭紙包，原是自己一綹青絲、兩個指甲。秋痕淒然淚熒道：「你就長帶在身邊？」

〔一〕「衫」，閩雙笏盧刊本作「件」，據吴玉田刊本改動。

癡珠仍是不語。秋痕淚珠紛墜，説道：「你不好也是不説話，好也是不説話，實在教人難受。」癡珠盤上腳，哈哈的笑。秋痕一手抹淚，一手摸着癡珠的腳，是冰冷的，説道：「何苦呢，你看雙腳，冷得冰人！」轉身想將夾被替癡珠蓋上，猛回頭，卻不見了。睜眼看時，只有一燈如豆，跛腳鼻息如雷。起來坐着，將夢凝思一回，也摸不着是吉是凶。見跛腳枕頭推在一邊，仰着面，開着口，鼻孔朝天，也不理他。剔亮了燈，聽得院子裏秋蟲亂叫，一陣風吹得怪刺刺的響。吃兩袋水煙，重復睡下，合着眼，便見癡珠，撐開時，又不見了。心上十分憂疑，翻來覆去，想道：「敢莫癡珠有甚意外之事？我去時，他原吐血，如今四個月了。」想到此，便把日來高興的念頭，一時冰冷，背淚珠珠下滴。一會，又自解道：「我夢見他，都不像病人氣色，大約是好了。」又想道：「我和他受了一年苦楚，自然是苦盡甘來。」想來想去，晨雞早唱，燈也沒油，昏昏欲滅。聽得跛腳喁喁囈語，好像兩口子説話。一會，大聲道：「這樣講，韋老爺是成仙了。」停一會，又説道：「姑娘原也可憐。」以後又鼾聲大振。秋痕便叫了幾聲，推了幾下，跛腳纔醒過來，問道：「做什麼？」秋痕道：「你做什麼夢？説起韋老爺，又説起我。」跛腳方揉揉眼，坐起道：「我沒有夢見韋老爺，也沒有夢見姑娘，我卻夢見玉環向我要錢呢。」秋痕就不言語。

此時天也發亮，大家起身，收拾上車。這日，秋痕在車裏，昏昏沉沉的睡了一天，好像是和癡珠住在秋華堂光景，醒來卻一些兒也記不清楚。是夜，宿石坪驛。初二日，走三十里地就進城了，徑到士寬家下車。士寬教侄兒找那姓顧的，要秋心院鑰匙，自己便來秋華堂報信。不想剛到柳溪，逢着李福，穿件白袍，踉蹌前走，士寬搶上數步，趕着叫。李福猛回頭，見是士寬，慘然道：「你回來麼？姑娘呢？」士寬道：「姑娘也來了。」李福道：「咳！爺不在了！」士寬驚道：「怎的？」李福道：「爺是前日去世，你和姑娘什麼時候到？卻不給爺知道。」士寬此時氣得發昏，半晌纔能説道：「姑娘方纔下車，還在我家，就叫我給老爺信。如今老爺沒了，怎好呢？」李福道：「事到這樣，真個沒法！」於是士寬垂頭喪氣，跟李福向秋華堂來。沒到秋華堂，早望見大門上長幡。士寬大哭道：「我只怕遲了，老爺已經回南，再不料有此慘變！」

門上大家都迎下來，探問信息。這日，子善纔出差回來，也在秋華堂幫忙。子善的跟班趕着去回。一時，子善、心印、翊甫、雨農，都走出月亮門，見士寬只穿件小衫，腳上還是草鞋，跪在臺堦上，向癡珠的靈前，嚎啕大哭。禿頭也哭得淒惶。大家見此光景，都爲酸鼻。一會，勸住了，士寬哀哀的訴。子善嘆道：「緣法一盡，就是九牛之力，也難挽回！」心印灑淚道：「凡事是有安排的定數。」贊甫道：「秋痕得了這信，可不知要怎樣呢？」子善道：「我就同士寬去看。」

且説秋痕在士寬家，歇息一會，料癡珠聞信，必定趕來。恰好士寬侄兒找着歸班，開了秋心院大門。秋痕便過這邊，略同歸班説些家難。歸班呶呶不休，秋痕就不大理他。歸班沒趣，自去探訪狗頭信息。

當下，秋痕趕着和跛腳拂拭了几榻塵土，浼士寬侄兒幫着打掃。見空宅荒涼，又經人住過，傢伙位置都不像從前，也有給人搬去的。秋痕此時雖不暇問，只痛定思痛，愈覺傷心。又想：「自己空無所有，或者今夜就到秋華堂去。」正在盼望，忽見士寬和穆升來了，説道：「老爺病着。」秋痕正要問話，子善進來。秋痕趕忙迎坐，揩淚盈盈，問着癡珠的病。子善嘆道：「病是不好，只你初到，歇一歇，再和你説。」秋痕哭道：「到底怎樣？我吃盡千辛萬苦，都是爲他，你説罷。」子善道：「這兩天卻也不妨。你如今只剩下一身，怎好的？」就吩咐跟班和穆升道：「你看姑娘屋裏應用什麼，都向公館取來。」秋痕道：「這卻不必。我即刻要到秋華堂看癡珠去。」一面説，一面向穆升道：「勞你替我叫一輛車。」穆升答應，子善止住道：「此刻已是五下多鐘，你要去，也等明天。」秋痕道：「子善，你怎説？你想，癡珠聽我到了，不曉怎樣着急想見我呢？」子善再三勸止，秋痕那裏肯依。

士寬是個莽撞的人，禁不住說道：「韋老爺早是……」子善忙行叫他出去。秋痕見此光景，知道不好，呆呆的瞧着子善。半晌，跳起說道：「我千辛萬苦，……」止說這一句，就急氣攻心，昏暈倒了。跛腳大哭。子善幫着叫。停了一停，秋痕轉過氣來，大哭一陣，握着兩拳，將心胸亂打，大家攔住，就向板床歪下。子善連連勸慰，總不答應。不一會，子善的跟班和穆升搬取鋪蓋器皿也來了。差不多天就黑了，秋痕纔坐起，向子善道：「你請回罷。承你照拂，我來世做犬馬報你。」說畢，重復躺下。子善只得吩咐跛腳好好照料，就帶跟班回家。穆升怕家裏有事，早就走了。士寬被子善叫他出去，心中狠不自在，領着侄兒回家歇息。

一間空屋，只剩下秋痕、跛腳兩人。只聽得梧桐樹上那幾個昏鴉「呀呀」的叫個不住；又有一個梟鳥，在秋心院屋上鼓吻弄舌，叫得跛腳毛髮森豎。時已新秋，天氣晝熱夜涼，跛腳身上只一件汗衫，十分發冷，肚又餓。瞧着秋痕，就如死人一般，合着眼，一言不發。猛聽得有人打門，跛腳答應，步下階來，見新月模糊，西風蕭槭，滿院裏梧葉捲得簌簌有聲。走到月亮門外，不防廊上闌干有個烏溜溜的大貓跳將下來，把跛腳一嚇，「哎呀」一聲，栽倒在地，那黑貓一溜煙走了。跛腳戰兢兢的爬起來開門，原來是士寬和他侄兒，送來四碟小菜、四碗麵、四個餑餑和那油燭盤香。跛腳這回不怕了，便來告秋痕。秋痕坐起，請士寬坐下，說道：「枉費了你大半年的氣力！曉得這樣，倒不如那一晚也燒死了，豈不是好？」士寬粗人，又吃了酒，含含糊糊說了幾句。他的侄兒點上燈，就都走了。開門出來，恰好禿頭帶個打雜，送來簾幕飯菜及點心等件。秋痕見了禿頭，也是不哭，只問癡珠臨死光景。禿頭揮淚告訴一遍，秋痕長嘆。禿頭勸秋痕用些飯菜，秋痕一點不用，跛腳卻飽吃一頓。時已有二更天，禿頭也走了。

跛腳拿着燭臺，送了禿頭，關門進來。剛到二門梧桐樹下，瞥見上屋有個婦人，和秋痕差不多高，走入月亮門。跛腳只道是秋痕出來，也不驚疑，還說道：「娘，你也不點個亮？」到得月亮門，見那婦人已上臺堦，不入屋裏，卻由東邊灣去後院。又説道：「娘，緩一步，我照你走。」卻不見答應。直跟到梅花樹畔，冉冉而没。不覺嚇得通身發抖，跑入屋裏，秋痕還歪在床上，不動分毫。跛腳回想起來，十分害怕，又不敢告訴，隨説道：「娘，你自清早起身，至今不曾吃點東西，喝些湯好麼？」秋痕不應。跛腳停一停，又説道：「你要躺，起來一坐，給我鋪下褥子，你也好躺。」秋痕道：「你鋪在西屋自睡，我就這樣躺。」跛腳没法，只得伴着秋痕呆坐。坐到三更多天，十分疲倦，歪在一邊，恍恍惚惚的，覺自己走到一個地方，静悄悄的。只見對面一對宫妝女子，手持幡蓋，引着他娘和個帶劍的女子，緩步而來，來到跟前，轉西去了。心上想道：「娘同這女子去那裏哩？」趕着跟來，卻又不見。遥望過去，前面有個廟，出出進進，都是戲臺上打扮的人，只没有塗臉的。想道：「這廟裏敢莫有戲？」就跟着人進去，見寶殿巍峨，是個極大的所在，月臺上香煙成字，寶蓋幡雲，有許多穿戲衣的人，也有男的，也有女的，女的都是少年美貌，男的便有老有少。

看了一會，不像是戲，又不像是佛殿，正想要走，只聽得兩邊鼓樂起來，説是「冤海司來了」。有一個穿戲衣的男人，瞧見跛腳，立地攆出。跛腳嚇得打戰。只見許多豔服女子，引一座金碧輝煌的車，坐着一個纓絡垂肩的人，遠遠的看，卻不曉得是誰。忽然又有個穿戲衣的人喝道：「你什麼人？敢跑來這個地方閒逛！」惡狠狠的一鞭，跛腳「哎呀」一聲，原來是夢。睜眼一看，日已上窗，卻不見秋痕，跛腳只道起來，前屋後屋找了一遍。只見秋痕高掛在梅花樹上。跛腳嚇得喊救，兩手抱着腿大哭。士寬隔牆聽得跛腳哭喊，知道秋痕不好，趕着過來。跛腳一面開門，一面哭道：「娘吊死了！」士寬和他侄兒進來，忙行解下，見手足冰冷，知不中用，便赴子善公館告知。

到得七下鐘，秋華堂和柳巷的人通知道了。瑶華奔來看視，大哭一場。街坊的人，個個贊嘆，都説難得！子善主意從厚殯殮，不用説了。

看官須知：秋痕原拚一死，然必使之焦土無立錐之地，而後華鬘歸忉利之天，這也在可解不可解之間！秋痕係戊午年七月初三日寅時縊死，年二十歲。例斯人於死節，心固難安；報知己而投環，目所共睹。遭逢不偶，銜大恨於三生；視死如歸，了相思於一剎。留芳眉史，歌蒿借孔雀之詞；證果情天，文梓起鴛鴦之家。

正是：

比翼雙飛，頻伽並命；

生既堪憐，死尤可敬。

欲知後事如何，且聽下回分解。

第四十五回　竹竿嶺舊侶哭秋墳　樅陽縣佳人降巨寇

話説荷生自楊柳青撤防，到了青萍驛，接見太原各官，驚知癡珠、秋痕先後去世，大爲惘然。是夜，就枕上撰一付挽聯，是：

萬里隔鄉關，望一片白雲，問魂兮幾時歸也？
雙棲成泡影，剩兩行紅淚，傷心者何以哭之！

次日進城，唱起凱歌，打起得勝鼓，鬧得一城人觀看，熱烘烘的擁擠。到了行館，采秋迎出并門仙館。小別三閲月，兩人相見，欣喜之情，自不用説。只接續見客，直到二更天，甫能退入内寢細談。説起癡珠、秋痕，兩人十分傷感。采秋便將挽秋痕的聯句述給荷生聽，念道：

「有限光陰丁噩夢，不情風雨虐梨花。」

荷生道：「好！我的聯是這十六字：

癡夢醒時，秋深小院；
劫花墮處，春隔天涯。」

采秋也道：「超脱之至！」荷生隨把挽癡珠的句，也念給采秋聽。

次早，一起寫好，分頭張掛去了。下午親往秋華堂，排上一臺祭品，換了素服，哭奠一番，就同子善大家到西院流覽一回。琴在人亡，十分惆悵。見焦桐室粘的詩箋，有《五月下浣重過秋心院感賦》七律二首，因念道：

「沉沉綺閣幌雙垂，頻卜歸期未有期。
杯影蛇弓魔入幻，帷燈匣劍鬼生疑。
摶沙蹤跡含沙射，銷骨讒言刺骨悲。
昨夜落梅風信急，紙窗策策益淒其。

眉峰離恨鎖層層，欲斷情絲總未能。
不恤人言誰則敢？可憐薄倖我何曾！
半生豪氣銷雙鬢，九死癡魂傍一燈。
碧落黃泉皆誑語，殘更有夢轉堪憑。」

念畢，正向子善説話，只見索安回道：「汾神廟主持心印求見，説有韋老爺遺囑面回。」荷生道：「甚好，我正要往訪。」就同子善迎了出來。

心印行禮，荷生拉住，敘些契闊，又謝他經理癡珠喪事。心印灑淚道：「貧僧二十年心交，聚首天涯，竟爲他辦了這等事，説來就可傷心！」荷生聽了，眥淚欲滴。心印便將癡珠遺囑述了一遍。荷生向子善道：「這事自是後死者之責。但我簡牘紛紜，心也粗了，學問我又不如他，怎能替他纂輯起來？只好暫藏在我那裏。至詩文集，儘管付梓罷！」子善躬身道：「是。」荷生又坐了一會，走了。

次日，荷生因禿頭求差健弁，賚着癡珠遺札回南，遂作一緘，寄給謖如，也交差弁帶去。此時子秀回省銷差，接着余𣗳如緝捕鹽梟差務也完竣到省。大家商議道：「南邊道路不通，秋華堂又不便久停靈輀，不如就葬并州，附以秋痕，完了他生時心願。」回明荷生，荷生道：「歸葬爲仁，隨葬爲達。況時事多虞，葬了也完我們一件心事。」大家道：「是。」

嗣後，心印、池、蕭看准南門外竹竿嶺一區墳地，就在夫妻廟後。於是擇了九月初二未時，將癡珠、秋痕兩柩安葬。就嶺下善人村，買一百畝田地、五十畝菜園、一所房屋，將跛腳配給禿頭，便令搬往守墓。穆升、林喜、李福三人，荷生都收作跟班，就贊甫、雨農，也延入文案處。秋華堂仍做遊宴公所。汾神廟西院，自從癡珠死後，都説有鬼，没人敢住，後來是韋小珠搬入作寓，纔把謠言歇了。秋心院也紛傳有鬼，後來是一邵姓買爲別業。這便是癡珠、秋痕兩人結局。

一日，采秋和瑶華商量上墳。這日林喜、李福到夫妻廟伺候。采秋、瑶華素服，只帶了穆升、紅豆、秋英，由甬道坐小轎出城。穆升騎馬先走，紅豆、秋英坐一輛車，跟轎而行。到了城外，采秋、瑶華、紅豆、秋英一起換了馬。路上歇一歇，便望見竹竿嶺夫妻廟。林喜、李福迎出，兩人下馬。進得門來，破廟荒涼，草深一尺，見一群的羊在那裏吃草，頹垣敗井，廊廡傾欹。進了前殿，尚自潔淨，也排有兩三張破的木几，靠牆一張三腳的桌。這是林喜先到，教看廟預備的。廊下自有行廚供給，穆升捧上兩碗茶來。紅豆、秋英跟着采秋、瑶華，看了塑像和那壁間畫像殘碑，説道：「去年八月十五，癡珠、秋痕不到這裏祭奠麼？不想今年，我和你來祭他！」瑶華也覺黯然欲絶。

兩人喝了茶，逛到後殿，見西邊坍了一角，風摇樹動，落葉成堆，淒涼已極。又聞得遠遠有人哭聲。紅豆、秋英站在倒牆土堆上，見牆外槐樹下拴一匹黑騾，一人看守。李福認是汾神廟的人，問道：「你來做什麼？」那人道：「我跟師父來上墳。」采秋向李福道：「韋老爺的墳，在廟後那裏？」穆升道：「只在牆外西邊，這裏去，不上一箭地。」瑶華道：「這般近，我們打這裏步行去罷。」采秋道：「甚好。」便攜着瑶華的手，步上土坡，穆升前引。兩人憑高遠眺，見平原地遠，曠野天低，覺得眼界一空。

到得下來，便是廟外。疏林黄葉，荒徑寒蕪，蕭條滿目，早令人悲從中來。轉向西，遠遠的望見三尺孤墳，墳前點着香蠟，一個穿袈裟和尚正在膜拜；禿頭燒紙，哀哀的哭。林喜跟着祭品的擔，也纔到墓下。采秋道：「等和尚走了，我們祭罷。」穆升道：「他們現已哭過，想是知道我們上來，匆匆要去，槐樹下的騾不牽向前麽？」只見禿頭和林喜説了幾句話，和尚點點頭，繞向東邊而去。

紅豆、秋英便攙着采秋、瑶華，到了墳上，見墓碑題的是「東越孝廉癡珠韋公之墓」。林喜早排好祭筵，采秋灑淚上香，拜了一拜。瑶華也灑淚行了禮。紅豆澆酒，秋英執壺，林喜、穆升焚紙。事畢，四人以次磕了頭。只李福在夫妻廟中照料，不曾跟來。禿頭儘着哭。采秋、瑶華十分傷感，俱站不住，那烏騅和瑶華的馬都扯在墓前伺候，就不再到夫妻廟，只勸諭禿頭數語，上馬走了。這且按下，待小子表出潘碧桃一番好結果來。

碧桃自與錢同秀撒賴以後，并州是站不住。他媽便將碧桃走了絳州，又走了澤州，走了清化，走了汴梁。汴梁自古佳麗之地，近來黄河遷徙不常，又新遭兵燹，中州光景，就也不可再問。但是樊樓之燈火成墟，飯甑之琵琶還夥。碧桃閲人既多，又戒了煙，容華遂愈煥發；迷香洞裏，居然座客常滿。

一日，來個道人，授以操縱吐納摩咒頓挫之訣，臨行説道：「你過此便當發跡。」只這道人去後，無論舊寵新歡；相對總是味如嚼蠟。後來蔑片領個豪華公子到門，這碧桃放出手段，百般討好。那公子見得碧桃千嬌百媚，就也十分憐愛。不想晚夕兩口嬲了一陣，一個是渺乎其小，一個是廓其有容。還是碧桃泥他唱個後庭花，到了天明，竟自走了。數月門庭寂然，母女十分站不住，聽説樊城熱鬧，現在賊退，遂帶了猴兒，徑行上路。

這日，離樊城不上十里，日早落了。對面忽來一隊遊騎，車夫望風而遁。當頭一個少年，望着碧桃，便跳下馬搶了，飛鞭而去。没有三里多路，天快黑了，投一小小鄉村。碧桃高叫「救命」，村中的人，没個來理。這少年向一家門首停住，裏邊有個婦人，黄瘦的臉兒，手拈盞燈，將碧桃扶下。碧桃跳擲喊哭，那婦人笑道：「哭也無益，喊也枉然。」這少年也説道：「娘子安靜，我們不是食人老虎。」碧桃道：「你還我的媽，我便跟你。」那少年道：「這是容易的事，馬上就到。」碧桃見他没甚歹意，就停住哭，與婦人見禮。那少年已將他媽帶來見面，碧桃大喜。

看官，你道這隊遊騎又是那一股賊哩？原来淮北一帶城池，近爲員逆頭目吕肇受竊踞。這肇受原是樅陽縣著名劇盜，卻極孝順，縣官破案，一拘他娘，便自投到。後來積案多了，幾斃杖下。幸站木籠，有個官善於風鑒，見他臉有紅光，便放了，令去投軍。不想肇受投賊，受了僞職，踞了樅陽，擁有淮北千餘里鹽利，與河南捻首姚蓄琳結爲兄弟，以此餉足兵多，勢強援衆。只是生平有個缺憾，是個驢形，自做賊以來，不知糟蹋了整千整萬婦女，卻不曾了一回賬，以此四布遊騎，到處擄搶。

這少年擄得碧桃，獻了肇受，肇受見面也不甚爲奇。這日酒後，叫來服侍，不料碧桃竟禁得起春風一度，而且曲盡媚豬之態。這是肇受不曾嘗的滋味，當下樂得心花怒開，告了他娘，擇日成親。賞了少年一百兩金，差人迎了碧桃的媽，連猴兒也得了好趣。

看官，你道人生無論什麼人，肯從根本上着點精神，再没有不好呢！碧桃那般淫賤，終始與他媽相依爲命。肇受那般榮華，也是終始與他娘相依爲命。他娘這會見個粉妝玉琢的媳婦來了，喜歡之至。這碧桃就珠圍翠繞，做起夫人。看官，你道是好結果不是？尤可喜者，一夕枕上，兩人各訴衷曲，碧桃説道：「你如今富貴極了，只是依人，自來是没結果呢！你怎不反正？將淮北鹽利獻與朝廷，必有一番獎勵。然後請率所部討賊，就這千餘里地，徵税課，做我糧餉。金陵守得住，我且霸住一方；金陵守不住，我便做個陶朱翁。你道好不好呢？」說得肇受一骨碌跳起，拍掌道：「上策，上策！娘子軍，我先要投降了！」

次日，肇受果然託記室做個降書，又遣人私送北帥許多財物。後來奉到諭旨，着授淮北提督，改名蓋忠。碧桃竟自得了一品大人的誥命。正是：

羽鎩鳳凰，語通吉了；

腐草爲螢，道在屎尿。

欲知後事如何，且聽下回分解。

第四十六回　求直言梅翰林應詔　復潯郡歐節度策勳

話説這年秋間，長星見在西北方，光有數十丈，直射東南。逆賊四眼狗勢大猖獗。看官，你道這四眼狗是誰？原來便是秋心院的班長李狗頭。當時，癡珠説他會做强盜，人都不信，不想他卻真做悍賊。他自正定括了牛氏箱籠，便與他結盟的幾個兄弟，跑到淮北。適值金陵屠殺之後，員逆委任榮合、榮法主持號令，出榜招賢。狗頭夤緣獻策，破了烏衣官軍，又破了防守七年之六合、三河大捷之義師。員逆大喜，以爲奇才，將淮北悉歸管轄。其實，懷遠一帶，吕肇受早反正了。狗頭領着數萬人馬，只飄泊太湖，來往潛山。

當下朝廷爲着東南糜爛，天象告警，詔中外文武及軍民人等，直言時務。這梅、歐兩個晉京，得不了試差。小岑卻轉個御史。想起癡珠臨行送的序文，是教他勘破了七品官，將天下所有積弊和盤託出，做個轟轟烈烈的男子，就也鼓動小岑胸中幾多塊壘、幾多熱血，只是乘不出機會。這會言路大開，他又得了御史，便悄悄做起一摺，不但不與劍秋商量，便是丹翬也不知道，逕自遞了。略云：

臣梅山奏，爲應詔直陳、仰祈聖鑒事：臣聞古三公有因水旱策免，有不待策免而自行引退者，何況天象示警於上，人事舛迕於下；而内閣大臣猶循常襲故，旅進旅退於唯唯諾諾之間。清夜捫心，其能自慰乎？夫用人行政，其將用未用、將行未行之際，差之毫釐，失之千里。天顔咫尺，呼吸可通，惟有内閣而已。身居密勿之地，苟懷緘默之風，則宰相亦何常之有？一切凡人，皆可爲之，又何藉夢卜以求也。

東南軍務，稽今二十有餘年矣。民生顛沛，國帑空虛，盡人能言，其實盡人不敢言其所以然之故。臣私自憤懣，急欲明目張膽，爲我皇上陳之：封疆壞於各道節度。各道節度非有唐末之横也，而平居泄沓，臨事張皇。有喪師者，有辱國者，有聞風先遁者，有激變内潰者，有奉熊文燦爲祖師而以撫誤事者，有蹈楊嗣昌之覆轍而以鄰爲壑者，有擁兵自重而遊奕以避賊鋒、縻餉自娱而高居以養賊勢者。凡此種種紕繆，内閣豈不知之？有遇事嚴參以重封疆者乎？

自倭逆内犯，勾結水陸劇盜以及回疆、西藏，朝廷命將出師，不惜捐萬萬帑金，爲民除害，德洋恩普，該將帥宜何如努力戎行？乃老成凋謝。既無繼起之才，結習相沿，動有僨軍之將。往者金陵淪陷，設南北二帥：北帥逍遥河上，南帥隅負鍾山。轉瞬數年，終於覆没，爲宵旰憂。方其未敗，錦衣玉食，倡優歌舞，其廝養賤紈綺、吸洋煙，莫不有桑中之喜，志溺氣惰；賊氛一動，如以菌受斧。害於而家，凶於而國，覆轍相尋；曾不知戒。内閣耳目猶人，有先機議處，以肅戎行者乎？封疆如此，戎行如此！此何時哉？此何勢哉？該大臣等相顧不發一策，事事仰勞神算，已屬全無心肝，乃猶徇情掩飾，淆亂是非，致令外議沸騰。或曰受賄容奸，或曰潛蹤通賊。聖明之世，臣不敢謂然。第念該大臣世受國恩，身膺隆遇，何以坐視時艱，悍然於天人之交迫，曾無所動於中也？

今日之事，必先激濁揚清，如醫治疾，扶正氣始可禦外邪。伏唯聖鑒，俯納芻蕘，特伸乾斷，則民生自復，國計自紓，臣不勝感激之至。謹奏。

次日，内閣傳旨：御史梅山，忠讜可嘉，着賞人參二斤，原摺該大臣閲之，各明白回奏。小岑謝恩下來，滿朝公卿，無不改容。

當下回寓，劍秋已早來了，接着，笑道：「士别三日，當刮目相待。」小岑也笑道：「這是癡珠抬舉我，得了兩斤人參。」隨即坐下，談了朝中情事。劍秋便説道：「癡珠議論，多是行不去呢。就如這摺議論，也是乘此機會，纔用得着。」小岑嘆道：「雖有智慧，不如乘勢；雖有茲基，不如待時。自古是這般呢。」劍秋道：「前兩天，荷生寄來癡珠詩文集副本，詩倒罷了，那文集中議論，都駭人聽聞得狠。我略瞧兩篇擬疏，一是請裁汰：一曰汰大員而增設州縣，一曰汰士子而慎重師儒，一曰裁營伍而力行屯政，一曰裁胥吏而參用士人。一是請廢罷：一曰罷邊防而仍設土司，一曰罷厘金而大開海禁，一曰廢金銀而更造官錢，一曰廢科舉而責成薦主。一篇都有數萬字，讀之令我小儒舌撟。」小岑道：「行原是行不去呢，只這議論，都是認真擔當天下事的文字，人存政舉，便自易易。你道他迂闊麼？就如他説用兵大略是先和倭夷，聽其自生自滅；再清內寇，上保蜀，下復武漢，做個南北樞紐，然後從上游分路剿辦，水陸並進，力厄賊坑。你道是不是呢？現在什麼人能了此一局呢？」劍秋道：「這一付議論，我也聽他説過，荷生、謖如都將此做個帳中秘本，其實一個人是做不來呢。」小岑笑道：「天下事那裏有一個人辦得出呢？起檣椎牛，掛席集眾。」

正待説下，門上報：「有客來。」你道是什麼客呢，原來就是謝小林、鄭仲池。前個月小林以御史放了淮海道，仲池以理少放了淮北節度。兩個俱因地方殘破，無處張羅，不能出京。這日從內城出來，得個明經略入閣的信，以此同訪小岑。到得靠晚，見過上諭，是「首輔予告，朝廷以西北肅清，詔經略入閣，所有未了事件，着交韓彝守護帥印辦理」。

到得第三日，內閣傳旨：湖北漢陽府着梅山補授。小岑叫苦連天。丹翬便埋怨他：「上得好摺，如今得了這個去處，上不着村，下不着店，又是不能不走的。」倒是劍秋替他張羅出京，説是「朝廷因你肯説話，纔叫你一麾出守，不久就有好處」，勸他走了。

卻説仲池節度淮北，與肇受恰是同官。肇受此刻擁了淮海千餘里錢糧鹽課，奉詔討賊，自廬江以至和、含，連營百餘座，旌旗耀日，人馬堆雲。仲池主僕夐夐，依個破廟。一日，提督府兵丁搶人婦女，土團不依，鬧起事來。幕中朋友説須地方官彈壓，肇受便往拜仲池。

仲池飭該管官兩邊和解，就也前往回拜。這肇受高興，開起夜宴。於是萬炬齊明，百花沓出，雨護世城中之美膳，舞廣寒宫裏之羽衣。酒行數巡，夫人出見，珠光側聚，佩響流葩。肇受卻小袖禿襟，笑向仲池道：「我不慣穿着大衣。」仲池一面招呼夫人，一面説道：「我們兄弟，儘可脱略形跡。」肇受就指左邊一座，教夫人坐下，向仲池説道：「他文雅，不比我鹵莽武夫，着他奉陪，我就在這炕上燒煙罷。」於是弁者鬟者，流目於燈光煙氣之中；歌人舞人，摩肩於豐酒繁肴之地。仲池起辭再三，無奈肇受夫婦禮意殷勤，遲至一下鐘纔得散席。臨行，肇受取個沉沉的包裹，納入仲池袖裏，笑吟吟的道：「聊以誌別。」仲池不解，無可答應，只得收了。抵寓，檢開包裹，燦燦金條。

次日天明，忽報「提督掛印走了。所有百餘座壁壘，俱是空營」。原來肇受軍令，僅是暗號，那日黄昏，這多兵俱已陸續登舟；席散後，肇受、碧桃各奉老母，就也出城。萬帆競掛，説是向海門而去。如許重累，竟一夕拔宅，奇不奇呢？這裏仲池詫異一番，將提督的印，暫行護理。方招募鄉勇，聯絡土團，想爲自強之計，不想諸事辦未得手，狗頭卻來了。空空一城，如何可守？聽説寶山營兵強馬壯，便向寶山投奔。坐此淮北千餘里，竟爲狗頭竊踞。

再説小岑那一摺利害不過，參倒了幾個大老，正法了幾個節度，這是小岑想不出呢。爲着小岑奏准，大家依嘴學舌，都説起話來，便轇轕不清。還是明經略到京，慢慢的回轉聖意，纔得歸結，救活了多少人；只日日接見朝士，延攬人才，總不得個擔當全局的人，實在十分煩惱。

一日，想起李謖如，恰好出了肇受提督的缺，便極力保薦，得了諭旨。過了數日，門上遞了一封書，拆閱是侍講歐治言事的書，約有一千餘字，大意是說那楚北淮南形勢及扼賊要害之處，又說「封疆大吏，推諉素不知兵，這是無志者藉口之辭。試問各道節度，共帶樞部之銜，且有標兵之掌，如何說得不知兵？請以各道軍務，俱歸各道節度督辦，勿庸另派大臣。」又說是「今天下雖多事，然誠得志節磊落、通知古今之人，分布中外要路，一以滅盜賊、安元元爲念，功效未必不可漸致」。大喜道：「這等議論，與苟生一般通達，可以大用。」次日，便呈御覽，奉旨召見。劍秋口才本是好的，是日奏對，洋洋灑灑，大稱聖旨，就放個岳鄂節度。陛辭這日，保了小岑與游鶴仙。不數日，鶴仙放了楚北提督，小岑擢了荊宜觀察。

此時楚南完固，雖寶慶、武岡均有賊蹤，安化、益陽均當堵剿，而大局是個安靜。楚北武昌失守三次，漢陽失守四次，自荊宜以下，千餘里瓦礫之場，賊尚盤踞，以爲出入孔道。可憐小岑挈了丹翬，羈旅樊城，無可着手。後來擢了荊直道，纔造起戰船，招些水勇。

值着劍秋也到，帶得宣府精兵二千駐紮荊州，會合小岑募的水勇一千，及游鶴仙帶來太原精鋭三千，共成六千人，擇日出師。高屋建瓴，掛帆東下，克了石首，又克嘉魚，直薄武昌城下。城賊負隅自固。劍秋撥一枝兵力扼安陸、德安援賊，小岑水師復了漢口鎮，漢陽賊便也不敢離城半步。於是城賊岌岌。

再說小岑近日收個少年，姓包名起，這包起是個賣甘蔗爲生的。劍秋也收個少年，姓黄名如心，這如心是個割馬草出身的。兩人俱生得面如滿月，目如流星，驍健多力。包起緣戀個婦人，因此投了小岑，充個親兵。如心也戀個女人，替他養馬。一日，雪裏割草，劍秋瞧見他單衣來去，揮汗如雨，大相詫異。後又見他駕馭生馬，矯捷異常，就提拔他充個親兵。那包起、如心戀的女人，你道是誰？原來就是那年秋華堂搬馬解的柳青、胭脂。他姑嫂二人，由太原走了大同、宣化，便自直隸轉到河南，小住樊城。柳青卻結識了包起，胭脂就也結識了如心。這兩對少年夫婦，感着癡珠詩意，便向軍營中人投靠。包起是應小岑招募，如心算是劍秋提拔出來。每逢出隊，這兩人都有個娘子幫手，衝鋒陷鋭，極爲得力；以此積功，都得了前程。營中人將包起、如心喚做「飛虎」，柳青、胭脂喚做「雌熊」。這夜攻打武昌，如心夫婦帶了百餘人，伺至三更，覷個空，飛躍而上，放火大呼。城賊心膽俱寒，黑夜裏自行屠殺，胭脂已拔扃，招大軍入城了。次日，小岑克復漢陽，也是包起、柳青之力。劍秋大喜，都拔補了營官。乘勝攻走安陸、德安等賊，楚北一起肅清。只武漢兩城，公廨已空，人物如鬼，鶴仙因勸劍秋移駐岳州，劍秋笑道：「『蚡冒藍縷，以啟山林』，不就是這地方麼？苟此而不能守，去之他處何益？昔周室征淮，師出江漢；晉代平吳，謀在荊襄；王濬造船，循江而下；陶侃之勳，鎮守武昌；宋岳武穆、李忠定謀畫岳鄂，均以此地爲要圖。我們要想控制長江、平定東南，豈容棄去此地？而且要守此地，還要攻破九江呢。」

看官聽説：九江係大江左右一個樞紐，賊以金陵爲腹心，倚九江爲門户，設官科糧。九江之賊，又恃小池口、湖口爲犄角。九江有賊，鄂州守不住，金陵亦克復不來。以此劍秋、小岑急於募水勇、造船艦。有志事成，不上兩月，便增水勇三千人，年紀都是三十以下的，戰艦八九百號，大小炮位二千尊。小岑督率克復了小池口僞城，進圍湖口。

此時鶴仙帶二千陸師，下援南昌，留下一千陸師，劍秋就令包起、如心兩夫婦管帶，營小池口城裏。到了次年，湖口仍難得手。

一日，小岑喚過包起，附耳數語。包起歸營，便傳令陸師，拔營進剿宿松、太湖。次日，湖口出隊，内湖外江，炮火四合。水陸悍賊無數，悉力抗拒。方血戰間，忽然一隊步軍，從山後連臂大呼，突入縣城。船賊、岸賊相顧駭愕，不知此枝兵從何而至，攘攘擾擾之中，械不能舉，槍不能發。我軍乘勢追逐，因風縱火，把兩岸夾守的僞城，一起克復。賊船數百號，焚奪一空，片帆不返。此時火聲、水聲、人馬喧騰聲，震天動地。船賊也有死於水的，也有死於火的，岸賊也有落荒跑的，也有受刀傷的，也有砍倒頭的，也有踐踏死的，真殺得滿江皆屍，滿湖是血。

看官，你道那一隊步軍是那裏來呢？原來包起揚言進剿宿、太，卻於夜間將一千人潛自小池口，便入戰船，繞出湖口十里。天甫黎明，這一千人盡數登岸，高踞湖口縣城後山巔埋伏。到得城賊會合水賊，這一隊便殺下來了，以此大捷。

當下水勇扼在江上，陸師圍了潯城。城賊糧草有餘，逃竄無路。我軍四面環轟，塌倒城垣百餘丈，便擒了僞貞天侯淩紫茸等，磔於市。自是鄱陽數百里，遂無賊蹤。劍秋論功，以小岑爲最，奉旨擢了湖南節度，鶴仙加了頭品頂戴，包起、如心都升了參將。正是：

激濁揚清，人才輩起。
獨有虬髯，摶翼萬里。

欲知後事如何，且聽下回分解。

花月痕全書卷十四終

花月痕全書卷十五

第四十七回　李謖如匹馬捉狗頭　顏卓然單刀盟倭目

話説李謖如定計屯田，與至俊務農講武，把海壖都墾就腴田，蛋户都變成勁旅；又開了幾處學堂，教二十歲下兵丁，都要讀些史書，熟些核算，工些楷法。因慨然道：「癡珠嘗嘆『今之武官，都有輕裘緩帶、雅歌投壺之意，恐非所宜』，此自正論。然太鹵莽，直是磨牛，吾亦爲汗顏哩。大抵做人，總要懂點道理，有個器量，難道武夫不吃飯麼？」至俊深服其論。

輾轉之間，便是夏五。忽然得了李夫人兇信，自是哀痛。嗣後，又知癡珠赴召玉樓，秋痕身殉，更添一番傷感。接着荷生差弁也到，謖如因作一緘，另委幹員，交給千金，借并州差弁同去東越，替癡珠贍家，並接癡珠長男蓉哥北來，搬取靈輀。這蓉哥現年十七歲，早已入學，學名寶樹，字小珠，一表人才，英氣勃勃，卻不像癡珠有那孤癖，下文另表。

當下死友之哀纔減，新亭之淚重揮，卻是仲池到了。説起四眼狗窮兇極惡，謖如道：「這綽號狠熟，我好像先前見過這人。」仲池道：「見説他是并州什麼院裏掌班。」謖如恍然道：「是，是，我見過這人。咳！這奴才也要作賊麼？」當下就答應仲池，替他出兵。

不一日，恰好得報，是擢了淮北提督。謖如上摺謝恩，就請將所部肅清淮甸，所有軍餉，即由寶山屯田轉運，無事另籌；將該鎮印務，懇恩交給奏加三品銜危至俊署理，以資熟手。朝議就也依了。於是謖如挑選精兵三千，由海溯淮，請仲池督率先行，自挈一千人，由陸路隨後進發。

再説狗頭踞了樅陽，就住肇受的提督府，立定章程，每日要排門錢，每月要捐大户。排門錢怎樣呢？每五百家立個旅帥，每日排門輸錢二十二文，以二文爲旅帥食俸，以二十文爲兵餉。捐大户呢？有田宅及鋪面者是爲大户，每月按户捐錢十千文，以二千爲監軍司馬等食俸，以八千爲兵餉。又有那五里關、三里船之税，又有那派工匠、輪婦女之圖，又有那斬墓木、放火堆、捉船户、打先鋒之令，真是一網打盡，不放分毫！不上一月，將淮北千里，掃蕩個渺無人煙。謖如此來是要救民水火，不想無民可救，只有賊可殺哩。

當下謖如自寶山輕賫入東壩，克復了巢縣、合肥。探報狗頭帶馬隊三千、步賊三十萬，距於壽州。謖如想道：「壽春爲古重鎮，爭淮者守此則得淮，並可得江。不想狗頭竟有此才略！」又想道：「我兵纔有一千，賊如聚蟻，我兵就一個打得百個，也敵不過。而且馬隊又有許多，怎好呢？現在鶴仙又援南昌去了……」

這日到了芍陂，離壽州不上三十里，纔有兩下鐘，傳令將餉銀盡數排列，傳齊營官、哨長，嘆口氣道：「咳！咱們深入賊地，退没有路，只有散罷。這餉銀無所用之，你們分取，做個盤川，能夠有命回到寶山。清明除夕，燒張紙錢，也不枉咱們兩年相處！」一面説，一面號啕大哭起來。這營官、哨長以及兵丁就也大哭。一會，謖如停住哭，含淚説道：「哭也無益，你們散罷。」大家停住哭，也含淚齊聲道：「大家不願走，死便死一塊。」謖如又哭起來，説道：「何苦呢？你們試想：咱們只有一千，賊卻三十萬，又有馬隊，怎抵得過呢？」説完，又哭。大家齊聲道：「大家要死，也殺個快意死，難道束手給賊殺麽？」謖如説道：「我做朝廷命官，是該死的，你們有點生路，怎不跑哩？」大家説道：「散了，死更快。我們將這一千的人，合作一氣，並作一心，或者還拚得數個不死！」謖如不哭，嘆口氣道：「你們果能如此，我卻有個計：就是今夜，你們下鍋造飯，飽餐一頓；以二十人作一隊，只望賊營燈火旺處，一隊撲賊一營；二十人中，放火的放火，殺人的殺人，人自爲戰，不要相顧。我亦只要二十人作一隊走，天明相見壽州城下。」大家齊聲答應。

這一夜是九月向盡，天氣還暖，卻陰得沉沉的黑，數十里並無一個鄉莊。大家守着將令，一隊一隊的疾走，鬼火星星，陰風冷冷。將到壽州，望着賊營燈火，如一天繁星，刁斗之聲，絡繹不絕，萬帳接連，嚴整得狠。一會靜了，於是大家悄悄逾塹，俟各隊到齊，一齊拔柵而入。

恰恰是三更三點，各營賊正在睡夢中，忽覺得火焰飆起，呼聲震天，就如千軍萬馬，排山倒海而來。摸刀的不得刀，摸鎗的不得鎗，也有鑽出頭而頭已落，也有伸起腳而腳已斷，也有掣出刀卻殺了自己頭目，點起銃卻打了自己的親兵。一會，火光遍野，火藥發作起來，更打得屍飛江外，骨落河中。那各隊的人轉抽身四處，瞧那火焰衝霄，好像風雨翳霾中電光馳驟。

謏如騎着那匹天馬，帶二十個人，自成一隊，撲入中營，卻是空的。那馬東馳西撞，不可押勒，要尋人相殺。不想中營的人，都跟着狗頭落在城中，抱婦人睡去了。直到城外二十多萬人殺死、燒死，要死得乾淨，逃去、散去，要去得無蹤，纔都上城，瞧着燭天的餘焰，煞尾的餘聲，你道可笑不可笑呢？

時天要發亮，曉風習習，狗頭正在頓足詫異，不料謏如暗處覷得真切，從馬上颼的一聲響，狗頭從垛上落下地來，二十人搶上，捉住背縛。城上的賊瞪着眼，揸着拳，竟没一人敢開門出來搭救。這各隊人撲滅中營四邊殘火，見上面賊帳修整得十分華麗，是未曾燒的，便請謏如下騎駐紮。

天大亮了，衆人推上狗頭，謏如哈哈大笑道：「好，好，你這狗頭，也配得上我來捉你！」傳令磔死，將頭高掛城下。查各隊的人，只失一個、傷一個，卻收了無數旌旗甲仗、千餘匹好馬。漂屍蔽淮而下，那城裏七八萬殘賊，毛骨皆聳，都站垛上，擲落器械、火藥，説是願降。

謏如傳令開城，喚爲首的人出來。這數人出城，見得官軍寥寥，便有些翻悔。謏如卻將好語安慰，令他約束部衆，安靜住在城中。這數人諾諾連聲，進城去了。謖如這日，就在城外歇息，吩咐營官，輪流而睡。

是夕，天也陰沉沉的。定更後，密傳營官八百人分作四面埋伏，自騎上馬，帶上二百人，轉向城根樹林中而去。到得三更多天，城裏四門洞開，每門准有萬餘人蜂擁而出。謖如伺賊衆走遠了，便騎上馬，從城缺處一躍而上，二百人也跟上來，卻冷靜之至，只有守門數人、守垛數人，半在睡夢中，吃了二百人的快刀。這四五萬出城的賊，鼓噪踏入營中，知是走了，大驚失色。正欲轉身，忽聽得四面黑暗中高呼「殺賊」，城賊自恃人多，也不懼怕，便狠狠的四面兜圍。

不想這四面的人，都是近不得身的：圍得這一面，這一面人殺條血路；圍得那一面，那一面人又殺條血路。圍得幾圍，城賊見自己的人死傷大半，便發一聲喊，向城走了。這裏的人就也不追，那賊遠遠望見城上燈火輝煌，心裏大慌，到得城下，遥望燈火中坐的是個謖如。這一驚，腳也軟了，便都跪下，萬口同聲道：「小人該死，小人該死！」謖如傳令，教他自殺那起先爲首的數人及賊中頭目，仍准入城，大家一齊動手，各殺頭目及那爲首數人。

天也明了，謖如就駐紮壽州，挑選降賊精壯者二千人，每百人各以親兵一人管帶，挑着狗頭的首級，四下招撫。一路風聲傳播，群賊破膽，走者走，降者降，到得仲池水師駛到皖江，早一律肅清。謖如卻歸功仲池，復任淮北節度，謝小林便擢了淮南節度。

此時劍秋、小岑已復楚北，聞信喜道：「水道大綱，江淮河漢爲最要，以正陽爲淮水中流砥柱，壽州又正陽之屏藩，皖不肅清，我能高枕麼？臥榻之旁，不容鼾睡。今鼾睡是個謖如，實在得力。想荷生見我們有此展布，定恨癡珠不能眼見呢！」

卻説荷生守護帥印，辦理善後事宜，小住太原；探偵紅卿父母俱亡，就差人接來，將那竹塢收抬與紅卿居住。紅卿不特與采秋意泯尹邢，就與瑶華也情如鶼鰈。此時紅豆配了青萍，仍隨侍采秋左右。到了次年己未正月，疏請凱撤，南邊軍餉統歸曹節度調度，奉旨俞允，就於二月初進京。采秋、紅卿送至城外。春雪撲衣，長亭賦別，荷生與約，面聖後辭官歸隱，連會試也不願應。不想至京，召見七次，擢用京卿，荷生表辭。明相見面，皇上根究韓彝辭官緣故，明相只得對以「伊係舉人底子，會試在即，見獵心喜，因此不願就官」。皇上面諭，着令入場，十名内進呈卷子，自然有了韓彝。到了殿試，大家意中都以第一人相待，荷生只是微笑。

此時明相充了讀卷官，首閲韓彝的卷，書法是好，不用説了。奈汩汩萬言，指陳時事，全不合應制體裁，如何進呈？只得擱起。無如聖眷隆重，傳旨索取，竟破格列在一甲第三，探花及第，這也是荷生意想不到之事。

接着，津門逆倭兇悍，重臣賜帛，詔各道勤王。荷生引見後。特旨召問剿撫機宜，荷生對以「剿然後撫」，允合聖意。次日奉旨：

韓彝着以兵科給事中，賞加建威將軍職銜，帶領帥印、上方劍，馳往津門，相機進剿倭寇。兵馬錢糧，悉憑調用；各道援師，悉聽節制。欽此。

旨下，荷生陛見，奏調并州太原鎮總兵顔超、雁門鎮總兵林勇，各率所部從征；又奏保大同秀才洪海，懇給五品銜，掛先鋒印。皇上俞允。啟節駐紮保定，傳令各道援師，固壘大小直沽，不准輕動。

不一月，紫滄以子弟兵二千人報到，舊幕愛山、翊南、雨農也來了，隨後卓然、果齋各率所部四千人，遵檄抵津。遂擇日祭旗，連營海口，誘賊上岸，三戰三捷，沉了火輪船二十七座，擒了倭鬼萬有餘人。荷生傳令各營，倭鬼悉數縱回，只留倭目數人，押送保定看守，以俟勘問。這是本年秋間事。

荷生賞了黃綾馬褂，顔、林二將加了提督銜，紫滄擢了遊擊，文案愛山等各得了五品銜，就是青萍也得了守備。到了次年庚申秋，逆倭又自粵東駛船百餘艘，游奕海口，欲謀報復，卻不敢上岸，荷生復行申討。賊正轟炮，忽倒了炮手三人、執旗大頭目一人。你道爲何呢？原來卓然百步射、果齋連珠箭，都展出神技來，以此賊不敢戰而去。

逾年辛酉，欽天監奏：五星合璧，五星連珠；鳳翔節度奏：鳳鳴岐山；豫河監督奏：河清三日；東越節度奏：田粟兩歧。於是逆倭遣人賫書津門，説是「講和」。荷生笑向卓然等道：「這兩字卻要一爭，不該説是『講和』。」便將原書擲還，不閱。

轉瞬之間，又是秋風八月了。倭目自粵東以一舶賫了無數珍奇寶玩，分致津門將領。荷生又笑向卓然等道：「我們零雨三年，就是爲此賄囑麼？」傳令倭目謁見。此時各道援師早撤防了，顔、林二將部下各留千人，半年更換一班，就是紫滄子弟兵也只是踐更而已。當下顔、林二將戎服，整隊轅門；紫滄掛刀，領子弟兵排列帳下。升炮三聲，青萍捧上方劍，服侍荷生升帳，傳呼倭目進見。荷生笑吟吟的道：「我們不是那先前薊門節度、粵東節度，你國若説『講和』這兩字，我們是不依呢。若説悔罪投誠，籲求招撫，我們便爲轉奏，再看聖意如何。你不想中國三十年兵燹，是那個開端？前前後後，糟蹋幾許生靈？你還裝聾做啞麼？」倭目俯伏當面，汗流浹體，説道：「以前曲直，我也不敢深辯。事到如今，就是遵元帥教訓，悔罪投誠，籲求招撫罷！」荷生正色道：「這八字不是我教你説呢，要你國王有個求撫降表説了纔算。我是論道理，不准你們説個『講和』兩字哩！」倭目將手抹了額汗，説道：「那要我回國纔辦得來，只要耽擱元帥班師日子呢。」荷生笑道：「皇上不惜億萬錢糧，爲百姓除害，我們怎敢惜此辛苦？你總要取得國王降表，這事纔得了結，我們也纔敢替你奏聞。」倭目只得答應下來。荷生便於帳前排一席宴，宴了倭目。

不兩月，倭目跟個國師費事來賫表而來。荷生奏聞，奉旨准了。一面班師，一面檄卓然賫詔宣諭香山，定盟通市。這卓然奉檄，便單刀登舟，飄然航海而東。到了港口，天待黑了，卓然橫刀危坐，喚費事來進見，取出宣諭儀注、通市條約，掀髯說道：「我這來是個詔使，你們要跪接呢！怎的進港不見一人？」費事來不敢答應，卓然就將儀注、條約兩個册子付給費事來道：「你們瞧去。」又目注大刀，說道：「差我一節，我饒得你，我這刀是不饒人呢。」費事來唯唯而出。

看官聽說：這倭夷遠隔重洋，國王是個女主，先前嗣位，年紀尚輕，聽信喜事的人，鬧了二十餘年，所費不貲，漸漸退悔。近見西藏、回疆俱不足恃，那員逆更是個没中用的人，就深怪從前倭目不是，都貶黜了。這番來中國的頭目，是新換的。費事來是女主胞叔，老成練達，上表之先，已將廣州城池退出。只是向來倭目輕視中國官吏，費事來不敢侮慢荷生，卻想挫辱卓然一番，以折粵東官吏後來之氣。當下給卓然搶白數語，知他也是難惹的，便將儀注、條約恪遵，不敢駁回一字。次日，築起高壇，率香山辦事大小倭目，都到港口掛刀跪接，迎入館舍，一日三宴。

次日黎明，壇上排列香案，贊唱詔使升壇，倭目等俯伏壇下，只聽宣讀云：

「奉天承運皇帝詔曰：天地生成，溫肅並行之謂道；皇王敷化，神武不殺之謂功。咨爾倭人，遠來海島，以貿遷爲絕伎，以貨殖爲資生。市舶雖入其征，理藩未登其賮。乃躪東南，遂窺西北，庇我劇盜，辱我疆臣，爾詐爾虞，如鬼如蜮。梗兩朝之文化，勞九伐之天威。夷漢相安，則撤孔明之旅；華離不正，則屯充國之田。張弛異宜，德刑並用，亦以事機有待，夷性難馴故也。

今天誘其衷，地藏其熱，兩甄皆敗，一舶來歸。朕早識此虜於目中，姑置遠方於度外。風雲何定，有天命者任自爲；雷雨之屯，建非常者民所懼。在諸臣以爲獸將入檻，雖搖尾而法無可憐；在朕以爲鳥已銜環，既投懷而情皆可諒。止戈爲武，窮寇勿追，罷符竹之專征，准甘松之互市。廷臣集議，欽定頒行。願吐谷之率循，聽舌人之臚列。

一、准以江南上海、浙江舟山、福建閩安鎮、廈門、廣東濠鏡爲倭船停泊埔頭。

一、倭船進口，由封疆大吏派員驗明有無夾帶禁物。如有攜帶，一經察出，貨半沒官，半獎查驗之員，人即照例懲辦。

一、倭船出口，由封疆大吏派員驗明有無夾帶紋銀。如有攜帶，一經察出，銀半沒官，半獎查驗之員，人即照例懲辦。

一、天主教雖勸人爲善，而漢人自有聖教，不准引誘傳習。如其有之，經地方查出，授受均行正法。

一、教堂准立倭館以内，不准另建别處。有犯者照例懲辦。

一、税務統歸於各道監督，倭目不准干預。有犯者以不應論。

一、茶葉、大黄，准以洋貨、洋錢交易，惟不准偷漏。如有偷漏，貨半没官，半獎查驗之員，原船着回本國，不准貿易。

一、各埔頭辦事頭目謁見官吏，悉照部頒儀注，不准分庭抗禮。有犯者以不應論。

一、倭船不准攜帶婦女、人口，亦不准攜帶中國男婦出口。有犯者照例懲辦。

一、倭館不准雇請漢人辦事及一切傭工。有犯者以不應論。

凡兹新例，究屬舊章。於乎！我中原百産豐盈，並不借資夷貨。爾各國重洋服賈，亦當自惜身家。王者之兵，原不得已而後用；下民之孽，皆由自作而非天。所期盟府書存，長質諸皇天后土；從此南人不反，庶化爲孝子順孫。人各有心，朕言不再。欽此。」

讀畢，贊唱「謝恩」，費事來等九叩；贊唱「牽牲」，執事牽牲而入；贊唱「宰牲」，執事趨就牲前；贊唱「捧盆」，執事捧金盆入就牲前，取血注盆；贊唱「歃血定盟」，於是倭目一人接受金盆。隨費事來登壇北面；贊唱「詔使南面蒞盟」，倭目將金盆向詔使跪下，詔使蘸以拇指，轉向費事來蘸過，興，退；贊唱「跪，三叩首」，於是費事來拜於壇上，大小倭目拜於壇下，詔使南面答拜。贊唱禮畢，又高宴一次。費事來率各倭目陪宴。從此倭人守法，且從各道節度收復海口城池，有没於王事者。正是：

氣爲義激，暴以理馴。

樞機在我，禍福惟人。

欲知後事如何，且聽下回分解。

第四十八回　桃葉渡蕭三娘排陣　雨花臺朱九妹顯靈

話説皖、鄂肅清，鶴仙又解了建昌之圍，區區金陵，四面兜圍，便當掃穴犂庭纔是，何以轉盼三年，依然隅負呢？看官須知，天下事理有一定數不可知，就是鼠輩也有個數不該盡時候。

當下謖如淮北功成，便乘勝擒了姚萅琳，掃除北捻。零星殘股竄入河南，又合爲南捻，北擾燕齊，西蹂秦晉。接着滇南回匪，鈎連關隴、江東敗寇，窺伺黔巫。朝廷因此頒給謖如威遠將軍關防，經略西北，以鶴仙爲太原提督副之。

金陵這邊，是令劍秋、小岑、仲池、小林四節度，會合江左右提督，相機圍剿。劍秋、小岑原是鋭意洗甲長江，無奈金陵氣數未盡，卻鑽出五個妖婦來。五妖以蕭三娘爲首，是個道裝，自稱公主，據説係蕭梁湘東王第三女。江陵破後，入山修道，迄今千有餘年，卻收了兩個二形的妖尼，帶了兩個同面的妖婢，出來輔佐員逆。三娘兩鬢垂肩，好像畫的麻姑一般。兩個妖尼，約有二十來歲的人，他自説是百餘歲，其實就是那年癡珠生日弄把戲的兩個女尼。一個名喚月印，一個名喚雲棲。一個上半月成男、下半月成女，一個上半月成女、下半月成男，以此兩個自爲夫婦。兩個妖婢如花似玉，同一面龐，一個喚做靈簫，一個喚做靈素，都是古服勁裝。劍秋、小岑起先道是妖婦有些邪術，包起、如心出隊，令他帶了噴筒，將污穢先行噴潑，然後交兵。不想悍賊在後，妖婦當先，只喝聲「住」，我軍便如土塑木雕，連眼睛都不動了。悍賊擁出，一個個捆去了。再用水師攻剿，這妖婦率妖尼等挺立水面，將拂子一揮，那戰艦都倒轉了炮火，一一自打起來。水陸兩陣，折了無數兵馬，又失了包起、如心兩個猛將。劍秋、小岑氣得發昏，自此膽寒，不敢出隊，只遍訪異才，想要破他的法。

倏忽逾年。此時荷生正在津門申討倭逆，來往書札，輒笑劍秋、小岑正不勝邪，唾手大功，竟被一個婦人弄殺。這妖婦得志，便邀靈簫領兵佐助榮合，陷了兩浙，僞封越王；靈素領兵住助榮法，陷了三吳，僞封吳王。四節度兩提督連營三年，實是束手無策。

卻說采秋自荷生太原凱撤以後，迎了藕齋夫婦，住了愉園，以便來往。到了紫滄從征海口，便將紅卿、瑶華都搬入搴雲樓第一層居住，采秋自住第二層。草蟲雄雉，時與二美酬唱，郵寄津門。奈一別三年，真有楊柳樓頭，悔覓封侯之恨。忽一日，老蒼頭賈忠回説：「外有老道姑帶一美貌女子，説是要見二位夫人。」適值紅卿瘧疾，采秋與瑶華只得接入。見那道姑年紀約有六十多歲，眉宇間道氣盎然；跟個女子，年紀不上二十，生得嫵媚之中稜稜露爽，手棒如意一枝。當下道姑合掌，向着采秋道：「這是韓家三夫人麼？」采秋想道：「他怎的叫我三夫人呢？」還他一福。這道姑瞧着瑶華，也合掌道：「這是洪家繼夫人麼？」瑶華也還一福。采秋便問道：「煉師何來？」道姑笑道：「貧道雲遊的人，腳跟無定，是從來處來。」一面説，一面招那女子，將如意接過，教向二人稽首，説道：「這妮子名喚春纖，卻有些來歷，是韋癡珠的人。聽他説罷。」於是二人還了春纖的拜，延道姑上座，就與春纖分坐，細問顛末。春纖便將答應謖如的話，述了一遍，又將寶山海邊遇見謖如，也述與二人聽，就説道：「我們從那一天起，便來此地，就住在東門外玉華宫三年哩。」二人起敬一番，吩咐紅豆傳話廚房，備下齋筵。春纖笑道：「我師父是不吃煙火久了。我也不吃酒菜，逢着什麽吃些什麽，便可數日。」瑶華道：「這真省事，所以秦皇、漢武都要求仙。」慧如笑道：「那是他呆想。他們富貴中人，要像我們服氣做什麼？我與兩位説個真話：生死者，人之常事，就像那草木春榮秋落一般，成仙的屍解，成佛的坐化，總是一死。仙佛不死，何不日日騎鶴、日日跨獅，以與你們相見呢？大抵人中有仙有佛，也似草中有個萬年青，木中有個萬年松。草木是得氣之厚，仙佛是得氣之精，這氣原萬古不壞的。但那氣要培養得十分，願力充足，非必長生纔算仙佛。你們富貴中人，能做了孝子忠臣、義夫節婦，便也成了正果，便也做了仙佛。你不看癡珠一生拂鬱，他卻有他的精氣團結，不是做了青心島一個地仙麼？毋論癡珠，就是長安的娟娘，你們這裏秋心院的秋痕，不也在那青心島麼？我這來，卻也是宏個願力。你們是曉得金陵妖婦法術利害，抗拒大兵。我把春纖送來，一則與他一個正果，一則助你們平妖滅賊，好享榮華。」説畢，將那一枝如意遞給采秋，道：「這算是春纖贄敬罷。」

采秋接過手來看，是個木的，卻光潤如紅玉一般。這道姑又向袖中檢出錦册，遞給瑤華道：「這算是貧道傳授你的。」瑤華接過手看，錦册中間篆書「縹緲宮秘籙」五字，展開與采秋同看，見是雲螭五色綾寫蝌斗篆文，幸是旁有真書釋文。纔待細閲，忽聽春纖笑道：「師父走了。」二人轉身，只見輕雲冉冉，擁着老道姑，已在半天，向二人合掌道：「後會有期。」二人不知不覺的，自會稽首下去。春纖攙起二人，説道：「師父爲着我留滯此地，今遨遊海上去了。」

自此春纖就也住在搴雲樓，指教采秋、瑤華篆書中符籙，練習起來。紅卿是個多病的人，不善煩勞，略略解得，就丟開了。采秋高興，募了大同健婦三千人，春纖接了掌珠、寶書，一同傳授符籙、兵法。把軒軒草堂做個演武堂，把小蓬瀛做個昆明池，演習水戰。把采秋署個「縹緲宮真妃」，瑤華等皆署個「侍史」。

此時捐例大開，錢同秀做了太原守，胡者做了陽曲縣，竟把柳巷這些事稟到節度衙門，説是潛謀不軌。曹節度查明大笑，密摺陳請，賞給杜夢仙女提督職銜，柳春纖、薛瑤華女總兵職銜，率所募健婦，前往金陵平賊，奉旨准了。恰好荷生正自津門班師，奉旨：洪海記名提督，顔超補授江北提督，林勇補授江南提督；韓彝着予太子少傅銜，實授建威將軍，賞假半年，仍帶帥印上方劍，督率顔超、林勇、洪海、女提督杜夢仙等，經略東南。此旨一下，那太原守、陽曲縣，俱是參革，不待言了。這裏荷生、采秋、紅卿，英雄氣概，兒女情腸，靡相見以蓬飛，亦有敦之瓜苦，我員聊樂，既覯則降。就是紫滄、瑶華，青萍、紅豆，也是久旱逢甘，融融泄泄。做書的人，也只得敘個大概而已。此時卓然見寶書精熟符籙兵法，就認他做個乾女，掌珠就也拜果齋做個乾父。到了出師這一日，大家意氣飛揚。只采秋遠别父母，依依難釋；紅卿重離夫婿，踽踽旋歸，轉覺興會之中，也成寂寞。

再説妖婦蕭三娘魅了包起、如心，兩人迷卻真性，夜夜在他帳中輪班直宿，不上三個月，便似枯柴，就也放回。累得柳青、胭脂百計延醫。還是逢個國手，醫了一年，纔把兩人還個舊樣。只可憐那兩浙佳子弟、三吳美少年，給這妖婦害了無數。還可笑者，所有擄去大小官吏，他竟不殺，只教他經管馬桶、虎子及一切廁籌等事。那淮南北江左右官軍，被那妖婦駕雲踏水，叫住就住，放行就行，恰似線抽傀儡一般，你道可笑不可笑呢！

這年癸亥，妖婦又將戰船千餘艘，就桃葉渡結個小寨，名爲虚牝陣，有人入陣，將兩翼皮筏一包，又名含元陣；有人破到陣心，將陣腹戰艦分開一穴，又爲洞天陣。憑你英雄好漢，總要全軍覆没。喜是荷生大兵從上游萬艘並下，兩個女總兵掛了先鋒印，顔、林二將做了左右翼。荷生主掌陸路旗鼓。采秋自將水師。紫滄坐鎮楚南，會同劍秋、小岑、仲池、小林籌辦軍餉，包起、黄如心輪流轉運。愛山等仍掌文案。

三月間，女先鋒破蕪湖、無爲、東西梁山、太平關，收復了江寧各屬邑，大纛直達江寧，連營青溪、勞山一帶。采秋就領女先鋒來破水寨虚牝陣。原來這陣要先破左右兩翼，左翼是個銅牆，右翼是個鐵壁。當下春纖領一千健婦，鼓棹殺入銅牆；瑤華領一千健婦，鼓棹殺入鐵壁。采秋領一千健婦，分乘大戰艦三支，直攻陣心。那銅牆鐵壁的皮筏，早被兩千健婦搗個稀爛，包不過來。春纖、瑤華已會在陣心，偕采秋摩蕩陣腹小穴。穴内一股一股熱氣香氣，逢逢衝出，卻沒有一艇出來擋拒。只那熱氣、香氣透人腦，沁人脾，注入丹田，令人手足軟將起來。幸喜他們都有符籙藏在髻中，還撐得住這些妖氣。一會，小穴覺得漸大起來，裏邊唱起《蝶戀花》小調，嚦嚦百囀，實實可聽。采秋傳令，大家高唱《破陣樂》。那小穴便洞開了，卻是個小瓜皮艇子，並無一人，只供三軸女菩薩：一爲羅刹，一爲摩登，一爲天女，並是裸體。采秋、春纖、瑤華登上小瓜皮，一人扯碎一軸，陣後賊艦四散，我軍内外歡聲震天地。女兵乘勝收復了九洑洲，歌凱回營。

這妖婦見破了陣，就向雨花臺築起一壇，要與女提督鬥法，遞封戰書。荷生、采秋一笑，也就長干寺故址築起一壇，與雨花臺的壇相對。這日，顔、林二將將水師左右翼遠遠的結成陣勢。采秋令春纖、瑤華頂胄亮甲，將健婦三千排列壇下，建起「縹緲宫真妃」大纛。采秋内衣軟甲，外戴頂觀音兜，穿件竹葉對襟道袍，手執如意。掌珠、寶書首纏青帕，身穿箭襖，腰繫魚鱗文金黄色兩片馬裙。掌珠捧劍，寶書提刀。擂鼓三通，紅豆、香雪領着健婢二十人，一色箭襖，手挾強弓硬弩，簇擁采秋登壇。只見那邊妖婦、妖尼，笑吟吟的將拂子東搖西擺。采秋坐下，掌珠、寶書侍立左右，萬籟無聲。采秋向妖婦舉起如意，説道：「請了！」妖婦也舉拂子相答。采秋道：「聞你法力高強，試展手段給本帥看罷！」妖婦笑道：「元帥！汝壇下兩妮子，昨日破了我陣，我只教他歸結了罷。」采秋道：「如何歸結？唯命是聽！」只見妖婦口裏念念有辭，將拂子向壇下一指，喝聲：「疾！」悍賊數百湧出，要捉春纖、瑤華二人。二人屹然不動，將鎗一舉，也喝聲：「疾！」那悍賊便望風倒地了。妖婦失色，口裏念念有辭，只見一陣風起，空中無數虎豹犀象展牙舞爪而來，水中無數黿鼉蛟龍擺尾摇頭而至。

采秋將木如意一揮，那黿鼉蛟龍，一起向賊船撲去；那虎豹犀象，便一起向妖婦壇上撲來。妖婦、妖尼騰身一聳，急上雲端。采秋將如意付給紅豆，把弓接過，不慌不忙，扣上狼牙箭，一連三箭，雲裏早落下兩個妖尼來。春纖、瑶華一人活捉一個。瑶華笑道：「這兩個怪東西，我五年前就曉得他有今日。」

此時水陸官軍、賊眾不知有幾多人，都出來看兩下鬥法。這惡獸從壇前撲到壇後，數十萬悍賊壁壘帳房，一起踏倒，蹂躪了無數人馬；就是賊船，也爲孽蟲衝作數隊，兩下奔突起來，好似天傾地塌、海倒河傾。水陸官軍喜躍，儘力鼓噪。陸兵縱馬，水師鼓枻，也如急浪怒濤，乘着風猛雨驟，不費分毫之力，將雨花臺克復，紮起營來。那惡獸孽蟲，卻無影無蹤了。

采秋下壇，荷生迎入舟中，笑道：「我道是如何鬥法，只消静坐片時，我也會鬥了。」采秋也笑道：「我不是妖，又不是仙，實在無法，只好如此胡弄局，掩飾耳目，你莫先笑。」一會，推上兩個妖尼。荷生略問數語，知道做了無數淫孽，傳令磔死，梟首示眾。當下官軍拔了雨花臺，乘勝復了鍾山石壘，金陵唾手可得。

荷生得意之至，就在采秋雨花臺帳中高開夜宴。香雪、秋英搊起琵琶三弦，唱些小曲。采秋道：「婦人在軍中，兵氣恐不揚。你想這樣取樂，是個大將軍舉動麽？」荷生笑道：「偶一爲之。」正舉大杯要采秋喝乾，只見四面燈光忽然碧澄澄、綠陰陰的，腥風起處，一女子赤身浴血，將一領衣衫向兩人頭上蒙來。空中「琤」的一聲，女鬼就不見了。鼻中覺得腥臊得狠，耳邊隱隱聽得説道：「你們須認得我是朱九妹！」嚇得四個人只是發噤，紅豆、香雪縮做一團。采秋、荷生將衣衫掙開，是件汙濕濕的血衣。

此時燈光復亮，瞧地下有兩片雪白的刀。荷生道：「怎的有這怪事？」采秋道：「這是有人暗害我們，那女鬼不是出來救護麽？」正待説下，忽四邊人聲洶洶，萬馬齊奔，又像白天鬥法時歡呶。兩人出帳，青萍回道：「臺下江水忽湧起十餘丈，漂没數營。柳總兵奔出，將劍一揮，水便退了。現在薛總兵查點人馬，安插去了。」説得荷生、采秋愕然，都説道：「禍是今日捉不了妖婦。」

正待入帳，四邊人聲又洶洶起來，説是「一片山峰盤旋天際，要向中軍打落，是柳總兵駕雲，揮往鍾山去了」。荷生煩惱，攜着采秋説道：「這般怎好？我同你性命只在頃刻。咳！不值哩！」采秋笑道：「不要怕，憑他天翻地覆，我同你還是金身不壞。譬如該死，此刻已是個刀頭之鬼哩。」荷生正要回答，瞥見春纖站在跟前説道：「妖婦壓死了，原來是蕭湘東愛的一個大錦雞。他中了箭，閃入鍾山，又做起法來，想要報仇，我將山石打回，就把他壓死了。明日叫人抬來看罷。」於是大家安心。

看官，你道這朱九妹是何人呢？九妹，楚北人，年二十歲，有國色之目，能詩能文。前十年爲賊擄來，依個女百長。百長憐愛他聰明伶俐，凡賊挑選識字民女，充個女簿書，把他隱匿不報。後來蕭三娘挾了兩個妖尼，挑選有姿色的婦女，百長隱匿不住。九妹見是選去爲尼，也自甘心，便與同伴姓傅的，名唤善祥，一起出來。雲棲得了善祥，月印得了九妹。適逢月印這半月是個男身，歡喜極了，攜到桃葉渡船中，就要開葷。不想九妹心如鐵石，憑他刀割火爇，總不依從。幸是月印意中人多了，將九妹赤身鎖在後艙，恰好艙中有把尖刀，到了半夜，九妹便自勒死。月印將屍棄在雨花臺下，不准人埋。這夜顯靈，救了荷生、采秋性命。雖是二人數該有人救護，終算是九妹功勞。荷生後來查出履歷，就替他請旌，又建個祠在雨花臺下，題曰「朱貞女詞」。後人有傳其《賊中哀難婦》詩云：

晨光隱約上檐端，絳幘雞人促曉餐。
顧影自憐風惻惻，回頭應惜步珊珊。
蝦蟆堆上聽新法，蟋蟀堂前憶舊歡。
明日鴻溝還有約，大家努力莫偷安。

看官聽説：賊以殺戮爲事，其荼毒之慘，衣冠塗炭，固不待言，那婦女尤受其荼毒。起先男入男館，女入女館。相傳江寧城中，有一婦背負嬰兒，被驅入館，這婦人遲回不行，賊罵，婦也回罵，將刀砍倒，兒壓肩下，呼娘不絶，呱呱亂啼，慘不慘呢？又有一婦，懷綳數月孩兒，走到街上，忽袖出一剪，將欲自刺，後以淚眼熟視抱中兒，遂大哭，擲剪地上，仍向前走，慘不慘呢？六逆妻妾，喚做王娘，黄絹蓋頭，騎馬跣足，這全是粤西西溪峒村媪。故此僞令，婦女不准裹足，違者斬首。已纏之足，忽去束練，怎樣走得動呢？而且叫這女人挑磚、背鹽、浚濠、削竹簽、開煤炭。相傳有美婦背鹽行烈日中，汗鹵交流，肩背無皮，如着紅衫一般，慘不慘呢？後來六逆相屠，男館女館之禁既開。五妖爲虐，男色女色之風尤熾。妖尼部下，有受汙的女子，忿恨不堪，尼令繡帽，這女子就把污穢的東西來作帽襯，冀得壓制妖法，同伴挾嫌出首，尼怒，令點天燈。你道天燈怎樣呢？將帛裹四體，渣油，綁於杆上點着，叫喚數日而死，慘不慘呢？正是：

人心有欲，制之爲難。

涓涓横決，萬丈狂瀾。

欲知後事如何，且聽下回分解。

第四十九回　捨金報母擔粥賑饑　聚寶奪門借兵證果

話説這年甲子元旦癸卯，逆計歲一百八十三元，周而復始，爲上元甲子。荷生大兵，原是顔、林部的八千，紫滄子弟兵二千，後來又調了淮南北陸師四千、水師四千。這年正月，紫滄、包起、黄如心又帶來湖南北精鋭三千，連戰皆捷。紫滄奪了江東橋，包起、如心奪了七甕橋，連營江寧東門外。二月，卓然以所部克復鎮江、常州諸郡縣，直薄滸墅關。果齋以所部從廣德、祁門一帶復金、衢、嚴，直薄錢塘江口。金陵孤立，淮南北勝兵星羅棋布。大同健婦就如狼顧鷹疾，四下巡綽，顆粒莖草，無從入城。

僞王府供給，葱、韭、萊、菔、白菜，價與黄金同秤。始而米盡，繼之以豆；嗣而豆盡，繼之以麯；既而麯盡，繼以熟地、薏米、黄精；復盡，繼以牛、羊、豬、鴨；復盡，繼以海參、魚翅、棗、栗；復盡，繼以苧根、草根，調糖蒸食；復盡，繼以皮箱，水泡細切，調蜜煮糜。僞官賊衆，奄然一息，肩摩於路，内外城餓殍日以萬計。有人撈得浮萍，煮成一盂，僞官搶奪，至相格殺。於是有人食人的事。後人詩云：

上天降喪亂，兵饑仍薦臻。遺民何所食？樹皮與草根。
二者亦既盡，相率人食人。弱者強之肉，股膊味之珍。
有子不肯易，骨肉原一身。或云食人者，其睛圜且殷。
殺人還遭殺，利害仍相因。亦有良懦輩，忍饑丸吞泥。

尪羸死尤易，未死罹烹燔。上蒼胡不仁，馴致人食人！

後來掃蕩僞王府，每府廚房掃出男人陽物、婦人陰户，約有十餘擔。

大凡做人，無論是邪是正，總要有個紀綱，着點精神，纔辦得事。便是做賊，也要有賊的紀綱，有賊的精神。員逆自五逆相屠之後，便寵用了三個寶貝：一個蒙得天，凡搜掠良家子女，這人便先意籌畫，始爲僞指揮，繼得大用；一個羅際隆，他把個妹進員逆爲妃，又將自己妻妾也獻與員逆奸宿，始爲僞侍衛，繼加伸后二字，做個侍衛頭目，得役使衆侍衛；一個黄開元，係女旦出身，員逆嬖之，性極刻毒，賊用火烙、火錐、剝皮、抽腸、點天燈諸刑，就是這人開端，始爲僞監督，繼爲僞天官丞相。這三個寶貝，賊黨背後都唤他做三屍。未幾又尊信了五妖。你道這個材料，做個鼠賊，還算不得一個好漢，那裏能守城池呢？更可笑者，員逆以算命拆字的窮民，起而爲賊，藉口掃除貪官汙吏，救民水火，卻奉個天主教，得一處城池，男的呼作兄弟，女的呼作姊妹，便將兄弟姊妹，男歸男館，女歸女館，養活起來。你想劇賊擄搶得幾多米粒，能夠供得這多人口眷？就使東南各道都占踞完了，這不順人情、不顧全局，也怎樣守得一日呢？至如賊的政令，是無天地宗廟社稷之祭，無父子君臣之教，無天時、人事、婚喪、吉凶之道。其所改之年，則曰太平興國；其所定之時，則改丑爲好，改卯爲榮，改亥爲開，以三百六十六日爲一年；其所改之字，則國爲国，華爲花，火爲亮，老爲考。蜂衙蟻隊，還算什麼？

當下饑民嗷嗷，員逆方將僞王府所蒸的苧根、草根，將蔗漿、蜂蜜調匀，煉成藥丸一般，名爲甘露療饑丸，頒給僞官，令民間如法炮製。不想民間苧根嚙完，草根掘盡，更從何處找出蔗漿、蜂蜜呢？天下饑，何不食肉糜，自古是有此笑話。起先饑民尚是夜裏偷自爬城出來，以後賊令不行，竟白日數十隊吊城而出。到得五月，員逆挨不得苦，服毒死了。僞王娘與僞丞相等擁立僞太子弗田爲王，便每日黎明，大開北門一次，放出饑民。於是城外饑民，如恒河沙般。荷生自三月起，增設粥廠百餘座，撫恤難民，尚自瘐死大半。

卻說藕齋夫婦自與采秋別後，便染些寒疾，乍起乍倒，延及一年，竟成老病。這年春間，賈氏過世了。采秋聞訃，自然大慟。這會荷生紮營鍾山，采秋紮營聚寶門，相去約有十里路。因采秋有母之哀，荷生便時時匹馬馳來。就是春纖、瑶華等，也時時往來慰問。只見一路粥廠，倒斃極多。又見那粥廠門前，饑民四集，每廠約有整萬，人多路狹，推排積壓，老弱困憊的不得半碗入口，儘多跌倒，爬不起來。而且道路矢穢，人氣薰蒸，遠遠的就不堪入鼻。

采秋聽說，向荷生道：「我聞古人賑饑，合要使分。你說那擔粥的法最好，我三年提督的俸銀，留着何用？這會兵荒馬亂，也不是齋僧佞佛時候，我便將這擔粥的法，行一個月，借此做我娘的冥福。」語畢，珠淚雙垂。荷生忙道：「好極。明天我就替你效勞罷。」采秋道：「不忙。從來辦賑，最怕中飽，壯哉雀鼠，哀此惸獨，我們不犯着吃這虧。你的權重事多，這瑣屑也不合大將軍斤斤計較，我專派紅豆辦此事罷。」春纖、瑶華也道：「極是。」於是聚寶門邊，特設個熬粥所在。紅豆管帶二百健婦熬粥，四百個健婦擔粥，四百個健婦押送。每廠擔粥三擔，專給那老弱困憊的人，每日就也照粥廠卯、申兩次開鍋。以此采秋也時時單騎出來，或就在鍾山營中宿歇。

一夕，鍾山營中，天色靠晚，采秋來了。荷生正攜入帳中，春纖提劍突入，采秋就要閃出，春纖舉劍便砍。荷生驚慌無措，急行攔住。采秋竟變個白的雌兔，竄出帳外。春纖一劍擲去，兔遂兩斷。弄得荷生迷迷惑惑，說道：「怎的？怎的？」春纖笑道：「你道是采姊姊麼？這便是那妖婢靈素。我再叫你去看一枝簫。」便擎着荷生駕起雲來。不轉瞬，已到聚寶門。遥見瑶華、掌珠、寶書，都擁着采秋在帳前，瞧個似獸非獸、鮮血淋漓的東西。采秋一見荷生，便說道：「不是春妹妹，我們又落了妖人的套。」春纖笑道：「采姊姊，你要仔細，這也是個假的。」采秋笑道：「是你帶來，我只問你。」春纖笑道：「便我也是個山魈。」指着地下東西道：「再幾日，你看我，不就是這樣去麼？」采秋笑道：「你去那裏？」春纖道：「我從去處去。」荷生見他們説話，愈不明白，便向采秋道：「到底怎説？」春纖笑道：「這何難猜？你殺了采秋，采秋就也殺了你。」采秋向着荷生道：「你不要聽他搗鬼，我兩人的命，都是他殺哩！」瑤華也笑道：「這樣看來，你兩個竟是個魂魄。」説得采秋、春纖和大家都笑了。

荷生愈急起來，紅豆只得指着地下東西，從實告道：「這是山魈，就是金陵的妖婢靈簫。他幻了老爺的形，來魅夫人，柳姑娘望見，把他殺了。柳姑娘曉得他還有一個叫什麼靈素，是去老爺營中，便駕雲尋老爺來，想是也殺了。」便向春纖問道：「柳姑娘，到底也是這個模樣不是？」春纖笑道：「那個卻俊。」瑤華因笑道：「他假你夫人，怎的不俊？」荷生將靴尖向地下的山魈踢兩踢道：「就這般糟蹋我，教我鐵室、鐵城，都防備不來。」吩咐抬去剝皮，號令起來。大家答應。隨叫人到鍾山營中，將那隻白兔也剝皮，號令起來。因向采秋大家説道：「這纔了妖婦一宗公案，如今乾淨，真個多謝女鎮軍。」一面説，一面攙着采秋就拜，慌得春纖還禮不迭，説道：「折殺了！」

這夜又在采秋帳中開起高宴，延春纖高坐，瑤華、掌珠、寶書分陪。荷生領着采秋，斟了三鍾酒，都要春纖喝乾；又傳一班女戲伺候，自己卻歸鍾山去了。這裏點唱《魯智深出家》，唱那《寄生草》一支。春纖喝了一鍾酒，便微唱道：「俺赤條條，來去無牽掛。」一會，點唱《嫦娥奔月》，春纖笑向掌珠、寶書道：「碧海青天夜夜心，自古女仙未能免此。蘭香來無定處，綠華去未移時。想你二人禪絮沾泥，當不復悔偷靈藥。」掌珠、寶書微微一笑。瑤華笑道：「這也未必。謝自然既要還家，曇陽子更多疑竇哩。」采秋也笑道：「八駿往來穆滿，七夕共坐劉徹，西王母不是個女仙領袖麼？以我看來，姮娥還是天上共姜。」瑤華道：「姮娥也算不得共姜，他霓裳羽衣，怎樣也接了唐明皇？」采秋笑道：「這般看來，天上神仙也和我們一樣呢。」大家一笑。

春纖向瑶華説道：「你説曇陽子，曇陽子原有一真一假。去年并州不有個假秋痕麼？」瑶華道：「這是他同鄉姓顧的，弄出來笑話。你想，秋痕那樣一個脾氣，什麼人假得？偏這姓顧的要借重他大名射利，没有三天，就給人道破了。哄傳出來，倒害癡珠的跟人喚做什麼禿頭、寄園的佃客叫做什麼戇太歲，淘氣幾天。這假秋痕并州的飯就吃不上，這會不曉得跑到那裏？」采秋笑道：「不就在這裏？我要認是秋痕，便是秋痕；荷生要認是癡珠，便是癡珠。你們不見今天，山魈也要假荷生，白兔也要假采秋麼？」説得大家大笑起來，就也散席了。

卻説謖如、鶴仙經略南北。鶴仙是首辦南捻，繼辦蜀寇，馬步齊進。他在蒲東，又練個車戰。恰好來剿南捻，數月之間，便已得手。倒是蜀寇費力，蕪蔓東西川，出没無定，又踞的石寨，都係豐草長林，巉岩疊嶂，好容易掃除一股，又分出一股。謖如專辦回匪、苗匪，黔苗渠魁，不數月就也剷除乾淨。其餘酋長，都受了約束，不敢爲非作歹。

回匪自滇南蔓及秦隴以及關外，勢大猖獗。謖如由黔入滇，駐紮曲靖，先將滇南回、漢分出是非曲直，做個榜文，布示各郡。然後用兵，復了昆明，以次剿撫，大兵直趨大理。鏖戰一年，纔把回首土文繡擒了。仿着武侯七擒七縱意思，請旨赦了文繡，賞給世襲總兵銜，鎮守永北、開化二郡，提督回部。文繡於是率所部三千，先驅開道，自滇及秦，自秦及隴，以至關外，所有回衆，無不洗心滌慮，犛面刻肌，誓與漢人和輯。

謖如入關，鶴仙也將蜀事告竣了，就約於長安會議善後機宜。這二人自我不見，於今三年，把前前後後、公事私事，説個十日，還不得盡。此時鶴仙係居太原提督衙署；阿寶娶親了，阿珍、靚兒也已長大。謖如只想娶個妾，以爲娛老之計。不想無意之中，卻説起一個親事：是江南葉姓的女兒，避亂隨母，依個胞叔，遠宦長安，並無兄弟，年紀十八。經鶴仙説合，聘爲繼室。入門揭開蓋帕，竟與李夫人面龐一毫無二，已自詫異；細細體認，連言談舉止、體態性情，都覺得一模一樣，就把謖如狂喜極了。鶴仙自然也樂，説道：「這番回到太原，阿寶還認是他娘重生哩！」

轉盼之間，善後諸事也得手了。奉旨：「李喬松給予宮傅銜，並輕車都尉世襲。游長齡給予宮保銜，並騎都尉世襲。均賞假三個月，仍帥所部馳往金陵，會同韓彝商辦東南軍務。署寶山鎮總兵危至俊，督辦海壖屯田，接濟西北軍餉，著有成績，着予提督銜，補授寶山鎮總兵。」謖如得旨，就將原部四千人委一裨將管領，先赴金陵。鶴仙也將原部三千人，陸續遣往。謖如又檄寶山營，發兵三千助剿。這會金陵大兵雲集，水陸約有三萬多人。荷生、采秋督率諸軍，把金陵十二門日夜輪流環攻。這夜六月十五，包起、柳青領湖兵攻打西三門，如心、胭脂領淮兵攻打東三門，紫滄、瑶華領太原兵攻打北三門，春纖、掌珠、寶書領健婦三千及寶山精鋭二千攻打南三門。

十六黎明，聚寶門陷了一角，春纖躍入，健婦踵接。披髮悍賊數千搶來撑拒，悉放鳥槍。掌珠、寶書也乘空而上，煙霧迷漫之中，前後不能相見，只聽兩邊喊殺。三千健婦及寶山精鋭二千，逢人亂截亂殺。一會，賊的藥火盡了，天地開朗，披髮賊死了無數。其餘也有散的，也有自戕的。於是各門洞開。紫滄傳令不准亂殺。四隊官軍招集一處，直趨内城。一路盡是難民，長跪道邊，也有男的，也有女的，也有老的，也有少的。紫滄等馳入僞王府及各僞官衙署搜捕，也有吊死的，也有跳井、跳池死的，也有吊不死、跳不死給兵擒來的，也有就擒跑走的，也有跑走就擒的。紛紛擾擾，他他藉藉，鬧到黃昏。

大家只是不見春纖、掌珠、寶書三人，十分驚訝，瑶華儘在内城派人找尋。先是午刻大營委青萍入城，四下裏分貼安民榜，忽見春纖倒在秦淮河邊，面色如生，只額角有血水湧出；隨後又見掌珠、寶書死在一處，也是額角一傷。趕回報明，已是天黑了。荷生太息，采秋垂淚道：「這是他們借兵屍解，不然，春妹妹是會駕雲的，有什麼槍火、炮火跑不脱呢？」就令青萍厚備棺斂。是夕，紫滄等也曉得三人陣亡，瑶華連夜便奔出城看視，大哭一場，將屍移入就近僞署内停放。紫滄大家派各路兵丁打掃街道，收拾僞王府正屋。

次日黎明，荷生、采秋雙雙的按轡入城，先來秦淮河，看了春纖三人殯殮。采秋憶起前前後後的事，覺得春纖這回是專爲保護他而來，就與瑶華哭得日色無光；荷生大家力勸一番，然後竪起大纛，排隊升炮，雙雙換了八人抬的涼轎，萬騎先後，蝶團蜂擁，入内城去了。

後來卓然、果齋見説寶書、掌珠都已陣亡，掀髯嘆息。瑶華也對人説道：「我一生没有吊過眼淚。五年前爲癡珠、秋痕卻傷心了數次，這會又爲春纖三人哭了一日一夜，其實他們都是脱屣紅塵去了。」正是：

沐日浴月，妖氛盡豁。
脱屣人間，天高地闊。

欲知後事如何，且聽下回分解。

花月痕全書卷十五終

花月痕全書卷十六

第五十回　一枝畫戟破越沼吳　八面威風靖江鎮海

話説謖如、鶴仙得假三個月，謖如將眷口攜到并州，與阿寶們相聚，一時悲喜交集，不用説了。次日便同鶴仙、阿寶，到了玉華宮李夫人靈前一哭，就也到癡珠墳前灑淚一拜。轉盼假滿，已是六月。

荷生是十七進了金陵城，十八謖如、鶴仙也到，荷生大喜，把僞東府掃除，與二人駐紮。這二人與荷生八載分襟，一朝捧袂，傷秋華之宿草，喜春鏡之羅花，真個説不了别後心事。謖如又以遲到一旬，不及見春纖爲憾，便往秦淮河停靈之所，祭奠一番。

一日，大家談起吳越用兵，謖如道：「東南地勢，太原的馬隊、篔筅兵都用不着，還是我寶山鎮兵及湖淮兵得力。」因向荷生道：「你的才大如海，怎麽平了十年巨寇，復了千里名都，竟不草個露布，聳人聽聞哩？」荷生道：「這算什麽巨寇？此數十年中，士人終日咿唔章句，就是功名顯達之人，也是研精歐趙書法，以博聲譽，濟之以脂韋之習、苞苴之謀，韜略經濟偶有談及，群相嗤笑，以爲不經。吏治營規，一切廢弛，徒剝民脂膏，侈以自奉。坐此國勢如飄風，人心如駭浪，事且岌岌。可笑當事的人，尚復唯唯諾諾，粉飾升平，袖手作壁上觀。間有名公巨卿，氣魄、資望卓越尋常，奈處升卿之錯節，才識不及；學渤海之亂繩，德量無聞。是以大局愈爛，這釜底遊魂，因得多延歲月。對村婆而自絮生平，獲小竊而大書露布，我不怕别人，我只怕癡珠在那青心島會拊掌大笑哩。」説得謖如也笑起來。

荷生因說道：「自此以往，司牧之官，必能掃除一切苛政，猾吏奸胥，悉設個法鉗制之，使無舞弊。慢慢的采風問俗，去害馬以安馴良，泯雀角鼠牙之釁，絕狼吞虎噬之端，不驚不擾，民得寬然。各盡地力，學你寶山開墾的工夫，與這些人課勤警惰，講信修睦，有教有養，使天下元氣完復，不枉我們勞碌這七八年纔好呢。」謖如道：「這真忠言至計，中興碩輔之言。」荷生笑道：「我算什麼！明相國不動聲色，卻出斯民於火熱水深，措天下於泰山磐石。韋癡珠不綰半綬，卻相時度勢，建策於顛沛流離；碩畫老謀，寄意於文章詩酒，這纔算個人哩！」謖如嘆一口氣道：「不是你這闊大的胸襟，也不肯和盤託出。我們不是相國，那裏能如此發揮？不是癡珠，那裏便有此成算？只相國以人事君，自然譽流竹帛，績紀太常。癡珠一生屈抑，我們僥倖會合風雲，也該特摺闡揚，或請予謚，或請專祠，使天下後世有這個人纔好。」荷生笑道：「這卻不必，以柳下惠之賢，而節以一惠，出自其妻；以曾南豐之地望，而一瓣之香，競傳師道。可見人世榮華，舉不足爲我癡珠增重。異日有心人，總能發潛德之幽光，底事我們闡揚，轉成門户之見？你不看杜少陵，歷數百年而忽謚文貞；蘇東坡不得冷豬蹄，而朝官至今尚爲做生日麼？是非之心，人皆有之，不煩我們爲癡珠早計哩。」謖如拊掌道：「古人相見，開口便有到心語。你今日議論，語語沁入我心。」

正待說下，紫滄帶個女子進來，說道：「這女子姓傅，名喚善祥，是個女簿書。據說洪逆就埋在這府裏空地，那時入坎，掘得極深，甚是秘密。」荷生聽說，傳令開了後宰門，派五百名人夫，前往發掘。接着包起回說：「搜捕遺孽，茀田渺無下落，卻擒了著名幾個賊目。」於是荷生邀着謖如，一同升帳，問供去了。

再說榮合、榮法部下卻有兩個僞將，一名翁闓陽，一名呂壽臣，武藝也不在顏、林之下。榮法、榮合百事糊塗，卻曉得收買兩將的心，以爲護衛。起先靈簫、靈素主持號令，人人都受這妖婢磨折，只有兩將，他卻不敢一毫淩侮。後來妖婢聽見妖婦兵敗，趕赴金陵，這裏號令便歸在兩人。這會一個緊守滸墅，一個緊守錢塘，環營三濠，撐拒顏、林，倒也是將逢敵手。此數日，果齋正與閭陽約定，兩邊不用炮火，不用隊伍，只單騎對戰，輸的退兵。戰了兩日，不分勝負。

這日，又是兩下酣戰，都脱了鎧甲，去了兵器，下馬較起拳來。兩邊士卒，看到入神。不想包起、黄如心二人，奉了荷生將令，帶了四千湖兵，前來助戰，恰恰到了。兩人私議，將金陵賊衣，悉令湖兵二千穿了。如心取個賊的令箭，往賺錢塘城池。包起卻趕來助戰。到了賊壘，擂鼓摇旗，自後面逾濠撲入。當下賊衆忽見營後人馬破空而來，閭陽只得放鬆果齋，大罵道：「捉狹鬼，不是英雄，算我上你當罷。」上馬走了。其實，這枝兵來路，果齋也自茫然。閭陽正馳回衝殺，將包起的兵團團圍住，城賊無數奔出，説是官軍掛起金陵旗號，賺開城池，擒了三大王。閭陽及賊衆心都慌了。一會，果齋也到，與包起兩邊夾攻，一枝畫戟，東馳西突，所向披靡，力將江口以及城隍山賊營百餘座，盡數踏平了。閭陽落荒而走。果齋與包起入城，將擒來僞越榮合打入囚籠，解往金陵，其餘賊衆，一起准予投降。住了一日，乘勝領兵，殺上塘西，收復嘉興去了。包起、如心俟着浙東西兩個節度到了，就也馳來。果齋早已隻戟單盾，冒矢復了姑蘇，擒了僞吴榮法。於是合兵一處，會同卓然來攻滸墅關。三日破了。兩人用計，射倒了閭陽、壽臣。忽報大將軍、女提督帶健婦五百人過江，現在駐紮常州。包起、如心就將榮合解往常州營前。卓然仍紮滸墅關，伺候大將軍。果齋便帶兵掃蕩吴越諸郡縣殘匪。

看官，你道荷生怎的過江呢？他是富川人，想借此遊歷江南一番風景。不想到了揚州，遥見那灌莽棲於甍棟，平沙抗乎睥睨，煙火無墟，四望靡際，與采秋低徊憑弔，因説道：「昔日繁華鼎盛之處，今皆成瓦礫場矣！」次日過江，風靜波恬，也自欣然。望見金焦一片邱垤，赤雲崢嶸，兔葵燕麥，軃受驕陽。因想起遭時不祥，見此蕪亂，回首故鄉，數遭兵燹，牂柯山畔，家竟何如，夢草池邊，同聲浩嘆，於是浩然有歸與的意思。

又想道：「虎豹居在深山，人人聞聲便自惴惴。以遊五都之市，販夫孺子皆得持着瓦礫，嘩然相逐。麟出大野，足折商鉏；龍入魚群，豫且見困。而况炎炎者滅，隆隆者絶，高明鬼瞰，自古爲然。我斷不可寵利居功哩。」

這日到了常州，曉得果齋業經破越沼吳。恰好棨合解到，問過口供，傳令磔死梟首，會同金陵洪逆戮屍的首級及棨法首級，傳示各道滋事地方。就想道：「自來賊平，遣散兵勇最是費手。我幸馳逐七年，不曾募得一勇。只大同健婦三千，都是有夫之婦，且有室女，不怕滋事。外此，顔、林所部四千，是并州額兵；淮南北陸師水師，湖南北精鋭，亦是平定後新設額兵。至如謖如帶的是寶山屯兵，紫滄帶的是馮姓子弟兵，更無可慮。最可笑者，以前用兵，不於各道額兵練出，轉向市井中募來，既糜國帑，又滋弊端。我如今只作個書，囑謖如陸續奏撤，便無甚事。」

次日到了滸墅關，接見卓然，即令其撤回部兵一千，留一千協同果齋搜捕餘匪。於是放舟於三萬六千頃之太湖，挹取其風雨波濤出没之理趣；輿轎於三十六峰之天台、七十七峰之雁蕩，開豁其金戈車馬擾攘之煙塵。凡郡縣供給，一起拒絶。水向荒墟停泊，陸抄小路來往。

到得八月，駐紮杭州。卓然、果齋都來繳令。便與采秋遊了一日西湖。秃樹支離，寒波渺漠，荒草低天，叢蘆冷岸，滿野陰雲，濁潦中頹牆廢垣，殘毁駁裂，野店無煙，遠峰數點。兵火後光景，真可嘆息，悵然而返。覺得一路秋風衰柳，門巷無人，昏霧歸鴉，荻花欲語。荷生既苦唤奈何，采秋亦心驚老大。

將到行營，遥見無數倭人，刀如霜白，鎗似林蒼，又覺陡然。青萍接着回道：「倭人解來金陵遺孽馮茀田，前來請令。」荷生神定，轎子軟步如飛。倭目數十輩，亮甲掛刀，一字兒跪接。荷生轎中點首示意，轅門下營官扶入，傳令升帳。於是卓然、果齋招呼整隊，杭城大小官員也來站班。帥旗一展，升炮三聲，荷生衣冠升帳，中軍傳呼「倭目一人進見」。倭目報門，巡捕官領跪堦下。荷生問道：「哈巴里就是你麼？」哈巴里答應了。荷生道：「你們從何處擒來馮茀田？」哈巴里道：「元帥克復金陵，茀田隨着僞王娘馬氏、僞丞相鄧際盛、又僞官等數十人，竄上清涼山洞。洞裏原有儲恃，經歷兩個月，食也盡了。將金寶航海，投奔香山，懇求我們帶他回國，保全這數十條性命。我們竊念元帥號令威嚴，小國新受皇上天恩，不敢護庇叛孽，計誘登島，悉數擒獲，押解前來。探得元帥行營，特由粵洋駛着輪船，清晨到了，就來轅門伺候。」荷生欣然道：「你等恭順可嘉，靜待本帥奏聞奬賞罷。」哈巴里磕頭稱謝。就吩咐杭守，延入行館，優待去了。此時天已靠晚，自轅門以至帳中，燈張百合，炬列萬行，火焰中刀矛林立，各將領明盔亮甲，奕奕有光，將那分明別隊五色的戰襖、五色的旗幟，愈顯得對對分門。荷生高坐帳中，披件團龍黄綾馬褂；帳裏旁列捧劍、捧令兩侍兒，如花似玉；帳前雁翅般武巡捕數十人，俱是魚鱗文戰袍、團花馬褂。一呼百跪，一諾千聲，真顯得大將軍威重如山。

當下哈巴里隨着杭守逡巡而出。上面接疊連聲傳呼：「抓進馮茀田！」下面答應如雷鳴一般，將馮茀田跪在當面。荷生問道：「你是馮茀田麼？」這孩子已慌得説不出話，一晌纔應道：「是。」以後問他，都不能答應。還是推上僞王娘和那僞丞相，纔一一畫了招詞。荷生吩咐：「打上囚籠。」只聽得高唱掩門，早炮響鼓鳴，荷生進去了。

次日傳令卓然、果齋，帶了囚籠先行。第二日，荷生與采秋起馬。這回卻走了官站，各道節度迎送供帳，交錯道路，這不用説。荷生登舟，卻一天走不了三五十里路，慢慢的召見父老，撫循難民，給發賞犒。采秋也逐處見有婦孺，便召來詢問一番，與些銀錁子，老羸的人更加厚遺。以此十里一泊，五里一停，自八月十五杭州起馬，直至十月初一纔到金陵。恰好欽使韋小珠也到了。

你道小珠怎充欽使呢？小珠自十七歲入學後，便奉諱了。爲是江南道茀，老夫人就不准他出門，只作書謝了謖如。後來謖如經略西北，小珠卻力學五年，壬戌登了鄉榜第三名。航海會試，又高高中了第十名進士，朝考一等第二，殿試一甲第三。謖如、荷生時常均有音問往來，早爲癡珠欣慰。本年各道鄉試，小珠得了陝西試差。此番進京復命，奉旨前往江東，册封諸將，犒勞大軍，賙恤難民。荷生、謖如大喜，差員遠接，凡供給護衛，大家曉得是癡珠兒子，個個盡心。舟次石頭，荷生、謖如帶領文武各官，排隊奉迎。請過聖安，與小珠見面，真有虎賁重逢、蘇瑰〔一〕有子之感，不覺睫淚盈盈。小珠更覺銜哀欲涕，奈係公座，不便私談。迓入行館，荷生、謖如便與小珠執手一慟。

是夜三人開宴，招及鶴仙，款款情話，更深纔散。次日黎明讀詔，大家俯伏壇下，只聽念道：

「奉天承運皇帝詔曰：維金陵之小丑，敢黑子之負隅，抗顏行者十一年，延腹疾於十三道。怨深臣庶，憤結鬼神，自外生成，久留苞孽。往者遊氛不戒，大帥無功，爰撤兒戲之兵，特拔忠衿之彦。雷符星斗，光顏自有旌旗；文畫葩瓜，賀齊別成干櫓。結李摩雲之壘，成算在胸；焚盧明月之屯，奇兵拔幟。如太陽之沃雪，所過皆銷；譬大旱之望雲，崇朝而雨。於是功成掃穴，捷奏甘泉，當南風解慍於薰琴，正秋露垂珠於盾墨。陳牲告廟，慰列祖在天之靈；晉册承歡，加慈母深宮之膳。無可寬者元惡，佇送檻車；有必報者豐功，遠稽彝典。敬奉兩宮懿訓，式頒五等崇封。

於乎！臣爲主生，功因將立。代吳定策，惟羊祜無愧張華；平蔡刊碑，在昌黎何私裴度。金釵阿杜，

〔一〕「蘇瑰」，閩雙笏盧刊本和吳玉田刊本都作「蘇瓌」，據掃葉山房刊本改動。

黜貴妾於盤龍；鐵戟崔家，施郎君之行馬。賞榮於室，蔭遠其門。溯不獲已而用兵，天其臨汝；有非常功而介賚，禮亦宜之。欽此。」

讀畢謝恩。大家延小珠行禮，小珠俱以父執相見。此時明相晉了公爵，荷生封侯，謖如、鶴仙封伯，卓然等俱得爵有差。采秋、瑶華均受一品夫人封典，賞食提督總兵全俸。柳青、胭脂也得二品封。春纖賜號貞慧仙妃，建祀鍾山，以掌珠、寶書從祀。小岑攜了丹翬，劍秋攜了曼雲，都到金陵，與采秋、瑶華相聚。大營調着安徽男班、姑蘇女班各十部演戲，高宴三日。自大將軍以至走卒，無不雀忭。小珠傳旨，犒勞勝兵，每名十兩，賙恤難民，每名三兩，大抵在二百萬以上。

過了數日，荷生進京獻俘，小珠進京復命。謖如大家或回原任，或赴新任，都分手了。當下并州余翊擢了江左節度，也是故人，延個大著作撰起《平定金陵碑文》，將上石了，荷生取閱，笑向謖如道：「韋癡珠已死，誰能揮斥豐碑與你紀勳呢？」臨行，自作六個大字付給歉如，說道：「只此六字，抵得鋪張揚厲一千餘言，就那塊石鐫上，做個亭子蓋覆罷。」大家看是「靖江鎮海之碑」六字。正是：

一片燕然石，詞蕪義不尊。
西京遺響寂，風雨憶文園。

欲知後事如何，且聽下回分解。

第五十一回　無人無我一衲西歸　是色是空兩〔一〕棺南下

話説荷生班師，與小珠一路同行，極其款洽，就是采秋，也自十分敬禮。荷生到京，皇上御門，大赦天下，行郊勞禮，行受俘禮，召見七次，諭令入閣辦事。荷生面求賞假一年，歸省墳墓，就也准了。此時幕僚如愛山、翊甫、雨農輩，各得了官，或留京，或留江左。小珠緣散館在即，不得同行。荷生只帶采秋與青萍，别了小珠，及到太原，恰是乙丑端節，紅卿喜出望外。這夜搴雲樓排上高宴，寄園裏燈彩輝煌，釵鬟雜沓，就如蓬萊仙島一般，也不用説了。接着鶴仙回任太原，謖如、紫滄假歸。這幾家銀鞍駿馬，繡傘錦衣，奕奕往來，真個㮧巖聚十種之仙，車騎咽宣陽之里。

荷生卻深居簡出，只訪了心印，略詢别後起居，便袖出一束，説道：「戎馬風濤，此事遂廢，但宿願十年，捫心負負，遂不敢不自獻其醜，上人瞧罷。」心印接過，展開朗誦道：

「并門韋公祠碑記

嗚呼！天下之人夥矣，委瑣齷齪，鮮不足道。有豪傑者出，天輒抑之，使不得正是非、核名實，以

〔一〕「是色是空兩棺南下」，「兩棺南下」總目作「雙棺南下」。

行其志於天下，卒抑鬱侘傺而置之死，是可哀也。雖然，哀莫大於心死。彼其心光方聚於天爲星辰，散於地爲珠玉。烏夫！死余友東越韋公瑩，字癡珠，弱冠登賢書。值時多故，每讀朝廷憂民之詔、選將之書，輒咨嗟累日，憤不欲食。會酒酣耳熱，則罄其足之所素經、口之所欲言，傾囊倒篋而出之。嘗慨然曰：『國家版圖寥闊，譬諸上農大賈之家，食指累累，安坐而食，而貨財之所由生，耕稼之所由事，主人翁並不頤指而使之。田連阡陌，錢疊邱山，寧有濟乎？』又謂：『賢才國家之寶，以鷹犬奴隸待之，將遁世名高；況令其卑躬屈節，啟口以求一薦達。是不肖鄙夫之所爲，而謂賢者爲之乎！』迄今誦其言，猶覺鬚眉間勃勃有生氣焉。

丁巳，公遊并門，年四十矣。校書劉梧仙者，侍酒座，傾心事之。明年戊午立秋日，公死，梧仙遂殉。佛説因緣，此殆有因有緣乎？或曰：『太原竹竿嶺有夫妻廟，相傳有夫婦推車至此，力盡而斃，虎守其屍，里人異之，祠爲山神。請以此例祠公。』余曰：『名不正則言不順。』或曰：『浙西湖有雙烈祠。故老言京師少年崔升，偕妻陳氏至杭州，投親不遇，饑不得食，一繩並命。錢塘令爲葬萬松嶺側，有驅虎逐疫諸靈跡，里人以其功德在民，祠之。請以此例祠公。』余曰：『此匹夫匹婦之爲諒，不足以況公。』或曰：『公之遊山右也，宿草涼驛，夢入雙鴛祠。然則援夫妻廟、雙烈祠以祀公，猶夢也夫！』余曰：『有是哉，妖夢是踐。』或曰：『蘇文忠侍妾朝雲，從公謫惠州，死，公葬之棲禪塔下。今豐湖蘇公祠，有朝雲像，是可仿以祠公。』余曰：『諾哉。』余與公訂交并門，始終與梧仙同。梧仙能以身殉，余請以柳巷寄園爲公祠，侍梧仙於其側，題曰韋公祠，是則余殉公之義也。嗚呼！公不死矣。

時歲次乙丑，秋八月上浣，富川韓彝撰文，雁門杜夢仙書丹。」

誦畢，又復閲一過，説道：「大人高詞磊落，癡珠真個不死。貧僧既受大人付託，便俟此文上石，算做功行圓滿罷。」荷生就訂明日，偕到竹竿嶺墳上一別，心印也答應了。

次日，荷生仍來汾神廟，與心印共坐一車，一瓣心香，數行情淚。因吟錦秋墩舊作向心印道：「癡珠嘗識我，就是這首詩。」心印道：「這不就是『寂寞獨憐荒冢在』麼？」兩人黯然。一會，荷生說道：「癡珠雖死，卻有個好兒子出來，不日就到，這也算得寂寞中熱鬧。我卻怎好哩？百年以後，不是個『寂寞荒冢』麼！」心印笑道：「兒孫自是兒孫的事，大人晚子罷了。」說畢，隨取出一個錦袱，包件東西，遞給荷生道：「大人檢點，自然明白。」遂騎驢而去。

看官，你道他給荷生什麼東西？原來就是九龍佩。癡珠臨終時就贈給心印，後來詢知這佩來歷，這會交還荷生。荷生回來搴雲樓檢開，中附一箋，寫有一詞，便與紅卿、采秋同看。詞云：

愁從想處歸，愛向緣邊起。色相空空，何處尋蒙翳？人生過隙駒，苦守着斷雨零風不自知。還只道秦關百二是千年業，那裏有不散的華筵、不了的棋？

看畢，三人感嘆。荷生就將九龍佩交還紅卿，道：「十五年前，你與我灞橋分手，解佩贈我，我後來就給了秋痕。不想秋痕卻傾身事了癡珠，將這佩贈給他，如今又還在我兩人手裏。可見天下事一動不如一靜。」紅卿道：「癡珠由川再至長安，我就没見。說是住了一夜，匆匆去了，卻原來有這裏一段因果。我那年來時，長安狠有人託我購他詩文集哩。」荷生道：「你不說，我卻忘了。這板後來當交心印，留在祠內，我們印出數百部帶去罷。」采秋道：「小珠說是散館後便來，怎的又延擱一個月哩？」荷生道：「怕是又有什麼差使。」當下三人說些閒話，也與紅卿說那蘊空一籤一偈的靈異，就各自安寢。

荷生與采秋並枕，卻夢見癡珠做了大將軍，秋痕護印，督兵二十萬，申討回疆。荷生覺得自己是替他掌文案，謖如、卓然、果齋等人都做他偏裨，春纖、掌珠、寶書也做先鋒。正看着皇上親行拜將、推轂等禮，何等熱鬧，卻給大炮震醒。搓開睡眼，天已亮了，是曹節度衙門亮炮。歷將夢境記憶說與采秋聽，采秋卻也是一樣的夢，這也算奇。

此時藕齋也死了，采秋親送父母靈柩，回轉雁門。荷生便把愉園收整，做個柳貞慧仙妃祠，附祀掌珠、寶書。忽得小珠都中來書，說是病了。荷生雖爲關懷，卻急於言歸，遂令老蒼頭賈忠及穆升等，將衣裝裝騾三千餘口，帶着二百名精兵，先行押解回家。自己俟着采秋雁門轉身，便領紅卿帶一百名健婦，也自東歸。到家拜摺謝恩，就告了病，籲請開缺。構一座園亭，比寄園小些，卻有愉園三四倍大，也有一樓，恍佛柳巷，就也喚做春鏡樓，與采秋居住。隔院是個薛荔仙館，便給紅卿居住。紅卿、采秋敬事正夫人柳氏，極其相得。荷生低徊往事，追憶舊遊，恍惚如煙，迷離似夢，編出十二齣傳奇，名爲《花月痕》。第二齣是個《菊宴》，趕着重陽節，令家伶開場演唱。

這并州寄園，荷生託謖如改做韋公祠，不數日就也竣工。心印早將碑文上石，豎在軒軒草堂右廡。這日謖如迎主入祠，是夜心印沐浴更衣，召集徒子徒孫，念個偈道：

人相我相，一切俱無。是大解脱，是古真如。
安身一榻，代步一驢。驢歸造化，榻贈吾徒。

便坐化了。次日，心印那匹黑驢竟自倒斃。

再說小珠晉京復命，接着春闈，又得房差。闈後散館，得授編修，便陳情乞假。皇上特恩給與封典，馳驛奉柩回南，賞假一年，擇婚完娶。小珠謝恩回寓，卻病了兩個月，以此挨至九月，纔素服匍匐入晉。秃頭迎上，小珠一見秃頭，便自慟哭。秃頭叩頭下去，就也哭出聲來。小珠含哀扶起，撫慰一番，問起竹竿嶺邱壟，兩人又自大哭。

是日進城，就在汾神廟西院卸裝。心印已是坐化了。次日清晨，禿頭引至竹竿嶺墳上，小珠搶地呼天，與禿頭哭個淚盡聲乾。繼而巡視四圍，哀哀而哭。曠野風高，哭聲酸楚。善人村男男女女、老老少少，蝟集觀看，也自淚落不止，都説道：「有這様一個好兒子前來搬取靈柩，韋老爺地下也喜歡了。」便有老年男婦前來勸止禿頭，轉令勸止小珠。時已亭午，小珠趺坐墳下，哭個不住。末後禿頭與跟人勸止，大衆百口同聲，小珠方停了哭，謝了善人村父老，就到禿頭家來。此時跛腳已生一男一女，都出來叩見。傍晚，禿頭將癡珠、秋痕兩幅遺照，檢奉小珠。小珠起身，慘然展視，又自痛哭一番，着禿頭打掃淨室供上，磕了三個頭，就在淨室住下了。在小珠原意，便不進城。次日，謖如知道，馳馬而來，再三勸阻，迎回自家行館，十分款接。

第二日，小珠便隨謖如，來謁柳巷祠堂。見軒軒草堂正面一座沉香雕花的龕，約有九尺多高，内奉先人坐像，龕前主題云「故東越孝廉韋公癡珠神座」。東邊立一女像，也有小主題云「故秋心院校書劉秋痕之位」。小珠含淚磕了三個頭，便與謖如商量，搬住寒雲樓，灑淚説道：「先君遠遊日多，小子稚弱，生既未侍晨昏，没復未親含殮。奉諱以後，大母以道茀不許奔喪。通籍以還，小子復以王事馳驅，不能得閒，煢煢在疚，以迄於今。昨宿墳山，老伯惇惇垂誨，促令進城。此地有祠有像，小子再圖安逸，不想朝夕侍奉，這不孝之罪，真是擢髪難數了。」説罷，便嚎啕大哭起來。謖如也自傷心，只得曲從其意，吩咐跟人，將汾神廟行裝及禿頭眷口一起移入，諄囑小珠道：「你病初愈，孤身萬里外，上有重闈，豈容不自珍重，轉恫先靈？」小珠收淚答應，遂分手而去。

此時留子善升守，調補太原；晏子秀升縣，調署陽曲，都是舊交。就是曹節度以下，知道小珠到了，也來慰問。小珠免不得要出來官場應酬。當經子善、子秀説合，小珠與靚兒結姻，阿珍與小珠庶出一妹，名喚淑婉結姻。隨差幹弁，持信前往東越，請過婆媳兩夫人示下，准了，擇吉兩邊互行納聘。

轉盼之間，便是冬天，攝縗告靈，擇吉啟殯。先一日就在軒軒草堂開了一天吊，并州大小官員及紳衿，無一不到。次日，小珠徒步出城，臨穴撫棺，擗踴哀嚎。遂奉兩柩，蒙以繡花大紅呢，加以錦幄，暫駐東門玉華宫，自行跟入住宿，朝夕二奠。謖如要與小珠同行，就也擇日挈眷回南，將玉華宫李夫人靈柩收整，卻是要先二日，謖如便縮了兩站，等候小珠。

這日癡珠丹旐啟行，一路俱是官紳及小珠同年祖送祭席，自玉華宫起，排有數里。小珠一一磕頭謝了，趕上謖如大隊人馬。及到樊城登舟，該地官場及故舊又是一番路祭，十分熱鬧。一日到得金陵，謖如就祖墳安葬了李夫人，將家事交付阿寶夫婦，然後偕葉夫人，帶着阿珍、靚兒，與小珠向東越來。

已是丙寅二月，一舸兩棺，安抵紅橋下。郭夫人率小郎以及族姻迎入小西湖家祠開吊。尋將秋痕遺掛展玩，嘆道：「以此韶齡，甘心從死，我怎忍薄視之？」卜吉安葬，奉老夫人命，將秋痕靈輀隨茜雯附入左壙，奉主於家。

窀穸都畢，小珠纔釋素服，辦起喜事。小珠是個玉堂歸娶，在東越只算得第三人，那風華典麗，可不必言。就淑婉招贅阿珍，也是富豔無比。這年八月，謖如挈了葉夫人、阿珍夫婦，赴任淮北。小珠直侯老夫人百年以後，纔奉了郭夫人，挈靚兒入都供職。不一年，賞加頭品頂戴，册封倭國新女主踏里采。朝議令挈妻室同行，靚兒也得女提督銜，持節賫皇太后、皇后恩旨，副以紫滄夫婦，由長江登火輪船，灣入粤東香山島。放洋遇風，吹入香海洋玉宇瓊樓中，父子重逢，翁媳再見。瑶華緣與靚兒同舟，也得與秋痕相見。世外三人，都得島中人贈的珍寶。一夜海風大起，瞬息之間便到倭國，與紫滄輪船相會。追憶其地，歷歷在目。奈海山蒼蒼，海水茫茫，無從重訪。這也是一則實事，並非做書的人畫蛇添足，爲此奇談。正是：

言必有物，不類齊諧。

絲抽乙乙，杼軸予懷。

諸君聽小子講書，不必就散，尚有一回裊裊餘音哩。

第五十二回　秋心院遺跡話故人　花月痕戲場醒幻夢

話説西安王漱玉，做了四十餘年孝廉，進京候選，得個教官。歸路迂道太原，寓在菜市街至誠堂飯店。時值八月十五，飯店隔壁邵家扶乩，漱玉也來。只見乩上斜斜的兩行，寫得甚草。邵家的人認得，謄了出來，是首詞。漱玉念道：

爐香茗碗，消受閒庭院。鏡裏蛾眉天樣遠，畫簾外雨絲風片。一聲落葉，莫問秋深淺。更何處、尋排遣？前塵後事思量遍。

念畢跪下，欲有所問。只見乩上運動，寫道：「起來，故人別來無恙？」隨又寫了兩三行。漱玉站在邵家的人背後，見謄出是兩首七絶，道：

鏡合釵分事有無，浮生蹤跡太模糊。
黄塵白骨都成夢，回首全枰劫已枯。

海上鯨魚氣吐吞，蓬瀛深淺阻昆侖。
誰知十斛鮫人淚，不化明珠化血痕。

又見謄出一首七律，道：

戰壘經春草又生，風煙慘澹古臺城。
故人麟閣千秋重，遺蛻蟬吟一殼輕。
劫後山川秋有色，月高弦索夜無聲。
荻花瑟瑟江天冷，縷縷詩魂結不成。

謄完，眾人正要觀看，忽見乩上又寫道：「吾韋癡珠也，奉敕赴縹渺宮撰文，不能久留，去矣！」寫完，寂然不動。眾人一齊拜送，焚符釃酒，只不解詩意，也不識是何仙降壇。獨漱玉淒惶半晌，倚在那院子梧桐樹，呆呆的出神。

一會，大家都散了下來，漱玉便問這屋子來歷。邵家的人說道：「這是有名的秋心院，如今做我家別業。」漱玉道：「秋心院，可是前二十年教坊劉梧仙住宅麼？」邵家的人道：「不錯。」漱玉道：「難怪癡珠降壇。」內中閃出一人，年紀約有七十餘歲，粗胖漢子，一簇鬍鬚，問道：「你這位老哥，怎的認得癡珠？」漱玉道：「你不見乩上寫的『故人別來無恙』？」那人道：「我認不得字。」漱玉道：「老漢高姓？」那人道：「姓管。」

原來漱玉住的至誠堂，就是聶雲住宅開拓出來。荷生抬舉士寬，管理柳巷宅裏田園樹木，歷有數年，便發起財，也娶了親，與禿頭做個兒女親家。後來禿頭夫婦跟小珠回南去了，他又管了韋公祠錢糧。這至誠堂就是他開的飯店，他只叫他侄兒照管，長遠不到店中，故此漱玉不曾認得。秋心院是癡珠寄漱玉的書常常說及，故此知道。當下士寬就將癡珠、秋痕始末略述，漱玉嘆息，說道：「他的柩就回去了，他的祠還在，明日你領我去拜一拜罷。」士寬欣然答應。

這一夜，士寬得了一夢，夢見一家園亭，皓月當空，人影燈光，清華無比，戲臺上正演夜戲。只聽手鑼一響——（旦淡妝上）

［一剪梅］秋來無事不傷情。花也飄零，葉也飄零。夜長無夢數殘更。風也淒清，雨也淒清。（坐介）萬點秋光上畫屏，隔花環佩響東丁。今生自有傷心事，漫道前身是小青。奴家姓劉，小字梧仙，本係河南人氏。只因父母早亡，流落在煙花行院，歌衫舞扇，也學些裊裊婷婷，月夕花晨，總不免淒淒楚楚。今春韓參軍遍選名花，把奴家取了榜首。咳！奴家到也不爭此虛名，只要早離苦海。所幸七月，在秋華堂内得遇東越韋郎，三月綢繆，十分憐惜。將來終身之託，就在此君了。今日重陽佳節，韋郎請了韓參軍並采秋姊姊，在此賞菊，此時敢待來了。保兒！（雜應介）北生鱉甲，名喚狗頭。姑娘有何吩咐？（旦）今日賞菊筵席，可曾完備？（雜）完備多時。（旦）可將上品各色菊花搬過來。（雜）是。（場上設菊花八盆）（旦隨意指點介）（生巾服上）蕭疏雲樹接高城，滿院秋聲，滿地秋陰。閒尋秋色訪佳人，花好同心，酒好同斟。小生韋癡珠。今日重陽佳節，請了好友韓荷生，在秋心院賞菊，來此已是，不免竟入。（入介）（見旦介）（旦）韋老爺。（生）梧姬。（各揖福介）（生笑介）好呀，一院秋色，雅人深致，畢竟不同。梧姬呀！［不是路］看你裊裊婷婷，對着這露葉風枝更可人。真僥倖，偎香倚玉，得與相廝並。點綴秋光到十分，誰能稱？慵妝淡抹多風韻，好似桃花扇底人。（旦嘆介）秋花蕭瑟，也似奴家薄命飄零！多時郎君格外垂青了。無端恨佳人福薄花無命，只恐催花信急，卸花風緊。（淚介）（生）呀！怎麼又觸起卿的心事來了，且在房中少坐，韓參軍就該到了。（同下）（小生攜小旦豔妝上）［紅衲襖合］一步步下妝樓，拽羅裙，度過了小院門、蒼苔徑，握住你嫩春纖，緩緩行。我和你並香肩，蓮步穩。看疏疏紅葉滿楓林，染裙腰，纔記得尋芳黃蝶雙雙也，又只聽寒蛩兒悲又鳴。到了。（扣門介）（內應介）（開門相見介）（生、旦、小生、小旦各揖福介）（生）小酌不恭，有勞芳步。（小生）豈敢！佳辰雅集，得領清談，對此冷豔孤芳，正好領教梧卿一聲「曉風殘月」哩。（旦）采秋姊姊在此，奴家豈敢獻醜？只好求姊姊指

教罷。（小旦）妹妹過謙了。（坐介）（生）看酒來。（雜排桌几）（對坐介）（菊横列場前介）（生）你看幽叢繞舍，冷香襲人，何不浮一大白？請。（各飲介。生）「前腔」這幾枝白泠泠玉無痕，那一叢黄澄澄金簇緊。這好似醉朱顔羞暈生，這好似褪紅妝殘夢醒。（小生嘆介）嘆光陰一瞬兒去不停，我與你舊日潘郎鬢已星。回念那家山萬里遥遥也，到今朝插茱萸少一人。（各嘆介）（旦唱）「前腔」不多時，杏花天，豔陽辰。轉眼是，菊花秋，霜做冷。説甚麽爲重陽冒雨開，我只怕送西風成斷梗。（小生）呀！梧卿，爲甚麽這般傷感？（小旦唱）莫怪他對華筵珠淚傾，觸動了老去秋娘無限情。我也是飛花落絮飄飄也，又誰知隨流水化浮萍。（同淚介）（生）言至於此，益復無聊，也無心再飲酒了。（撤席介）（揖介）（小生）小弟就此告辭。（小生、小旦各折菊簪鬢介）（小生）人世難逢開口笑。（小旦）菊花須插滿頭歸。（攜手下）（生向旦介）梧姬，你看他二人密意纏綿、柔情宛轉，好不令人可羨！我與卿呀！「尾聲」今生今世花同命，漫只説鴛鴦交頸，好與你割臂同盟一寸心。

（生）偶然相見便勾留，

（旦）身世茫茫萬斛愁。

（生）同是飄零同是客，

（旦）青衫紅袖兩分頭。（同下）

醒來想道：「癡珠、秋痕，竟有人編出戲來。」又想道：「咳！我是做夢，如何認真？」因坐起來，只見枕邊有部書，大書「花月痕」三字，傍題一聯云：

豈爲蛾眉修豔史？權將兔穎寫牢騷。

便當作一件寶貝。他又認不得字，也不肯給人看。後來要死，便將書埋在地下。不知今年今月，該是此書出世，所以遇見小子，說了出來。看官，你看這時候是什麼時候？宇宙清平，人民壽考，蠻夷歸化，五穀豐登，萬頃情波都成覺岸，千重苦海盡泛慈航。要知此事的真假是非，自然百年後有一個定論出來。正是：

身世茫茫，情懷渺渺。
若要空空，除非了了。

花月痕全書全卷終

圖書在版編目（CIP）數據

福建通俗文學彙編 7. 花月痕 / 涂秀虹主編；（清）魏秀仁著；鄧雷，楊園媛點校 .-- 福州：海峽文藝出版社，2023.10
（八閩文庫 · 專題彙編）
ISBN 978-7-5550-3215-1

Ⅰ. ①福… Ⅱ. ①涂… ②魏… ③鄧… ④楊… Ⅲ. ①章回小説—中國—清代 Ⅳ. ① I242.4

中國版本圖書館 CIP 數據核字（2022）第 229628 號

福建通俗文學彙編 7 · 花月痕

作　　者：涂秀虹主編
（清）魏秀仁著　鄧雷　楊園媛點校
出 版 人：林濱
責任編輯：余明建
出版發行：海峽文藝出版社
經　　銷：福建新華發行（集團）有限責任公司
社　　址：福州東水路 76 號 14 層
發 行 部：0591-87536797
印　　刷：雅昌文化（集團）有限公司
廠　　址：深圳市南山區深雲路 19 號
開　　本：787 毫米 × 1092 毫米　1/16
字　　數：358 千字
印　　張：27.5
版　　次：2023 年 10 月第 1 版
印　　次：2023 年 10 月第 1 次印刷
書　　號：ISBN 978-7-5550-3215-1
定　　價：118.00 元